Waldtraut Lewin
Artussagen

Weitere Titel in dieser Taschenbuch-Reihe:

Griechische Sagen
Nordische Sagen
Römische Sagen
Artussagen

Artussagen

Ausgewählt und neu erzählt von Waldtraut Lewin

Loewe

Papier aus verantwortungsvollen Quellen
FSC® C014496

ISBN 978-3-7855-8989-2
1. Auflage als Loewe-Taschenbuch 2018

Umschlagillustration: Markus Lovadina
Umschlaggestaltung: Ramona Karl
Printed in Germany

www.loewe-verlag.de

INHALT

ERSTES BUCH

1

Wie Artus gezeugt wurde 9
Artus' Geburt und Jugend 19
Das Schwert im Stein 28
Wie Artus König wurde 36
Der Kampf um den Thron 38
Wie König Artus seine Schlachten schlug 48
Die Lady aus der Dunkelheit 53

2

Wie Artus ein Schwert verlor und ein anderes gewann 60
Eine schwarze Tat 72
Wie Artus Ryon besiegte 77
Wie Artus seine Königin fand 80
Von den Rittern der Tafelrunde 88

3

Von Morgan le Fay 94
Die verhexte Jagd 97
Die feindlichen Brüder 99
Das Gottesgericht 102
Wie Morgan le Fay ihre Pläne fortsetzte 108
Wie Morgan le Fay Artus ein Geschenk machte 115

4
Wie Gawan auf Aventiure zog 119
Was Gawan in Askalun zustieß 122
Wie Gawan Orgeluse begegnet 123
Wie Sir Gawan mit Licheus kämpfte 126
In Klingsors Reich 129
Was Sir Gawan auf Schastelmarveil zustieß 134
Die wunderbare Säule 141
Wie Sir Gawan Gramoflance entgegentrat 144
Wie Artus Gawan wiedersah 151
Die Königin greift ein 156
Der verhinderte Zweikampf 159

5
Wie Lancelot an Artus' Hof kam 162
Warum Lancelot auf seine erste Queste zog 168
Sir Lancelots erste Aventiure 173
Wie Lancelot unter einem Apfelbaum einschlief und was ihm anschließend begegnete 176
Sir Lancelot in der Burg der Königinnen 181
Wie Lancelot entkam 186
Das rote Zelt 189
Wie Lancelot Tarquin überwand 194
Von Rittern und Damen 199
Lancelot und Sir Kay 207
Was Sir Lancelot unterwegs geschah 214

6
Wie Lancelot an den Hof zurückkehrte 216
Von der Kühnheit der Lady Ginevra 223
Wie Lancelot die Schreckensburg befreite 228
Das Fräulein Elaine 234
Der Feldzug 240

Das Zerwürfnis 243

7
Die neuen Ritter 248
Wie die Ritter nach dem Gral auszogen.............................. 255
Wie die Ritter von der Gralssuche heimkehrten 264
Wie Sir Lancelot Mordred das Leben rettete 266
Wie einem Einsiedler eine alte Prophezeiung einfiel.......... 270
Wie Sir Lancelot zurückkehrte 275

ZWEITES BUCH

8
Der unglückselige Maitag 280
Was bei Meliagrance geschah... 285
Wie Lancelot für Ginevra stritt 291

9
Wie Galahad nach Camelot kam 295
Wie Artus vor seinen Vertrauten ein Geständnis ablegte 298
Die Enthüllung 303
Wie Ginevra befreit wurde.. 309

10
Wie die Freudenburg ein Ort der Trauer wurde................. 313
Die Aussöhnung 318
Wie Lancelot verbannt wurde... 324

11
Wie man Lancelot belagerte 326
Wie Lancelot und Gawan miteinander kämpften 331
Zwei Briefe 334

12
Der einstige und künftige König 340
Abgesang 347

NACHBEMERKUNG 349

ERSTES BUCH

I
Wie Artus gezeugt wurde

Das Römische Reich, zu dem auch Britannien gehört hatte, war zugrunde gegangen. Nun herrschte in England über viele Jahrhunderte allein das Recht des Stärkeren.

Auf der nebelumwallten Insel hatte das Christentum zwar Fuß gefasst, aber der Glaube an die alten keltischen Gottheiten war nie ganz ausgerottet worden. Zauberer und Magierinnen bewohnten das Land unangefochten Seite an Seite mit Mönchen, Nonnen und Priestern.

Im Mittelalter ging das Land im Chaos unter. Ritterliche Landbesitzer behandelten ihre Untertanen mit brutaler Grausamkeit und zerfleischten sich gegenseitig in endlosen Kämpfen. Die Straßen waren unsicher, und jeden Abend schlossen sich die Menschen in ihren Häusern oder Hütten ein und beteten entweder zum Christengott oder zu den Alten Mächten, dass sie diese Nacht heil überstehen würden.

Gewalt war die Sprache, die alle verstanden, Gerechtigkeit und Gemeinsinn waren fern.

Damals herrschte in England ein König namens Uther Pendragon – sein Name bedeutet Drachenhaupt, und der rote Drache auf weißem Grund war sein Feldzeichen. Seine gut befestigte Burg ragte in London am Ufer der Themse drohend gegen den düsteren Himmel. Er regierte mit harter Hand, denn nur so war es möglich, die stets rebellischen und um die Vorherrschaft streitenden Großen seines Reichs in die

Schranken zu weisen und selbst nicht die Krone an einen anderen zu verlieren.

Eines Tages kam ihm zu Ohren, dass einer seiner Vasallen, der Herzog von Cornwall, eine Verschwörung gegen ihn plante. Meist fackelte der König in solchen Augenblicken nicht lange und schlug gleich zu. Aber da der Herzog von Cornwall ein sehr einflussreicher Mann in Britannien war und viele Anhänger hatte, hielt es Uther in diesem Fall für klüger, ihn an seinen Hof zu laden und sich mit ihm friedlich zu einigen, indem er ihn mit Zugeständnissen an sich band und ihn zu seinem Verbündeten machte.

Herzog Cornwall selbst war nicht abgeneigt, sich mit Uther zu einigen, falls er dadurch seinen Vorrang gegenüber den anderen Lords und Baronen festigen konnte.

So erschien er bei Hofe – und mit ihm seine Frau, Lady Igraine.

Igraine war zwar bereits die Mutter von drei Töchtern, aber sie war schön wie die Sonne. Ihr weizenblondes Haar leuchtete, als ginge von ihm ein eigenes Licht aus, und sie hielt sich gerade und stolz wie eine Königin.

König Uther hatte keine Frau. Als er die Gemahlin seines geheimen Gegners erblickte, war er wie geblendet. Diese und keine andere begehrte er! Er vergaß all seine politischen Pläne. Statt mit dem Herzog zu verhandeln, ließ er sofort ein rauschendes Hoffest ausrichten.

Der Saal seiner sonst finsteren und kargen Burg wurde mit schönen Teppichen und Vorhängen ausgeschmückt, in den Halterungen an den Säulen brannten große Fackelbündel und hüllten den großen Raum in ein warmes Licht, das sich in all den polierten Harnischen und Helmen brach – Siegestrophäen, die an den Wänden aufgereiht waren. Damastdecken zierten die rohen Holztische, das Geschirr war aus Silber und Gold, und Koch und Kellermeister hatten aufgefahren, was immer es nur an guten Dingen in den Vorratsräumen der Burg gab.

Von der Empore erklang Musik. Uther hatte fahrende Leute herbeigeholt, die zum Fest aufspielen mussten. Er selbst betrat den Saal im Schmuck seiner Königswürde, die Krone auf dem Haupt und den Purpurmantel um die Schultern, und führte an seiner Rechten den Herzog, an seiner Linken dessen Frau herein. Und so setzten sie sich auch nieder auf den hohen Stühlen mit den purpurnen Seidenkissen: rechts der Lord von Cornwall, links Lady Igraine und in der Mitte der König.

Man aß und trank zum Klang der Flöten und Pauken. Dem Herzog wurde immer wieder fleißig eingeschenkt, und so war es kein Wunder, dass er bald alles um sich herum vergaß und in seiner Trunkenheit nicht mehr achthatte auf das, was zu seiner Linken geschah.

Uther Pendragon begann da nämlich, der Lady Igraine ohne große Umschweife zu erklären, dass er sich in sie verliebt habe und mit ihr eine Nacht verbringen wolle.

Mit Mühe gelang es Igraine, den König in Schach zu halten und zu vertrösten, denn sie getraute sich nicht, ihn völlig abzuweisen, aus Angst, damit ihrem Mann zu schaden.

Als das Fest vorüber war, zog sich die Dame mit ihrem Gemahl ins Schlafgemach zurück. Sie gab ihm Wasser zu trinken und öffnete die hölzernen Fensterläden, um die kühle Nachtluft hereinzulassen. So wurde ihr Mann halbwegs wieder nüchtern.

Dann tat Lady Igraine so, als wolle sie ihren Mann auf die Probe stellen, und sagte: „Liebster Mann, wie wichtig ist dir die Übereinkunft, die du mit König Drachenhaupt erlangen willst? Ist dir der Vorteil, den du gewinnst, wichtiger als deine Ehre? Dann sag es mir, denn ich kann dir sicher sehr behilflich sein.“

„Wie meinst du das?", fragte Cornwall verwirrt.

„Nun", sagte Igraine und richtete sich hoch auf, „ich denke mir, Uther wird dich reich belohnen und vielleicht sogar zum Ersten im Reich machen, wenn ich tue, was er verlangt. Den ganzen Abend hat er nichts weiter getan, als in mich zu dringen, dass ich ihm zu Willen sein und ihm in sein Bett folgen solle. Wäre dir so etwas recht?"

Da erzürnte Cornwall und verfluchte den ehrlosen Herrscher, der ihn, wie er meinte, allein deshalb hierher gelockt hatte, um sich seiner Frau zu bemächtigen. Und er befahl noch in der gleichen Nacht seinen Knechten, die Pferde zu satteln. Im Schutz der Dunkelheit und während alle in der Burg ihren Rausch ausschliefen, verließ er mit seiner Gattin Uthers Hof.

Am nächsten Morgen, als Uther Pendragon erfuhr, dass der Herzog und Igraine geflohen waren, geriet er vor Wut und Liebesverlangen außer sich. Er schickte seine Boten dem Paar hinterher, um es zur Rückkehr zu bewegen. Aber Cornwall wies sie unbeirrt ab und zog weiter. Er beeilte sich, denn ihm schwante, dass Uther weder die Zurückweisung durch seine Frau noch die Flucht auf sich beruhen lassen würde. Daheim begann er, seine mächtigen Burgen mit Proviant zu versehen, und er berief alles an Männern unter Waffen zur Verteidigung herbei, was er nur aufbieten konnte. Er schickte Lady Igraine heimlich auf die Festung Tintagel, die sich auf steilen Klippen über dem Meer erhob, und verschanzte sich selbst auf Terrabil, einer Burg mit mächtigen Mauern und einem tiefen Graben.

Kaum war er mit seinen Vorkehrungen fertig, da erschien auch wirklich schon das Heer des Drachenhauptes vor den Toren der Festung. Man schlug ringsum Zelte auf und begann, die Burg zu belagern. (Der König wusste natürlich nicht, dass sich die Lady auf einer anderen Festung aufhielt.)

Bei den Versuchen, Terrabil zu stürmen, und bei den Ausfallkämpfen der Eingeschlossenen kamen viele gute Männer ums Leben.

Als König Uther sah, dass sich der Kampf noch lange hinziehen würde, wurde er vor Ärger und Sehnsucht krank.

Er lag in seinem Zelt und leitete die Kämpfe nicht mehr selbst, und seine Krieger fragten sich, wozu sie eigentlich angetreten waren, wenn der König keinen Mut zum Streit mehr zeigte. Einer seiner engeren Vertrauten, der Ritter Ulfius, begab sich daraufhin zu ihm und fragte: „Sir, sagt mir, was Euch fehlt, damit wir einen kundigen Arzt für Euch suchen können, der Medizin für Euch hat!"

„Mir kann kein Arzt und keine Medizin helfen!", sagte Uther Pendragon finster von seinem kargen Feldbett her. „Was mich quält, ist Enttäuschung und unerfülltes Liebesverlangen. Ihr sollt wissen, dass es mir weniger darum geht, den Herzog zu bestrafen für seine Flucht vom Hof – ich will seine Frau gewinnen. Ich will und muss Lady Igraine besitzen, sonst werde ich dahinsiechen und sterben."

Ulfius erwiderte: „Gibt es denn niemanden, der Euch helfen kann?", und der König sagte seufzend: „Doch, es gibt einen einzigen Menschen, der imstande ist, mir zu helfen, aber der ist fern. Ich meine Merlin."

Merlin aber war ein mächtiger Magier, der in früherer Zeit dem König hin und wieder mit seiner Zaubermacht und seinen klugen Ratschlägen beigestanden hatte. Geheimnisvolles Dunkel umhüllte diesen Mann. Niemand wusste, wie alt er war, noch woher er stammte, und man erzählte sich, dass er seine Herkunft von den alten Göttern herleitete, die man in Britannien hoch achtete, auch nachdem vor Hunderten von Jahren das Christentum ins Land gekommen war.

Merlin wurde von den einen verehrt und von den anderen gefürchtet. Manche hielten ihn für das mächtigste Wesen Englands, halb Dämon, halb Mensch, andere nannten ihn einen Scharlatan und Hexenmeister. Es hieß, er könne beliebig die Gestalt wechseln und an jedem Ort auftauchen und wieder verschwinden, wie er wollte. Er konnte auch mit den Schutzgeistern von Land, Wasser und Luft, den Wesen der Anderswelt, wie mit seinesgleichen verkehren und redete mit ihnen in einer alten, fast vergessenen Sprache. Trotzdem bekannte er sich zu dem neuen Glauben, und selbst der Erzbischof von Canterbury, das geistige Oberhaupt der Christenheit Englands, ging respektvoll mit ihm um und hörte auf seinen Rat. (Der Erzbischof war ein kluger Mann!)

Merlin kam und ging, wie es ihm gefiel, er ließ sich weder binden noch verpflichten. Oft erschien er in verwandelter Gestalt, wenn man es am wenigsten erwartete, und er konnte wie aus dem Nichts auftauchen und verschwinden, als würde ihn der Wind fortwehen.

Nun sagte König Uther Pendragon zu Ritter Ulfius: „Freund, ich bitte dich, mach dich auf, und versuche, Merlin für mich zu finden! Schon oft hat mich sein Beistand gerettet!“

Ulfius war ein treuer Diener seines Herrn. Er begab sich auf die Suche, denn er hoffte nicht weniger und nicht mehr, als dass der Magier für seinen König irgendein Elixier zusammenbrauen würde, das ihm die Liebe austreiben sollte. (Nicht falsch gedacht, angesichts der Gefahren, die diese Leidenschaft über das Land bringen konnte – denn einen Krieg um der Liebe eines Königs willen zu führen, schien ihm ein unvernünftiges Unterfangen …)

Aber seine Hoffnung sollte sich nicht erfüllen.

Nachdem er schon eine Weile unterwegs war und in Städten und Dörfern, in Burgen und Hütten vergeblich nach der Spur des Zauberers geforscht hatte, machte er sich mutlos auf den Heimweg.

Am Wegesrand, kurz bevor er Uthers Zeltlager wieder erreichte, standen drei Bäume dicht beieinander: eine Eiche, eine Esche und ein Weißdorn. Im Schatten dieser Bäume saß ein zerlumpter Bettler.

Wenn Sir Ulfius mit seinen Gedanken nicht woanders gewesen wäre, hätte es ihn stutzig machen müssen, diese drei Bäume beieinander zu sehen. Denn Eiche, Esche und Weißdorn waren den alten Göttern geweiht und galten in England, wenn sie zusammenstanden, als sicherer Schutz gegen böse Mächte. Wenn jemand unter ihnen saß, sollte man ihm seine Aufmerksamkeit widmen – es konnte nämlich gut sein, das etwas Besonderes an ihm war …

Der Bettler also hielt flehend seine ausgestreckte Hand hin, um ein Almosen zu erlangen, und Sir Ulfius warf ihm, ohne weiter hinzusehen, eine kleine Münze zu. Da sagte der Mann: „Ihr seid auf der Suche nach Merlin, edler Ritter, ist es nicht so?"

Erstaunt zügelte Sir Ulfius sein Pferd und sah auf diese Elendsgestalt herab. Dass es so etwas überhaupt gab: Ein Bettler wagte es, einen Edelmann anzusprechen! Da blitzten ihm unter dem Schlapphut des Alten ein paar furchterregend scharfe Augen spöttisch entgegen. Machte sich dieser Kerl lustig über ihn?

Er holte gerade Luft zu einer scharfen Erwiderung, als der Bettler in bestimmtem Ton sagte: „Ihr habt gefunden, was Ihr sucht. Reitet zurück zu König Uther, und sagt ihm, ich komme nach!"

Dieser Bettler sollte der Zauberer Merlin sein? Sir Ulfius verstand die Welt nicht mehr. Verwirrt machte er sich auf den Rückweg, denn irgendetwas sagte ihm, dass der Alte nicht log.

Aber als er das Zelt seines Königs betrat, staunte er nicht schlecht. Der „Bettler" war nämlich zu Fuß viel schneller gewesen als er hoch zu Ross und saß bereits im vertraulichen Gespräch mit Uther zusammen. Nun wirkte der Mann nicht mehr wie ein Bettler, und obwohl er noch die gleichen Lumpen wie vorher trug, strahlte er Hoheit und Würde aus.

Und dies war es, was die beiden beredeten:

„Herr", sagte Merlin, „ich kenne jeden Winkel Eures Herzens. Ich weiß, dass Ihr Euch nach der schönen Igraine verzehrt. Ihr sollt bekommen, was Ihr wünscht! Merlin wird Euch helfen. Aber dafür fordere ich eine Belohnung. Schwört mir, zu geben, was ich fordere, dann werdet Ihr noch heute Abend in den Armen der Herzogin liegen."

Da fühlte sich Uther plötzlich genesen. Er wurde froh und sprach: „Ich schwöre dir bei meiner Königswürde, dass du alles von mir verlangen kannst, was du wünschst, wenn ich nur bei Igraine sein kann."

Merlin sah ihn lange an. „Ich will nicht mehr und nicht weniger als das Kind, das aus dieser Liebesnacht hervorgeht. Es soll mir übergeben werden, und ich werde es aufziehen zum Wohl Britanniens. Seid Ihr damit einverstanden?"

Uther nickte heftig. Was gingen ihn seine ungeborenen Kinder an, wenn er nur zu der begehrten Frau gelangen konnte! „Was du wünschst, sollst du haben!", erwiderte er.

„Gut, so macht Euch bereit. Ihr sollt unverzüglich zu Lady Igraine gehen. Sir Ulfius und ich werden Euch begleiten. Ihr belagert diese Festung hier völlig umsonst, denn Ihr müsst wissen, dass die Dame sich nicht auf Terrabil befindet, sondern in der Burg Tintagel hoch überm Meer, zehn Meilen von hier entfernt. Lasst uns aufbrechen. Ich werde dafür sorgen, Eure Gestalt unterwegs so zu verändern, dass Igraine Euch für ihren Gemahl halten wird. So erreicht Ihr Euer Ziel."

Die drei Männer brachen noch zur gleichen Stunde auf.

Während sie auf dem Weg waren, ereignete sich vor Terrabil Entscheidendes. (Hatte Merlin seine Hand im Spiel?)

Die Männer des Herzogs von Cornwall hatten gesehen, dass der Heerführer der Belagerungstruppen weggeritten war. Der Herzog ergriff sofort die Gelegenheit, seine führerlosen Feinde anzugreifen. Es kam zu einem gewaltigen Handgemenge. Cornwall kämpfte tapfer, aber er geriet in einen Hinterhalt, und ehe seine Männer bei ihm waren, fand er den Tod – Stunden, bevor Uther mit seiner Begleitung Tintagel erreicht hatte.

Die drei nun zogen durchs Moor, und seltsame Nebel begleiteten ihren Weg. Uther Pendragon kam es so vor, als würden die trüben Nebel der Sümpfe zu Gestalten werden, die sie umflatterten und mit Händen nach ihm griffen, und als stiegen Stimmen aus der Tiefe auf. Aber er verdrängte seine Ängste vor diesen Erscheinungen. Schließlich war Merlin bei ihm, und er war zu Recht voller Vertrauen. Außerdem war seine Ungeduld, zu der begehrten Frau zu gelangen, nicht mehr zu übertreffen. Er hätte alles getan, um dieses Ziel zu erreichen.

Er fühlte, dass irgendetwas mit ihm geschah, aber er wusste nicht, was. Sein ganzer Körper war wie von flackerndem Feuer durchzogen, und es schien ihm, als würden unsichtbare Mächte an ihm ziehen und zerren. Sein Vertrauter Ulfius sah ihn mehrfach scheu von der Seite an – denn je dichter die Nebel wurden, die sich in Spiralen um sie drehten, umso mehr schien König Uther nicht mehr er selbst zu sein. Seine Gestalt war verwandelt.

Endlich erhellte der Mond den Weg, und Ulfius konnte nicht umhin, Uther anzureden: „Herr, seht Euch an!“ Er hielt dem König seinen blanken Schild vor. Im ungewissen Licht spiegelte sich – das Gesicht des Herzogs von Cornwall!

Uther sagte nichts. Er warf Merlin einen Blick zu und nickte befriedigt. (In welcher Gestalt er Lady Igraine erobern würde, das war ihm völlig gleich …!)

Als sie an das Burgtor von Tintagel gelangten, da wurden sie von der Torwache sofort mit großer Selbstverständlichkeit eingelassen, denn die Wächter waren sicher, ihren Herrn, den Herzog von Cornwall, und seine Begleiter vor sich zu haben.

In den dunklen Gängen der Burg trat ihnen Lady Igraine entgegen, die von der Ankunft ihres Gatten erfahren hatte. Sie hatte sich einen Mantel über ihr Nachtkleid geworfen, und im Licht der Kerze, die sie trug, leuchteten ihre geflochtenen Zöpfe wie reifer Weizen.

„Mein Gemahl, was führt Euch zu mir? Warum habt Ihr Terrabil verlassen? Ist die Belagerung vorbei?“, fragte sie überrascht.

„Heute Nacht kümmert mich die Belagerung nicht“, flüsterte der Ankömmling heiser. „Vor Sehnsucht nach Euch bin ich fast umgekommen. Lasst uns in Euer Gemach gehen.“

So gab die getäuschte Herzogin sich in dieser Nacht König Uther hin. Das Drachenhaupt war am Ziel seiner Wünsche. Noch vor dem Morgengrauen verließ der König sie und zog mit seinen Begleitern wieder davon.

Auf dem Rückweg führte Merlin den König zu einer versteckten Quelle, die noch nie jemand gesehen hatte, und wies ihn an, sich darin zu waschen. Sofort erhielt Uther seine wahre Gestalt zurück. Sir Ulfius aber musste Schweigen geloben.

Merlin jedoch verschwand so schnell, wie er gekommen war – er schien sich gleichsam aufzulösen wie die seltsamen Nebel, die er wohl in der Nacht zuvor beschworen hatte.

Als Uther wieder im Feldlager eintraf, hörte er, dass Cornwall in seiner Abwesenheit gefallen war. Besser konnte es für ihn gar nicht kommen. Durch den Tod des Herzogs von Cornwall war der Krieg nun sinnlos geworden. Uther brach die Belagerung ab und bot Lady Igraine Frieden an.

Die Frau aber erschrak zutiefst, als sie hörte, dass ihr Gemahl in den frühen Stunden jener Nacht gefallen war, in der er angeblich bis zum Morgen mit ihr in Liebe vereint gelegen hatte – vor allem, als sie bemerkte, dass sie schwanger geworden war.

Wer war da bei ihr gewesen, und wessen Samen trug sie in ihrem Leib?

Artus' Geburt und Jugend

Uther Pendragon war keiner, der lange zögerte. Es war noch kein Mondumlauf vergangen, da schickte er Sir Ulfius zu Lady Igraine. Als Brautwerber! Die unglückliche Frau – zutiefst verstört über ihre rätselhafte Schwangerschaft – verspürte zwar nach wie vor tiefen Widerwillen gegen den König, aber was sollte sie tun? Ohne ihren Gemahl war sie mit ihren drei Töchtern und dem vierten Kind, das sie erwartete, schutzlos. Das Herzogtum Cornwall war der Habgier eroberungslustiger Nachbarn ausgeliefert, und wenn Igraine sich durch eine Weigerung die Ungnade des Drachenhauptes zuzog, so würde er ihr auch keinen Beistand leisten, falls man sie angreifen würde. Wohl oder übel sagte sie Ja zu der Werbung und begab sich mit ihren Töchtern an den Hof ihres künftigen Gemahls.

Die Mädchen aber, die keine Kinder mehr waren, grollten ihrer Mutter, weil sie ohne das übliche Trauerjahr sogleich eine neue Ehe eingehen wollte, noch dazu mit dem Mann, der ihren Vater bekriegt hatte und schuld an seinem Tod war – und entsetzt waren sie, dass das Ungeborene (von dem sie natürlich annahmen, es sei das Kind ihres Vaters) nun als der Spross des Feindes heranwachsen sollte.

König Uther sah, dass er sich mit den jungen Fräulein

keine Freundinnen an den Hof holte, und so beschloss er kurzerhand, sie zu vermählen und somit aus den Augen zu schaffen.

Bräutigame waren für die beiden älteren schnell gefunden: König Lot, Beherrscher des Landes von Lothian und den Orkney-Inseln, ein mächtiger und eigenwilliger Herr, nahm Morgause, die ältere der beiden. Elaine, die zweite, musste sich mit einem Baron aus dem schottischen Hochland zufriedengeben. Die jüngste aber, Morgan le Fay, war noch zu klein, um einen Mann zu nehmen. Uther sorgte dafür, dass sie zur Erziehung in ein Kloster geschickt wurde. Was er nicht ahnen konnte, war, dass dieses junge Mädchen dort von einer Nonne, die heimlich Zauberei betrieb, in allen Künsten der schwarzen Magie, dem Schadenszauber und der Hexerei unterwiesen wurde. Das sollte grausige Folgen haben …

So war es beschlossene Sache. Nach ihrem Einverständnis wurde natürlich keines der Mädchen gefragt, das war damals in England nicht üblich.

Am gleichen Tag verheiratete man die Mutter und ihre Töchter. Es war ein großes Fest. Das Volk jubelte, denn Freibier floss reichlich, und an jeder Straßenecke Londons wurde ein Ochse am Spieß gedreht. Tags darauf reisten die beiden jungen Damen mit ihren Gatten ab, und ein Wagen brachte die junge Morgan le Fay ins Kloster. Mit Tränen in den Augen nahmen sie von ihrer Mutter Abschied. Ihr noch ungeborenes Geschwisterkind sollten die Frauen erst viele Jahre später sehen. Lady Igraine war nun die Ehefrau König Uthers, und schon bald begann sich ihr Leib zu wölben. Merlins Wunsch ging in Erfüllung!

Königin Igraine aber ängstigte sich vor dem, was da in ihr heranwuchs. Wer war in jener Nacht bei ihr gewesen, wenn ihr Mann schon tot war? War es vielleicht gar ein Dämon?

Den König kümmerte das nicht. Eingedenk des Versprechens, das er Merlin gegeben hatte, überlegte er indessen, wie er seiner Frau beibringen sollte, dass sie das Kind nicht selbst großziehen dürfe.

Eines Nachts, als sie beieinanderlagen, sagte Uther: „Nicht, dass es mich stören würde, dass Ihr die Frucht Eures verstorbenen Mannes in Euch tragt, aber ich weiß nicht, ob es so gut wäre, wenn das Kind an meinem Hof aufwachsen würde – ich denke da an die Nachkommen, die wir beide, so Gott will, noch miteinander haben werden. Daher würde ich Euch nahelegen, den Säugling gleich nach der Geburt fortzugeben zu guten Leuten, die ihn in aller Stille aufziehen, ohne dass er von seiner Abstammung weiß. Seid getrost, Ihr werdet noch so viele Kinder haben können, wie Ihr wollt."

Igraine schwieg dazu. Der Vorschlag war ihr nicht unwillkommen, denn das heranwachsende Leben in ihr wurde ihr mehr und mehr zur Last. Und sie konnte ja nicht ahnen, dass Uther auf diese Weise plante, das Kind Merlin auszuhändigen, wie er es ihm versprochen hatte.

Kurz bevor die schwere Stunde der Lady Igraine nahte, die Stunde der Geburt ihres Kindes, erschien Merlin bei Uther. Doch diesmal kam er nicht als Bettelmann. Er trug einen Sternenmantel, das Zeichen des Magiers, und dazu den spitzen Hut seiner Zunft auf dem Kopf. Seine Augen flammten, und sein schlohweißer Bart wehte im Wind. In der Hand hielt er einen Stab, von dessen Spitze Funken sprühten.

„Erinnert Ihr Euch an Euer Versprechen, Drachenhaupt?", fragte er.

„Du musst mich nicht einschüchtern mit deinen Künsten!", sagte der König und nickte verdrossen. „Was ich versprochen habe, das halte ich auch." (Inzwischen war ihm der Gedanke, sein eigen Fleisch und Blut wegzugeben, gar nicht mehr so lieb, und viele Male schon war er drauf und dran gewesen, seiner Frau zu sagen, dass er in jener Nacht auf Burg Tintagel bei ihr gewesen war.)

Nun lächelte Merlin. „Macht Euch keine Sorgen, Herr. Euer Sprössling wird bei mir in guten Händen sein. Ich werde seinen Geist und Verstand bilden, und ich habe unter Euren Vasallen einen wackeren Mann gefunden, der gern bereit ist, ein Pflegekind aufzunehmen und ihm beizubringen, was ein Ritter wissen muss: Sir Ector. Er ist wohlhabend und besitzt weite Ländereien und eine Burg in Wales. Seine Frau wird ebenfalls bald gebären und kann dann zwei kleine Jungen stillen. Und glaubt mir – das alles wird einmal zum Wohl Britanniens sein und Eurem Haus zum Segen gereichen. Vertraut mir, denn ich kenne die Zukunft."

Was sollte Uther machen? Er hatte sein königliches Wort verpfändet.

Kurz darauf kam Lady Igraine nieder. Die Geburt war mühevoll – aber als sie das Kind schließlich im Arm hielt, sah sie, dass es ein gesunder, blauäugiger Knabe war, der mit kräftiger Stimme schrie, und nichts Dämonisches oder Furchterregendes war an ihm. Sie war glücklich und hoffte im Stillen, ihren Gemahl überreden zu können, das Kind doch zu behalten.

Aber als sie erschöpft eingeschlafen war, befahl Uther sofort, den Säugling in weiche Tücher zu hüllen und, mit einem Beutel Gold als Belohnung für den Ziehvater versehen, zu einer geheimen Pforte zu tragen und dem zu übergeben, der dort wartete.

Als Lady Igraine erwachte und merkte, dass der Säugling bereits fort war, weinte und schrie sie und zerraufte sich das Haar, denn nun, nachdem sie den Knaben gesehen hatte, zerriss es ihr fast das Herz, dass sie von ihm getrennt worden war.

Uther Pendragon sah die Leiden seiner Gemahlin und versuchte, sie abzulenken und zu trösten. Aber alle kostbaren Geschenke, die ihr der König machte, all das Gold, die seidenen Gewänder, die kostbaren Schmuckstücke und die edlen Reitpferde konnten sie nicht froh machen, zumal sie die Fürsorge und Zärtlichkeiten des ungeliebten Mannes ohnehin nur mit Abscheu ertrug.

Und es war, als hafte ein Fluch auf diesem Paar, denn der von Uther erhoffte und versprochene Kindersegen blieb aus: Nach der Geburt dieses Sohnes war der Schoß der Königin verschlossen, sie welkte dahin und alterte rasch, und damit verschwand auch Uthers Leidenschaft für die einst so geliebte Frau. Er begann, sie zu vernachlässigen und besuchte sie nicht mehr. Irgendwann starb sie, vergessen und zurückgezogen auf jener Burg Tintagel, wo sie, ohne es zu wissen, den künftigen König Britanniens empfangen hatte.

Unterdessen wuchs der Knabe, den die beklagenswerte Igraine zur Welt gebracht und außer im Augenblick seiner Geburt niemals mehr gesehen hatte, bei Sir Ector auf, getreu Merlins Versprechen. Der Zauberer hatte das Kind zunächst zu einem Mönch gebracht, einem Eremiten, und es dort auf den Namen Artus taufen lassen. Aber niemand außer ihm selbst wusste, dass dieser Junge der Sohn des Königs von England war.

Sir Ector fragte nicht viel nach der Herkunft seines Zöglings; er hatte schließlich einen Beutel Gold dafür erhalten, dass er ihn großzog. Der kleine Artus wuchs gemeinsam mit Kay, seinem „Milchbruder“ auf. (So nannte man es, wenn zwei Kinder die Milch derselben Frau getrunken hatten, auch wenn sie nicht beide aus ihrem Schoß gekommen waren.) Geschwisterlich spielten und lernten sie zusammen, aber natürlich galt es als ausgemacht, dass Kay einmal ein Ritter sein würde und Artus allerhöchstens sein Schildknappe, denn schließlich war er von „unbekannter Abstammung“ und bestimmt auch nicht von Adel.

Artus war blond, blauäugig und kräftig, er war fröhlich und zu jedermann freundlich. Und wenn sein „Bruder“ Kay, der als Kind bisweilen von heftiger Gemütsart war, jemanden vom Gesinde gekränkt oder beleidigt hatte, dann ging er zu ihm und versuchte es mit besänftigenden Worten wiedergutzumachen. So war er bei allen beliebt.

Die beiden Jungen lernten bei einem Hauslehrer Lesen, Schreiben und Latein, wie es Sitte war, aber vor allem wurden sie in ritterlichen Künsten unterrichtet. Sie übten sich in der Jagd und der Falknerei, im Schwertkampf und Bogenschießen und vor allem in der hohen Kunst des Tjostierens. Das heißt, dass sie die Fertigkeit erwarben, im Turnier einen Gegner mit der Lanze vom Pferd zu holen und sich hinterher mit ihm im Schwertkampf zu messen. Solche Tjoste waren der beliebteste Zeitvertreib der Ritterschaft Englands, und wenn gerade keine größere Veranstaltung angesagt war, lieferte man sich, mangels einer besseren Beschäftigung, einen beliebigen Zweikampf und nahm jede Herausforderung an, die sich nur bot.

Kay war sehr froh darüber, dass er in Artus einen gleichaltrigen Partner hatte, an dem er seine Künste vervollkommnen konnte. Er betrachtete ihn einfach als jemanden zum Üben. Keinem der beiden Knaben kam es in den Sinn, dass Artus auch einmal zu einem Turnier reiten oder seine Klinge mit einem anderen, ritterlichen Gegner kreuzen würde. Aber Artus war in allem, was ihnen beigebracht wurde, geschickter, schneller und besser als sein adliger Milchbruder – was jedoch von den Lehrern genauso wie von Sir Ector selbst schlicht „übersehen“ wurde, wenn er die Fortschritte der Kinder begutachten sollte. Ein Knabe wie er, beinah so etwas wie ein Findelkind, durfte auf keinen Fall besser sein als der Sohn des Barons – und es konnte auch vorkommen, dass Kay etwas Unrechtes getan hatte und Artus dafür die Schläge bekam …

Einmal in der Woche allerdings gab es für Artus etwas anderes zu tun als für Kay: Dann ging er hinaus in den Wald, um sich mit dem Mann zu treffen, den Sir Ector als seinen Paten bezeichnete. Natürlich war das niemand anderer als Merlin. Der hatte mit dem Pflegevater von Artus vereinbart, dass er sich um die „geistige Entwicklung“ des Jungen kümmern dürfe.

Was sollte sich ein Mann wie Sir Ector darunter vorstellen? Er nahm wohl an, dass Merlin aus dem Kleinen später einmal einen Mönch machen wollte – und dagegen war nichts einzuwenden. Kay, der schon den Unterricht in Lesen, Schreiben und Latein sterbenslangweilig fand und bei jeder Messe, die in der kleinen Burgkapelle gelesen wurde, fast einschlief, zeigte keinerlei Neugier auf die Sonderdinge seines Milchbruders.

So zog der kleine Artus in jeder Woche für vierundzwanzig Stunden in den Wald und suchte dort den Magier auf. Mit nichts bewaffnet als seinem Bogen zum Schutz vor wilden Tieren, stapfte er drauflos. Aber er fürchtete sich nicht, und die Mühe des langen Weges wurde aufgewogen durch die Vorfreude auf den Unterricht, den er erhielt.

Darüber hinaus hatte er den Mann mit den silberweißen Haaren und den buschigen Brauen über leuchtenden Augen lieb – lieber als alle auf Sir Ectors Burg, seine immer ein bisschen mürrische Ziehmutter und seinen rechthaberischen Spielgefährten Kay mit eingeschlossen.

Was auf Sir Ectors Burg niemand wusste: Inmitten des rauen Waldes zwischen Klippen und brausenden Wasserfällen, befand sich eine liebliche Lichtung. Fast versunken im Boden, gab es da einen Kreis aus aufrecht stehenden Steinen, und neben Eiche und Esche und Weißdorn erhob sich ein

Turm: Merlins Behausung. (Sicher konnte er ihn beliebig verschwinden lassen und wieder herbeizaubern, wenn ihm der Sinn danach stand.)

In diesem Turm lernte der Junge Dinge, wie sie einem Herrscher von Nutzen waren und einen Mann von Klugheit und Weitblick aus ihm machen sollten: Er erfuhr, wie man Heere führte, Befehle gab und Recht sprach, er hörte die Worte der Philosophen, vernahm ihre Weltweisheit, lernte, wie man Gut und Böse unterscheiden kann, begriff, was Moral ist – und betrachtete in der Nacht von der Plattform des Turms aus den Gang der Gestirne.

Als das „Niemandskind", das er war, hatte Artus auf Sir Ectors Burg nicht nur Umgang mit der Adelsfamilie und den Lehrern seines Milchbruders. Er wurde auch schon einmal mit auf die Wiese zum Heumachen geschickt, wenn eine Hand mehr gebraucht wurde, oder arbeitete zusammen mit dem Hundejungen und dem Falkner im Vogelhaus. Er war zur Küchenmagd genauso nett wie zum Hütejungen und half dem Waffenmeister, eine Bogensehne aufzuziehen oder dem Schmied beim Beschlagen der Pferde, wozu sich Kay nicht im Traum herabgelassen hätte.

Merlin sah das mit Genugtuung. „Ich wollte immer", sagte er, „dass du verstehst, worauf es ankommt. Diese Leute sind das Brot und Salz des Landes. Lords und Barone aber sind nur die Beigaben. Verachtest du Salz und Brot, wirst du hungrig vom Tisch aufstehen."

Manche Dinge, die der alte Magier ihm beibrachte, waren so schwierig und für einen Knaben so wenig zu durchschauen, dass Merlin bisweilen zu einem Trick seine Zuflucht nahm. „Ich werde etwas in dein Gedächtnis einpflanzen, was du erst später hervorholen kannst. Komm, es ist ganz einfach. Bei Eiche und Esche und Dorn!" Und mit diesen Worten gab er seinem Zögling die Blätter der drei Bäume in die Hand und drückte sie fest zu. Im Nu hatte Artus ein um das andere Mal alles „vergessen", was Merlin ihm mit seinen Künsten in den Kopf „gezaubert" hatte, und er bewahrte es für später in seinem Gedächtnis auf.

„Was hat es auf sich mit den drei Bäumen?", fragte er seinen Lehrer einmal.

„Ach", sagte Merlin und sah beiseite, als wäre er verlegen, „das ist einfach so. Sagen wir: Die Eiche ist unsere Festigkeit, wie Wall und Schwert, die Esche unsere Biegsamkeit, wie der lange Bogen und die Gerte, und der Weißdorn unsere Fröhlichkeit und Liebe. Und alles zusammen macht England aus. Sei nicht böse, wenn das zu schwierig für dich ist. Glaub es einfach."

Auch andere Antworten, die der alte Zauberer gab, waren schwer zu verstehen für den Knaben – viel später erst begriff er ihren Sinn.

„Was ist mit ihnen?", fragte er einmal und deutete auf den Steinkreis auf der Lichtung. „Manchmal ist ein Nebel um sie, auch wenn ringsum die Luft klar ist und die Sonne strahlt."

Merlin fuhr sich mit den Fingern durch den Bart. „Das ist etwas Magisches", erwiderte er, und es war ihm anzusehen, dass er nicht gern darüber Auskunft geben wollte. „Es gehört zu den Alten Mächten. Wenn der Nebel da ist, dann wird die Wand dünn zwischen dem Hier und dem Dort. Dann kann man hindurchgehen."

Der Junge starrte ihn mit offenem Mund an. „Hier? Dort?", wiederholte er. „Was meinst du?"

„Lassen wir's dabei bewenden!", entgegnete der Zauberer schnell. „Kümmere dich lieber um das hier. Ein Handbuch des Römischen Rechts."

Artus hatte keine Ahnung, aus welchem Grund ihm das Recht der Römer beigebracht wurde. Er hielt es für eine Marotte seines weisen „Paten" Merlin, und da er wissbegierig und leicht zu begeistern war, saugte er auch diese Kenntnisse in sich ein wie die Biene den Honig.

Und wenn er einmal fragte, warum er all das lernte und nicht etwa sein Milchbruder Kay, der doch viel „edler“ war als er, brummte Merlin: „Mit dir haben wir etwas vor, Junge.“ Und er lächelte.

Wer dieses „wir“ war, das blieb offen.

Merlin hatte ihm nicht verboten, auf der Burg von dem zu erzählen, was er während dieser vierundzwanzig Stunden im Wald tat, aber sobald er davon zu Sir Ector oder Kay reden wollte, winkten sie ab. Das war ihnen zu hoch. Artus ging eben in den Wald zu Merlin, der da ihrer Meinung nach eine kleine Hütte bewohnte … Weiter machten sie sich keine Gedanken.

So gingen die Jahre ins Land. Artus war zu einem Jüngling herangewachsen. Eines Tages erreichte Sir Ectors Burg die Nachricht, dass im fernen London König Uther Pendragon gestorben war. Eindringlinge aus Frankreich waren ins Land eingefallen. Uther hatte sich, wie stets, an die Spitze seiner Truppen gesetzt und die Fremden erfolgreich vertrieben. Aber er war schwer verwundet worden, und am Ende des Feldzugs war er den Verletzungen erlegen. Er hinterließ keinen Thronerben. Das Land war ohne Herrscher.

Das Schwert im Stein

Nun, Sir Ector kümmerte das wenig. Er war ein friedlicher Landedelmann, der es liebte, auf die Jagd zu gehen und seine Nachbarn zu ausgedehnten Trinkgelagen zu begrüßen; die Dinge der großen Politik lagen ihm fern, und er hatte keinen Ehrgeiz, sich einzumischen. Das Wichtigste schien ihm im Moment, die Schwertleite, also die Ritterweihe seines Sohns

Kay, vorzubereiten, der gerade fünfzehn Jahre alt geworden war. Das war eine wichtige Angelegenheit im Leben eines jungen Adligen, die mit einem rauschenden Fest gekrönt wurde, zu dem die halbe Welt (im Umkreis von zehn Meilen!) zu Gast kam.

Ganz anders aber sah es außerhalb der Grenzen von Sir Ectors Besitztum aus!

All die gewalttätigen und herrschsüchtigen Barone, die Pendragons starker Arm bisher niedergehalten hatte, reckten nun wieder ihre geduckten Häupter empor. Sie raubten und mordeten, brandschatzten und plünderten die Dörfer und Städte und zogen gegen die Burgen ihrer Nachbarn zu Felde, um sich deren Besitz anzueignen, und es gab kein Gesetz, das sie nicht brachen. Die ehrgeizigsten unter den großen Herren jedoch scharten Bewaffnete um sich und machten sich bereit zum Kampf aller gegen alle um die Königswürde, denn jeder glaubte sich dazu berufen, über die anderen zu regieren.

Im Ausland sah man mit Befriedigung, wie Britannien immer mehr im Chaos versank. Die Feinde im kalten Norden, in Schottland, und jenseits des Meeres, im Süden, die Normannen auf dem Festland, warteten nur darauf, in das geschwächte Reich einzufallen.

Merlin sah mit Sorge, wie das Land, zu dessen Hüter er sich seit alters her bestellt fühlte, am Rand des Abgrunds dahintrieb. Er begab sich deshalb nach London und stattete dem höchsten christlichen Würdenträger, dem Erzbischof von Canterbury, einen Besuch ab.

Zu jenen Zeiten war, wie gesagt, das Christentum noch nicht die alles beherrschende Religion in England; noch immer verehrte man die Wesen, die in Bäumen, Quellen und Steinen wohnten, und mit Magiern und Zauberinnen ging man allgemein respektvoll um, denn sie konnten einem ebenso schaden wie nützen. Der Erzbischof kannte und schätzte Merlin als einen Wissenden, einen Nachfahren der alten Götter, und er war stets bereit, ihn anzuhören.

Merlin betrat eines Abends den bischöflichen Wohnsitz – wie üblich, ohne angemeldet zu sein. Der Erzbischof erschrak zunächst und hielt dem unangemeldeten Gast, der wie aus der Luft vor ihm erschien, das Kruzifix entgegen. In den Augen Merlins leuchtete es spöttisch auf. Mit großer Selbstverständlichkeit bekreuzigte er sich, als wenn er es alle Tage täte, und beugte sich sogar zum Kuss über die Hand des kirchlichen Würdenträgers.

Das beruhigte den Erzbischof, und so sprach Merlin schließlich: „Hochwürdiger Herr, wir beide sehen das Elend des Landes. Britannien wird im Bürgerkrieg versinken und Opfer der äußeren Feinde werden, wenn wir nicht bald einen neuen Herrscher haben. Daher lautet mein Rat: Beruft zum Weihnachtsfest alle Lords und Ritter nach London. Haltet dann einen Gottesdienst ab, und ruft die Herren dringlich dazu auf, Frieden zu halten. Führt ihnen vor Augen, dass die unseligen Kämpfe untereinander die Herrscher außerhalb Britanniens auf den Plan rufen, dass ihr Zwist nur dazu führen wird, die Normannen und die Schotten herbeizulocken. Und damit wirklich alle erscheinen, wäre es sinnvoll, wenn Ihr zugleich bekannt machen würdet, dass am Neujahrstag ein großes Turnier stattfinden soll. Eine Gelegenheit, sich zu raufen, nehmen sie immer wahr. Ich indessen“, so schloss er seine Rede, „will dafür sorgen, dass sich alles zum Guten wendet.“

Die letzten Worte des Zauberers wusste der Erzbischof nicht zu deuten, und nachfragen konnte er nicht, denn Merlin war schon wieder verschwunden, wie es seine Art war – ehe man sich's versah, schien er sich in Nebel aufgelöst zu haben. Der Gottesmann bekreuzigte sich – und beschloss, dem Rat Merlins zu folgen.

Tatsächlich strömten nun die Lords aus allen Teilen des Reiches nach London, und bald war die Stadt bis zum Bersten gefüllt mit vornehmen Herren zu Ross, im Schmuck ihrer Rüstungen und bunten Wappenröcke. Sie trugen Helme mit gewaltigen Federbüscheln auf dem Kopf, waren bis an die Zähne bewaffnet und offenbar alles andere als friedfertig gestimmt. Für sie und ihr beträchtliches Gefolge musste Quartier geschaffen werden, und sei's auch nur eine Scheune oder ein Pferdestall. Schon gab es die ersten Streitigkeiten, wurden Streitäxte und Schwerter gegeneinander geschwungen, was den Wundärzten zu Lohn und Brot verhalf. Die Londoner Gastwirte rieben sich die Hände, und Bäcker und Braumeister, Hufschmiede und Schwertfeger, Schuster und Schneider verdienten in den Tagen zwischen Weihnachten und Silvester mehr als sonst während eines ganzen Jahres.

Am Weihnachtstag hielt der Erzbischof das feierliche Hochamt ab.

Doch danach sollte sich etwas Merkwürdiges ereignen. Als der Priester sein „Ite, missa est" („Geht heim, die Messe ist vorüber") gesprochen und die Gläubigen aus dem Gottesdienst entlassen hatte, als die Menge unterm Geläut der Glocken aus der weihrauchduftenden Kathedrale ins Freie drängte: Siehe, da stand auf dem Kirchhof urplötzlich ein riesiger schwarzer Felsblock, den es vorher noch nicht gegeben hatte. Auf dem Stein befand sich ein stählerner Amboss, und in dem Amboss, bis tief in den Stein hineingetrieben, steckte ein prachtvolles Schwert.

Mit großen Augen und offenem Mund umringte die Menge staunend diesen Stein, und einige riefen schließlich: „Ein Wunder! Ein Wunder ist geschehen! Holt den Erzbischof, damit er dies hier betrachte und uns erkläre, was es bedeutet!"

Der geistliche Herr kam herbei, und als vorsichtiger Mann

besprengte er das Ding zunächst einmal mit Weihwasser, um festzustellen, ob es sich nicht etwa um Teufelszeug handele. Aber den Stein „beeindruckte" das nicht, und er stand weiterhin ungerührt an seinem Platz. Da erinnerte der Erzbischof sich an die Worte Merlins: Ich werde dafür sorgen, dass sich alles zum Guten wendet … Dies konnte nur ein Werk des Magiers sein. Aber was hatte es zu bedeuten?

Er trat näher heran und sah, dass auf dem Schwertknauf Worte geschrieben waren. Zuerst las er stumm für sich. Dann verkündete er mit lauter Stimme: „So steht es hier geschrieben: ‚Der, welcher dieses Schwert aus Stein und Amboss zieht, ist rechtmäßiger König von Britannien.'"

Es erhob sich darauf ein großes Gemurmel, das bald zu einem Geschrei anschwoll, und schon drängten die ersten Lords herbei, um mit starkem Arm zu beweisen, dass ihnen die Krone gebührte, indem sie die Klinge aus dem Stein zögen. Aber keinem Einzigen von ihnen gelang es, das Schwert auch nur um Haaresbreite zu bewegen.

Da sagte der Erzbischof: „Offenbar ist der Mann, auf den diese Worte gemünzt sind, heute nicht anwesend. Aber Gott wird ihn uns zur rechten Zeit offenbaren. Ihr Herren, geduldet Euch. Wartet das Turnier am Neujahrstag ab, zu dem wir noch weitere Edelleute erwarten. Vielleicht ist der verheißene König unter ihnen."

Nun war es die Pflicht eines jeden jungen Mannes, den man neu zum Ritter geschlagen hatte, so bald als möglich an einem Turnier teilzunehmen, um seine Kampfkünste unter Beweis zu stellen. Natürlich war die Kunde von dem großen Tjost in London auch bis zu Sir Ectors Landsitz gedrungen. Sir Kay, wie der frischgebackene Ritter sich nun nennen durfte, brannte darauf, daran teilzunehmen und drängte seinen Vater, mit ihm nach London zu reiten. Also rüstete man sich zur Reise, Sir Ector, sein Sohn und natürlich Artus, der als Knappe seines Milchbruders dessen Schild und den langen Turnierspeer zu schleppen hatte.

Ein Dutzend schwer bewaffneter Reitknechte eskortierte die drei. In diesen unsicheren Zeiten bedeutete so eine Reise ein großes Wagnis. Die besseren Straßen waren zwar zu beiden Seiten auf Pfeilschussweite von Gestrüpp und Unterholz befreit (ein Befehl des vorigen Königs Uther Pendragon!), sodass ein unvorhergesehener Überfall kaum möglich war, aber trotzdem konnten auf jeder Brücke, hinter jedem Hügel Bewaffnete im Hinterhalt liegen und auf diejenigen warten, die des Weges kamen. Und oft genug verengte sich die Straße zu einem schmalen Pfad, der sich zwischen Dünenkuppen und durch vereiste Moore hinzog, vorbei an weiten Riedgrassteppen, in denen Schwärme von Enten hausten, und durch dicht verschneite winterliche Wälder, vor denen man sich am meisten fürchtete – denn die berüchtigten Vogelfreien, gesetzlose Räuber, trieben dort ihr Unwesen und hatten es auf vornehme Reisende abgesehen.

Aber die drei hatten Glück und ihnen stieß nichts zu. Sie übernachteten zweimal in kleineren Städten und gelangten unbeschadet nach London, wo Sir Ector einen guten Bekannten hatte, bei dem man absteigen konnte – sonst wäre es wohl schwer gewesen, ein Quartier zu finden in der überfüllten Stadt.

Man war gerade noch rechtzeitig angelangt. Der große Tjost fand am nächsten Tag statt.

Sir Kay konnte die ganze Nacht vor Aufregung nicht schlafen. Sein erstes Turnier! Er malte sich immer wieder aus, wie er die besten Barone Englands aus dem Sattel heben würde. Zum Frühstücken war er viel zu aufgeregt und brachte es fertig, seinen Vater und seinen Knappen schon eine Stunde vor dem Beginn zum Turnierplatz, dem Feld, zu scheuchen.

Noch waren die Ritter nicht erschienen, aber der riesige Kampfplatz beeindruckte die drei „vom Lande" auch ohne Akteure: Der Rasen schimmerte grün trotz des Wintertags – man hatte den Schnee weggefegt und über Nacht Stroh daraufgelegt, um das Grün frisch zu halten. Die Tribünen und die Absperrungen leuchteten in Weiß und Purpurrot, und für die ganz Vornehmen waren seidene Zelte in allen Farben des Regenbogens aufgeschlagen. Flaggen mit den Wappen des englischen Hochadels flatterten knarrend im Winterwind, und man konnte sich gut vorstellen, wie die Plätze sich bald mit schön geschmückten und goldgezierten Damen füllen würden, wie die Rüstungen der Kämpfer im Licht der Wintersonne gleißen und blitzen würden und mit dem Metall der Trompeten an Glanz wetteifern …

Sir Kay sah sich um, griff an seine Seite, um sich zu vergewissern, dass die Rüstung korrekt fest geschlossen war – und ließ die Hand sinken. „Großer Gott!", rief er, bleich vor Schreck. „Mein Schwert! Ich habe es in unserem Zimmer vergessen!"

Sein Vater sah ihn unwillig an und schüttelte den Kopf. „Ohne Schwert kannst du nicht tjostieren, Junge. Das verstößt gegen alle Regeln. Aber zum Glück ist ja noch Zeit, es zu holen."

„Das ist ein Auftrag für meinen Knappen!", sagte Kay. „Schnell, Artus, lauf zu unserem Quartier, und hol das Schwert. Wenn du es rechtzeitig schaffst, werde ich dich belohnen."

Artus war zwar einiges gewohnt von seinem hochfahrenden Milchbruder, aber diesmal wurde er ärgerlich. Natürlich, er war nur der Knappe. Aber er hätte um sein Leben gern den Anfang dieses Turniers mit angesehen. Das würde er nun wohl verpassen. Trotzdem sagte er: „Es soll geschehen, wie Ihr gebietet, Sir Kay!", drehte sich um und strebte gegen den

Strom der langsam herbeikommenden Menschenmassen zurück zu dem Haus, wo sie übernachtet hatten.

Aber als er ankam, fand er die Türen verriegelt und die Fenster mit dicken Holzbalken verbarrikadiert. Alle, vom Hausherrn bis zum Gesinde, waren zu dem bevorstehenden Kampf unterwegs, und natürlich ließ man in diesen zügellosen Zeiten sein Haus nicht unverschlossen, wenn man wegging.

Wo sollte Artus nun ein Schwert für Kay herbekommen? Er überlegte, ob er vielleicht noch irgendeinen Waffenschmied finden könnte, der in seiner Werkstatt war – aber er kannte sich ja nicht aus in London.

Unversehens hatten ihn seine Füße vor eine große Kirche getragen, und da auf dem Kirchhof entdeckte er etwas.

In einem Amboss über einem Stein steckte ein glänzendes Schwert. An seinem Knauf funkelten Juwelen und ein paar kleine goldene Buchstaben, auf die der Junge nicht weiter achtete.

Artus war froh über seine Entdeckung. Er blickte sich um, aber da war niemand, dem die Waffe zu gehören schien.

Nun konnte er seinen Auftrag ausführen. Mit diesem Schwert würde er zu Sir Kay gehen, damit der sein erstes Turnier bestreiten konnte.

Er fasste das Schwert am Griff.

Auf einmal war ihm, als würde das Licht auf dem Kirchhof leuchtender, und er sah alle Dinge viel klarer als zuvor. Waren da Klänge in der Luft? Hörte er Musik – oder war es das Rauschen von Bäumen? Eiche und Esche und Weißdorn …

„Merlin?“, fragte er mit erhobenem Haupt und lauschte ins Blaue hinein. „Bist du hier?“

Aber da kam keine Antwort.

Für einen Augenblick ließ Artus den Schwertknauf los. Und sogleich war alles, wie es immer gewesen war. Keine

Klänge, keine leuchtende Klarheit, kein Baumrauschen. Gar nichts.

Artus schauderte. Aber dann nahm er sich zusammen. Schließlich brauchte Kay ein Schwert …

Er packte wieder zu. Mit lockerer Hand zog er daran, und das Schwert glitt heraus, so leicht, als habe es in einer Scheide gesteckt.

Wie Artus König wurde

Um den Turnierplatz herum herrschte ein Lärm wie auf einem Jahrmarkt. Die Zuschauer grölten und schrien, feuerten die Kämpfer mit rhythmischen Zurufen und Händeklatschen an, pfiffen, wenn einer etwas tat, was gegen das strenge Turnierreglement verstieß, brüllten vor Begeisterung, wenn jemand aus dem Sattel gehoben wurde und in hohem Bogen durch die Luft flog, und spendeten dem Sieger wie wild Beifall. Mit Mühe bahnte sich Artus, das großartige Schwert in der Hand, seinen Weg durch die Menge, zu der Stelle, wo er seinen Pflegevater und dessen Sohn verlassen hatte.

Sir Kay hatte bis jetzt dem Lanzenstechen zugesehen und wartete bereits aufgeregt auf Artus, denn er sollte bald an die Reihe kommen. „Wo bist du so lange gewesen?“, rief er seinem Knappen entgegen.

„Entschuldigt, aber das Haus war verschlossen. Ich musste ein anderes Schwert für Euch besorgen“, erwiderte Artus und hielt ihm die Waffe mit dem funkelnden Knauf entgegen.

„Wo hast du das her?“, fragte der junge Ritter misstrauisch.

„Vor einer Kirche hat es in einem Amboss gesteckt“, sagte Artus. „Ich habe es herausgezogen. Wir können es ja nach dem Turnier wieder dorthin zurückbringen.“

Sir Kay bekam Riesenaugen. Im Gegensatz zu seinem

Milchbruder hatten nämlich er und sein Vater während der Zeit, die sie auf dem Platz gewartet hatten, reichlich Gelegenheit gehabt, das Gerücht von dem Schwert im Stein zu hören. Er las die Worte, die auf dem Schwertgriff geschrieben standen. Dann wandte er sich an Sir Ector und sagte: „Vater, ich habe das Schwert aus dem Stein. Nun muss ich König von England werden."

Doch Sir Ector wiegte den Kopf. Er war ein bedächtiger und verständiger Mann. Er sah von einem zum anderen. Dann sagte er: „Kommt, ihr beide. Kay, wir verlassen das Turnier. Es gibt Wichtigeres zu tun."

Kay wollte widersprechen – schließlich ging es um seinen ersten Kampf! –, doch die Miene seines Vaters war zu ernst. Er fügte sich.

Die drei begaben sich zu der Kirche, wo Stein und Amboss nun ohne die Waffe standen. Sir Ector sagte zu seinem Sohn: „Nun steck das Schwert wieder in den Amboss, Kay, und dann zieh es heraus."

Kay tat, wie ihm sein Vater geheißen hatte, und steckte die Klinge in den Schlitz im Amboss – aber sosehr er sich auch mühte, es gelang ihm nicht, sie wieder herauszuziehen. Auch Sir Ector versuchte es. Ebenfalls vergeblich.

„Nun du, Artus!", sagte der alte Mann. Und Artus trat hinzu und zog das Schwert so glatt heraus, als steckte es in Butter.

Sie versuchten es mehrmals, aber einzig Artus war imstande, die Klinge zu bewegen.

Und dann sah er, dass sein Pflegevater vor ihm in die Knie ging und auch seinen Sohn Kay herunterzog.

„Was soll das, Sir Ector?", rief er erschrocken. „Warum kniet Ihr vor mir?"

„Mein Herr und Gebieter", sagte Sir Ector, „habt Ihr nicht gelesen, was auf dem Knauf dieser Waffe steht? Jeder hier in London weiß es: Der, welcher dieses Schwert aus Stein und

Amboss zieht, ist rechtmäßiger König von Britannien. Ihr, mein Pflegekind, werdet unser Herrscher sein – Ihr seid offenbar von edlerem Blut, als ich es bin, und sicher wird Merlin das Geheimnis Eurer Herkunft bald lüften. Ich bitte Euch nun um eins, Majestät: Seid mir und meinem Sohn ein guter und mildtätiger Herrscher, und nehmt Kay mit auf den Weg, der Euch nun bevorsteht."

Der Kampf um den Thron

Artus stand da, das Schwert in der Hand, und sah auf die Knienden herab. Er, das Pflegekind, der Niemand – und nun nannten ihn diese Edelleute plötzlich Majestät?

„Bitte steht doch auf, Sir Ector, Sir Kay – ich … das kann ich nicht dulden!", sagte er.

Und dann wanderte sein Blick über die beiden hinweg in die Ferne, und ihm war, als sähe er Merlins Turm auf der Lichtung unter den drei Bäumen Britanniens stehen. Auf einmal fügte sich alles zusammen. Er begriff, wozu ihn der Zauberer erzogen hatte und warum er ihn in Dinge eingeweiht hatte, deren Sinn er damals noch gar nicht verstand. All das, was er, die drei Blätter der heiligen Bäume in der Hand, damals „vergessen" hatte, strömte nun in seinen Kopf zurück. Und für einen Augenblick senkte sich die ganze Bürde seiner künftigen Pflichten wie ein bleierner Mantel auf seine Schultern.

Aber dann straffte er sich, und seine Augen leuchteten. Ja. Es hatte wohl alles seine Richtigkeit. Dazu hatte ihn Merlin erzogen.

„Lasst uns zum Erzbischof gehen", sagte er. „Gewiss ist er weise genug, zu verstehen, was hier passiert ist."

Nun versammelte das geistliche Oberhaupt des Landes die Großen des Reichs ein zweites Mal in der Kirche und verkündete, dass dank der Gnade Gottes ein Wunder geschehen war: „Ihr Herren und Volk von London!“, rief er mit tönender Stimme. „Es ist entschieden. Einem fünfzehnjährigen Knaben, einem jungen Mann ohne Titel und von unbekannter Herkunft, ist es gelungen, das Schwert der Verheißung aus dem Stein zu ziehen. Er gewann, ohne zu wissen, wie, ein Königreich.“ Und er nahm Artus an die Hand und führte ihn vor die Stufen des Hochaltars, rufend: „Hier, ihr Herren, steht euer neuer König!“

Artus stand da, ein blonder Junge, das große Schwert in der Hand, und aus seinem freundlichen treuherzigen Gesicht leuchteten die blauen Augen voller Verwunderung und ernster Freude.

Nach ein paar Momenten der Stille erhob sich in der Kathedrale ein unbeschreiblicher Tumult. Während die paar einfachen Leute, die sich hinten im Kirchenschiff zusammengedrängt hatten, in lauten Jubel ausbrachen und den neuen König begrüßten, der der Willkür im Lande ein Ende setzen würde, begannen die Lords zu fluchen und zu toben.

„Wie denn? Soll jetzt Britannien von einem bartlosen Knaben regiert werden, einem Kind, von dem man nicht einmal weiß, wessen Sohn er ist? Das lassen wir nie und nimmer zu! Wir wollen die Probe noch einmal machen – vielleicht ist ja der Zauber erloschen und jeder Beliebige kann nun das Schwert aus Amboss und Stein ziehen!“

Der Erzbischof konnte sich ihrem Drängen nicht entziehen. Er befahl, die Klinge wieder an ihren Platz zurückzubringen.

Und dann probierten einen ganzen Tag lang die Lords und Barone Englands ihre Kräfte an diesem Schwert aus – vergeblich. Nur Artus konnte es jedes Mal ohne Anstrengung bewegen.

Die Großen des Landes gaben aber noch nicht auf. „Lasst

uns die Entscheidung vertagen, hochwürdiger Herr! Vielleicht gibt es irgendwo ja noch einen Ritter, der nicht von diesem Ding gehört hat und dessen Bestimmung es ist, das Wunder zu vollbringen!", forderten sie.

(Natürlich war das nur eine Ausflucht, denn keiner von ihnen gönnte dem anderen die Königswürde, ganz gleich, wie berühmt und mächtig er war.)

Schließlich sagte der Erzbischof: „Nun gut. Wir wollen uns alle zu Mariä Lichtmess wieder versammeln zu einer erneuten Probe!" Das war Anfang Februar.

So geschah es, und wieder war das Ergebnis das gleiche. Doch die aufgebrachten Barone erzwangen noch eine zweite und dritte Verschiebung: bis Ostern zuerst, dann bis Pfingsten. Es wollte nicht in ihre hochmütigen Köpfe, dass sie sich von einem „Dahergelaufenen" beherrschen lassen sollten. Schließlich versammelten sich ein letztes Mal zur Probe alle um Stein, Schwert und Amboss.

Inzwischen hatten sie eine solche Wut auf den jungen Artus, dass man um sein Leben fürchten musste. Sir Ector und sein Sohn Kay sowie einige der alten Vertrauten des Königsgeschlechts, aus dem König Uther stammte, wie Sir Ulfius und andere, bewachten den jungen Mann bei Tag und Nacht. Keinen Moment ließen sie ihn aus den Augen, denn gern ging er aus dem Haus und wanderte durch die Straßen Londons, wo er von den einfachen Leuten überall mit Freude und Hochachtung begrüßt wurde. „Liebe Majestät", riefen sie dann, „Gott segne dein blondes Haar und deine Jugend und deine Kraft und deine treuen Augen! Du wirst uns zu unserem Recht verhelfen, das wissen wir! Unter dir werden wir sicher und in Frieden leben können!" Das hörte Artus, und er gelobte sich in seinem Herzen, die Erwartungen der Menschen nicht zu enttäuschen.

Die großen Herren des Landes also versuchten sich noch

einmal am Schwert im Stein, und wieder zeigte sich, dass keiner von ihnen imstande war, die magische Waffe herauszuziehen. Da versammelten sie sich, ungeachtet der Heiligkeit des Orts, unter Lärmen und Toben in der Kirche. Sie gaben wiederum ihre Meinung kund, dass sie – Schwertprobe hin oder her – nicht bereit seien, sich diesem hergelaufenen Niemand zu unterwerfen. Der Erzbischof besaß keine Macht über sie.

Da erschien auf einmal Merlin inmitten der Versammlung, und in seiner Hand trug er ein weißes Banner mit einem blutroten Drachen, der wie lebendig wirkte, wenn sich die Seide bewegte.

„Ihr Herren!", rief er. „Hört mich an. Erkennt ihr dieses Zeichen? Es ist die Fahne, unter der König Uther Pendragon, das Drachenhaupt, zu Felde zog und Ungehorsame niederzwang, wie ihr wohl wisst. Und so wahr ich des großen Königs Vertrauter gewesen bin, so gewiss ist es, dass dieser Knabe Uthers Sohn ist. Ich selbst habe den Herrscher heimlich zu Lady Igraine geführt, während der Zeit, als er die Burg von Terrabil belagerte, und aus dieser Verbindung ist Artus hervorgegangen. Und ich habe dann das Kind zu Sir Ector gebracht, damit ich es in aller Ruhe, unbehelligt von den heimtückischen Plänen machthungriger Barone, zu dem erziehen konnte, was er einmal sein wird: Britanniens großer Herrscher. The once and future King – der einstige und künftige König."

Mit diesem letzten Wort wussten die Herren nichts anzufangen, aber Merlins Rede verfehlte trotzdem ihre Wirkung nicht, denn der Magier genoss hohes Ansehen; er wurde geschätzt wegen seiner Weisheit und gefürchtet wegen seiner Zauberkunst. Aber dennoch hörten einige unter den Lords nicht auf zu murren, und sie riefen: „Dann ist Artus ein Bastard, in Schande gezeugt, und ein Bastard kann nicht unser König sein!"

Aber Merlin wusste auch darauf zu antworten. „Als der König der Lady beiwohnte, war der Herzog von Cornwall bereits im Kampf gefallen, und sie war also Witwe und kurz darauf ihm anverlobt!“

So mussten sich die Aufmüpfigen zunächst einmal zufriedengeben.

Und ohne allen Schmuck und allen Prunk fand nun in aller Eile die Einsetzung des neuen Herrschers statt, jenes jungen Mannes, der König über die anderen großen Herren Britanniens sein sollte, die sich selbst oft Könige nennen ließen! Die Kathedrale war zur Hälfte gefüllt von den Adligen, die sich zu keinen Jubelrufen bequemen wollten, und in den hinteren Kirchenbänken kniete das Volk, das auf die Kunde von dem Geschehen hin eilig herbeigeströmt war.

Der Erzbischof ließ Artus niederknien, dann nahm er das Wunderschwert und berührte ihn damit an der Schulter. Auf diese Weise schlug er ihn zum Ritter, denn das war er bisher ja noch nicht. Und dann trat Artus vor und hob die Hand zum Schwur. Er gelobte allen Lords und dem ganzen Volk mit heiligem Eid, ihnen allezeit bis zu seinem Tod ein gerechter und treuer Herrscher zu sein, und die einfachen Leute jubelten ihm zu, während die Großen wohl oder übel knieten und ihm huldigten. Denn über Artus’ Haupt wehte das Banner mit dem roten Drachen, und auf dem Altar lag das Schwert aus dem Stein.

Dem jungen König war es recht so, dass keine Festlichkeiten stattfanden, denn er wusste, dass große Mühen auf ihn warteten, und er war entschlossen, sie zu meistern und dann erst zu feiern.

Artus machte sich unverzüglich an die Arbeit des Regierens. Merlin hatte ihn gut vorbereitet für den Thron Britanniens, und er wusste, was zu tun sei. Als Erstes machte er die Männer, die ihn in der letzten Zeit beschützt und begleitet hatten, zu seinen Vertrauten und gab ihnen Ämter an seinem

Hof, so wurde sein Milchbruder Kay der Seneschall, der Verwalter der königlichen Güter und Haushofmeister, und andere Ritter wie Sir Ulfius und der greise Sir Ector bekamen Aufgaben in der Heeresverwaltung und der Gerichtsbarkeit.

Ein Jahr lang nun erfüllte der junge König seine Herrschaft, mit Merlin als Ratgeber an der Seite. Er vereidigte die Lords, die Land von der Krone zum Lehen hatten, und schwor sie darauf ein, in seinem Namen ihre Güter mit Gerechtigkeit zu verwalten und die Pflichten, die sie in Krieg und Frieden England schuldeten, stets gewissenhaft zu erfüllen.

Dann zog er durchs Land und sprach Recht, und alle, die eine Klage vorzubringen hatten, gleich ob von hohem oder niederem Stand, konnten vor ihn treten und frei sprechen. Er verhalf dem armen Bauern wieder zu seinem Feld, das ihm der Gutsherr gewaltsam weggenommen hatte, er befahl, der von ihrem Nachbarn beraubten Witwe das gestohlene Gut zurückzugeben und schlichtete den Streit zwischen feindlichen Burgherren. So sorgte er dafür, dass das Unrecht, das in der gesetzlosen Zeit nach Uthers Tod geschehen war, wiedergutgemacht wurde, soweit das möglich war, und bestrafte unnachsichtig die Übeltäter.

Damit schuf er sich viele Freunde bei den Armen und Bedrängten, aber unter den gewaltbereiten Lords und Baronen wuchs der Zorn gegen ihn. Sie waren es gewohnt, was sie „Recht“ nannten, entsprechend ihrer Willkür auszulegen. Nun gab es auf einmal Gesetze, und das passte ihnen nicht …

Zwischendurch musste der junge König auch gegen auswärtige Feinde zu Felde ziehen, die der Meinung waren, ein Land, dessen Herrscher ein halbes Kind sei, konnte eine leichte Beute abgeben. Von Irland drängte eine Flotte beutehungriger wilder Horden herbei, und auch ein paar kleine Könige an der Normannischen Küste hielten ihre Stunde für gekommen. Aber in den Häfen Britanniens lagen gut gerüstete Schiffe bereit, neben der Handelsflotte auch noch eine schlagkräftige Kriegsflotte, die noch aus den Zeiten Uther Pendragons stammte. Mit seinen Getreuen zog Artus den Feinden entgegen und bekämpfte sie zur See und in ihrem eigenen Land mit Geschick und großer Tapferkeit.

So zog das erste Jahr seiner Herrschaft wie ein Sturmwind an ihm vorbei. Jeden Tag musste er schnelle Entscheidungen fällen, Gerechtigkeit üben, im Krieg das Kommando führen und die richtigen Befehle geben, um siegreich zu sein. Und dies Jahr mit all seinen Sorgen und Ängsten, seinen Erfolgen und Siegen verwandelte den Jüngling im Handumdrehen zu einem ganzen Mann.

Nun endlich, als die Feinde im Inneren niedergerungen und die Gefahren von außen abgewendet schienen, sollte die feierliche Krönung stattfinden, in Carleon, der alten Stadt im Landstrich Camelot. (Artus zog sein Leben lang den lieblichen Süden dem düsteren London an der Themse vor …) Wieder war der Pfingstsonntag dafür vorgesehen, und für alle Untertanen im Lande sollten Feste vorbereitet werden – in Carleon natürlich auch mit einem prachtvollen Turnier.

Artus freute sich, als er hörte, dass zahlreiche große Herren aus dem Norden mit ihrem Gefolge ihr Kommen angesagt hatten – wie er in seiner Redlichkeit meinte, um ihm zu huldigen und ihn ihrer Treue zu versichern. Da reisten der König von Schottland und der Herzog von Carados mit Hunderten von Rittern an und vor allem der mächtige Lot, Herrscher von Lothian und den Orkney-Inseln. Dass dieser Mann eine der Töchter seiner Mutter, Lady Igraines, geheiratet hatte, nämlich Morgause (die also seine Halbschwester war), wusste Artus nicht.

Um die Herren zu ehren, sandte er ihnen Boten mit Geschenken entgegen. Aber die großzügigen Gaben wurden mit Hohngelächter empfangen.

Der rothaarige König Lot machte sich zum Wortführer. „Wir sind nicht gekommen, diesem Emporkömmling, diesem König von Gnaden des Scharlatans Merlin, zu huldigen! Die Gaben, die wir für ihn bereithalten, sind Schwertstreiche, blutige Wunden und schmachvolle Niederlagen. Wir werden ihn vom Thron stürzen und aus dem Lande vertreiben!", verkündete er, und seine Verbündeten schlugen zum Zeichen ihrer Zustimmung und Kampfentschlossenheit mit ihren Waffen auf die Schilde.

Als die Boten mit dieser Nachricht zurückkamen, begriff Artus sofort, wie ernst die Lage war. Die bedrohlichen Ankömmlinge aus dem Norden waren eindeutig in der Überzahl, denn Artus war ja nach Carleon gekommen, um ein friedliches Fest zu feiern, und deshalb nicht vorbereitet auf große Auseinandersetzungen. Er und seine Ritter waren den anderen unterlegen.

Der junge König hatte im zurückliegenden Jahr gelernt, dass man seine Entscheidungen ohne langes Zaudern treffen musste. Außerhalb der Mauern von Carleon befand sich ein großer Turm, fast schon eine Burg. Dahin ließ er reichlich Proviant und Waffen bringen, um die Stadt vor dem Bevorstehenden zu schonen, und verschanzte sich mit seinen Getreuen. Kaum hatte er sich eingeigelt, als die nordischen Könige mit ihren Männern schon rings um Carleon ihre Zelte aufschlugen und in den Straßen der Stadt patrouillierten.

Artus stand auf den Zinnen des Turms und sah, welche Übermacht vorhanden war. Er bat daraufhin seinen weisen Berater Merlin, der ihn begleitete, mit den Gegnern zu verhandeln.

Als der Zauberer unter den Lords erschien, sagte König Lot höhnisch: „Sieh da, Hexenmeister! Bist du gekommen, um die Kapitulation deines Königs zu überbringen? Wenn er jetzt klein beigibt, wollen wir Gnade vor Recht ergehen lassen und gewähren ihm freien Abzug. Dann kann er auf den Gütern Sir Ectors weiter die Falken pflegen und die Hunde dressieren, wie es ihm als Unedlem zusteht!"

„Ihr Herren seid im Irrtum", erwiderte Merlin freundlich und ohne sich herausfordern zu lassen. „Ich sage es Euch zum zweiten Mal: Artus ist durch Geburt und Bestimmung der König Britanniens, so will es das Schicksal. Und wenn Eure Übermacht noch zehnmal größer wäre als jetzt – er wird siegreich sein. Es wäre besser, Ihr würdet die Waffen strecken und Euch in Frieden mit ihm einigen. Sicher wird er Euch Eure Aufsässigkeit vergeben."

Da lachten die Nordkönige, bis ihnen die Tränen kamen, und Merlin sah ein, dass er nichts bewirken konnte, und verschwand, wie er zu ihnen gekommen war – durch die Luft.

Aber seine Worte hatten doch einige der Krieger nachdenklich gestimmt, und bei Nacht und Nebel verließen mehr als hundert Ritter die Fahnen der Angreifer und traten zu Artus über.

„Majestät", sagte Merlin, „jetzt ist der günstige Augenblick gekommen! Wie zu sehen ist, sind nicht alle der Männer da draußen willens, Euch zu bekriegen. Nutzt die Gelegenheit, macht einen Ausfall, und bekämpft diese Aufsässigen! Aber lasst Euch geraten sein, das Wunderschwert aus dem Stein nur in allerhöchster Not zu benutzen.

Ihr seid ein glänzender Kämpfer auch ohne Zauberdinge. Man soll später einmal nicht sagen, Ihr hättet Euren Anspruch auf das Reich nur mit Magie bekräftigt!"

Artus sammelte seine Ritter um sich. Dann ließ er das Tor des Turms öffnen und brauste wie der Sturmwind an der Spitze seiner Männer hervor, und als sie sahen, dass er wie ein Löwe focht und seine Stärke und Geschicklichkeit alle übertraf, fassten auch sie Mut für zwei.

Artus hatte sich den riesenhaften Herzog Carados als Gegner ausgesucht. Die beiden rannten gegeneinander an, und der König hob seinen Widersacher aus dem Sattel. Sir Kay und Sir Ulfius neben ihm kämpften ebenfalls heldenhaft, und zu dritt konnten sie einen Keil in das feindliche Heer treiben. Aber Kays Pferd stürzte, und sein Reiter geriet in große Gefahr, weil er sich nicht rechtzeitig aus den Steigbügeln lösen konnte. Als Artus das bemerkte, sprang er von seinem Ross, zerschlug mit dem Schwert Kays Sattelriemen und zog ihn unter dem Tier hervor. „Lieber Bruder, da hinten läuft ein Gaul, der eben noch den Herzog Carados getragen hat! Nehmt ihn, wenn Ihr sonst unverletzt seid!", rief er lachend. Dann duckte er sich vor ein paar feindlichen Schwertstreichen unter seinen Schild und schwang sich wieder auf sein Tier. (So stand einer für den anderen ein, Artus für seine Männer und sie für ihn.) Artus' Ritter drängten nach, und unaufhaltsam wie ein reißender Bergstrom drangen sie in die Reihen der Feinde vor.

Einer der bereits am Boden liegenden Nordritter jedoch nutzte die Gelegenheit, als Artus ihm nahe kam, und stieß dessen Pferd von unten mit beiden Händen die Klinge in den Leib.

Ross und Reiter stürzten. Im gleichen Augenblick kam König Lot heran – sein schwarzes Banner wehte unheilvoll vom Schaft seiner Lanze –, sprang vom Pferd und drang auf Artus ein, um ihn töten. Aber die Ritter des Königs, vor allem wieder Kay und Ulfius, stellten sich vor ihren Anführer und halfen ihm, sich zu erheben.

Nun war es Zeit für das Wunderschwert, fand Artus. Er zog es und drang damit auf seinen Gegner ein, sodass der sich zur Flucht wandte.

Als das Volk von Carleon sah, dass die Angreifer im Rückzug waren, stürzten sie sich mit Stöcken und Keulen, mit Schürhaken und Mistgabeln auf die hochmütigen Könige und brachten viele der Fliehenden um, und das galt als besondere Schande bei den edlen Herren, denn eigentlich ließ sich ein Ritter nur von einem Ritter bezwingen.

Die Aufrührer zogen sich vorerst zurück. Sie hatten geglaubt, einen raschen Sieg zu erringen. Nun sahen sie, dass sie es in Artus mit einem ernsthaften Gegner zu tun hatten. Aber es war klar, dass sie nicht aufgeben, sondern mit Übermacht zurückkommen würden.

Da gab Merlin seinem König einmal wieder einen guten Rat.

Wie König Artus seine Schlachten schlug

„Liebe Majestät, mein Zögling Artus", sagte der Zauberer zum König. „Ihr wisst ja selbst, dass diese Aufrührer sich nicht besiegt geben. Sie werden wiederkehren, und wahrscheinlich wird ihre Übermacht noch gewaltiger sein als dieses Mal. Was wollt Ihr nun tun? Wollt Ihr Euch, wie eben in dem Turm der Stadt, in einer Festung verschanzen und Euch belagern lassen?"

„Nein", entgegnete Artus, „das will ich ganz bestimmt nicht. Ich will gegen sie antreten und sie in offener Feldschlacht besiegen."

Merlin nickte. „Soll ich Euch und Eurem Heer ein paar Feuer speiende Drachen oder Ungeheuer der Vorzeit zu Hilfe schicken? Zur Not würde ich das fertigbringen."

„Nein, danke!", sagte Artus und errötete. „Bitte verzeih. Du weißt, wie sehr ich dich schätze. Aber wie du bereits selbst gesagt hast: Ich will nicht, dass man später von mir sagt, König Artus sei einer gewesen, der nur mithilfe von Zauberkunst seinen Thron bewahren konnte. Da muss es noch andere Möglichkeiten geben."

Merlin nickte. „Die gibt es allerdings!", erwiderte er. „Und, ehrlich gestanden, ich hatte auch keine andere Antwort von Euch erwartet. Das Erste, was ich Euch anrate, ist: Sucht Euch Verbündete außerhalb des Landes. Schickt Boten übers Meer nach Süden, nach Frankreich."

„Nach Frankreich?", rief der König erschrocken. „Wohnen da nicht Völker, die uns Engländern feindlich gesonnen sind?"

„Nicht alle", entgegnete sein Berater. „Es gibt dort zwei Brüder, die Könige Ban und Bors, beides gewaltige Kämpfer, die liegen im Streit mit einem anderen großen Herrn. Wenn Ihr ihnen nun in ihrem Krieg Beistand zukommen lasst, dann sind sie verpflichtet, Euch ebenfalls Waffenhilfe zu leisten, und so könnt Ihr Eure kleine Armee vergrößern. Zwar werden die Invasoren aus dem Norden, die Euch bedrängen, auch dann noch in der Überzahl sein, aber Ihr könnt Ihnen trotzdem beikommen. Und dafür ist ein Zweites wichtig: Ihr müsst die bisherige Strategie der Feldschlacht verändern und durch Überraschung Euren Feind verwirren. Ich werde Euch sagen, wie."

Und so sollte es geschehen.

Es dauerte in der Tat nicht lange, und König Lot mit seinen Verbündeten machte sich erneut auf, Britannien niederzuringen. In großer Zahl fielen sie zu Land und zu Wasser in König Artus' Reich ein. Plündernd, sengend und mordend bewegten sich die Heere der Könige durch fruchtbares Land, durchquerten dichte Wälder, in die Schneisen geschlagen wurden, überquerten Salzsteppen und Moore, hin zur Stadt Nottingham.

Artus zog ihnen entgegen.

Wie Merlin es ihm vorhergesagt hatte, sah er, dass die Seinen wiederum einer Übermacht entgegentreten mussten.

Aber die Engländer kämpften auf ihrem eigenen Boden gegen die Eindringlinge. Das verlieh ihnen gewaltige Kräfte, die aus dem Mut der Verzweiflung erwuchsen. Unerschrocken verließ sich der junge König auf sein Glück und die gerechte Sache.

Schließlich standen sie sich im Sherwood Forest gegenüber: die Krieger aus dem Norden und Artus mit seinen französischen Verbündeten Bors und Ban und ihren Truppen.

Schlachten wie diese waren für die adligen Ritter oft nicht viel mehr als ein ins Gigantische ausgedehntes Turnier. Ihnen geschah nur selten etwas Ernsthaftes. Abgesäbelte Arme und Beine, tödliche Wunden und durch die Luft fliegende Köpfe dagegen gab es fast nur beim Fußvolk, den unzähligen Bauern und Leibeigenen, die nicht nur aufeinander losgehen, sondern auch einen Schutzwall um die ritterliche Kerntruppe bilden mussten, wenn die von der Gegenseite angegriffen wurde. Erst wenn man ihre Fußtruppen zusammengehauen hatte, kämpften die Lords gegeneinander; dies fand dann nach den Regeln des „Tjostierens“ statt. Wenn man sich im Zweikampf besiegt sah, bot man Lösegeld an, ließ sich gefangen nehmen und konnte sicher sein, dass man nach kurzer ehrenvoller Haft wieder in aller Gelassenheit nach Haus ziehen konnte. Abgesehen von der Lust am Kämpfen, war Lösegeld für viele der Sinn des Krieges.

Artus' Schlacht bei Bedgraine im Wald von Sherwood, in der Nähe von Nottingham, erlangte Berühmtheit, denn sie änderte das alles. Der König von England hatte nicht vor, seine Untertanen niedermetzeln zu lassen. Er wusste, dass die einfachen Leute, die Bauern, Bürger und Leibeigenen, das Herz und die Seele seines Landes waren – Brot und Salz, hatte Merlin gesagt –, und er war nicht bereit, sie sinnlos zu opfern. So hatte er angeordnet, dass es in dieser Schlacht keine Kämpfe um Lösegeld geben würde. Das hieß, seine Ritter sollten ernsthaft kämpfen – aber nicht gegen Fußsoldaten, sondern gegen die Ritter der Aufrührer, Adlige gegen Adlige, und nicht nach den bislang auf dem Schlachtfeld üblichen Spielregeln miteinander „tjostieren".

Diese „Spielregeln" hätten vorgesehen, dass nach dem Frühstück das englische Heer gegenüber dem Heer Lots und seiner Verbündeten in Aufstellung gegangen wäre. Um die Mittagsstunde hätten dann alle die richtige Position gehabt, und Lots Ritter hätten die Fußsoldaten von Artus niedergemetzelt, so wie die von König Artus die ihres Gegners.

Stattdessen griff Artus bei Nacht an. Mit wildem Kriegsgeschrei stürmte er an der Spitze seiner Truppen, das Wunderschwert an der Seite, in das Lager des schlafenden Feindes. Er wusste ja, dass die anderen in der Übermacht waren, und konnte sich nur mit einer Überraschungstaktik den Sieg erhoffen, so wie Merlin es ihm geraten hatte.

Zelte gingen in Flammen auf, das Schlachtgeschrei der Angreifer und das Schreckensgeheul der Überfallenen vermischten sich. Den gegnerischen Truppen musste dieser nächtliche Überraschungsangriff wie ein Überfall von Dämonen vorkommen – so etwas war man nicht gewohnt!

Dem Rotschopf König Lot und den anderen gelang es mit Müh und Not, sich zu wappnen (denn das war eine zeitraubende Angelegenheit), und dann kämpften sich die Verbündeten aus dem Norden mühsam aus dem brennenden Zeltlager heraus und versuchten, sich zu formieren – voller Empörung über diese unritterliche Art und Weise der Überrumpelung. Mit viel Anstrengung sammelten sie einen notdürftigen Schutzwall von Fußsoldaten um sich.

Aber nach dieser Eröffnung ließ ihnen Artus keine Zeit, zu Atem zu kommen. Bei Sonnenaufgang begann die eigentliche Attacke der Reiterei.

Die Nordritter hatten sich hinter ihren Fußsoldaten eingeigelt; gegen sie stürmten die riesigen schweren Streitrösser des britannischen Heeres nun donnernd heran. Unter den gewaltigen Hufen flogen Erdklumpen davon, der Boden bebte. Die Rüstungen und Pferdegeschirre klirrten, auf den Panzern spiegelte sich die Sonne. Und dann wurden auf ein Kommando hin die langen Speere gesenkt, richteten sich die verheerenden Eisenspitzen gegen den Feind.

Eigentlich wäre es nun den Fußsoldaten ans Leben gegangen. Aber Artus beging eine weitere „Ungeheuerlichkeit“: Er ignorierte sie, ließ seine Schar einfach zwischen ihnen hindurch auf die feindlichen Lords losstürmen. (Offenbar waren die Kämpfer zu Fuß nicht sehr darauf aus, für Lothian und Orkney zu sterben, sie nahmen diese Gnade gern entgegen.)

Die aus dem Norden wehrten sich tapfer. Aber die neue Kampfweise der Engländer hatte sie verunsichert. Die Raserei, mit der diese ihnen zahlenmäßig unterlegene Reiterschar sie wieder und immer wieder angriff, verblüffte sie. Sie verstanden nicht, dass es keine Kämpfe um Lösegeld waren, die hier stattfanden, sondern dass ein Land und sein König sich gegen Eindringlinge zur Wehr setzten. Und Artus, dieser junge Mann mit dem mächtigen Schwert, das er nur zog, wenn es unumgänglich war – er schien überall zu sein, glühend, triumphierend, furchterregend tapfer.

Was die nordischen Lords nicht wussten: Außer dem Heer, gegen das sie gerade kämpften, gab es noch die Truppen der Könige Ban und Bors, die im Hinterhalt lagen. Im entscheidenden Moment schickte Artus Botschaft an seine Verbündeten, und sie fielen dem überraschten Feind in die Flanke.

Mit geballter Kraft nahmen die drei Heeresgruppen die Feinde in die Zange. Nun war es aus mit dem Widerstand der Nordkönige. Die Angreifer zogen sich zurück, eilten in panischer Flucht zu ihren Schiffen an der Küste. Und wenn

Merlin sich nicht als Vermittler eingeschaltet hätte, wäre Artus in seinem jugendlichen Siegestaumel wohl den Besiegten auch noch übers Meer gefolgt und hätte sie mit seiner überlegenen Flotte in einer Seeschlacht gestellt.

Wie dem auch sei: Artus hatte einen Sieg erfochten, von dem man weithin zu berichten wusste. In England und darüber hinaus bis nach Frankreich, nach Italien, bis hinunter nach Rom zum Papst, in ganz Europa verbreitete sich die Kunde.

Der junge König von Britannien setzte so mit Kraft, Klugheit und Schnelligkeit neue Maßstäbe, was die Taktik der offenen Feldschlacht anging, und er hatte seine Entschlossenheit unter Beweis gestellt, sein Land zu verteidigen. Jeder, der etwa vorhaben sollte, Britannien anzugreifen, würde es sich jetzt zweimal überlegen.

Die Lady aus der Dunkelheit

Natürlich musste der Sieg über die feindlichen Könige des Nordens ausgiebig gefeiert werden, und wie konnte das besser geschehen als mit einem großen Fest – und mit Turnieren, ritterlichen Tjosten!

Auch musste sich Artus bei seinen Bundesgenossen aus Frankreich bedanken, bei Ban und Bors mit ihrer kriegerischen Mannschaft, und so donnerten die Hufe, splitterten die Speere, legten die edlen Herren gekonnte Stürze hin, ließen sich aufhelfen und zogen die Schwerter zum entscheidenden Kampf, dass es nur so eine Freude war. Die Festlichkeiten dauerten Wochen. Halb Britannien war zu Gast in Camelot, und Carleon, die Königsstadt, jauchzte im Siegestaumel. Auch aus Übersee waren Freunde und Verwandte der Verbündeten gekommen, und die überdachten Tribünen sahen aus wie Blumenbeete, so vielfarbig leuchteten die Gewänder der schönen Damen. Oft warf Artus sehnsüchtige Blicke zu den Frauen hinüber; er hatte bisher einfach keine Zeit gehabt, sich um etwas anderes zu kümmern als um Herrschen und um Kriegführen …

Die Straßen wimmelten von Menschen. Viele Leute waren vom Land gekommen und hatten noch nie eine Stadt gesehen – und eine solche Stadt noch dazu! Eine Stadt, in der es viele Straßen gab und sich Klöster, Kapellen, Kirchen, Kaufherrenhäuser und Marktplätze um die Königsburg herum zu versammeln schienen. Manche sagten, wenn man diese Stadt mit London vergleichen würde, so sei Carleon die schönere und bedeutendere. Vom Läuten der Glocken und dem Geflatter der großen Fahnen und Standarten schien die Luft gleichsam lebendig zu sein. Und das weiß-rote Drachenbanner König Uthers, das Merlin einst herbeigebracht hatte, blähte sich im Wind von den Zinnen der Burg herab, zum Zeichen, dass der siegreiche König in seiner Residenz weilte.

Artus selbst nahm an den Turnieren teil und hob einige seiner Barone aus dem Sattel, denn er war durch die Schlachten des vergangenen Jahres zu einem der Besten im Waffenhandwerk geworden.

Auch für die Heranwachsenden gab es Spiele; die jungen Adligen, die noch nicht zum Ritter geschlagen waren, konnten sich in einem Tjost mit stumpfen Lanzen und Holzschwertern beweisen. Die Großen wohnten diesen Turnieren wohlwollend bei, auch Artus, der dabei auf der bunt geschmückten Tribüne zwischen seinen französischen Verbündeten saß. Ihm fiel besonders ein magerer, dunkeläugiger Junge auf, der in allen Kämpfen, an denen er teilnahm, der Gewinner war und die anderen haushoch an Geschicklichkeit und Unerschrockenheit übertraf, und so neigte Artus sich zu König Ban und sagte: „Seht Ihr diesen Knaben da? Aus dem kann einmal etwas werden! Hier in meinem Reich gibt es immer noch viel Arbeit. Aber in ein paar Jahren, wenn ich hier alles geordnet habe, würde ich solche wie ihn gern an meinem Hof sehen und sie zu meinen Vertrauten machen."

„Majestät", sagte Ban und strahlte, „dieser Knabe ist mein Sohn Lancelot."

Nach der nächsten Runde der jungen Kämpfer gab Artus ein Zeichen und ließ den Knaben zu sich holen.

Sein hölzernes Schwert in der Faust, kam der Sohn König Bans angelaufen und fiel vor Artus auf die Knie. Er atmete heftig, noch erhitzt von der Anstrengung. „Majestät?", sagte er fragend. Und zu seinem Vater: „Hab ich etwas falsch gemacht?"

Artus lachte. „Ganz und gar nicht! Lancelot, ich habe dich beobachtet und gratuliere dir zu deinem Können. Bravo! Sicher wirst du einmal ein hervorragender Ritter."

Der Junge wurde blutrot. „Ich will einmal der beste Ritter der Welt werden!", sagte er heftig und starrte Artus voller Bewunderung an, „und Euch mein Schwert zu Füßen legen – ich meine, mein richtiges Schwert."

Der junge König sah den Knaben wohlwollend an. „Nun, dafür hast du gewiss noch ein bisschen Zeit. Aber wenn es dann so weit ist, werde ich dich rufen lassen. Versprochen."

„Ich werde die Worte Eurer Majestät in meinem Herzen bewahren!", sagte der Junge ernst. „Einst werde ich Euch dienen, so gut ich es nur vermag."

Dies Gespräch hatte Merlin mitgehört, der in seinem Magiersgewand gleich hinter dem Sitz des Königs stand, gleichsam als sein erster Ratgeber. Er seufzte hörbar.

„Bedrückt dich etwas?", fragte der König, der immer sehr aufmerksam auf alles achtete, was der Zauberer tat.

„Manchmal wünschte ich, ich könnte nicht in die Zukunft sehen!“, erwiderte Merlin niedergeschlagen.

„Was meinst du damit, Freund? Du redest in Rätseln.“

„Es stimmt schon, dass dieser Junge einmal der beste Ritter der Welt sein wird und sogar Euer Vertrauter“, erwiderte er. „Aber das ist nicht alles. Er wird auch Unheil über Euch bringen – so wie die nächsten Tage der Keim zukünftigen Unheils für das Land sein werden. Mehr kann ich nicht sagen, denn das Schicksal vermag ohnehin niemand zu ändern.“

„Nun“, sprach Artus übermütig, „was nützt es mir, wenn du von Unheil redest und ich kann es doch nicht verhindern? Also gebe ich dir den guten Rat: Behalt es einfach für dich. Im Augenblick ist mir nicht nach finsteren Prophezeiungen zumute. Ich fühle mich viel zu wohl, um auf Unkenrufe zu hören.“

So verstummte Merlin. Er sah ein: Der König hatte recht.

Während man in Carleon freudig den Sieg feierte, kehrten die geschlagenen Nordkönige in ihre Heimatländer zurück. Rotschopf König Lot aber war auf dem Schlachtfeld verwundet worden, und es war abzusehen, dass er dieser Verletzung erliegen würde. Als er merkte, dass sein Ende nahte, rief er sein Weib Morgause zu sich und sagte: „Es ist wider meine Ehre, mich Artus zu beugen, aber ich muss gestehen, dass er ein tapferer Kämpfer ist und dass seinem Königtum die Zukunft gehört. Er wird Britannien beherrschen, und wir kleinen Könige müssen zurückstehen. So ist mein Rat an dich: Nimm du unsere Kinder, und zieh nach Camelot, bitte ihn um einen vernünftigen Frieden, damit unser Land nicht zu den Abtrünnigen gezählt und demnächst mit einem zweiten Krieg überzogen wird. Und sieh zu, dass unsere Söhne am englischen Hof von Carleon erzogen werden, damit sie zu wahren Rittern heranwachsen.“ Das Atmen wurde ihm schwer. Er schloss die Augen und griff nach der Hand seiner Frau, die kalt und schwer in der seinen lag. „Lebe wohl, Liebste, und vergiss mich nicht."

Mit diesen Worten drehte er sich zur Wand und verschied, und Lady Morgause, Igraines Tochter und die Halbschwester des Königs von England, war an seinem Totenbett. Sie weinte keine Träne, denn Weinen war nicht ihre Art. Sie stand da, eine schwarzhaarige, nächtliche Schönheit, einsam und stolz.

Die langen kalten Winter, die Nebel und Stürme der Inseln, die nördlich von Schottland liegen, die Nächte, in denen Geister und Trolle in der endlosen Dunkelheit ihr Wesen zu treiben schienen, die mürrische, verschlossene Art der Menschen, die sie umgaben, die düstere Langeweile, die sie täglich plagte – all das hatte aus der fröhlichen jungen Engländerin, die damals nach dem Tod ihres Vaters, des Herzogs von Cornwall, gemeinsam mit ihrer Mutter und ihrer Schwester Hochzeit feierte, eine verschlossene Frau gemacht, die der finsteren Seite der Welt zugeneigt war. Ähnlich wie ihre Schwester Morgan le Fay in ihrem Kloster befasste sie sich im Stillen unter der Anleitung einer bösen alten Nonne mit schwarzer Magie, und nichts schaffte ihr mehr Befriedigung, als geheime Macht über andere auszuüben, um sie sich zu Diensten zu machen. Sie hatte inzwischen viel von Artus gehört, von seiner Stärke, seiner Großmut, seiner Liebenswürdigkeit und seinem aufrichtigen Wesen. Das alles reizte sie. Sie wollte ihn kennenlernen. Und mehr als das …

Nachdem König Lot tot und die Zeremonien des Begräbnisses vorbei waren, nahm Lady Morgause ihre vier Söhne Gawan, Agrawan, Gaheris und Garet und begab sich mit ihnen auf ein Schiff. Die Jungen, allesamt rothaarig und kräftig wie ihr Vater, verehrten ihre dunkle kläräugige Mutter abgöttisch und wären für sie durchs Feuer gegangen. Gawan, der älteste, war bereits alt genug, um den Ritterschlag zu erhalten. Wie schön, wenn er den von Artus bekommen könnte, der ein Vorbild für alle Ritter der Welt war!, redete Morgause auf ihre Kinder ein und machte sie neugierig auf die heitere und bunte Welt in England, im Süden. Sie erzählte von dem Land, in dem es warm und fröhlich war, in dem Blumen blühten und die Sonne schien und in dem Eiche und Esche und Weißdorn die Straßen säumten.

Bevor sie aber abreiste, holte sie noch aus den Tiefen ihrer Truhe etwas hervor, von dem sie sich viel versprach, über ihre Aufgaben für Land und Söhne hinaus.

Es war ein Ding, das aussah wie ein dünnes ledernes Band …

Sie verstaute es in ihrem Reisegepäck.

Dies Band aber war ein Zauberrequisit, „Spancel“ genannt. Hexen hatten es aus der Haut eines Gehenkten geschnitten, der frisch vom Galgen abgenommen worden war. Es wurde so angewandt: Man warf es einem schlafenden Mann über den Kopf wie eine Fessel und musste es dann fest zu einer Schleife binden. Erwachte der Betreffende während dieses Vorgangs, so stand fest, dass er binnen Jahresfrist sterben würde. Schlief er aber weiter, bis die Schleife gebunden war, so war er der Frau, die ihn fesselte, verfallen.

Lady Morgause kam an den Hof des Königs: eine gekrönte Dame von großer, kalter Schönheit, umgeben von ihren vier wilden rothaarigen Nordland-Söhnen. Es gab niemanden in Carleon, der nicht von der Witwe von Lothian und Orkney hingerissen war – selbst der König.

Morgause hatte leichtes Spiel, ihre Vorstellungen von einem Friedensvertrag zwischen Lothian und Britannien durchzusetzen. Sie erreichte auch, dass ihre drei ältesten Söhne am Hof bleiben konnten, um eine standesgemäße

Erziehung zu genießen, und dass Artus Gawan eigenhändig zum Ritter schlug – eine hohe Ehre. Sie hätte wohl alles erreichen können.

Der junge König hatte bisher von Frauen nur geträumt. Die Taten des Krieges hatten ihn daran gehindert, an Glück und Liebe zu denken. Und nun war diese wunderbare, wie Eiskristalle blendende Frau erschienen!

Eines Nachts erwachte er im kalten Licht des Mondes, der seine Strahlen durch die Fenster in sein Schlafgemach sandte, und er war nicht allein. Er fuhr auf und tastete nach seinem Schwert – aber dann ließ er die Hand sinken. Vor dem Bett stand Lady Morgause, nackt, schön wie das Gestirn da draußen. Zwischen ihren Fingern hielt sie das eine Ende eines dünnen ledernen Bands, das, zur Schleife geschlungen, um seinen Hals gelegt war. Er hatte im Schlaf nicht bemerkt, dass sie es ihm umgeschlungen hatte …

Aber es hätte wohl gar keines „Spancels" bedurft, um den jungen Mann zu bezaubern. Er war bereit für die Liebe.

Morgause hatte all ihre Ziele erreicht. Es war ihr nicht darum zu tun, mit Artus zusammenzuleben. Sie wollte ihn nur erobern. Dass er ihr Halbbruder war, störte sie nicht.

Als die Dame nach einigen Wochen wieder für immer zurückkehrte in die Dunkelheit von Lothian und den Orkneys, um ihr Land zu regieren, war sie schwanger von Artus.

Nein, der König hatte nichts davon gewusst, dass Morgause seine Halbschwester war. Aber man kann auch unschuldig schuldig werden. Jedenfalls hatte er in dem Sohn, den Morgause neun Monate später zur Welt brachte, dem Kind der Blutschande, sein eigenes Verderben gezeugt.

2
Wie Artus ein Schwert verlor und ein anderes gewann

König Artus war nun auf der Höhe seiner Macht. Kein Jahrzehnt war vergangen, seit er in Britannien Ordnung geschaffen hatte, und die Art, wie er das Land nun klug und umsichtig regierte, erregte Aufsehen an allen Fürstenhöfen und trug ihm die Hochachtung anderer Herrscher ein.

Sänger und Dichter verbreiteten seinen Ruhm überall in Europa, über Land und Meer, und so galt er als ein Muster der Ritterlichkeit und wurde zum Vorbild vieler junger Adliger – in England und auch auf dem Festland. Man drängte sich danach, in seiner Nähe zu sein, und fremde Herren von überallher baten Artus darum, ihre Söhne an seinem Hof zu Rittern ohne Furcht und Tadel ausbilden zu lassen.

Die äußeren Feinde waren fürs Erste vertrieben, im Land herrschte Ruhe, und König Artus hatte die meisten seiner Lords und Barone nach Haus auf ihre Besitzungen geschickt – er konnte die Herren schließlich nicht das ganze Jahr unter Waffen im Hoflager lassen, das wäre viel zu kostspielig gewesen.

Der junge Herrscher hielt sich weiterhin fern von London in Carleon auf, und es machte ihm besondere Freude, die auserwählten Gäste von nah und fern bei sich zu versammeln. Es war zur Gewohnheit geworden, dass er einmal wöchentlich mit seinen Getreuen und den Besuchern zusammen Hof hielt.

Man versammelte sich in einer riesigen Halle, die an einer Seite nach draußen hin offen war. Die Sitte verlangte, dass der König sowie die hohen Würdenträger des Reiches und die edlen Damen auf einem erhöhten Podium am Kopfende des Saales saßen. Die Gefolgsleute, die mit ihnen tafelten, nahmen entsprechend ihrem Rang oder ihrer Stellung Platz an zwei jeweils seitlich angeordneten langen Tischen, sodass die Form eines Hufeisens entstand. Die Sitzordnung an diesen Tischen schuf manchmal böses Blut, wenn sich jemand zu gering geachtet fühlte und darauf bestand, näher am Podium der Vornehmen zu sitzen. Dann griff Sir Kay in seinem Amt als Seneschall und Haushofmeister unnachsichtig durch, ermahnte die Aufsässigen schroff und stellte die Ordnung wieder her. Der Milchbruder des Königs war wegen seiner humorlosen und hochfahrenden Art nicht gerade beliebt, aber er verstand sich und den Regeln am Hof Respekt zu verschaffen.

Während man schmauste und trank, spielten die Musikanten mit Zinken, Lauten und Trompeten auf, und immer wieder traten Sänger und Erzähler zwischen die Tische hin, und weitgereiste Barden berichteten, dem König zugewandt, von dem, was sich in der Welt zutrug, wobei, Wahrheit und Dichtung oft nah beieinanderlagen. Auch Gesandte mit Geschenken fremder Herrscher kamen, aber ebenso gut auch solche, die sich vom König in einem besonderen Fall Gerechtigkeit erhofften. So auch bei dem, was nun geschah.

Eines Tages kam während eines fröhlichen Gelages ein Knappe in die Halle geritten auf einem edlen Ross, einen toten Ritter in den Armen – nicht gerade eine willkommene Unterbrechung einer Lustbarkeit.

Kay eilte zu Artus und sagte entschuldigend: „Er ließ sich nicht aufhalten, Majestät!"

„Es ist schon gut", erwiderte Artus. „Wenn hier eine Anklage vorgebracht wird, dann höre ich sie auch. Was wünschst du, sag!"

„Sir!", rief der junge Mann. „Dieser mein Herr, Sir Miles mit Namen, ist draußen im Wald erschlagen worden! Schafft ihm Gerechtigkeit!"

Artus war aufgesprungen. „Wie konnte das geschehen?", sagte er, und die Zornesröte färbte sein Gesicht. „Treiben so nah an meiner Residenz etwa Strauchdiebe ihr Unwesen?"

„Nein, Herr, so ist es nicht!", erwiderte der Knappe. „Da draußen im Wald bei einer Quelle hat ein fremder Ritter, der sich beweisen will, sein Zelt aufgeschlagen. Er sperrt den Durchgang und fordert jeden zum Zweikampf, der des Weges kommt."

Sofort erhob sich in der Halle ein großer Tumult. Ein fremder Ritter? Ein Zweikampf? Darauf hatten die meisten eigentlich nur gewartet. Alle waren sofort bereit, sich zu wappnen und gegen den Mann an der Quelle loszuziehen. (Es war eine übliche Art der Herausforderung, sich als Ritter am Wegrand aufzubauen und auf Gegner zu warten.)

Aber Artus gebot mit erhobener Hand Einhalt. „Wie begehrst du, junger Mann, dass deinem Herrn Gerechtigkeit widerfährt?", fragte er sanft.

Der Knappe sagte: „Majestät, ich bitte um ein ehrenvolles Begräbnis für meinen Herrn. Und dann ...", er holte tief Luft, „dann schlagt mich zum Ritter, damit ich losziehen und Sir Miles rächen kann. Er war ein tapferer und ehrenvoller Mann."

„Wie heißt du?", fragte Artus, und der andere erwiderte: „Mein Name ist Gryfflet, und ich bin aus berühmtem cornischem Geschlecht."

„Du bist noch sehr jung!", wandte Artus ein, aber der Knappe erwiderte: „Alt genug, um zu wissen, was ich zu tun habe."

Diese Antwort gefiel dem König, der ja selbst in jungen Jahren, als Fünfzehnjähriger, die Bürde seiner Berufung auf sich genommen hatte. Schon schickte er sich an, der Bitte des jungen Gryfflet zu entsprechen und griff nach seinem Schwert, da trat Merlin an ihn heran und sagte leise: „Wäre es nicht ein Jammer, wenn dieser unerfahrene Knabe im Kampf gegen den Ritter im Wald sein Leben verlöre? Er könnte einer jener Männer werden, die Euch ein Leben lang treu dienen, denn er hat Mut und Tugend."

Artus zögerte. Er konnte den Wunsch des Knappen, seinen Herrn selbst zu rächen, sehr gut verstehen. Aber was Merlin sagte, gab ihm zu denken. So wandte er sich an Gryfflet und sagte: „Ich werde dich mit der Ritterwürde beschenken und an meinem Hof aufnehmen, unter der Bedingung, dass du mir hinterher eine Bitte nicht abschlägst."

„Verlangt von mir, was Ihr wollt, sogar mein Leben!", sagte der Junge mit leuchtenden Augen.

Da befahl Artus ihm niederzuknien, berührte ihn mit seinem Schwert und schlug ihn so zum Ritter. Dann sagte er: „Steht auf, Gryfflet, nun Sir Gryfflet. Ihr seid jetzt einer meiner Ritter. Was ich von Euch erbitte, ist, dass Ihr nur ein einziges Mal den Speer gegen den Ritter im Walde richtet und dann wieder hierher zurückkehrt. Nur ein einziger Waffengang!"

„Damit ist meiner Ehre Genüge getan", erwiderte der frischgebackene Ritter, „und ich verspreche es Euch gern."

Er wappnete sich mit Rüstung, Schwert und Lanze, bestieg sein Pferd und galoppierte in den Wald, zu jener Quelle, wo der fremde Ritter sein Zelt aufgeschlagen hatte. Er sah das mächtige Streitross des Fremden, das gesattelt und aufgezäumt neben dem Zelt graste. Die Lanze lehnte an einem Baumstamm, und der bunt bemalte Schild hing an einem Ast.

Der junge Gryfflet überlegte nicht lange. Er klappte das Visier seines Helms herunter und schlug mit dem Schaft seiner Lanze an den Schild, dass er polternd vom Baum fiel, und sogleich trat der vollständig gerüstete Krieger aus dem Zelt und fragte: „Warum habt Ihr meinen Schild heruntergestoßen, Sir?"

Gryfflet erwiderte: „Dies ist eine Herausforderung. Ich will mit Euch tjosten."

Der andere merkte an der Stimme, dass ihm ein sehr junger Mann gegenübertrat, und sagte: „Herr, das ist nicht wohlüberlegt. Ich bin kampferprobt und sicher viel stärker als Ihr. Also lasst uns die Sache abtun und vergessen."

„Nach den ritterlichen Regeln könnt Ihr mir den Tjost nicht verweigern!", rief Gryfflet zornig.

Der Ritter seufzte. „Ihr habt recht, junger Herr. Nach den Regeln muss ich gegen Euch kämpfen, wenn Ihr darauf besteht."

So bestieg er denn sein Pferd, und beide gingen auf ihre Positionen, legten die Lanzen ein und stürmten gegeneinander.

Es kam, wie es kommen musste: Als sie aufeinanderprallten, zerbrach Sir Gryfflets Lanze, aber die Waffe des anderen Ritters durchschlug Lanze und Rüstung und fuhr dem jungen Mann in die linke Seite, dicht über dem Herzen, und brach dann ab, und der Stumpf blieb in der Wunde stecken. Gryfflet stürzte zu Boden.

Der fremde Ritter stieg vom Pferd und bemühte sich um den Verwundeten. Er band ihm den Helm ab und sah mit Bedauern, was für einen jungen Menschen er an den Rand des Todes gebracht hatte.

„Wenn Ihr sprechen könnt, Sir, so sagt mir, woher Ihr kommt, damit ich helfen lassen kann."

„Ich komme vom Hof des Königs Artus", flüsterte Gryfflet mit versagender Stimme.

„Ein Ritter von Artus' Hof? Gott gebe, dass Ihr Eure Wunde überlebt", sagte der andere mitfühlend. „Ich werde für Euch beten."

Er hob den blutenden Knaben auf, trug ihn zu seinem eigenen Pferd und führte es am Zügel nach Carleon. Dort, vor

Artus' Burg, legte er ihn ab und rief Hilfe herbei, bevor er sich wieder in den Wald zurückbegab.

Besorgt kümmerte man sich um den Verwundeten, und es sah so aus, als wenn man auf seine Genesung hoffen konnte. Artus aber war zornig auf sich selbst. Er machte sich Vorwürfe, dass er es zugelassen hatte, diesen noblen jungen Mann auch nur in einen einzigen Kampf zu schicken, und fühlte sich schuldig. Und so tat er etwas wirklich Unüberlegtes.

Einmal war er durch Herkunft und Bestimmung König Britanniens, trotz seiner Jugend ein erfolgreicher Feldherr und anerkannter Monarch, klug, besonnen und gerecht. Aber in ihm steckte auch ein junger Draufgänger, beseelt von den ritterlichen Idealen des Kampfes für ein edles Ziel, unerschrocken und heißblütig.

Und deshalb befahl Artus in der Nacht einem Diener, sein Pferd, seine Rüstung und seine Waffen vor die Tore Carleons zu bringen, und noch vor Tagesanbruch ging er heimlich hinaus, ließ sich wappnen, saß auf und ritt zu der Quelle im Wald. Er glaubte, es Gryfflet und seiner eigenen Ehre schuldig zu sein, gegen den fremden Ritter anzutreten.

Zum Glück gab es noch Merlin!

Er hatte als Einziger bemerkt, was der König vorhatte, und war ihm gefolgt – was bei Merlin kraft seiner Künste natürlich bedeutete, dass er ihm vorausgeeilt war und ihn hoch zu Ross an einer Wegkreuzung erwartete.

„Majestät, verzeiht, aber was Ihr da vorhabt, ist ein Dummerjungenstreich und nicht mit Eurer Königswürde vereinbar!", sagte er rundheraus.

Artus schwieg verärgert. Er schätzte Merlins Rat in Regierungsgeschäften und befolgte ihn stets, aber wenn sich der Zauberer in seine persönlichen Angelegenheiten einmischte, empfand er das als Besserwisserei.

Merlin sah, dass der junge König nicht vorhatte, auf ihn zu

hören. „Wenn Ihr schon nicht einseht, dass es falsch ist, was Ihr tun wollt“, sagte er, „so werde ich Euch wenigstens begleiten und versuchen, das Schlimmste zu verhindern.“

Artus zuckte die Achseln. „Die Straße gehört allen!“, sagte er knurrig, und nun zogen sie zu zweit weiter, bis sie zu der Quelle kamen, an der sie tatsächlich den Ritter fanden, der in voller Rüstung vor seinem prachtvollen Zelt saß. Die Strahlen der aufgehenden Sonne spiegelten sich in seinem Helm und dem blinkenden Harnisch.

Artus hielt sein Pferd an und sagte: „Sir, warum versperrt Ihr diesen Weg und fordert jeden Ritter, der sich nähert, zum Kampf auf?“

Der Ritter zuckte die Achseln. „Das ist nun mal so der Brauch bei mir“, sagte er herausfordernd, „um meine Kampfkunst zu beweisen.“

„Diesen Brauch werde ich abschaffen!“, erklärte Artus drohend.

„Und ich werde ihn verteidigen!“, entgegnete der Fremde.

Seufzend wendete Merlin sein Pferd und zog sich an den Waldrand zurück, um den Dingen vorerst ihren Lauf zu lassen, während der Ritter sein Reittier bestieg, den Schild hob und die Lanze einlegte.

Gewaltig war der Aufprall der beiden unerschrockenen Kämpen, und beide waren so erfahren in der Kunst des Tjostens, dass jeder den Schild des anderen traf, ohne ihn aus dem Sattel zu werfen. Beide Lanzen zerbrachen.

Der Ritter ließ sein Ross ausgaloppieren, wendete und rief: „Lasst uns noch einmal tjosten!“

„Wir haben keine Lanzen mehr!“, entgegnete Artus.

„Ich habe noch mehr im Zelt, mein Knappe wird uns frische Waffen bringen!“

Und wieder rasten die beiden aufeinander zu – mit dem gleichen Ergebnis.

„Ich schwöre bei meiner Ehre, Ihr seid der beste Kämpfer, der mir jemals begegnet ist!", rief der Ritter. Seine Stimme klang dumpf aus dem riesigen Turnierhelm. „Ein dritter Waffengang!"

„Einverstanden!"

Auch beim dritten Mal zerbrach Artus' Lanze, die des anderen jedoch blieb fest, und Artus wurde aus dem Sattel geworfen. Er rappelte sich auf und zog sein Schwert. „Kämpft mit mir zu Fuß weiter!", schrie er keuchend.

Der andere lachte. „Wieso? Ich bin ja noch beritten!"

Wütend hob der König seinen Schild und ging auf den Gegner zu Pferd los, und als der sah, wie entschlossen sein Partner war, stieg er vom Ross, denn es war gegen die Ehre, einen ungleichen Kampf auszufechten. Nun hieben und droschen die beiden erneut aufeinander ein, stachen, unterliefen sich, machten Ausfälle und Drehungen, stießen sich mit den Schilden und parierten Schläge. Aber nicht jeder Schwertstreich war ohne Wirkung. Bald waren die Harnische zerbeult und durchlöchert, und so mancher Treffer durch das Metall hindurch war gelandet worden. Artus hatte eine tiefe Verletzung am Hals und dazu eine am linken Arm, sodass er den Schild kaum noch halten konnte, und zwischen den Ringen des Kettenhemds, das sein Gegner trug, strömte das Blut. Die Eisenhandschuhe der beiden waren feucht und glitschig davon. Trotzdem gaben sie nicht nach. Mit jener blinden Wut, in die sich Kämpfer hineinsteigern können, rasten sie gegeneinander – und dann geschah es. Artus holte zu einem gewaltigen Hieb auf den Helm seines Gegners aus. Aber das Schwert, die Klinge, die ihm das Königtum verliehen hatte, zerbrach in zwei Stücke.

Wie erwachend stand der junge König da, den Knauf der Waffe in der Hand, auf dem noch immer in verblassenden Buchstaben stand: ‚Der, welcher dieses Schwert aus Stein und Amboss zieht, ist rechtmäßiger König von Britannien'… Auf einmal begriff er, was er getan hatte. Er hatte um eines wilden Ehrenhandels willen das Sinnbild seines Königtums aufs Spiel gesetzt und es verloren. Artus senkte den Kopf. Am liebsten hätte er geweint.

Der fremde Ritter sagte: „Da ich der Sieger bin, wie man sieht, kann ich die Bedingungen bestimmen. Erkennt an, dass Ihr verloren habt, und ich schenke Euch Euer Leben. Wenn Ihr das nicht tut, müsst Ihr sterben."

„Ich werde keine Niederlage anerkennen", sagte Artus. „Es ist mir gleich, was Ihr mit mir tut. Tötet mich denn, wenn Ihr meint, dass es sein muss."

Der Fremde sah seinen Gegner prüfend an. Dann hob er das Schwert, um zum Streich auszuholen. Aber nun war Merlin zur Stelle. Urplötzlich stand er zwischen den beiden Streitenden und hob warnend die Hände. „Wollt Ihr Britannien den Todesstoß versetzen?", fragte er den Fremden.

„Was mischt Ihr Euch ein? Und was meint Ihr damit?", schrie der Ritter wütend.

„Euer Gegner ist König Artus!", entgegnete Merlin.

Der Mann starrte ihn an, und Merlin wurde klar, dass seine Worte überhaupt nicht zu ihm dringen konnten – sei es, weil sie so unglaubwürdig schienen, oder sei es, dass der Ritter sich durch diesen Kampf und das vergossene Blut wie in einem Rausch befand.

Es ging wirklich um Artus' Leben! Der Zauberer musste sich auf die Magie zurückziehen und einschreiten. Er streckte zwei Finger aus, und der fremde Ritter ließ sein Schwert sinken, schloss die Augen und sank hin ins blutbefleckte Gras.

Artus schrie auf. „Was hast du getan? Hast du diesen tapferen Mann durch deinen Zauber getötet? Er war einer der besten Ritter, die ich je kennengelernt habe!"

„Das ist wohl wahr!", sagte Merlin beruhigend. „Aber seid

unbesorgt! Ich habe ihn nur in Schlaf versenkt, und binnen einer Stunde wird er wieder erwachen. Artus, er hätte Euch getötet, begreift Ihr das nicht? Ich musste ihn aus dem Gefecht ziehen. Jetzt müssen wir uns um Eure Wunden kümmern."

„Weißt du, wer es ist?", fragte Artus, der jetzt erst merkte, wie sehr ihn der Blutverlust aus seiner Wunde geschwächt hatte und welche Schmerzen er litt.

Merlin nickte. „Es ist König Pellinore von Corbenic, und er wird Euch dereinst gute Dienste leisten. Aber jetzt kommt, ich weiß dort drüben eine Einsiedelei, und der Eremit, der dort lebt, ist heilkundig. Er wird Eure Wunden versorgen."

Artus war so geschwächt, dass er nicht einmal mehr in der Lage war, sein Pferd zu besteigen. Der Magier führte ihn behutsam zu der Klause, einer winzigen Hütte, und der fromme Mann säuberte Artus' Wunden, salbte und verband sie. Drei Tage dauerte es, bis der ermattete Kämpfer wieder in der Lage war, sein Pferd zu besteigen. Aber der Balsam des Einsiedlers hatte zwar den Schmerz seines Leibes gelindert, nicht jedoch die Qualen seines Gemüts, und mit gesenktem Kopf, beschämt und verzagt, ritt er neben dem Zauberer dahin.

„Was habe ich nur getan? Du musst wirklich stolz auf deinen Schüler sein!", sagte er voller Bitterkeit zu dem Zauberer. „Ein Ritter ohne Schwert, ein Besiegter und Verwundeter – ist das nicht weniger als ein Nichts?"

Merlin schüttelte den Kopf. „Nicht deswegen seid Ihr zu tadeln", sagte er, „sondern weil Ihr diesen Kampf überhaupt angefangen habt. Ihr seid der König dieses Landes und kein fahrender Ritter, der sich mit jedem Wegelagerer einlässt, und Euer Wunderschwert solltet Ihr nur ziehen, wenn Ihr ohne Not in Gefahr geratet oder wenn es darum geht, England zu verteidigen. Dass es nun zerbrochen ist, seht als eine Strafe des Himmels an. Im Übrigen habt Ihr Euch geschlagen wie ein Held und müsst Euch für nichts schämen."

Aber Artus hörte nicht auf Merlin. Er wiederholte nur murmelnd: „Ich bin kein wahrer Ritter. Ich bin besiegt. Ich habe mein Schwert verloren."

Der Zauberer sah seinen Zögling mitleidig von der Seite an. Ach, wie viele Prüfungen würden noch auf Artus zukommen, von denen er nichts wusste! „Ihr wollt ein neues Schwert haben, das Euch angemessen ist?", sagte er. „Nun gut, ich will Euch eins beschaffen, und es soll, mehr noch als das, was Ihr bisher geführt habt, das Schwert Britanniens sein und Euch zu hohem Ruhm verhelfen – wenn Ihr denn gelobt, es nur in Kämpfen zu benutzen, die dem Ruhm und der Ehre des Landes dienen."

Da heiterte sich die betrübte Miene des Königs auf, und er sprach: „Das will ich dir bei meiner Ehre und bei meiner königlichen Krone versprechen!"

So griff Merlin schweigend in den Zügel des Pferdes neben ihm und führte es mit Artus zum Ufer eines großen Sees. Das Wasser war klar und leuchtend. In der Mitte des Sees aber ragte ein nackter Arm aus der Flut, und die Hand hielt ein Schwert in einer Scheide in die Höhe. Artus stockte der Atem.

Merlin aber sagte gelassen: „Das ist das andere Schwert, das Euch verheißen worden ist."

Aber damit nicht genug. Aus dem Wasser tauchte eine Lady auf, gekleidet in silbergrüne und lichtblaue Gewänder, die einen Kranz von Schilf und Ried um die Stirn trug, und das Wasser perlte von ihr ab, als seien ihre Kleider die Federn eines Schwans, und mehr noch: Sie konnte auf der Oberfläche des Sees dahinschreiten, als sei das Wasser festes Land.

Als sie vor ihnen stand, sprang Artus vom Pferd, sank in die Knie und stammelte: „Das ist ein Wunder! Wer ist diese Dame?"

„Nun", sagte Merlin und lächelte, „sagen wir es so: Sie ist eine von meinen Verwandten. Sie gehört zu den Alten Mächten, wie ich. Es genügt, wenn Ihr sie die Herrin vom See nennt und sie höflich darum bittet, Euch das Schwert zu überlassen."

Daraufhin verneigte sich Merlin vor der Wasserfrau und sagte: „Liebe Neffee, ich führe dir hier Britanniens König zu. Behandle ihn nach Gebühr."

Die Schöne aus dem See lächelte und grüßte Artus huldvoll, und er erwiderte den Gruß, noch immer auf den Knien. Dann sagte er: „Madam, ich bitte Euch, sagt mir doch, was hat es mit dem Schwert auf sich, das da aus dem Wasser ragt? Ich würde es gern gewinnen, wenn es möglich ist, denn ich bin im Augenblick ein Ritter ohne Waffe."

„Wenn Ihr der Rechte seid", erwiderte die Lady, „so nehmt Euch das Boot dort drüben, rudert hinaus, und holt es Euch."

Das ließ sich der König nicht zweimal sagen. Er erhob sich und lief zu dem Boot, das am Ufer festgemacht war. Währenddessen blieben Merlin und die Herrin vom See in vertraulichem Gespräch zurück, und niemand weiß, worüber die beiden „Alten" in ihrer Sprache redeten.

Artus ruderte mit aller Kraft bis in die Mitte des Gewässers zu dem emporgereckten Arm. Dann griff er sanft nach der Waffe, und wie damals das Schwert im Stein glitt es ihm ohne Widerstand in die Hand, und der Arm versank im Wasser.

„Nun", sagte Merlin, als Artus den Kahn wieder ans Ufer zog und, leuchtend vor Glück, mit dem Schwert in der Hand vor die beiden trat, „die Herrin vom See wünscht Euch Glück für Euer Königtum. Eines Tages wird sie es vielleicht wieder von Euch fordern. Aber jetzt noch nicht. Noch lange nicht. Tragt es zum Ruhme Britanniens."

Und bevor Artus der Lady mit Worten danken konnte, war

die Wasserfrau schon in den Fluten verschwunden. Merlin sah ihr sinnend nach.

„Wie selig bin ich doch, dass ich einen Berater und Freund wie dich an der Seite habe!", sagte Artus stürmisch und umarmte den alten Zauberer. Der machte sich frei und erwiderte: „Es kann schon bald sein, das ich nicht stets bei Euch sein werde. Aber ich hoffe, dass ich Euch genug beigebracht habe, dass Ihr in Zukunft das Rechte tut." Er sah ihn bedeutungsvoll an: „Dies Schwert, mein König, hat einen Namen. Es heißt Excalibur, das bedeutet in der Alten Sprache ‚harte Schale'. Die Scheide ist fast so viel wert wie die Klinge, denn sie bewahrt Euch vor Verletzungen. Solange Ihr sie besitzt, seid Ihr unverwundbar. Also hütet die Scheide gut. Und noch etwas sollt Ihr wissen: Dies Schwert ist unbesiegbar."

Eine schwarze Tat

Die Monde gingen ins Land, und Artus hatte über seinen Regierungsgeschäften kaum mehr Gedanken an Lady Morgause verloren, jener Frau, der er vor nicht allzu langer Zeit verfallen war. Sie war für ihn weiter nichts als die Erinnerung an ein paar schöne Augenblicke in seinem an Arbeit und Taten reichen Leben, und die drei rothaarigen Jungen, die an seinem Hof aufwuchsen, betrachtete er eigentlich als die Söhne König Lots und brachte sie kaum in Verbindung mit ihrer Mutter.

Aber eines Morgens erwachte Artus und hatte schrecklich geträumt. In seinem Traum hatte sich eine schwarze Löwin mit einem roten Drachen gepaart. Dann hatte sie den roten Drachen aufgefressen und war durch das Land gezogen, und alles, was ihr entgegenkam, wurde von ihr verschlungen. Und schließlich hatte sie sich niedergelegt, um zu gebären, und sie brachte eine schwarze Schlange zur Welt, die wuchs und wuchs und ringelte ihren Leib bald über alles, was lebte. Das Land aber, das Artus im Traum sah, war Britannien.

Seit dieser Nacht war sein Gemüt verdüstert, und immer wieder kam ihm diese Schlange in den Sinn.

Schließlich sandte er Boten nach Merlin aus. Der Zauberer hatte sich, nachdem er Artus zu dem Schwert Excalibur verholfen hatte, tatsächlich einmal wieder für eine Zeit in die Wälder zu Eiche und Esche und Weißdorn zurückgezogen, wie er es in den Tagen Uther Pendragons so oft getan hatte, und es dauerte, bis man ihn aufspürte.

Artus war in den Tagen vor Merlins Kommen still und zerstreut gewesen. Nun eilte er dem alten Mann ganz unköniglich entgegen, als sei er noch der Schüler von einst, packte ihn an den Händen und zog ihn in den Rosengarten der Burg. Die Blumen dufteten; es war, als wollte der junge König das Schreckliche seines Traumgesichts ein wenig abmildern durch die liebliche Stätte, an der er davon erzählte.

Er zog Merlin auf eine Bank und begann, ihm zu schildern, was er im Traum gesehen hatte.

„Weißt du dafür eine Deutung?", fragte er dann.

Merlin sah ihn mit einem langen Blick an. „Drachen und Löwin vermag ich wohl zu erklären", sagte er, „Drache ist das Zeichen Eures Vaters, Uther Pendragon, und mit dem roten Wappentier auf dem Banner zieht Ihr selbst in die Feldschlacht. Und die schwarze Löwin muss eine Verwandte von Euch sein. Mir will scheinen, das Bild deutet auf Königin Morgause von Orkney hin, denn ihr Gemahl König Lot trat, wie Ihr wisst, mit einem schwarzen Banner gegen Euch an."

„Aber", sagte Artus und schüttelte lächelnd den Kopf, „das mag ja alles sein. Nur Königin Morgause ist keine Verwandte von mir."

Merlin runzelte die Stirn und stockte einen Augenblick.

„Was hast du denn, Merlin? Warum siehst du mich so an?", fragte Artus bänglich.

Merlin zögerte noch immer. Dann sagte er: „Wisst Ihr denn nicht, dass Lady Morgause eine Tochter Eurer verstorbenen Mutter Igraine ist, die sie mit dem Herzog von Cornwall hatte?"

Artus erbleichte. Er sah seinen alten Ratgeber voller Verstörung an und murmelte schließlich: „Warum hast du mir das nicht früher gesagt? Weh mir, ich habe aus Unkenntnis eine große Sünde begangen! Es war meine eigene Schwester ...!" Und er schlug die Hände vors Gesicht. Er bebte am ganzen Leib.

Der Magier sagte eine Weile gar nichts. Dann fuhr er fort: „Fasst Euch, Artus, denn es kommt noch schlimmer. Nunmehr kann ich auch die schwarze Schlange in Eurem Traum richtig deuten: Eure Schwester hat ein Kind von Euch empfangen, und dies Kind wird Britannien großes Unheil bringen."

„Was für ein Unheil?"

„Das weiß ich nicht", erwiderte Merlin.

Artus stöhnte. „Warum hast du mich nicht gewarnt?"

„In den vielen Jahren, in denen ich mich mit den Dingen der Menschen befasste, merkte ich, dass Warnungen nichts fruchten. Sie wurden in den Wind geschlagen, und das Schicksal nahm seinen Lauf. Außerdem wusste ich nicht, dass Ihr dies nicht wusstet!"

„Was soll ich tun?", fragte der König dumpf und sah vor sich hin.

„Auch das weiß ich nicht", entgegnete Merlin. „Ich weiß nur, dass niemand dem entkommen kann, was ihm bestimmt ist, mag er sich auch drehen und wenden, wie er will. Ihr müsst Euch selbst helfen, mein Schüler. Dies hier sind allein die Angelegenheiten der Menschen."

Er erhob sich und sah mitleidsvoll auf Artus herab. Dann sagte er: „Und nun entlasst mich, Majestät, denn mich ruft die Liebe."

„Die Liebe?", fragte Artus verständnislos. Er sah den anderen an wie erwachend.

„Ja, Artus. Eine der Damen, die der Herrin vom See untertan sind, jener, die Euch Excalibur aushändigte, hat es mir angetan, und ich werbe um die schöne Nimue."

Und damit verschwand er und ließ Artus verzweifelt und ratlos zurück. So von seinem vertrauten Ratgeber in dieser Sache alleingelassen, schickte er zunächst Boten aus, um zu erfahren, ob das prophezeite Kind, der Unheilsbringer, bereits geboren sei. Und er erfuhr, dass Lady Morgause tatsächlich am ersten Maitag des Jahres einen Sohn zur Welt gebracht hatte!

In Artus' Herz sah es finster und böse aus. Niemals durfte jemand erfahren, dass er mit seiner Schwester in Blutschande zusammen gewesen war! Und dann ängstigte ihn natürlich die schlimme Voraussage, dass von diesem Kind ganz England Unheil bevorstehen würde. Wie sollte er nur diesem Schicksal entrinnen?

Schließlich nahm in seinem Kopf ein grausamer Plan Gestalt an. Er sandte Boten aus an alle Lords, Barone und Fürsten des Britannischen Reiches und ließ ihnen mitteilen, jeder am ersten Maitag geborene adlige Knabe sei an den Königshof zu schicken. Er wolle ihnen eine besondere Erziehung zuteil werden lassen und ihre Eltern üppig beschenken, und später sollten sie in seinem Reich zu Ruhm und Ansehen kommen.

Die edlen Herren hielten für eine hohe Ehre, was ihren Kindern widerfuhr, und gaben freudig ihre kleinen Söhne hin.

Und so versammelte sich in der Burg zu Carleon alsbald ein Dutzend adliger Kinder.

Der König betrat des Nachts allein, mit einer Fackel in der Hand, den Raum, in dem die Kinder schliefen, und betrachtete sie mit bangem Herzen. Er suchte nach einem Zeichen, an dem er den Sohn der Lady Morgause, seinen Sohn, erkennen konnte. Aber keins der Kinder war auf irgendeine Weise (durch ein Amulett vielleicht oder eine andere Beigabe) gekennzeichnet, und auch eine Ähnlichkeit mit sich selbst oder mit Morgause konnte er nirgendwo in den kleinen runden Gesichtern erkennen.

Verzweifelt stand er vor diesen Schlafenden. Was sollte er tun?

Falls es seine Absicht gewesen war, nur den Sohn der Lady von Orkney auszusondern und die anderen wieder heimzuschicken – das war offensichtlich nicht möglich.

Wie sollte er seine Sünde aus der Welt schaffen? Ruhelos ging er durch die Gänge der Burg.

Artus war schließlich kein König Herodes aus der Bibel, der alle Knaben eines Jahrgangs umbringen ließ, um zu verhindern, dass ein anderer an seiner Stelle der Herrscher würde. Er war ein verstörter junger Mann, der nicht aus noch ein wusste und nach irgendeinem Weg suchte, das abzuwenden, von dem er glaubte, dass es ihn die Königswürde und sein Land Glück und Frieden kosten würde. Sicher entschuldigt das seine Tat nicht, aber es erklärt sie zumindest.

Nach einer Woche, in der er seinen Entschluss hin und her gewälzt und nachts kein Auge zugetan hatte, befahl er, die Kinder auf ein Schiff zu bringen, als der Wind vom Land her wehte. Ohne Begleitperson trieben die Kleinen aufs offene Meer hinaus, in den sicheren Tod. Schamerfüllt und zornig auf sich selbst, stand Artus am Strand und sah, wie der Wind auffrischte und das Zeugnis seiner Schande sowie das Verderben Englands immer kleiner wurden in der Ferne. Die aufgehende Sonne warf eine glänzende Straße über die Wellen des aufgewühlten Meeres, als wollte sie die schwarze Tat vergolden.

Artus wandte sich ab und ging gesenkten Hauptes zurück zur Burg.

Und dann geschah, was oft geschieht, wenn eine Schuld zu drückend ist, um mit ihr zu leben: Artus vergaß. Er vergaß das alles. Es hatte nie ein Kind gegeben, nie einen solchen Befehl, nie die Aussetzung der Unschuldigen.

Was er nicht wusste, war, dass das kleine Schiff irgendwann an Land zurückgetrieben wurde und an einer Klippe zerschellte. Die wimmernde Fracht versank in den Fluten. Aber ein Säugling wurde von einem Fischer zwischen Treibholz und Tang gefunden, und da er ein Mann mit mitleidsvollem Herzen war, nahm er das Kind in seinen rauen Mantel und trug es in seine Hütte zu seiner Frau. Die nahm das Kind an die Brust und stillte es …

Wie Artus Ryon besiegte

Viel Zeit blieb ohnehin nicht – weder, um Feste und Turniere zu veranstalten, noch, um sich Grübeleien oder Gewissensbissen hinzugeben.

Uther Pendragon, Artus' Vater, hatte sich einst mit verschiedenen Lords verbündet, um seine Macht aufzubauen. Dazu hatte ein Herrscher namens Lodegrance gehört. Der nun sandte Boten an Artus' Hof und bat ihn um Hilfe. Der räuberische und gewalttätige König Ryon von Dänemark war in sein Land eingefallen.

Von diesem Ryon hatte Artus bereits gehört. Der Mann hatte die schändliche Angewohnheit, den Heerführern, die er besiegt hatte, die Bärte auszureißen und als Zierde an seinen Mantel zu nähen.

Jetzt stand Ryon auf englischem Boden, und er hatte erklärt, der schlohweiße Bart von König Lodegrance käme ihm gerade recht Lodegrance war ein alter Herr, und er hatte keine Söhne. Seine einzige Tochter Ginevra war zwar wie ein Knabe erzogen worden und konnte in den Kampf ziehen wie ein Mann, aber für viele der eingebildeten Lords im Land des Lodegrance war sie als eine Frau dennoch kein Ersatz für einen Feldherrn. So hatte sich nur eine Schar von hundert treuen Rittern um die junge Fürstin geschart – hervorragende Kämpfer, aber nicht genug, um ein Land zu schützen.

Für Artus war das ein willkommener Anlass, seine Ritter wieder zu beschäftigen. Seit der Schlacht von Bedgraine im Sherwood Forest litten sie an Langeweile, und das war für Männer, die zu Kämpfern erzogen waren, ein kritischer Zustand. Sie konnten unruhig werden. Also schien ein neuer Krieg sehr willkommen. In aller Eile war das Heer zusammengestellt, und man zog, die Fahne mit dem roten Drachen vorneweg, ins Land Camelide, wo Lodegrance herrschte.

Artus' kampferprobte Truppen kamen gerade zur rechten Zeit, um Ryon und seine Horden zu stellen und zur Feldschlacht aufzufordern. Mit gewohntem Ungestüm preschten die englischen Ritter gegen die Reiterei des Feindes vor, ließen, wie es auch diesmal Artus' Taktik war, die Fußsoldaten außer Acht und trieben den Gegner bald zu Paaren – Artus, glühend vor Kampfgeist, das Schwert Excalibur in der Faust, allen voran.

Der Streit tobte, aber es dauerte nicht lange, da erkannten die Dänen ihre Grenzen. Mit dieser „anderen" Art des Kriegs hatten sie nicht gerechnet.

Als Ryon seine Kämpfer noch einmal zu einem letzten verzweifelten Widerstand sammelte, bekam Artus Verstärkung: Aus dem Waldesdickicht sprengte die kleine, aber entschlossene Schar des Lodegrance hervor, an der Spitze ein junger

Ritter in glänzendem Panzerhemd, unter dessen Helm eine Fülle rötlich blonden Haares hervorquoll.

Ryon und die Seinen, die nun eine frische Truppe auf sich zukommen sahen, gaben sich besiegt und suchten ihr Heil in der Flucht.

Artus ritt auf den Anführer der Verbündeten zu. Strahlend vor Freude über den Sieg, klappte er sein Visier auf, zog den Panzerhandschuh aus und streckte dem jungen Helden die Hand hin.

„Ich grüße Euch, Herr!", rief er. „Ihr kamt mit Euren Rittern im rechten Augenblick, um weiteres Blutvergießen zu vermeiden. Sicher seid Ihr der Oberkommandierende von König Lodegrance' Heer."

„Das bin ich in der Tat, Sir Artus", entgegnete der andere mit weicher Stimme – und nahm den Helm ab. Der junge König starrte in das Gesicht einer Frau, die Züge glatt und klar, die Augen fast so golden wie das Haar, und ihre Mundwinkel waren in einem leicht spöttischen Lächeln nach oben gezogen.

Artus war wie geblendet, und ihm fiel nichts ein, was er sagen sollte. Eine Frau als Heerführerin! Gab es denn so etwas? Noch nie hatte er eine Frau anders als im Damensattel reiten gesehen, und das Führen von Schwert und Lanze, so hatte er gelernt, schickte sich nicht für eine Lady. Und noch dazu für eine so schöne Lady!

Indes schüttelte die Kriegerin ihm die ausgestreckte Hand und sagte: „Ich bin Ginevra, König Lodegrance' Tochter. Habt Dank für Eure Waffenhilfe, Herr! Und folgt mir nun auf die Burg meines Vaters. Für Euch und die Euren wird alles getan werden, was nötig ist – die Verwundeten werden versorgt und unsere Fräulein warten schon darauf, Euren Rittern die Rüstung abzunehmen, sie zu waschen und mit Speise und Trank zu erquicken. Der König wartet mit Ungeduld auf Euch. Folgt mir nur."

Sie wendete ihr Pferd und ritt voran.

Artus hatte noch immer kein Wort herausbekommen.

(Übrigens: Der wilde Ryon kehrte nach Dänemark zurück, und fortan gelüstete es ihn nicht mehr nach den Bärten fremder Herrscher. Er verbrannte seinen Mantel und ließ sich jeden Tag rasieren, weil ihn sein eigener Bart zu sehr an die schimpfliche Niederlage erinnert hätte.)

Wie Artus seine Königin fand

Einige Wochen gingen ins Land, nachdem Artus mit seinem Heer nach Haus zurückgekehrt war. Oft saß er nachdenklich im Turmzimmer seiner Burg zu Carleon und sah über die Stadt, über das bunte Gewirr von Dächern, aus deren Schornsteinen sich der Rauch aufkräuselte, auf das Gewimmel von Menschen auf Straßen und Marktplätzen. Sein Blick glitt weiter, dahin, wo jenseits der Stadtmauern die Landleute dabei waren, auf den Wiesen das Heu zu wenden. Fern am Waldrand war ein Rudel Hunde hinter einem Hirsch her, und Jäger mit Spießen, das Jagdhorn an der Seite, folgten ihnen mit langen Sätzen ins Unterholz. Im Land herrschte Frieden. Keine Überfälle mehr, keine Drangsale, keine Gewalt. Niemand musste sich fürchten.

Zwei Mädchen mit hochgeschürzten Röcken, die Körbe auf die Hüfte gestützt, gingen mit wiegenden Schritten dahin, um ihre Wäsche am Bach zu waschen. Ein Fräulein spielte Laute in einem Garten, und ihre junge Dienerin hielt ihr das Notenblatt. Eine Dame, den Falken auf der Faust, zog mit ihrem Jagdgefolge aus – natürlich saß sie nicht rittlings zu Pferd wie die Tochter des Königs Lodegrance …

Frauen, überall Frauen. Aber keine wie Lady Ginevra.

Der Gedanke an die goldrote Tochter von Lodegrance ließ

Artus nicht mehr los. Er begann sogar schon, von ihr zu träumen …

Und dann war sein Entschluss gefasst. Er schickte nach Merlin und wartete voll Ungeduld auf sein Kommen.

„Majestät, Ihr habt mich rufen lassen?“

Artus fuhr herum. „Hast du mich erschreckt!“

Mitten im Raum stand, wie immer aus dem Nichts aufgetaucht, Merlin – obwohl Artus ihn nun sein Leben lang kannte, konnte er sich nicht an das plötzliche Erscheinen des Zauberers gewöhnen. Merlin lächelte. „In welcher Angelegenheit braucht Ihr meinen Rat, Artus?“

Der König nötigte den anderen, neben ihm Platz zu nehmen. Er räusperte sich verlegen. Schließlich rückte er mit der Sprache heraus. „Was glaubst du, Merlin: Wäre es nicht klug, wenn ich mich vermählen würde? Schließlich geht es darum, dem Land die Thronfolge zu sichern.“

„Das ist eine richtige Überlegung“, erwiderte Merlin und ließ seine Finger durch den Bart gleiten. „Habt Ihr schon eine bestimmte Dame im Auge?“

Artus errötete. „Nun ja“, sagte er. „Ich muss gestehen, dass mir noch nie eine Frau so gefallen hat wie Ginevra, die Tochter von König Lodegrance. Als sie mir auf dem Schlachtfeld gegenübertrat und ihren Helm abnahm – es hat mich überwältigt. Sie hat goldene Augen!“

Merlin nickte. Dann meinte er seufzend: „Wenn ich Euch nun sagen würde, dass das keine gute Wahl ist?“

„Das würde ich nicht verstehen. Wäre Ginevra etwa des Throns von Britannien nicht würdig?“

„Oh – doch.“

„Also?“

„Wenn ich Euch weiterhin sage, dass diese Frau Euch dereinst betrügen wird, und dass Euer bester Freund …“

Artus ließ ihn nicht ausreden. „Davon will ich nichts hören!“, sagte er heftig.

„Das dachte ich mir!“, erwiderte Merlin verdrossen. „Ich merke schon, Majestät, dass Ihr keinen Rat wollt, sondern nur meine Zustimmung. Ihr könnt Euch nicht vorstellen, wie lästig es ist, wenn man im Voraus weiß, wie die Dinge sich fügen werden! Es hört ohnehin selten jemand darauf, auch wenn es noch möglich wäre, etwas an den Geschehnissen zu ändern. Aber andererseits – oft weiß ich auch nicht, ob es sich denn wirklich verändern ließe … Aber eins ist mir gewiss: Dass ich meine Rolle hier bald zu Ende gespielt habe. Ich war so etwas wie der Geburtshelfer für dies Land – indem ich Euch erzogen habe. Nun, auch ich habe mich verliebt, wie Ihr wisst – und das Wasserfräulein Nimue wird mich bald so sehr in Anspruch nehmen, dass ich für Euch gar keine Zeit mehr haben werde. Artus, ich werde ein anderer sein als der, den Ihr bisher gekannt habt. Ich werde mich wandeln. Ihr aber habt zu bestehen, so, wie Ihr seid.“

„Aber das kannst du mir doch nicht antun!“, sagte Artus betroffen. „Ich brauche dich doch! Und außerdem … du bist ein alter Mann …“

Merlin bedachte seinen jungen König mit einem Seitenblick. „Was das Letztere angeht: Alter schützt so wenig vor Torheit wie Königswürde. Außerdem ist es bei uns Wesen aus der Anderswelt so, dass wir die Zahl unserer Lebensjahre beliebig verändern und in der Zeit umherspringen können, dann sind wir also jung genug …“ Er lächelte. „Und das andere, nämlich, dass Ihr mich braucht: Nun, Majestät, ich habe Euch alles gelehrt, was nötig ist. Denkt an Eiche und Esche und Weißdorn. Festigkeit, Geschmeidigkeit und Liebe. Zusammen sind sie unwiderstehlich. Wie dies Land. König Artus, es ist so: Bald werdet Ihr ohne mich auskommen müssen. Ich mag nicht mehr in Schlachten ziehen und an Turnieren teilnehmen und schon gar nicht die Menschen in ihren Torheiten unterstützen. Ich freue mich auf ein anderes Leben, auf Schlaf und Liebe – und hin und wieder mag ich wohl in meiner Höhle auf das lauschen, was von draußen hereinklingt. Aber es wird sein, als klänge es unter Wasser hervor. Hört Ihr mir überhaupt zu, Majestät?"

„Ich habe gerade an Ginevra gedacht!", sagte Artus beschämt. „Aber wenn du selbst jetzt die Liebe für dich entdeckst, dann musst du mich doch verstehen."

Merlin erhob sich seufzend. „Also gut. Schickt mich mit einem Ehrengefolge zu König Lodegrance, damit ich für Euch um die Hand seiner Tochter anhalte!"

Artus umarmte seinen alten Erzieher und Ratgeber.

Natürlich konnte keine Rede davon sein, dass König Lodegrance auch nur das Geringste gegen diesen ehrenvollen Antrag hatte. Da Ginevra jedoch kein fügsames kleines Mädchen war, sondern eine Kriegerprinzessin mit eigenem Willen und eigenen Vorstellungen, musste auch sie selbst zustimmen. Über ihre Zukunft wollte sie selbst entscheiden. Aber sie erbat sich keine lange Bedenkzeit. Sie sagte Ja! Denn sie hatte ihr Herz an den unerschrockenen und liebenswürdigen jungen König Britanniens verloren, wie er an sie …

Die Vermählung fand in London mit Pracht und Herrlichkeit statt, es gab natürlich schon vor der Trauung ausschweifende Turniere, in der die Blüte der Ritterschaft des Landes versuchte, der jungen Herrin zu imponieren. Aber da Lady Ginevra selbst einiges vom Waffenhandwerk verstand, war das gar nicht so einfach.

Vor allem die einfachen Menschen, die Bauern und Hirten, die Jäger und Handwerker und Diener und Helfer, waren begeistert von der Schönheit und Freundlichkeit der Königin, die ihnen gegenüber so gar nicht hochmütig war und für die es keinen Unterschied machte, ob sie einen Baron oder einen Tagelöhner mit ihrem schönen Lächeln beglückte.

In der Kathedrale von Canterbury (vor der einst der Knappe Artus das Schwert seiner Herrschaft aus dem Stein gezogen hatte) fand die feierliche Trauung statt. Und endlich konnte nachgeholt werden, was Artus eigentlich nie erlebt hatte: eine großartige Krönung. Die der Königin.

Die Kirche war bis auf den letzten Platz gefüllt; in den vorderen Bänken die Lords und Ladys des Hochadels, schimmernd in Samt und Seide, dann die Barone, die Ritter und Gutsbesitzer mit ihren Damen. Jedermann hatte aus Truhen und Kästen das Schönste herausgeholt, um sich zu schmücken. Hinten im Kirchenschiff, an den Seiten und auf den Emporen stand das Volk dicht an dicht. Die Bürger der Stadt und die Leute vom Land, die extra zu dieser Feier gekommen waren, reckten neugierig die Hälse, damit sie auch ja alles genau erkennen konnten von ihren Plätzen aus, denn Schwaden von Weihrauch zogen durch den Raum und vernebelten ein bisschen die Sicht. Diese Leute waren zwar einfacher gekleidet, aber die in kräftigen Farben leuchtenden Kirchenfenster warfen ihren grasgrünen und himmelblauen, ihren krokusgelben und rosenroten Widerschein auf sie und ließen sie so ebenfalls fröhlich und bunt erscheinen.

Vorn stimmten junge Messdiener in spitzenbesetzten Chorröcken einen frommen Psalm an, und der Erzbischof im prunkvollen violetten Ornat, die Mitra auf dem Haupt, erwartete das hohe Brautpaar.

Die Glocken begannen zu läuten.

Pagen und Knappen, die Überwürfe verziert mit dem roten Drachen auf weißem Grund, dem Emblem des Königshauses, zogen als Erste durch das offene Kirchenportal ein, sie bildeten ein Spalier und knieten nieder. Und dann erschienen Artus und Ginevra.

Ein Raunen ging durch die Menge. Der König führte seine Braut an der Hand – ein hochgewachsenes Mädchen, keinen Zoll kleiner als er selbst. Sie trug ein helles, goldbesticktes Gewand und einen Mantel aus schwerem Samt, dessen Schleppe kleine Pagen hielten. Ihr offenes Haar, rotgolden wie die aufgehende Sonne, fiel ihr in Wellen bis auf die Hüften.

Der König hatte den Hermelinmantel, der großen Anlässen vorbehalten war, lässig über der Schulter – ihn hatte schon Uther Pendragon getragen. Der schwere Kronreif lastete auf seiner jungen Stirn.

Nun gab es keinen, der nicht kniete, während das Paar den Gang entlangschritt, auf den Altar zu.

Aber so prachtvoll dieser Einzug war: Die beiden trugen keineswegs eine feierliche Miene zur Schau. Ganz anders: Sie strahlten vor Glück. Artus' blaue Augen leuchteten. Die schöne Ginevra trug den Kopf hoch und lächelte freundlich nach rechts und links, und als sie vor dem Altar niederkniete, beugte sie nicht etwa den Nacken, sondern blickte dem Erzbischof gerade ins Gesicht.

Nachdem die Zeremonie vorüber war, der Geistliche die beiden zusammengegeben und die Krone auf Ginevras Haar gedrückt hatte, hörte man gemeinsam das feierliche Hochamt an. Das Königspaar saß vor dem Altar auf erhöhtem Sitz, Hand in Hand, und die beiden sahen einander in die Augen, so innig, dass sie fast versäumten, an den richtigen Stellen das Kreuz zu schlagen oder das Knie zu beugen.

Später, als die hohen Herren des Reiches kamen, um ihrer Königin zu huldigen, nahm Ginevra ernst, hoheitsvoll und aufrecht alle Ehrungen entgegen.

„Etwas mehr Demut, Mylady!", mahnte der Erzbischof leise, denn er sah, dass einige Ritter verwundert dreinschauten ob der stolzen Haltung der jungen Frau.

Ginevra drehte den Kopf. „Demut?“, erwiderte sie, ohne die Stimme zu senken. „Demut nur vor Gott. Ich bin die Königin von England!“

Und Artus verkniff sich ein Schmunzeln.

Landbesitz hatte Königin Ginevra ihrem Mann nicht mit in die Ehe bringen können, aber das war auch nicht nötig, Artus' Reich war groß genug. Stattdessen brachte die Kriegerfürstin jene hundert kampferprobten Ritter mit, die sie im Kampf gegen Ryon befehligt hatte.

Und dann kam etwas mit ihr nach Britannien, das für neue Aufgaben in der gesamten Ritterschaft sorgen sollte: Ginevra brachte einen riesigen runden Tisch als Mitgift – eher eine Art Kreis, der innen offen war und Platz bot für hundertundfünfzig Ritter.

Mit diesem Tisch sollte sich vieles verändern.

Artus ließ ihn in einem Saal aufstellen, der sich nach außen hin öffnete, sodass wie früher, als man noch an den hufeisenförmig aufgestellten Tischen saß, jeder Bote, jeder Bittsteller oder um Schutz Flehende sogleich Zugang hatte.

Gemeinsam mit seiner Königin besichtigte er dann das gewaltige Möbelstück.

„Welchen Zweck hat dieser Tisch in deiner Heimat erfüllt?“, fragte er seine junge Frau. (Wenn sie miteinander allein waren, benutzten sie das vertrauliche „Du“, nicht das höfische „Ihr“.)

„Zuletzt wohl gar keinen mehr“, erwiderte Ginevra. Sie strich nachdenklich mit der Hand über das glatte, feste Eichenholz. „Er stammt aus den alten Zeiten, als es noch keine so großen Unterschiede zwischen einem Fürsten und seiner Gefolgschaft gab, als alle einträchtig füreinander einstanden. Aus einer Zeit, wo die Rangordnung nicht wichtig war, verstehst du?“

Artus nickte. „Ich verstehe sehr gut. Alle, die an diesem

Tisch sitzen, sind gleich. Keiner kann für sich beanspruchen, besser zu sein als die anderen."

„Außer vielleicht du und ich", warf Ginevra lächelnd ein, „und die zu unserer Rechten und Linken."

„Der Gedanke gefällt mir!", erwiderte der König. „Wir sollten diesen Tisch nutzen. Hier könnten sich meine besten Ritter versammeln. In dem freien Raum innerhalb des Tischrunds könnte jeder seine Beschwerde vorbringen, eine Herausforderung in den Raum stellen oder ..."

„... oder von seinen eigenen Heldentaten berichten!", ergänzte Ginevra.

„Heldentaten?" Artus zuckte die Achseln. „Es herrscht Frieden im Land. Wir haben keine äußeren Feinde – jedenfalls im Augenblick nicht –, und all meine widerspenstigen Barone halten Ruhe. Ich habe disziplinierte Krieger. Wozu brauche ich Helden?"

„Du hast Helden!", sagte Ginevra bestimmt. „Ich habe erlebt, wie sie gegen Ryon gestritten haben, ich habe an ihrer Seite gekämpft. Sir Kay, der wie ein Löwe ficht, wenn er nicht gerade deine Tafel bestücken muss" (sie lächelte), „oder König Pellinore und der junge Gryfflet – ich bin noch nicht lange genug in Britannien, um sie alle zu kennen."

Ginevra sah ihren Mann bedeutungsvoll an. Sie setzte sich auf die Tischkante und ließ die Beine baumeln, eine unter den vornehmen Damen eher unschickliche Haltung, aber schließlich war sie wie ein Knabe erzogen worden (was Artus immer wieder entzückte).

„Ja, Artus, Heldentaten", wiederholte sie. „All diese großen Kämpfer werden sich irgendwann nutzlos vorkommen, wenn es keine Feinde mehr zu bekriegen gibt! Und wenn sich solche Männer nutzlos vorkommen, dann weiß man ja, was geschieht. Bald werden sie ihre Schwerter gegeneinander ziehen. Aber vielleicht", fuhr sie fort, „könnte man das abwenden, indem man ihnen andere Aufgaben stellt? Vielleicht sollten sie sich nicht um sich selbst kümmern, sondern um Dinge, die im Lande nötig sind?“

Artus machte große Augen. „Die im Lande nötig sind? Ich verstehe …“, sagte er nachdenklich. „Also Männer, die immer bereit sind einzugreifen, wenn irgendwo ein Unrecht geschieht? Meinst du so etwas? Das ist ja …“ Aufgeregt hob er Ginevra vom Tisch und küsste sie. „Ich finde, ich sollte deinen Einfall mit Merlin besprechen!“

„Aber nur, wenn ich dabei bin!“, bemerkte die junge Königin entschieden. Sie hatte nicht vor, die Zurückhaltende zu spielen.

So entstand der Gedanke des runden Tischs.

Von den Rittern der Tafelrunde

Ein paar Tage später erschien ungerufen Merlin. Ihm gefiel sehr, was sich das Königspaar ausgedacht hatte.

„Mylady“, sagte er zu Ginevra, „ich muss sagen, Eure Idee macht mir den Abschied von der Menschenwelt leichter.“ (Artus wollte protestieren, aber Merlin hob abwehrend die Hand.) „Mein Schüler Artus ist allzu schnell bereit, daran zu glauben, dass Gerechtigkeit und Güte für immer von Bestand sind.“ Er wandte sich an den König: „Majestät, glaubt mir, und hört diesmal auf mich: Die Gewalt im Lande ist nicht gestorben, sie schläft nur. Wenn Eure Lords ihre Angriffslust und Grausamkeit nicht mehr auf dem Schlachtfeld ausleben können, dann fahren sie da fort, wo sie aufgehört haben, bevor Britannien – also Ihr – sie unter seine Fahne rief. Ihr werdet es sehen: Bald kämpfen sie wieder gegeneinander um Macht und Einfluss und Ländereien, sie brandschatzen die Dörfer des Nachbarn, töten ohne Gewissensbisse, pressen ihre Bauern aus, versklaven Menschen, üben Gewalt gegen Frauen und Mädchen, gleich, ob sie von niederem Stand oder adlig sind. So, wie wir es kennen."

„Aber die Gerichtsbarkeit, die ich im Lande ausüben lasse?", warf Artus unmutig ein.

Merlin legte ihm die Hand auf den Arm. „Liebe Majestät, die wirkt oft nur so lange, wie der oberste Richter da ist. Doch sobald er den Rücken kehrt, macht man weiter wie vorher."

Ginevra nickte zu den Worten des Zauberers. „Ihr werdet bald einsehen, Artus, dass man nicht den Adel eines ganzen Landes mit Spielen, also Turnieren, mehr oder weniger gefährlich, bei der Stange halten kann. Es ist nur eine Frage der Zeit, wann die Herren wieder losbrechen. Aber – ich sagte es vordem – Ihr habt Eure Helden, die Ihr ausschicken könnt. Männer, die zu Euch stehen, und die Ihre Kraft bestimmt freudig für des Königs Gerechtigkeit einsetzen werden."

Merlin sah von einem zum anderen. „Ich weiß wirklich nicht, was für mich zu tun übrig bleibt", sagte er, und seine hellen Augen lächelten in einem Gesicht, das, wie es Artus schien, seltsam verjüngt war. Tat das die Liebe zu Nimue?

Der Zauberer neigte den Kopf. „Nun entlasst Euren Diener, Majestät. Ich sehe, Ihr erfüllt Euren Auftrag auch ohne mich."

Und er verschwand. War es vielleicht schon für immer?

Artus stellte sich die Frage zu diesem Zeitpunkt nicht. Zu sehr beschäftigte ihn der Plan, der gerade Gestalt annahm, und zu sehr beschäftigte ihn seine junge Frau. Einmal sagte er übermütig, man könne ja auch, wenn Mangel an geeigneten Rittern sei, ihre künftigen gemeinsamen Söhne an die runde Tafel setzen, und Ginevra lachte errötend.

Aber die Königin sollte kinderlos bleiben.

Artus versammelte nun also seine besten Ritter, gleich ob alt oder jung, an seinem und Ginevras rundem Tisch und machte sie zu einer Art Bruderschaft, die nach den Regeln wahren Rittertums zu leben und zu handeln hatte. Sie hatten bei ihrer Ehre zu schwören, niemals ihre Waffen zu erheben außer für einen guten Zweck, sich niemals für Mord oder Verrat herzugeben, keinen Wehrlosen anzugreifen, Schwache vor ihren Unterdrückern zu beschirmen, Gnade zu gewähren, wenn ein Unterlegener um Gnade bat, Frauen, gleich ob hoch oder niedrig, ob Witwe, Ehefrau oder Jungfrau zu beschirmen und ihnen niemals zu nahe zu treten noch um eines persönlichen Vorteils willen zu kämpfen.

Damit waren die hohen Ziele des Rittertums abgesteckt, und Ehre winkte dem, der sie einhielt, Schande dem, der sie verletzte.

Um diese Ideale in die Tat umzusetzen, war es die Aufgabe der Tafelrundenritter, unermüdlich das Land zu durchstreifen auf der Suche nach Unrecht oder Gewalt, die zu bekämpfen sie geschworen hatten, und sich selbst immer erneut in ihrem Edelsinn zu beweisen. Zurückgekehrt sollten sie dann vor den anderen und vor dem König Rechenschaft ablegen – von ihren Taten berichten, genau, wie Ginevra es sich vorgestellt hatte!

An Artus' Tafel fanden sich Männer wie König Pellinore, mit dem er einst selbst die Klinge gekreuzt hatte, es saß da Sir Gryfflet neben dem frisch zum Ritter geschlagenen Rotschopf Gawan, Morgauses Sohn, und also, wie Artus nun wusste, sein Neffe; und natürlich durften sein Pflegevater Sir Ector und der Seneschall Sir Kay nicht fehlen. Sir Erec und Sir Iwein, Sir Sagramure, Sir Uriens und Sir Gahmuret und viele andere kamen dazu, und sie kamen nicht nur aus England, sondern von überallher, wo man Ritterehre hochhielt und bereit war, sie mit Taten zu beweisen.

Die Ausfahrten, auch Questen (Suche) oder Aventiuren (Abenteuer) genannt, bildeten nun den wichtigsten Teil des Lebens dieser Ritter, der Ritter der Tafelrunde, und es sollte sich zeigen, dass das Britannien des König Artus ein Land war, in dem es von unglaublichen Begebenheiten nur so wimmelte.

Eins der merkwürdigsten Abenteuer bestand König Pellinore, an Jahren und Erfahrung einer der wichtigsten Männer des runden Tisches. Ihm war zu Ohren gekommen, dass im Norden der Insel, fast schon im schottischen Hochland, ein merkwürdiges Geschöpf sein Unwesen treiben sollte, ein Fabeltier, wie man es eigentlich nur aus den Erzählungen der Alten kannte (immer wieder berichteten Sagen ja auch von einem vorzeitlichen Ungeheuer, einer Wasserschlange, die dort einen See bewohnen sollte).

Das Geschöpf, so wussten Augenzeugen zu berichten, hatte einen Leib, gefleckt wie ein Leopard, den Schweif einer riesigen Eidechse und den Kopf einer Schlange. Wenn es sein Maul sperrangelweit aufriss, war es in der Lage, ein ganzes Schaf zu verschlingen – und das tat es dann auch ausgiebig. Die Menschen waren machtlos gegen das Untier, denn es gelang ihnen nicht, es zu stellen. Ebenso schnell, wie es auftauchte, verschwand es auch wieder, war bald hier, bald dort anzutreffen.

Die gequälten Bauern und Hirten wandten sich zunächst an die Kirche und baten um einen wirkungsvollen Segen gegen das Geschöpf, aber der versagte ebenso wie die heimlichen Beschwörungen, die sie an die Alten Mächte richteten. Schließlich wandten sich die Verzweifelten an König Artus und baten um Hilfe durch die Tafelrunde.

Es war Pellinore, der sich auf die Spur der Bestie begab und ihr für längere Zeit folgte. Das ebenso scheue und verschlagene wie gefräßige Biest führte seinen Verfolger monatelang an der Nase herum, aber der Ritter gab nicht auf. Schließlich gelang es ihm, das seltsame Wesen, sicher das letzte seiner Art, in die Enge zu treiben und in einem heftigen Kampf zu besiegen.

Ein ganzer Landstrich atmete auf und rühmte Pellinore als Befreier.

Sir Gawan, heißblütig und temperamentvoll, zudem einer der besten Kämpfer im Kreis um Artus, begegnete auf seiner ersten Queste einem der grausamen und grobschlächtigen Barone, die ihre Bauern für Freiwild hielten. Er kam dazu, als dieser ungehobelte Geselle einem jungen Mädchen aus seinem Dorf im Heuschober Gewalt antun wollte, stellte den Übeltäter und besiegte ihn im Zweikampf. Der Mann konnte es zuerst gar nicht fassen, dass ein Adliger für ein Mädchen vom Lande gegen einen Standesgenossen die Waffe erhob. Aber Gawan erklärte dem Besiegten, dass jetzt andere Gesetze in England galten. Man hatte die Schwachen und Wehrlosen zu beschützen, ganz gleich, welcher Herkunft sie waren! Zähneknirschend beugte sich der Baron dem „Neuen". (Das Mädchen aber war durchaus bereit, Gawan freiwillig das zu schenken, was sie dem brutalen Burgherrn verweigert hatte …)

Auch diese Tat war bald allüberall bekannt – und Sir Gawan galt seitdem als der Mann, wenn es darum ging, einem Mädchen oder einer Dame in Not beizustehen …

Einige der Ritter zogen auch gemeinsam aus, um Aventiuren zu suchen. Sir Gryfflet und der junge Iwein waren gern miteinander unterwegs. Gleich zu Beginn fochten sie gemeinsam einen Kampf gegen drei Wegelagerer aus, die an einem Hohlweg lauerten und die Reisenden nicht nur gnadenlos ausplünderten, sondern sie auch noch gefangen hielten, um Lösegeld zu erpressen, und erschlugen die Räuber. Die befreiten Gefangenen breiteten den Ruhm der edlen jungen Ritter im Lande aus …

Es dauerte nicht lange, und die bedeutendsten und tatkräftigsten Lords der runden Tafel waren im ganzen Land berühmt und geachtet. Man kannte inzwischen die Wappenzeichen dieser Herren allüberall, und jede Dame war stolz, wenn sie die Auserwählte eines dieser Männer war und er als Sinnbild seiner Ergebenheit und weil er, von ihr beflügelt, in den Kampf zog, ein Band, ein Stück Schleier oder eine Borte ihrer Kleidung an seinen Schild heftete.

Die Tafelrunde wurde ein Erfolg. Artus bemühte sich, die wirklich besten Kämpfer an seinen Tisch zu holen, damit sie auszogen, als fahrende Ritter das Recht zu schützen. Und falls sich denn keine Feinde fanden, so machten sie sich ein Vergnügen daraus, ihre Kräfte im freundschaftlichen Tjostieren zu messen, wenn sie sich unterwegs begegneten, um nicht „einzurosten" …

Und dann erinnerte sich Artus an einen Knaben, den Sohn eines der Könige, die ihm bei Bedgraine gegen die Nordritter geholfen hatten und der ihm damals bei dem spielerischen Turnier der Knaben aufgefallen war. Er schickte eine Botschaft übers Meer an seinen alten Verbündeten König Ban in Frankreich und erbat sich dessen Sohn Lancelot, der ja bald ein erwachsener Mann sein musste, für seine Runde.

So kam Lancelot, der beste aller Ritter, nach England und an den Hof von König Artus, den er heiß verehrte – fast so heiß wie später dessen Frau.

Wen Artus aber schmerzlich an seiner Seite vermisste, nun, da die Tafelrunde gegründet war, das war Merlin. Er ließ Boten in alle Welt ausschicken, um seinen Freund und Ratgeber zu suchen. Doch der Zauberer blieb verschwunden.

3
Von Morgan le Fay

Zu jener Zeit, als die Tafelrunde ein Hort der ritterlichen Tugend wurde, fiel der junge König fast einer der schwärzesten Intrigen zum Opfer – und sie kam von einer seiner eigenen Halbschwestern.

Von Morgause hatte Artus seit ihrer Abreise nichts mehr gehört. Ihre drei älteren Söhne, Gawan, Agrawan und Gaheris, wuchsen an seinem Hof zu tapferen Rittern heran. Das Unrecht, das er begangen hatte, wäre gesühnt, so schien ihm, wenn er diese Knaben liebevoll als seine Verwandten erziehen ließ.

Der Älteste, Gawan, gehörte, wie wir wissen, zu den besten Kämpfern um Artus. Er hatte auf die Königswürde seines Vaters Lot verzichtet, denn, so sagte er, es reiche ihm ganz und gar aus, ein Ritter unter König Artus zu sein. Gawan glänzte bei allen Turnieren, und seine stattliche Gestalt, sein roter Haarschopf und seine blitzenden blauen Augen machten ihn zum Liebling der Damen. Es hieß, dass er bereits am Tag, als er zum Ritter geschlagen wurde, ein galantes Abenteuer mit einem Hoffräulein hatte – und dabei blieb es nicht.

Aber auch der grobschlächtige Agrawan, der zwar nicht besonders klug, aber sehr stark war, und sein jüngerer, zarterer Bruder Gaheris hielten sich wacker, und das Wappen von Orkney und Lothian, die Distel mit den drei roten Schrägbalken, war bald überall dort bekannt, wo Tjoste ausgefochten wurden.

Es lebten außer Morgause aber noch zwei andere Töchter der Lady Igraine, die Artus' Halbschwestern waren. Die mittlere, namens Elaine, trat nicht weiter in Erscheinung. Ganz anders dagegen die jüngste, Morgan le Fay.

Es gab damals in Britannien ganze Klöster, die, fern von

Gott, sich mit schwarzer Magie, also mit Schadzauber befassten. Morgan le Fay war bekanntlich in solch einem Kloster aufgewachsen, und die „Bildung", die sie dort genossen hatte, machte sie zu einer wahren Hexenkönigin, einer Meisterin der finsteren Zauberei.

Wie ihre ältere Schwester Morgause war Morgan von bestrickender, kalter Schönheit. Sie hatte ebenfalls nachtschwarzes Haar und einen durchsichtig weißen Teint, und ihre Augen loderten wie dunkle Feuer. Kaum war sie im richtigen Alter, kaum hatte sie sich in allen Künsten der Zauberei vervollkommnet, so verließ sie das Kloster.

Bald fand sie heraus, was ihr im Leben am meisten gefiel: andere zu beherrschen. Ihr größter Wunsch war Macht, Macht um jeden Preis. Und als sich Uriens, König des kleinen Landstrichs Gore, um sie bemühte, glaubte sie sich am Ziel ihrer Wünsche. Sie liebte ihn zwar nicht, doch als seine Frau war sie Königin. Bald gebar sie einen Sohn, Iwein mit Namen, der seine Rolle in den Geschichten um Artus spielen sollte.

Als Artus aber die runde Tafel der Besten gründete, bewarb sich Uriens um einen Platz zwischen den tapfersten Rittern, und mit Erfolg. Schließlich galt er als einer der hervorragendsten Kämpfer seines Landes. Und sogleich bat Morgan le Fay darum, mit ihrem Sohn ebenfalls an den Hof nach England kommen zu dürfen.

Ihr Ziel war von Anfang an klar: Sie wollte weiter nach oben, nicht nur die Gattin eines unbedeutenden Herrschers sein.

Artus hatte ein schlechtes Gewissen seinen Halbschwestern gegenüber, wegen der Blutschande, die er mit Morgause begangen hatte. (Die Ermordung des Kindes, der Kinder, diese schreckliche Tat, war aus seinem Gedächtnis verschwunden zu dieser Zeit, es blieb nur ein dunkles Gefühl der Verunsicherung ...) Er wollte die Jüngste besonders zuvorkommend behandeln. Er lud sie also herzlich nach Camelot ein, auf die Festung Tintagel, wo er bisweilen residierte. Er stellte die Frau Königin Ginevra vor und bat diese darum, sich besonders um Lady Morgan zu kümmern. Besonderer Fürsorge hätte es allerdings bei Morgan le Fay wirklich nicht bedurft – eher besonderen Argwohns und verschärfter Wachsamkeit …

Ginevra versuchte, der schwarzhaarigen Schönheit freundlich entgegenzukommen; schließlich war sie Artus' Schwester. Aber ihre Bemühungen wurden ihr nicht gelohnt. Lady Morgan behandelte sie mit einer kalten Gleichgültigkeit, die an Verachtung grenzte. Besonders ärgerte sich die Königin über die Art und Weise, wie Lady Morgan ihren Sohn Iwein überall in den Vordergrund schob. (Ginevra selbst war immer noch nicht guter Hoffnung, und langsam glaubte sie selbst nicht mehr daran, je schwanger werden zu können.)

So zeigte Ginevra der anderen die kalte Schulter und kümmerte sich nicht um sie – was ein Fehler war. Es wäre besser gewesen, sie im Auge zu behalten. Morgan nämlich übte eine große Anziehungskraft auf Männer aus und hatte von Anfang an einen ganzen „Hofstaat" von Verehrern um sich. Sie liebte es, sich die Herren untertan zu machen, und wo es ihr mit ihrer Schönheit allein nicht gelang, da griff sie zu ihren magischen Künsten.

Die Person ihres Bruders erfüllte sie von Anfang an mit Neid und Hass. Artus' offene, edelmütige und herzliche Art, sein freier Umgang mit den Menschen seiner Umgebung, gleich, ob sie hochgestellt oder einfache Bauern waren – all das war einer so verbissenen und düsteren Frau, wie sie es war, ein Dorn im Auge. Und vor allem neidete sie ihm glühend die Krone Britanniens. Sie fand, auf ihr Haupt würde die besser passen …

Sie klügelte einen finsteren Plan aus – einen Plan zur Ermordung ihres Bruders.

Da ihr Ehemann Uriens zu viel Ehrgefühl hatte, machte sich Morgan einen anderen Mann gefügig, Sir Accolon von Gallien. Der Ritter gefiel ihr, denn er war schön von Angesicht und, wie sich zeigen sollte, erfahren in den Künsten der Liebe. Es war ihr ein Leichtes, ihn zu betören und mit magischen Tränken an sich zu fesseln. Accolon war ihr verfallen. (Um Uriens kümmerte sie sich nicht weiter.) Bald war er so verblendet, dass er bereit war, ohne Überlegen alles zu tun, was sie verlangte. Er sah seine Herrin in ihr. Sie befahl ihm, sich ständig in Artus' Nähe aufzuhalten und sich bei ihm lieb Kind zu machen.

Währenddessen bereitete sie mithilfe ihrer Hexenkünste ein Schwert und eine Scheide vor, die ganz genauso aussahen wie Excalibur. Aber das Schwert war stumpf und aus minderwertigem Metall, und die Scheide hatte nicht die Kraft, vor Verwundungen zu schützen.

Und dann schmiedete sie einen Plan.

Die verhexte Jagd

Wenn die Ritter am Hofe des Königs sich nicht auf Aventiuren oder Questen im Dienst der Gerechtigkeit befanden oder sich auf Turnieren vergnügten, liebten sie es, auf die Jagd zu gehen. So vervollkommneten sie ihre Reit- und Schießkünste, erprobten ihren Mut und ihre Schnelligkeit – und außerdem dankte es ihnen Sir Kay, der Seneschall, wenn frisches Wildbret auf den Tisch kam.

Eines Tages wollte es der Zufall (wenn es denn ein Zufall war), dass Artus zusammen mit Sir Uriens und Sir Accolon hinter einem kapitalen Hirsch her war und dass sie sich bei der Verfolgung des Tiers weit von der restlichen Jagdgesellschaft entfernt hatten. Sie trieben ihre Pferde über Stock und

Stein, und schließlich gelangten sie in so sumpfiges Gelände, dass sie absitzen mussten und zu Fuß weiterpirschten. Aber irgendwann war der Hirsch verschwunden, und die drei Herren mussten, wenn auch widerwillig, zugeben, dass sie sich verirrt hatten. Es dunkelte bereits.

„Blast Euer Jagdhorn, Sir Accolon!", befahl Artus, „damit die Jagdgesellschaft weiß, wo wir sind, und uns aufspüren kann."

Accolon tat, wie ihm geheißen, aber es kam keine Antwort.

„Eine schöne Bescherung!", sagte der König ärgerlich. „Wir müssen sehen, dass wir irgendwo übernachten. Morgen, wenn uns die anderen gefunden haben, werden sie sich über uns lustig machen."

Sie stapften weiter durch den Sumpf, oft bis über die Knöchel im Morast, und schließlich gelangten sie an einen dunklen, stillen Fluss, den keiner der drei jemals vorher gesehen hatte. An der Uferböschung lag im Schilf ein Schiff mit einem seidenen Baldachin, aber keine Menschenseele war zu sehen.

„Einen guten Abend, falls da jemand ist!", rief Artus probeweise. Es kam keine Antwort.

So kletterten die Verirrten zum Ufer hinunter und stiegen einer nach dem anderen in das Gefährt.

Zu ihrem Erstaunen fanden sie drinnen weiche Polster und schwellende Kissen, und auf einem Tisch stand, von Fackeln beleuchtet, eine große Karaffe mit Wein bereit, als wenn sie auf sie gewartet hatte.

Artus sah hinüber zum Wald, der schwarz wie eine Wand dastand und aus dem unheimliche Laute von Tieren zu ihnen herüberdrangen.

„Ich denke", sagte er, „der Herr dieses Schiffs wird uns verzeihen, wenn wir ungebeten seine Gastfreundschaft in Anspruch nehmen. Lasst uns eine kleine Stärkung zu uns nehmen und die Nacht auf diesen bequemen Polstern verbringen."

Die beiden Gefährten stimmten ihm nur zu gern zu, denn diese Nacht wirkte besonders befremdlich und unheimlich.

Sie öffneten ihre Jagdtaschen und aßen vom mitgebrachten Brot und Fleisch und sprachen reichlich dem Wein zu, bis ihnen die Augen schwer wurden von den Anstrengungen des Tages und dem Getränk, und sie verfielen bald in tiefen Schlaf.

Als Sir Uriens seine Lider aufschlug, wurde es gerade Tag. Zu seinem Erstaunen lag er in seinem eigenen Bett in Carleon, und neben ihm schlief sein Weib Morgan le Fay. Schnell machte er die Augen wieder zu. Er erinnerte sich: Es hatte schon öfter Dinge gegeben, die ihn befremdeten, und noch mehr, die er lieber nicht wissen wollte ... Also tat er, als sei alles in Ordnung, und erwähnte seine Verwunderung tagsüber mit keinem Wort.

Wo aber waren die anderen geblieben?

Die feindlichen Brüder

Artus kam zu sich mit schwerem Kopf und brennender Kehle und stellte fest, dass er auf kaltem Stein lag. Er setzte sich auf und sah sich um. Durch ein kleines Fenster hoch oben drang trübes Licht herein, und die Luke in der Tür war vergittert. Er war also eindeutig in einem Kerker, und um ihn herum lagen noch ein paar andere Gestalten, die sich ruhelos hin und her warfen.

„Sir Uriens? Sir Accolon?", fragte er aufs Geratewohl.

Eine der Gestalten antwortete. „Diese Lords, nach denen Ihr fragt, sind nicht hier, aber wir anderen sind ebenfalls Ritter, wenngleich nicht so einflussreich, und wir werden hier schmählich gefangen gehalten."

„Aber weshalb? Fordert jemand Lösegeld von Euch?"

„Nein", erwiderte ein weiterer der Gefangenen, noch nicht so geschwächt wie der, der geredet hatte. „Das hat mit einer längeren Geschichte zu tun."

„Da ich, wie es aussieht, alle Zeit der Welt habe, könnt Ihr sie mir ruhig erzählen!", knurrte Artus und hielt sich den schmerzenden Kopf.

Der andere begann: „Wir sind die Gefangenen von Sir Damas, und er ist der erbarmungsloseste und niederträchtigste Mensch der Welt und ein erbärmlicher Feigling noch dazu. Sein Bruder, Sir Outlake, ist das ganze Gegenteil von ihm: gütig, mutig, ehrenhaft. Aber Damas weigert sich, das ererbte Gut mit ihm zu teilen. Nun hat Sir Outlake seinen Bruder zum Zweikampf herausgefordert. Aber Damas ist, wie gesagt, viel zu feige, um gegen seinen kampferprobten Bruder anzutreten. Weil aber keiner freiwillig sein Stellvertreter sein will, lockt er mit seiner Bande von wilden Kerlen wackere Ritter, die auf Aventiure unterwegs sind, in den Hinterhalt. Er bietet ihnen an, sie freizulassen, falls sie für ihn streiten. Aber da Damas' Ruf so schlecht ist, haben alle abgelehnt, denn es ist klar, dass bei einem Gottesgericht der Streiter für Damas verlieren muss. Also steckt er uns in den Kerker und versucht, uns mit Hunger, Folter und Schlägen zu bekehren."

„Hm", sagte Artus nachdenklich. „Eure Haltung ist sehr ehrenhaft, Lords, aber weiterhelfen kann sie Euch nicht."

Ein Gottesgericht, überlegte er. Ein Gottesgericht war für Artus eine zweifelhafte Angelegenheit, wenngleich es häufig „angewendet" wurde. Der König wusste, es war ein beliebter Weg, Recht zu finden. Mit einem Appell an Gott in einer feierlichen Messe bat man zu Beginn des Zweikampfes darum, denjenigen siegen zu lassen, der die gerechte Sache vertrat. So ein Gottesurteil hatte Gesetzeskraft.

Und was diesen Kampf betraf, schloss Artus, in diesem Fall

musste der Besiegte – wenn er nur ein Stellvertreter war –, deswegen nicht sein Leben lassen, wie es sonst der Brauch war. Falls man auf diese Weise also hier herauskommen könnte …, würde man notfalls auch für den Falschen kämpfen, diesen niederträchtigen Damas. Besser, als in diesem Verlies zu verschmachten.

Während er noch hin und her überlegte, erschien das Gesicht eines Fräuleins im Gitterfenster des Kerkers, und eine sanfte Stimme fragte: „Gefällt es Euch hier, Sir?“

Artus war kurz davor aufzufahren. Die Frage klang ihm ein bisschen zu bösartig. Aber er bewahrte die Ruhe und entgegnete: „Wem gefällt es schon in einem Gefängnis?“ (Er wusste ja ohnehin nicht, wie er hierhergekommen war, und ob nur der Wein oder auch besondere Zauberkräfte dahintersteckten.)

„Nun“, sagte das Fräulein, „warum wollt Ihr dann nicht für meinen Herrn zum Wettkampf in die Schranken treten? Man hat Euch ja inzwischen bestimmt gesagt, worum es hier geht. Wollt Ihr wirklich wie diese Narren bis zum Rest Eures Lebens im Kerker schmoren?“

„Hm“, knurrte Artus. „Eure Art, einen Ritter zum Kampf zu bewegen, scheint mir ein wenig … seltsam. Nun, so frage ich Euch: Wenn ich bereit bin, diesen Streit auszufechten, werden dann diese armen Kerle ebenfalls freigelassen?“

„Das verspreche ich Euch“, entgegnete das Fräulein.

„Ich habe aber weder Waffen noch Rüstung“, warf Artus ein.

„Ihr werdet alles bekommen.“

„Gut“, sagte der König kurz entschlossen. „Dann bin ich bereit.“ Er musterte das Gesicht der jungen Dame hinter den Gitterstäben und sagte: „Sollte ich Euch nicht kennen?“

„Woher denn!“, erwiderte das Mädchen. „Ich bin Sir Damas’ Tochter. Ihr könnt mich noch nie gesehen haben.“

Artus hatte einen scharfen Blick für Menschen, das gehörte zu seinem Beruf. Er war sich sicher, dass er diese junge Dame im Gefolge seiner Schwester Morgan le Fay gesehen hatte. Aber darüber dachte er im Augenblick nicht weiter nach. Das Wichtigste war, dass er aus dem Kerker herauskam, und mit ihm die anderen bedauernswerten Ritter, die hier schon so lange schmachteten.

Das Gottesgericht

Was aber war mit Sir Accolon von Gallien geschehen, dem heimlichen Geliebten von Morgan le Fay?

Er erwachte mitten im Wald und wusste nicht, wo er war. Kaum hatte er sich den Schlaf aus den Augen gerieben, da erschien ein hässlicher Zwerg auf einem Maultier, grüßte ihn und sagte: „Ich komme von Eurer Herrin, die Ihr anbetet. Kämpft in ihrem Auftrag morgen für einen anderen Ritter im Gottesgericht und zeigt kein Erbarmen, tötet Euren Gegner. Seid unbesorgt, Ihr werdet unbesiegbar sein, denn sie schickt Euch dies hier!“ Und mit diesen Worten überreichte der Zwerg ihm das Schwert Excalibur mitsamt der Scheide. Natürlich erkannte Accolon die Wunderwaffe, aber er war so tief bezaubert und benommen, dass er gar nicht auf den Gedanken kam, zu fragen, wie das alles zusammenhing: das Schiff, der Schlaf, das Erwachen an fremdem Ort und nun das königliche Schwert …

Accolon kniete nieder, küsste die Waffe und sagte: „Berichtet meiner Gebieterin, dass ich alles so tun werde, wie sie es mir befiehlt.“

„Das werde ich“, entgegnete der Zwerg und ritt davon.

Kaum war er fort, da erschienen ein paar Knappen von der nahe gelegenen Burg, die dem gütigen, von seinem Bruder

Damas benachteiligten Sir Outlake gehörte. Der Lord war in schwerer Sorge. Er hatte nun die Herausforderung seines Bruders erhalten (der ja einen Streiter gefunden hatte!), lag aber selbst mit einer Wunde darnieder und konnte nicht kämpfen. Nun war auch er auf der Suche nach einem Stellvertreter, und die Knappen durchstreiften die Gegend nach einem Ritter, der die Herausforderung für Outlake annehmen würde.

Accolon war sofort bereit.

Das alles hatte Morgan le Fay so eingerichtet!

So geschah es, dass der König von Britannien für die Niedertracht in den Ring treten musste und Sir Accolon die gerechte Sache vertrat – noch dazu mit dem richtigen Schwert!

Vor dem Beginn des Duells hatte sich viel Volk der Umgebung rund um die Schranken des Kampfrings versammelt, denn alle hofften darauf, dass der Kämpfer für Sir Outlake den Streiter des verhassten grausamen Damas überwinden würde.

Hoch zu Ross, das Visier geschlossen, Schild vorgelegt und die Lanze aufrecht, warteten die beiden Ritter auf den Beginn.

Kurz bevor die Herolde mit ihren Trompeten das Zeichen zum Anfang gaben, kam ein Fräulein an Artus herangeritten und raunte ihm zu: „Nehmt das! Es ist Euer Schwert Excalibur mit der magischen Scheide! Eure Schwester Morgan le Fay sendet es Euch aus Sorge um Eure Sicherheit!“

Gerührt nahm Artus die Waffe entgegen und bedankte sich – für das falsche Schwert.

Dann begann das Duell.

Nachdem sich die beiden Kämpen beim ersten Ansturm gegenseitig aus dem Sattel geworfen hatten, zogen sie ihre Schwerter, umkreisten sich und versuchten zunächst einmal, die Kampftechnik des anderen, seine Schwachstellen und seine Stärken, zu erkunden. Dann gingen sie aufeinander los.

Und nun geschah Unglaubliches.

Zum Erstaunen der Zuschauer prallte jeder, auch der kraftvollste und geschickteste Hieb des Streiters für Sir Damas an der Deckung seines Gegenübers ab. Obwohl die sachkundigen Männer außen am Ring sehr wohl erkannten, dass der Kämpfer für Damas der bessere Fechter war, mussten sie erleben, dass er keinen der Schläge des Outlake-Vertreters parieren konnte. Bald blutete er aus vielen Wunden, während sein Gegner völlig unverletzt war.

Der König selbst schwankte zwischen Unglauben und Entsetzen. Sollte es um das Gottesgericht wirklich so bestellt sein, dass der Mann, auf dessen Seite das Recht war, auf alle Fälle siegen würde, ungeachtet, wie viel tüchtiger und um wie viel besser bewaffnet der andere war? Sollte er, Artus, bei diesem Kampf sein Leben lassen müssen? (Schließlich wusste er ja, dass er aus Not für die falsche Seite in den Kampf gegangen war.)

Das Volk, das den Ring umstand, jubelte bei jedem Streich, den Artus empfing: War es doch für alle nunmehr ein deutliches Zeichen, dass Gott wirklich mit der gerechten Sache war und der Vertreter des verhassten Damas unterliegen würde!

Verzweifelt bemerkte Artus, dass ihm nicht nur die wundertätige Scheide fehlte, sondern dass er auch nur ein minderwertiges Schwert in der Hand hielt. Seine Schwester hatte ihn betrogen! Er war bereits geschwächt vom Blutverlust und führte seine Streiche inzwischen ohne jede Kunst und Könnerschaft aus, hieb nur einfach auf den anderen ein.

Als er zurückwich und den Gegner um eine Atempause bat, rief der höhnisch: „Kämpft! Ich gewähre Euch keine Pause!“

Artus raffte all seine Kraft zusammen und führte einen gewaltigen Schlag gegen den Helm des Gegners. Aber von der Wucht seines Schlages zerbrach die weiche stumpfe Klinge, die er hatte, und ihm blieb nur noch den Schwertknauf in der Hand.

„Ihr seid vernichtet! Ergebt Euch!", schrie Accolon und drang weiter auf Artus ein, der sich nur noch unter seinen Schild ducken konnte.

In diesem Augenblick erschien an der Längsseite des Rings eine Frau auf einem weißen Zelter, gehüllt in ein Gewand aus fließendem wasserblauem Stoff. Niemand beachtete sie, denn alle starrten auf das Kampffeld und fieberten dem Ausgang des „Gottesurteils" entgegen.

Die Frau war Nimue, das Wasserfräulein, um dessentwegen Merlin sich von der Welt zurückgezogen hatte.

Der Zauberer selbst hatte keine Neigung mehr, sich in die Geschicke der Menschen einzumischen. Was er für Artus und Britannien getan hatte, sollte seine letzte Aufgabe gewesen sein. Jetzt lebte er in einer Felsenhöhle zwischen Schlaf und Liebe, und die Geschicke der Welt waren ihm gleich – aber doch nicht so gleich, dass er seinem einstigen Zögling nicht hin und wieder eine kleine Hilfestellung zu leisten bereit war, denn in seine Abgeschiedenheit drang es wohl, wenn Artus in Not war.

So auch diesmal. Als er sah, in welch unsinnige Angelegenheit sich sein König eingelassen hatte, und welch übles Spiel Morgan le Fay ersonnen hatte, bat er seine Wasserfrau, Artus zu Hilfe zu kommen.

Nimue war ein Wesen aus der Anderswelt. Ihr standen außergewöhnliche Kräfte zur Verfügung. Aber als sie jetzt den Turnierplatz erreichte, sah sie, dass sie um ein Haar zu spät gekommen wäre. Natürlich konnte sie in den Kampf nicht offen eingreifen, das wäre gegen jede Regel der Menschenwelt gewesen. Ihr blieb nur, sich auf ihre Macht zu besinnen.

In dem Augenblick, als Accolon zurücktrat, um die Distanz abzuschätzen, und ausholte, um Artus den Todesstreich zu versetzen, lähmte ihm Nimue den Arm, wie Merlin es damals bei König Pellinore getan hatte. Accalons Finger öffneten sich wie von selbst, und Excalibur fiel zu Boden. Starr vor Entsetzen sah Morgans Ritter, wie sein Gegner die Waffe aufhob.

Wie gut der Griff ihm in der Hand lag! Ja, das wusste Artus sofort: Dies war sein Schwert, dies war Excalibur!

Mit aller Anstrengung tat er einen Satz nach vorn, entriss dem Gegner die Scheide und schleuderte sie weit fort. Nun war es auch vorbei mit der Unverwundbarkeit Accolons!

„So, Herr Ritter!", sagte Artus grimmig. „Ich habe meinen Blutzoll gezahlt, und Ihr habt mit einer Waffe gekämpft, die Euch nicht zusteht. Nun ist es an mir, und Ihr habt Euren Sieg verscherzt."

Accolon war nicht fähig, sich zu rühren. Wie gelähmt vor Schreck, sank er in die Knie, und Morgan le Fays Zauber wich von ihm, wie Wasser im Meer, wenn die Ebbe kommt. Und Artus riss ihm den Helm ab und erkannte das Gesicht seines Vertrauten.

„Sir Accolon von Gallien!", rief er erschüttert. „Wie seid Ihr an dieses Schwert gekommen?"

Accolon seufzte schwer, und aus seinen Augen rannen Tränen. „Sir, diese Klinge hat mir meine Geliebte gegeben, Morgan le Fay. Ich habe ihr in allen Stücken Gehorsam gelobt, und so war ich auch bereit, diesen Kampf auszufechten, denn sie wollte mit mir dereinst den Thron Britanniens besteigen, nachdem sie Euch beseitigt hätte. Das alles ist vorbei. Tötet mich, ich habe es nicht anders verdient, denn die Liebe hat mich verblendet."

„Ja, ich sollte Euch wirklich töten!", sagte Artus. Er nahm seinen Helm ab. „Seht mich an, Herr Ritter!"

Starr blickte der Unterlegene in das Antlitz über ihm, dann schlug er die Hände im Panzerhandschuh vors Gesicht und stammelte: „Mein Herr und König! Was habe ich getan! Ich habe die Hand gegen Britanniens Herrscher erhoben! Der Tod ist noch eine zu geringe Strafe für mich!"

Langsam hob Artus das Schwert – und ebenso langsam ließ er es wieder sinken.

„Nein!“, sagte er kopfschüttelnd. „Das wäre nicht gerecht. Ihr seid in einem üblen Bann gewesen und wusstet nicht, was Ihr tut, gefangen durch Liebe und Magie. Wenn jemand Strafe verdient, dann ist es meine böse Schwester. Steht auf, Sir Accolon. Ich begnadige Euch.“

(Und als er diese Worte aussprach, wendete Nimue – auf die niemand geachtet hatte, denn zu dramatisch war das Geschehen auf dem Kampffeld – ihren Zelter und ritt davon, so unbemerkt, wie sie erschienen war. Sie würde ihrem geliebten Merlin berichten können, dass sein Schüler ein ehrenvoller und redlicher Mensch und Herrscher war.)

Atemlos hatten die Zuschauer verfolgt, was sich vor ihren Augen abspielte. Als sie begriffen, dass einer der Kämpfer der gekrönte König Englands war, fielen sie auf die Knie und huldigten ihm. Artus aber trat an die Kampfrichter heran und sprach:

„Hört mein Urteil über das Gottesgericht als Probe für die Wahrheit. Ab heute soll diese Art der Rechtsfindung null und nichtig sein, denn dieser wundersame Vorfall hat bewiesen, dass ich, mit der richtigen Waffe in der Hand, für den Falschen gesiegt hätte. Gott ist nicht mit solchen Zweikämpfen. Ich bestimme ferner, das Sir Damas seinen gesamten Besitz mit allen Dörfern und Gehöften seinem Bruder Sir Outlake zu übergeben hat und dass es ihm bei Todesstrafe verboten ist, jemals wieder fahrende Ritter gefangen zu nehmen und zu schinden. Sir Outlake aber befehle ich, wenn er genesen ist, an meinen Hof zu kommen. Wir wollen sehen, ob wir nicht einen Ritter der Tafelrunde aus ihm machen können.“

Nachdem er so geurteilt hatte und alle über seine Gerechtigkeit und seinen Edelmut und seine Güte staunten, wankte er und wäre wohl zu Boden gestürzt, hätten sich ihm nicht helfende Hände entgegengestreckt.

„Ich habe viel Blut verloren", sagte er. „Meine Wunden sind zu schwer, als dass ich reiten könnte. Gibt es einen Ort, wo mich Heilkundige gesund pflegen können?"

Man bedeutete ihm, dass es ein Kloster in der Nähe gab, in dem weise Nonnen lebten.

„So kommt, Sir Accolon!", sagte der hochherzige König. „Was mir recht ist, soll Euch billig sein. Auch Ihr bedürft der Pflege."

Und so wurden Sieger und Besiegter gemeinsam zu jenem Kloster getragen und genossen die Pflege der heilkundigen Frauen.

Accolons Verletzungen aber, vor allem die Kopfwunde von dem Streich, den Artus ihm auf den Helm versetzt hatte, waren zu schwer. Er erlag ihnen am vierten Tag; und vielleicht trugen Scham und Reue und der Schmerz verratener Liebe dazu bei, dass er keinen neuen Lebensmut mehr fassen konnte.

Wie Morgan le Fay ihre Pläne fortsetzte

Artus' böse Halbschwester saß inzwischen in seiner Burg Carleon wie eine Spinne im Netz und war davon überzeugt, dass ihre Pläne gelungen seien. Sie sonnte sich bereits im Voraus im Licht des Triumphes. Gewiss war der König, ihr Bruder, tot und ihr Liebhaber Accolon bereits auf dem Heimweg zu ihr!, so dachte sie. Sie sah sich schon auf dem Thron Britanniens, die Krone auf dem Haupt – schließlich war sie Artus' Blutsverwandte. Und wenn sie gnädig war, so malte sie sich aus, würde sie der noch immer kinderlosen Ginevra erlauben, in ihre Heimat zurückzukehren, aber nur, wenn sie demütig darum bitten würde, dass man sie am Leben ließ. Zwischen Morgan le Fay und dem Thron stand nun nichts mehr.

So hielt sie die Zeit für gekommen, sich ihres ungeliebten Ehemanns zu entledigen, damit sie mit ihrem Freund Accolon ungehindert herrschen konnte. Sicher hätte sie Sir Uriens Gift geben können oder ihn mittels eines Zaubers aus der Welt schaffen. Aber in ihrer Grausamkeit beschloss sie, ihn mit eigener Hand zu erschlagen. Ein Mohngebräu hatte ihn zuvor in tiefen Schlaf versetzt.

Als die Nacht Camelot wie ein finsteres Tuch umhüllte, rief sie durch Händeklatschen eine ihrer Zofen herbei. „Hole das Schwert meines Gemahls aus der Waffenkammer!", befahl sie.

„Was wollt Ihr denn mit der Waffe, Madam?", fragte das Mädchen zaghaft.

Morgan le Fay gehörte nicht zu denen, die vor ihrer Dienerschaft ein Blatt vor den Mund nahmen. „Eine bessere Zeit, ihn umzubringen, wird es nicht noch einmal geben!", sagte sie höhnisch. „Im Übrigen geht dich das nichts an. Gehorche, oder du wirst es büßen!"

Sie hatte nicht damit gerechnet, dass ihre Zofe ein Gewissen hatte ...

Das Mädchen überlegte nicht lange. Sie schlich sich in die Kammer, in der Iwein schlief, Morgans und Uriens junger Sohn, und trat an sein Bett. „Wacht auf, Sir! Etwas Schreckliches wird geschehen! Eben hat mich Eure Mutter geschickt, das Schwert Eures Vaters zu holen. Sie will ihn damit umbringen!"

Iwein fuhr hoch, sofort hellwach. Er kannte seine Mutter zur Genüge, er wusste nicht nur, dass sie eine Hexe war, sondern er hatte auch miterlebt, wie sie daheim auf Burg Gore Unbeliebte zu Tode foltern ließ und dabei mit Genuss zusah. Er zweifelte keinen Augenblick daran, dass sie zu einer solchen Tat fähig sein würde. „Sei unbesorgt!", sagte er zu dem zitternden Mädchen. „Ich nehme mich der Sache an. Inzwischen tu, was meine Mutter dir befohlen hat. Es würde dir sonst übel bekommen."

Er sprang aus dem Bett, warf einen Umhang über sein Hemd, griff seine eigene Waffe, schlich sich in das Zimmer, wo sein Vater in tiefem Schlummer lag, und verbarg sich hinter dem Vorhang.

Es dauerte nicht lange, da kam seine Mutter leise herein und hielt das Schwert in der Hand. Begleitet wurde sie von der Zofe, die in ihren bebenden Fingern das Licht tragen musste.

In aller Ruhe betrachtete die böse Frau nun ihren schlafenden Gemahl und wartete, dass er sich herumdrehte, damit sie ihm die Klinge in die Kehle treiben konnte. Aber als sie gerade ausholte, um den tödlichen Stich zu vollführen, sprang Iwein aus seinem Versteck und fiel ihr in den Arm.

„Mutter, um der Liebe Gottes willen, was tut Ihr da?", schrie er und entwand ihr das Schwert.

Morgan le Fay fuhr herum wie eine Schlange.

Ihr Sohn stand vor ihr und maß sie mit anklagenden Blicken. War etwa alles aus? Nein, sie gab nicht auf. Da half nur Verstellung. Sie hob die Hände langsam vors Gesicht, als würde sie aus einem wirren Schlaf erwachen, und rieb sich die Augen.

„Oh Himmel, wo bin ich?", rief sie aus. „Und woher kommt diese Waffe? Wollt Ihr mir etwas antun, Iwein?"

„Das Schwert habe ich Euch abgenommen, als Ihr damit über meinem Vater standet wie eine Mörderin!", sagte Iwein finster.

„Eine Mörderin? Ich? Was denkst du von mir, liebes Kind! Ich weiß nicht, wie ich hierhergekommen bin! Ein böser Geist muss mich besessen haben, während ich schlief. Teurer

Sohn, ich flehe Euch an, erzählt niemandem davon, was Ihr hier gesehen habt! Schützt meine Ehre!"

(Dass das Mädchen etwas ausplaudern könnte, kam ihr gar nicht in den Sinn.)

Was sollte Iwein tun? Schließlich war diese Frau seine Mutter!

„Das kommt davon, dass Ihr Euch mit Geistern und Hexenwerk abgebt!", sagte er schließlich vorwurfsvoll. „Gelobt mir, die Finger davon zu lassen, und ich werde schweigen!"

So ein Gelöbnis fiel Lady Morgan leicht. Sie war geübt im Lügen. Natürlich dachte sie nicht daran, ihren großen Plan aufzugeben. Voller Ungeduld erwartete sie Accolon zurück mit der Meldung, dass der König tot sei.

Aber dann, wenige Tage später, klopfte in der Morgenfrühe jemand an die Tür ihres Quartiers.

Sechs Ritter mit geschlossenem Visier stellten eine verhüllte Bahre ab. Und einer von ihnen sprach mit Grabesstimme: „König Artus schickt mich. Er lässt seiner teuren Schwester bestellen, dies hier sei die Dankesgabe für die Güte, die sie ihm bezeugt hat, als sie ihm ein Schwert schickte." Und ein Knappe zog das schwarze Tuch zurück und wies Lady Morgan das erblasste, tote Antlitz ihres Geliebten Sir Accolon; seine Augen waren geschlossen, und sein Mund stand offen, als wolle er noch aus dem Jenseits eine Frage stellen.

Morgan erschrak bis ins Herz hinein. Accolon war tot, ihr teuflisches Spiel hatte sich gegen sie verkehrt, sie hatte verloren! Sie hätte schreien mögen, aber äußerlich blieb sie kalt und gefasst.

„Es tut mir leid um diesen trefflichen Ritter", sagte sie, „aber warum der König ihn zu mir sendet, das weiß ich nicht. Bringt ihn zum Dom, lasst ihn aufbahren und bestatten, wie es sich gebührt. Aber sagt mir doch, wo ist mein Bruder selbst?"

Und sie bekam die Antwort, dass Artus in einem Kloster

zwei Tagesreisen von hier darniederlag, um seine Wunden zu kurieren.

Was auch immer Morgan le Fay in diesem Augenblick empfinden musste – Wut und Enttäuschung über den missglückten Plan, wilden Hass auf Artus, der sie durchschaut hatte, und schließlich und vor allem den rasenden Schmerz über Accolons Tod – sie zeigte nichts davon. Ihr Gesicht blieb unbewegt, weiß wie Marmor, und sie vergoss keine einzige Träne. Sie befahl ihren Getreuen und ihrem Gefolge, sich in aller Eile für die Abreise zu rüsten, denn ihr war nur allzu sehr bewusst, dass ihr Bruder, wenn er erst genesen und wieder in Carleon war, sie nicht ungestraft lassen würde.

Dann suchte sie Königin Ginevra auf und überlegte, während sie zu ihr eilte, wie sie ihren überstürzten Aufbruch begründen könnte. Wie immer, war sie auch diesmal nicht um eine Ausrede verlegen. Sie sagte: „Liebe Schwägerin, ich bitte um Erlaubnis, abreisen zu dürfen. Ich habe Botschaft erhalten, dass es in meinem Land zu einem Aufstand rebellischer Barone gekommen ist."

Ginevra erwiderte: „Wollt Ihr nicht die Rückkehr von Artus abwarten? Wie ich soeben erfahren habe, liegt er verwundet in einem Kloster, nicht weit von hier, und befindet sich auf dem Weg der Besserung. Sicher wird er Euch beistehen, Eure Rechte in Gore durchzusetzen!"

Aber Lady Morgan schüttelte den Kopf und sagte: „Nein, die Sache duldet keinen Aufschub."

„Dann reist mit Gott, und möge Euch alles, was ihr plant, gelingen", sagte Ginevra und fing verwundert einen Blick der schwarzen Augen auf, der voller Hass und Wut war. (Sie konnte ja schließlich nicht wissen, dass sich eben Lady Morgans schönste Pläne in Rauch aufgelöst hatten.)

Ginevra ließ die andere gern ziehen. Sie war ihr von Anfang an ein Dorn im Auge gewesen. Ihr herrisches und aufbrausendes Wesen und ihre Herzenskälte hatten sie gekränkt. (Und ein bisschen eifersüchtig war sie auch gewesen, sie gestand es sich ein. Die bewundernden Blicke der jungen Ritter des Hofes, die sonst uneingeschränkt ihr galten, waren auf einmal wie von einem Magneten abgeleitet bei der Dame von Gore gewesen …)

Die Königin stand in dem Turmzimmer, das sie am liebsten mochte von ihren Gemächern, es lag gleich unter Artus' Raum. Sie war ans Fenster getreten und sah, wie Wagen und Pferde, Tross und Begleitung von Lady Morgan sich der Brücke näherten, die links von der Burg aus über den Fluss führte, und stieß einen Seufzer der Erleichterung aus.

Dann wandte sie sich ab und ließ den Blick über das schweifen, was das Besondere dieses Raums ausmachte.

Ginevra hatte an den Wänden neben schönen Teppichen und einem Kruzifix die alten Zeichen ihrer Vergangenheit aufbewahrt. Ihr Panzerhemd und ihr Helm, ihr Schild und ihr Schwert hingen da und leuchteten in der Abendsonne und erinnerten sie an das, was sie wegen Artus aufgegeben hatte: eine unabhängige Frau und Kriegerkönigin zu sein. Aber sie hatte es keinen einzigen Augenblick bereut und sehnte sich nun nach der Rückkehr ihres Mannes. Gedankenvoll ließ sie sich auf dem breiten, mit Fellen belegten Bett nieder, auf dem sie in ihrer Kemenate zu schlafen pflegte, wenn Artus nicht da war oder kein Verlangen nach ihr trug. Irgendwie fühlte sie Unruhe in sich, obwohl diese Halbschwester nun fort war. Irgendetwas sagte ihr, dass diese Frau sie noch beschäftigen würde …

Die Zauberin aber hatte sich auch wirklich nicht geschlagen gegeben und war weit davon entfernt, ihre finsteren Pläne ganz beiseitezulegen.

Ihr Weg führte sie und ihre Begleitung an dem Kloster vorbei, wo Artus gesund gepflegt wurde. Das brachte sie auf einen Gedanken. Sie ritt heran und verlangte, die Äbtissin zu sprechen.

„Wie geht es meinem Bruder?", fragte sie heuchlerisch besorgt. „Ich hoffe doch, er ist in der Lage, kurz mit mir zu sprechen!"

„Mylady", entgegnete die Ordensfrau, „wie mir die Schwester Heilkundige sagt, schläft er endlich. Drei Nächte lang haben ihm seine Wunden keine Ruhe gelassen."

„Ich will ihn nicht stören!", sagte Morgan le Fay. „Ich will nichts weiter, als einen Blick auf das geliebte Gesicht meines Bruders werfen und an seinem Bett ein Gebet für seine Genesung sprechen!"

Ihre gebieterische hochfahrende Art und ihre finsteren Augenbrauen flößten den Nonnen solchen Respekt ein, dass sie den Kranken für kurze Zeit mit ihr allein ließen – schließlich war sie die Schwester des Königs!

Nun stand Morgan am Bett des gehassten Halbbruders.

Die Fenster waren verdunkelt, und eine Öllampe verbreitete ein trübes Licht.

Artus lag in unruhigem Schlaf und wälzte sich hin und her. Das Schwert Excalibur aber hatte er fest mit der Rechten umklammert, als würde er ahnen, dass man es ihm aufs Neue entwenden wollte.

Lady Morgan betrachtete den Schlafenden. Wie einfach es jetzt wäre, ihm einen Dolch ins Herz zu stoßen – wenn er nur das Schwert nicht so griffbereit halten würde. Sie war überzeugt davon, dass er sie auch im Todeskampf noch erschlagen konnte. Wenn sie doch nur an die Waffe herankäme! Aber das war unmöglich, ohne den Schlafenden zu wecken.

Sie blickte sich um. Irgendwie müsste sie diesem Mann doch Schaden zufügen können! Da entdeckte sie: Auf einer Truhe lag die reich verzierte Scheide des Schwertes, die ja bekanntlich vor Verwundungen schützte.

„Wenn ich schon Excalibur nicht bekommen soll, dann will ich wenigstens diese Scheide nehmen! Mit deiner Unverwundbarkeit ist es dann vorbei, lieber Bruder!“, murmelte sie. Sie verbarg die Scheide unter ihrem Reitumhang, ging hinaus und verabschiedete sich von den Nonnen. Sie stieg auf ihr Pferd, befahl ihren Leuten zu warten und preschte davon zu einem nahe gelegenen tiefen Weiher. Dort warf sie die wundertätige Scheide ins Wasser, und durch den schweren Zierrat an Gold und Edelsteinen versank sie augenblicklich in der Tiefe.

Dann kehrte sie zu ihrem Gefolge zurück und begab sich in aller Eile fort in ihr Land Gore, um dort alle Burgen und Städte festzumachen und mit Truppen und Proviant zu versehen, denn sie fürchtete Artus' Rache.

Als Artus erwachte und sah, dass man in der Zeit, in der er krank lag, die Schwertscheide gestohlen hatte, geriet er außer sich, und als er von den erschrockenen Nonnen auch noch hören musste, wer als Dieb infrage kam, wäre er am liebsten vom Krankenbett aufgesprungen und hätte die Verfolgung seiner bösen Schwester aufgenommen. Aber dazu war er noch viel zu schwach.

Wie Morgan le Fay Artus ein Geschenk machte

Das Herz voller Zorn und den Kopf voller grimmiger Gedanken, so kehrte Artus endlich aus dem Kloster zurück. Dass er beinah das Opfer üblen Schadzaubers geworden war, dass seine Blutsverwandte ihm nach dem Leben getrachtet hatte – das lag ihm wie ein Stein auf der Seele. In seiner Geradlinigkeit und Redlichkeit konnte er nicht verstehen, wie jemand einen solchen Hass auf ihn werfen konnte, obwohl er doch versuchte, sein schweres Amt so gut und nutzbringend für alle auszuüben, wie es nur möglich war. Seine Aufrichtigkeit und Treue hatten ihm die Liebe und Anerkennung der Edlen und des Volkes eingetragen – dass gerade dies nun der Grund für den Neid anderer sein würde, das konnte jemand wie Artus nicht verstehen.

Eigentlich hätte er ja seine mörderische Schwester verfolgen und ihr Land mit Krieg überziehen müssen. (Man brachte ihm die Meldung, dass sie Vorbereitungen zur Verteidigung traf.) Aber er konnte sich zu nichts entschließen und brütete finster vor sich hin.

Als Lady Morgan merkte, dass sie offenbar von Artus nichts zu befürchten hatte, wurde sie noch wütender auf ihn. Wie konnte er nur so tun, als sei nichts geschehen? Schätzte er sie so gering? War sie etwa nicht wert, dass man sich an ihr rächte? Nun, sie würde ihm zeigen, wozu sie noch fähig war!

Sie ließ eine geraume Zeit verstreichen, während der sie anscheinend stillhielt, aber in Wahrheit war sie nicht untätig, sondern beschwor alle Mächte des Bösen zu einem neuen Werk …

Eines Tages meldete sich eine Botin von Morgan le Fay in Camelot, die bat, zum König gelassen zu werden. Artus ließ sie vor.

Mit kaltem Zorn musterte er das Mädchen, das demütig vor ihm kniete, und sagte: „Nun, Fräulein, es kommt mir so vor, als würde ich Euch kennen. Seid Ihr nicht diejenige, die behauptete, die Tochter des schurkischen Sir Damas zu sein – jene, die mich zum Gottesgericht überredet hat? Ich ahnte ja schon damals, dass Ihr etwas mit meiner Schwester zu tun hattet! Seid Ihr auch eine Hexe wie sie, und hat sie neue Pläne ersonnen, mich zu verderben? Ich bin auf der Hut, glaubt mir!“

Das Mädchen senkte den Kopf tief und flüsterte: „Majestät, ich bin keine Hexe, glaubt mir! Ich bin nur eine Dienerin meiner Herrin, und wie jede gute Dienerin führe ich aus, was man mir befohlen hat. Wenn Ihr durch mich zu Schaden gekommen seid, so verzeiht mir!"

Artus war leicht zu besänftigen. Er sagte: „Erhebt Euch. Was will Eure Herrin von mir?"

Das Fräulein erwiderte mit erheuchelter Sanftmut: „Zuallererst will sie Euch um Vergebung bitten. Eure Schwester, meine Herrin, weiß wohl, dass ihre Untaten unentschuldbar sind, aber ein böser Geist war in sie gefahren und hatte ihr Tun gesteuert. Nun, da sie viel gebetet und Buße getan hat, ist sie wieder bei klarem Verstand und wünscht nichts so sehr, als ihre Verfehlungen zu büßen. Um Eure Gnade wiederzuerlangen, hat sie Euch mit eigenen Händen ein Geschenk gefertigt und bittet Euch nun, es gütigst anzunehmen."

Mit diesen Worten winkte sie zwei Dienern, die mit ihr gekommen waren und nun im Hintergrund des Raumes standen. Die brachten eine Truhe herbei, und das Fräulein schlug den Deckel auf und holte einen prachtvollen Mantel hervor, den sie vor dem König ausbreitete.

Artus sah das wundervolle Stück, und auf seinem Gesicht breitete sich ein Lächeln der Überraschung und des Entzückens aus. Der Mantel war aus blutrotem Samt und über und über bestickt mit Blüten und Ranken, von denen jede einzelne aus bunten Edelsteinen gebildet und mit Goldfäden befestigt war. So etwas Prachtvolles hatte Artus noch nie gesehen. Er malte sich aus, wie er, in diesem herrlichen Gewand, am nächsten Pfingstfest an der Seite von Königin Ginevra die Messe im Dom besuchen und danach dem Turnier zuschauen würde, und freute sich wie ein Kind.

„Jeden einzelnen Stein hat meine Herrin selbst auf dem Gewebe befestigt, und bei jedem Nadelstich, den sie tat, hat sie ihre bösen Taten bereut und Euch um Verzeihung gebeten!", sagte das Fräulein lockend. „Wollt Ihr nicht probieren, wie der

Mantel auf den Schultern liegt?" Und sie nahm das Kleidungsstück von der Erde auf und hielt es dem König mit spitzen Fingern hin, wobei sie die Hände weit vom Körper abspreizte.

Auf einmal war Artus, als wehte ein kühler Hauch durch den Raum. Er schloss für einen Moment die Augen. War da nicht eine Stimme, die flüsterte: „Sei nicht zu vertrauensvoll, Artus! Sei auf der Hut!"

„Merlin?", murmelte er. „Nimue?"

„Prüfe, was man dir bringt!", raunte es. „Bleibe wachsam! Denk an Britanniens Heil!"

Und weiter: „Sei nicht leichtfertig! Wir können dich nicht in alle Ewigkeit schützen, König von England!"

Etwas strich an seiner Wange vorbei wie die Schwinge eines Vogels …

Artus gab sich einen Ruck. Die Stimmen verschwanden. Er war gewarnt.

„Das Geschenk meiner Schwester gefällt mir", sagte er freundlich, aber bestimmt. „Doch nach so viel Heimtücke und Arglist, die mir von ihr entgegengebracht wurde, möchte ich ganz sicher sein, dass alles seine Richtigkeit hat. Seid so gut, Fräulein: Legt erst einmal selbst diesen Mantel an."

Das Mädchen begann zu zittern. „Das wäre eine Beleidigung der Majestät des Königs! Ich in seinem Mantel …"

„Ich gestatte es dir", sagte Artus gelassen. Er gab den Wachen ein Zeichen. Das Fräulein versuchte zu fliehen, aber sie kam nicht einmal bis zur Tür. Ehe sie sich's versah, legten sie ihr den Mantel über die Schultern …

Kreischend versuchte das unglückliche Wesen, sich des Kleidungsstücks zu entledigen. Aber es war bereits zu spät. Ihre Haut schien aufzuflammen, dann wurde sie schwarz. Unter Zuckungen wälzte sich Lady Morgans Botin auf dem Marmorboden, kämpfte vergebens gegen die Ranken der Stickerei, die sie umschlangen und sich immer tiefer in ihr

Fleisch einfraßen. Dann war es vorbei. Ein Häufchen Asche lag unter dem edelsteinbesetzten Gewand.

Starr vor Entsetzen hatten die Wachen und die Diener des Fräuleins es mit angesehen; sonst war niemand zugegen.

„Das also hatte meine Schwester mir zugedacht", sagte Artus dumpf.

Dann wandte er sich ab und weinte.

Nein, der König unternahm nichts gegen Morgan. Fürchtete er, gegen die finstere Zaubermacht dieser Frau nichts zu vermögen, ohne Merlin an der Seite? Oder war es das vage Gefühl alten Unrechts, das sich mit den Gestalten der drei Töchter Lady Igraines verband?

Wenn Morgan nun auch nichts mehr gegen Artus selbst unternahm – den Rittern seiner Tafelrunde zu schaden, stand ihr noch immer der Sinn.

4
Wie Gawan auf Aventiure zog

Wieder einmal war das Pfingstfest ins Land gezogen, zu dem sich Alt und Jung in Carleon versammelte, um der Krönung von König Artus zu gedenken und nach einem feierlichen Hochamt – wie sollte es anders sein! – den Tag mit Ritterspielen zu begehen.

Die Tafelrunde, ein Hort der Gerechtigkeit, hatte sich nun über Jahre bewährt. Und immer zu diesem Fest, im Frühling, nachdem die kampfesmutigen Ritter Rechenschaft abgelegt hatten über ihre Taten und bevor sie auszogen zu neuen Aventiuren, wurde ausgiebig gefeiert.

Die Lords waren versammelt, und man speiste zu Mittag. Eifrig liefen bunt gekleidete Pagen, dirigiert von Sir Kays Stab, hierhin und dorthin, um den Herren Wein einzuschenken oder sie mit den Köstlichkeiten der königlichen Tafel zu bewirten: Forellen, Feldlerchen und junge Hasen als Vorspeise, Wildschwein in einem Sud aus Rotwein und danach in Honig geschmorte Stachelbeeren. (Seit Königin Ginevra am Hof war, hatte sich der Speisezettel sehr verfeinert.) Es schien, als wäre das Glück aller vollkommen.

Sie waren gerade beim Nachtisch angekommen, als sie Hufgetrappel hörten. Ein Fremder ritt heran. Er war von Kopf bis Fuß gewappnet, aber niemand kannte das Zeichen auf seinem Schild. Sein Schwert hielt er mitsamt der Scheide in der gepanzerten Hand. Das sah nicht gerade freundlich aus.

Sir Kay versuchte, ihn aufzuhalten. „Bestimmt findet sich eine günstigere Stunde, um Euer Anliegen vorzubringen, Herr Ritter!“, sagte er. „Ihr seht doch: Man tafelt gerade!“

Aber der andere ließ sich nicht bremsen.

Er grüßte König Artus und rief dann: „Majestät, der Ruhm Eurer Schlachten und Eurer weisen Regierung strahlt über die ganze Welt. Ich grüße die Ritter der Tafel voll Respekt, mit einer Ausnahme: Das ist Sir Gawan. Dieser feige Schuft hat meinen Herrn, den König von Askalun, heimtückisch ermordet. Ich fordere ihn zum Zweikampf.“

Gawan erhob sich – hinter ihm stürzte sein Stuhl polternd um. „Was ist das für eine infame Lüge!“, schrie er, und sein Gesicht war vor Zorn fast so rot wie sein Haar. „Niemals habe ich jemanden bei meinen Fahrten hinterrücks erschlagen, und kein Einziger, den ich besiegt habe und der um Gnade bat, ist von mir getötet worden! Das verbieten die Gesetze der Tafelrunde!“

König Artus hob beschwichtigend die Hand. „Sir, Ihr müsst Euch irren“, sagte er zu dem Fremden. „Der Mann, den Ihr hier anklagt, ist ein ehrenwerter Ritter, der sich gewiss niemals einer Heimtücke schuldig machte. Er hat viele ehrenvolle Kämpfe bestanden und ist einer der Besten hier.“

„Und ich wiederhole, dass er ein Mensch ohne Ehre ist!", rief der Ankömmling mit durchdringender Stimme. Er klappte sein Visier hoch. „Ich bin Lord Kingrimursel aus Askalun und ein Getreuer meines ermordeten Herrn. Stellt Euch binnen vierzig Tagen meiner Forderung zum Zweikampf, Gawan! Denn es dauert eine Weile, bis Ihr unser Land erreicht habt. Freies Geleit ist Euch zugesichert, bis wir die Klingen gekreuzt haben. Vor den Augen des Sohns meines toten Herren wollen wir kämpfen. Falls Ihr meine Herausforderung nicht annehmt, seid Ihr ein verächtlicher Wicht! Gott grüße Euch, ihr Herren – alle, bis auf einen!" Mit diesen Worten wendete er sein Pferd und galoppierte davon.

Die Männer der Tafelrunde saßen wie erstarrt ob dieser Anschuldigung gegen einen jungen Ritter, der einer der tapfersten und edelsten im Kreis war.

Gawan selbst schüttelte den Kopf. „Ich schwöre, dass ich nie in meinem Leben gegen einen König von Askalun gekämpft, geschweige denn ihn hinterrücks getötet habe!", sagte er ernst. „Aber natürlich werde ich mich dem Zweikampf stellen. Das gebietet die Ehre."

Diese Ansicht teilten alle am Tisch, auch Artus.

In den nächsten Tagen bereitete Gawan alles für seine Ausfahrt vor. Der König unterstützte ihn dabei. Schließlich sollte sein Neffe dieses Unternehmen angemessen bestehen.

Gawan nahm drei alte starke Schilde mit, zusätzlich zu dem, der sein Wappen, das von Orkney, trug (jene silberne Distel mit drei roten Schrägbalken), sieben Speere, um immer verteidigungsbereit zu sein, und sieben Streitrosse, um auf dem weiten Weg nach Askalun nicht durch einen lahmen Gaul behindert zu werden. Dann verabschiedete er sich von seinen Brüdern, dem grobschlächtigen Agrawan und dem fröhlichen, jungenhaften Gaheris, die, jeder für sich, auf eine andere Aventiure ziehen wollten.

Sein Oheim Artus stattete ihn mit reichlich Reisegeld aus, und so zog Gawan mit seinem Tross aus Knappen und Helfern und den mit Zelten bepackten Saumtieren davon in Richtung Süden, gen Askalun.

Besonders ungern sahen ihn die Damen scheiden, denn Gawan hatte nach seinem ersten Liebesabenteuer gleich nach seinem Ritterschlag heftig an seinem „Ruf“ gearbeitet; er galt als einer der galantesten Kavaliere am Hof.

Was Gawan in Askalun zustieß

Weiter führte Gawans Weg durch öde Moore und wilde Wälder, durch steile Gebirge und vorbei an großen Seen, und richtig gelangte er noch vor der festgelegten Frist von vierzig Tagen nach Askalun.

Langsam näherte er sich der königlichen Residenz, einer Feste von beeindruckender Größe, mit vielen Türmen und mehreren Wällen versehen, von den Zinnen wehten bunte Flaggen. Sie thronte auf einem Felsvorsprung, und man konnte von dort das Land überblicken. Es dauerte nicht lange, da stieß er auf eine Jagdgesellschaft. Eine Gruppe reich gekleideter Ritter war auf der Falkenjagd, und Sir Gawan erkannte sehr bald, dass der junge König selbst der oberste Jagdherr war, denn er trug einen Kronreif um seine Kappe.

Gawan ritt auf ihn zu und grüßte ihn mit aller gebotenen Höflichkeit, und der König, beeindruckt von der stattlichen Gestalt des Fremden und seinem großen Tross, fragte ihn nach seinem Namen. Als er erfuhr, um wen es sich handelte – denn angesichts des freien Geleits, das Kingrimursel ihm zugesichert hatte, sah Gawan keinen Grund, sich zu verleugnen –, sagte er erstaunt: „So muss unsere Botschaft Euch verfehlt haben, Sir! Inzwischen ist aufgeklärt, wer meinen Vater wirklich umgebracht hat. Ich muss mich bei Euch entschuldigen, dass Ihr die weite Reise für einen Ehrenhandel auf Euch genommen habt, der nun nicht stattfinden muss. Seid stattdessen unser Gast! Meine Schwester Antikonie wird Euch sicher gern begrüßen, während ich noch meine Jagd zu Ende führe."

„Gern nehme ich Eure Einladung an, Majestät", erwiderte Sir Gawan.

So geschah es, dass er, statt sich im Duell mit dem grimmigen Kingrimursel zu messen, die Gastfreundschaft der schönen Antikonie genoss, die, wie sich herausstellte, den Freuden der Liebe nicht abgeneigt war, und dass seine Aventiure um Ehre und Wahrheit sich zu einem zärtlichen Liebesabenteuer wandelte.

Wie Gawan Orgeluse begegnet

Nach einer Zeit in Askalun machte sich Sir Gawan auf, um die Freunde der Tafelrunde wiederzusehen und von seiner Queste zu berichten. Aber so bald sollte es ihm nicht gelingen, wieder nach Carleon zu gelangen. Denn auf dem Rückweg begegnete er einer schönen Dame, und diesmal wurde ihm das Liebesabenteuer zum Verhängnis.

Der stolze Ritter Gawan verliebte sich Hals über Kopf in eine Lady, die ihm nicht nur die kalte Schulter zeigte, sondern ihn auch in viele Gefahren stürzen sollte.

Unweit von Askalun sah er in der Ferne eine hochragende Burg mit vielen Zinnen und Türmen, die schon auf dem Hinweg seine Neugier erregt hatte. Nur wollte er damals wegen der Frist von vierzig Tagen, die er nicht versäumen durfte, keine Zeit darauf verschwenden, sie aufzusuchen. Nun jedoch hatte er Muße, und mit dem Gespür des erfahrenen Ritters der Tafelrunde meinte er: Mit dieser Burg hat es bestimmt etwas Besonderes auf sich. Er schickte sein Gefolge zurück zum Artushof, verließ seinen Pfad und ritt in den Wald hinein, der den Burgfelsen von allen Seiten umgab. Aber es war wie verhext. Der Weg schien in unendlichen Windungen um diesen Berg zu kreiseln; mal war die Feste ganz nahe, dann wieder schien sie weit entrückt, dann wieder hatte er sie ganz aus den Augen verloren. Endlich hörte er hinter einer Wegbiegung eine Quelle rauschen. Er war erschöpft, ihm und seinem Tier kam eine Erfrischung gelegen. Also ritt Sir Gawan auf diese Quelle zu – und verhielt sein Pferd, als sei er vom Blitzstrahl getroffen.

An der Quelle saß eine Frau, deren Schönheit in Gawans Augen alles übertraf, was er bisher gesehen hatte. Die Dame hatte lange schwarze Locken, die unter ihrem Kopfschmuck hervor offen auf ihre Schultern fielen, und ihre Augen loderten wie zwei dunkle Feuer. Die schwellenden roten Lippen, die lieblichen Wangen, der zarte schlanke Hals – alles war dazu angetan, unserem Ritter den Kopf zu verdrehen. Diese Schönheit saß in anmutiger Haltung da, die Wange auf die Hand gestützt, und ihre zierlichen Füße lugten unter dem Saum ihres gestickten Gewandes hervor.

Gawan saß ab, verneigte sich und sagte (denn er war es nicht gewohnt, bei Frauen ein Blatt vor den Mund zu nehmen): „Lady, ich grüße Euch. Und wenn ich hundert Jahre leben würde – nie würde ich eine schönere Frau sehen als Euch."

Die Dame zog die Augenbrauen in die Höhe. „Das sagen viele!", entgegnete sie. „Ist das alles, was Ihr mir mitteilen wollt?"

Gawan schnappte nach Luft, aber die Lady fuhr fort: „Ich weiß schon, was jetzt kommt. Meine Augen strahlen wie Sterne, und meine Lippen sind rot wie Rosen. Spart Euren Atem, und reitet weiter. Ich brauche solche Süßholzraspler nicht."

„Ihr sprecht schroff mit mir!", sagte Gawan betroffen. „Aber ich lasse mich nicht abschrecken. Erlaubt mir, Euer Ritter zu sein und Euch zu dienen, indem ich gegen jeden kämpfe, den Ihr mir als Feind nennt."

Die Dame lachte hell und spöttisch auf. „Solche wie Euch kann ich zehn an jedem Finger haben!"

„Ich werde um Eure Liebe kämpfen, Herrin, und alles tun, was Ihr von mir verlangt."

„Nun gut, ich nehme Euch beim Wort. Aber seid gewarnt! Von mir werdet Ihr keinen Dank für Eure Dienste erhalten, und ich werde Euch in Unglück und Gefahren stürzen. Männer sind mir nichts wert. Ich hasse sie. Das sollt Ihr wissen."

„Wenn Ihr auch alle Männer hasst: Vielleicht kann ich Euch dazu bringen, wenigstens einen zu lieben. Befehlt, was ich tun soll. Sagt mir Euren Namen, damit ich Euch anbeten kann!"

„Ich bin Herzogin Orgeluse", sagte die Dame und erhob sich. „Also gut, Ihr seid mein Ritter. Mir ist gerade mein Pferd abhandengekommen. Gebt mir das Eure, und führt mich aus diesem Wald heraus, haltet auf die Burg dort drüben zu. Dann werden wir weitersehen." Sie lächelte.

Gehorsam stieg Gawan von seinem Streitross und wollte der Lady in den Sattel helfen, aber sie fauchte: „Hände weg! Ich kann allein aufsteigen!", und schwang sich geschmeidig aufs Pferd. „So, nun dürft Ihr vorausgehen!", lachte sie. „Keine Sorge, ich folge Euch. Euer Unglück verlässt Euch nicht."

So stapfte Sir Gawan die Straße entlang, in voller Rüstung, den Schild über der Schulter, die Lanze in der Hand. Hinter sich hörte er die Dame Orgeluse fröhlich ein Liedchen summen.

Wie Sir Gawan mit Licheus kämpfte

In einem Dorf, auf das sie unterwegs stießen, gelang es Gawan endlich, ein Pferd für sich zu erstehen, aber es war ein armseliger, abgemagerter Bauernklepper, und der Ritter musste fürchten, dass er unter ihm und seiner Rüstung zusammenbrechen würde.

Für Orgeluse war das ein Grund mehr, ihn mit Hohn und Spott zu überschütten. „Da habe ich mir ja wirklich einen tollen Kavalier eingefangen!“, rief sie lachend. „Selten habe ich einen Edelmann auf so einem stolzen Ross gesehen. Passt nur auf, dass es nicht mit Euch durchgeht!“

Und dabei trieb sie Gawans eigenes Pferd, auf dem sie ja saß, munter an und ließ es losgaloppieren, dass ihr der Ritter kaum folgen konnte.

Gawan schluckte das alles, denn die Schönheit der jungen Frau blendete seine Augen, und er sagte sich: Irgendwann wird es mir gelingen, ihr Herz zu erobern. (Da er ja mit dem Erobern von Frauenherzen bisher nie Schwierigkeiten gehabt hatte, war er zuversichtlich, dass es ihm auch diesmal glücken würde.)

Nach langem Ritt waren sie endlich in der Nähe jener Burg angelangt, die Gawan schon von Weitem gesehen hatte. Anstelle eines Burggrabens floss vor den hohen Mauern ein breiter, reißender Strom. Das Gebäude war wirklich riesig. Und Gawan glaubte seinen Augen nicht zu trauen: Aus vielen Fenstern sahen Frauen heraus! Junge und alte, schöne und hässliche … Er versuchte, sie zu zählen. Es mussten Dutzende sein.

Während er noch so dastand mit seinem Klepper und schaute, war Orgeluse nicht müßig gewesen. Sie hatte einen Fährmann herangewinkt, der am anderen Ufer unter dem Burgtor sein Boot festgemacht hatte, und der kam jetzt über das Wasser heran.

„Nun, Herr Ritter", sagte sie mit spöttisch verzogenen Lippen, „wie ich sehe, findet Ihr da drüben eine reiche Auswahl von Frauen. Da braucht Ihr mich ja wohl kaum mehr. Außerdem gibt es für Euch gleich Arbeit!"

Sie deutete mit der Hand in die Richtung, aus der sie gekommen waren.

Ein Gewappneter kam in vollem Galopp mit eingelegter Lanze auf sie zu, und an seiner Absicht bestand kein Zweifel – er wollte kämpfen.

Gawan bekam einen Schreck. Wie sollte er auf diesem klapperdürren Ackergaul, der alles andere als ein Streitross war, einen Tjost bestehen!

„Herrin, gebt mir mein Pferd zurück, ich bitte!", rief er. „Mit diesem Pferd muss ich einfach verlieren!"

Unterdessen hatte der Fährmann angelegt, und Orgeluse stieg seelenruhig in das Boot – mit Gawans Pferd!

„Ich habe Euch gewarnt!", rief sie. „Mit mir erlebt Ihr nur Unglück! Lebt wohl, Sir!" Und sie gab dem Fährmann ein Zeichen, abzulegen.

„Wollt Ihr mich hier zurücklassen? Und wann sehe ich Euch wieder?"

„Irgendwann vielleicht!", klang es schon von der Mitte des Stroms herüber, und dann erscholl ein helles Lachen.

Gawan hatte keine Zeit mehr, sich über die Dame zu betrüben oder zu erzürnen, denn schon war der andere Ritter heran, und wohl oder übel musste nun das arme Bauernpferd das Streitross abgeben. Gawan ritt an, und natürlich überschlug sich das Tier schon beim ersten Aufprall der gegnerischen Lanze auf Sir Gawans Schild. Der Ritter stürzte zu Boden, aber immerhin hatte er auch seinen Gegner aushebeln können, und so zogen sie die Schwerter und schlugen sich auf diese Weise weiter.

Der Kampf dauerte und dauerte, denn der Unbekannte war

ein erfahrener Tjostierer und drang mit Ungestüm auf Gawan ein.

Doch es kam zu keiner raschen Entscheidung, denn beide Kämpfer waren gleich stark und gewandt. Irgendwann beschloss Gawan, der Sache nun ein Ende zu setzen. Als der andere gerade zu einem gewaltigen Schwertstreich ausholen wollte, bückte er sich, unterlief ihn, packte ihn wie beim Ringkampf und warf ihn zu Boden. Dann kniete er sich mit gezogenem Dolch über ihn und sagte: „Gelobt mir Sicherheit, Sir, und versprecht Frieden, dann begnadige ich Euch."

Der Besiegte zischte durch sein Visier: „Niemals! Bisher galt ich als unschlagbar. Diesen Ruhm habt Ihr mir genommen. Tötet mich nur, mir ist es gleich!"

Gawan, der in seinem Leben durchaus nicht immer siegreich gewesen war, kam das unvernünftig vor, noch dazu, wo er dem anderen ja gar keinen Grund zum Streit gegeben hatte. So ließ er von dem Mann ab und hoffte, der würde auch ohne feierlichen Eid Frieden geben. Aber weit gefehlt. Kaum hatte er sich erhoben, griff er erneut zum Schwert und stürzte sich auf Sir Gawan.

Der Kampf ging also weiter. Während einer kleinen Atempause, die sich die beiden Tjostierer gönnten, warf Gawan einen Blick hinüber zu dem Schloss. Noch immer stand da an jedem Fenster eine Frau und sah ihm zu! Das spornte seinen Kampfgeist erneut an. Vor so vielen schönen Augen gab er sein Bestes, brillierte mit Finten und Ausfällen und gewagten Paraden und bezwang schließlich seinen Gegner zum zweiten Mal. Wieder kniete er mit gezogenem Dolch über ihm, und wieder weigerte sich der andere, Frieden zu geloben.

„Ihr seid wirklich ein starrköpfiger Kerl!", sagte Gawan missmutig. „Ich habe keine Lust, Euch zu töten. Also werde ich Euch fesseln müssen, damit Ihr Ruhe gebt." Er schnallte seinen Schwertgurt ab und band dem anderen die Hände. Dann nahm er ihm den Helm ab. „Wer seid Ihr eigentlich, und warum habt Ihr mich angegriffen?", fragte er.

„Ich heiße Sir Licheus", gab sein Gefangener widerwillig an. „Und ich kämpfe für die Herzogin Orgeluse. Sie schickt mir Ritter zu, die ich in ihrem Namen besiegen soll. Meint Ihr, ich würde ihr unter die Augen treten, nachdem ich versagt habe? Bringt mich endlich um!"

Also war das alles, dieser Angriff und Orgeluses Verschwinden, ein abgekartetes Spiel gewesen! Seine angebetete Schöne hatte ihn, den zufällig Dahergekommenen, in eine Falle gelockt!

Aber auch das konnte Gawans Liebe nicht abkühlen. Was für eine kühne, willensstarke Person!, dachte er bewundernd. Und: Sie wird schon sehen, am Ende werde ich ihre Liebe erringen. (Und trotzdem warf er einen Seitenblick zu dem Schloss, wo die Frauen ihm jetzt mit ihren Tüchlein zuwinkten und Beifall klatschten. So viele schöne Frauen!)

In Klingsors Reich

Inzwischen war der Fährmann zurückgekommen. Er zog sein Boot ans Ufer und trat auf Sir Gawan zu, um ihn zum Sieg zu beglückwünschen. Er bestätigte ihm, was Licheus gesagt hatte.

„Schon viele Kämpfe hat Ritter Licheus hier für Lady Orgeluse bestanden, und immer war er siegreich. Nun scheint es mit seinem Glück vorbei zu sein. Ich aber komme, um mir sein Pferd zu holen, denn es ist mein Recht, dass ich nach jedem Tjost, der hier an meiner Anlegestelle ausgefochten wird, das Ross des Unterlegenen bekomme."

Gawan schüttelte den Kopf. „Ihr könnt meinen Klepper

nehmen. Aber das Pferd von Sir Licheus betrachte ich als meine Beute."

Doch dann fiel ihm ein, dass dieser Brauch ja wahrscheinlich von Herzogin Orgeluse begründet worden war, und er wollte nichts tun, um die Dame zu verärgern. Er hatte einen Einfall.

„Wie wäre es, wenn ich Euch Sir Licheus als Euren Gefangenen schenke? Für das Lösegeld, das man für ihn bieten wird, könnt Ihr Euch bestimmt mehr als ein Pferd kaufen!"

Der Handel gefiel dem Fährmann, und er schaffte den Gebundenen sogleich zu seinem Boot. Licheus leistete keinen Widerstand, aber die Blicke, mit denen er Gawan bedachte, waren wie Giftpfeile.

Gawan jedoch sagte: „Sir, das alles hätten wir vermeiden können, wenn Ihr Frieden versprochen hättet. Aber so bleibt mir keine andere Wahl." Dann wandte er sich wieder an den Fährmann: „Wenn Ihr Euren Gefangenen in Sicherheit gebracht habt, kommt wieder und fahrt mich auch auf die andere Seite. Ich will mir dies Schloss von Nahem besehen."

Der Fährmann erschrak sichtlich. „Herr, das würde ich an Eurer Stelle nicht tun!", sagte er mit verhaltener Stimme. „Ihr wisst nicht, worauf Ihr Euch einlasst, wenn Ihr den Fluss überquert."

„Nun, ich bin ja wohl kaum der Einzige, sonst hättet Ihr ja keine Fährstelle hier", bemerkte Gawan. „Und schließlich habt Ihr Lady Orgeluse auch übergesetzt. Wohin ist sie eigentlich unterwegs?"

„Ihr Herzogtum liegt ein paar Meilen von hier gen Sonnenuntergang", erklärte der Fährmann.

„Gut zu wissen", sagte Gawan. „Also kommt zurück, und holt mich über, und während der Überfahrt erzählt Ihr mir, was es mit diesen Frauen in der Burg auf sich hat."

Als sie auf dem Wasser waren, begann der Fährmann: „Sobald Ihr auf die andere Seite dieses Flusses gekommen seid, befindet Ihr Euch im Reich des Königs Klingsor. Das Land heißt Terramarveil, Zauberland, denn dieser Klingsor ist einer der mächtigsten bösen Zauberer, den je die Sonne beschienen hat. In seinem Reich ist alles anders, als man erwartet, und es ist ein Land der Abenteuer."

„Abenteuer sind mir gerade recht!", erwiderte Gawan fröhlich. „Vor allem will ich wissen, was es mit diesem Schloss voller Frauen auf sich hat. Sind die Damen freiwillig hinter diesen Mauern? Was hat sie hierhergeführt?"

„Ach Herr, es wäre besser, Ihr fragtet nicht", seufzte der Fährmann und steuerte sein Schiff gegen die Stromschnellen. „Schon viele edle Ritter haben diese Frage mit dem Leben bezahlt – weil sie meinten, sie könnten etwas gegen Klingsor ausrichten."

„Könntet Ihr wohl endlich zur Sache kommen?", fragte Gawan, der langsam die Geduld verlor. „Was steckt hinter dieser ganzen Geschichte? Und wer ist dieser Klingsor? Mir ist, als hätte ich den Namen schon einmal gehört."

„Nun gut, ich werde es Euch erzählen!", gab der andere nach. „In jungen Jahren war Herr Klingsor ein Fürst im Ungarland. Er verliebte sich in eine Frau, die mit einem anderen verheiratet war, und sie lebten in sündiger Liebe miteinander. Eines Tages nun erwischte der Gatte die beiden zusammen in seinem Ehebett. Seine Frau erdolchte er sofort, aber für Klingsor dachte er sich eine andere Strafe aus. Er ließ ihn von seinen Knechten entmannen."

„Teufel auch", rief Gawan erschrocken, „das ist ja wirklich entsetzlich. Der arme Kerl!"

Der Fährmann nickte. „Klingsor in seiner tiefen Verzweiflung floh aus seinem Land, um sich mit seiner Schande irgendwo zu verkriechen. Sein Gemüt verdüsterte sich, und er begann sich mit Nekromantie, mit schwarzer Magie, zu beschäftigen. So wurde er einer der mächtigsten Hexenmeister der Welt. Er unterwarf sich diesen Landstrich hier und baute mittels seiner Künste diese Burg, die Ihr seht, und die Schastelmarveil, Zauberburg, heißt, und pflanzte einen Zauberwald unweit von hier.

Weil er nun selbst keine Frauenliebe mehr genießen konnte, missgönnte er allen anderen Männern diese Freude und begann zudem, das weibliche Geschlecht zu hassen. So kam er darauf, edle Damen und Fräulein hierher zu verschleppen und gefangen zu halten. Es scherte ihn nicht, ob sie alt waren oder jung, Mütter oder auch zarte Mädchen, die fast noch Kinder waren, ehrbare Ehefrauen oder unbescholtene Jungfrauen – sie alle wurden hierher auf die Zauberburg gebracht und müssen nun hier leben, ohne Liebe und Freude. Sogar Königinnen sind darunter!"

Sie waren inzwischen am anderen Ufer angekommen. „Das ist ja eine abscheuliche Geschichte!", sagte Gawan, stieg aus und führte sein Pferd vorsichtig an Land. „Aber wie kommt es denn, dass er eine so schöne Frau wie die Herzogin Orgeluse nicht auch eingesperrt hat?"

„Die Lady Orgeluse hat ihr Herzogsschloss hier erst errichtet, nachdem Klingsor die Gegend wieder verlassen hatte", wusste der Fährmann zu erklären.

„Umso besser für sie", sagte Gawan. „Mein Entschluss jedenfalls steht fest. Ich werde in die Burg eindringen und die Ladys befreien, ob Zauber oder nicht." Abgesehen davon, dass er nicht viel von Magie hielt und mehr auf sein gutes Schwert vertraute – er hoffte auch, mit so einer Tat Orgeluse zu beeindrucken und sie vielleicht endlich zu gewinnen. „Wo ist denn dieser Klingsor? Kann man ihn erreichen und mit ihm tjosten?"

Der Fährmann schüttelte besorgt den Kopf. „Klingsor ist

weit. Seine Zaubermacht wirkt auch ohne seine Anwesenheit." Er seufzte. „Herr, Ihr wisst nicht, was Ihr da vorhabt! Das ist kein gewöhnliches Abenteuer, wie es ein Ritter eben bestehen kann, sondern eine heimtückische Falle!" Er senkte die Stimme und sagte: „In dem Schloss soll es ein Bett geben, das Zauberbett oder Litmarveil. Jeder der Männer, die bisher versuchen wollten, die Damen zu befreien, musste mit diesem Bett gleichsam kämpfen, und es ist noch keiner von ihnen lebendig wieder zurückgekommen. Alle sind gescheitert."

Gawan lachte, und in seinen Augen blitzte der Schalk. „Ein Bett sollte mir Angst machen? Ich habe in Betten bisher eigentlich nur erfreuliche Erlebnisse gehabt, außer, wenn ich verwundet in einem lag."

„Macht Euch nicht lustig über das Litmarveil!", mahnte der Fährmann. „Aber ich sehe schon, dass Ihr entschlossen seid. So will ich Euch denn ein paar Ratschläge geben. Geht zu Fuß in die Burg. Euer Pferd wird Euch da wenig nützen – ich werde es für Euch aufbewahren, falls Ihr denn wirklich wiederkommen solltet. Erwartet nicht, dass Ihr die Frauen dort treffen werdet, es sei denn, Ihr seid wirklich erfolgreich. Nur dann löst Klingsor den Zauberbann, und Ihr seid zugleich der Herr der Burg mit ihren Bewohnern. Dann ist Klingsors Macht gebrochen. Wenn Ihr also wirklich aufbrechen wollt, will ich Euch noch etwas mitgeben, was vielleicht hilfreich sein kann."

Der Fährmann ging zu seiner Hütte, die am Ufer stand, und kam zurück mit einem riesigen unhandlichen Setzschild, einer sogenannten Tartsche, die er kaum schleppen konnte. (So einen Schild pflegte man in der Feldschlacht im Fußkampf aufzustellen, um sich dahinter zu verbergen, wenn ein Pfeilregen kam.)

„Nehmt diesen Schild!", sagte er. „Er könnte Euch vielleicht von Nutzen sein. Und ein letzter Rat: Legt Schild und

Schwert nie aus der Hand! Immer wenn Ihr denkt, dass die Gefahr vorüber ist, beginnt sie erst wirklich!"

„Habt Dank für alles!", entgegnete Sir Gawan und hob den Schild an, als sei er ein Spielzeug – er konnte es nie ganz lassen, mit seinen Kräften ein bisschen zu prahlen. Dann ging er mit federnden Schritten auf das Burgtor zu.

Was Sir Gawan auf Schastelmarveil zustieß

Das Burgtor war unbewacht, was nur natürlich war, denn wo Magie regiert, braucht man keine Männer mit Waffen. Gawan spazierte auf einen weitläufigen Innenhof, so groß wie ein Feld, auf dem man ein Turnier abhalten konnte. Alles war still, keine Menschenseele kam, ihn zu begrüßen. So ging er auf das Haupthaus zu, dessen Dach mit buntfarbigen Ziegeln gedeckt war, sodass es in der Sonne schimmerte wie ein Pfauenschweif. Er betrat die Halle, in der allem Anschein nach die Frauen gesessen hatten, bevor sie bei seinem Kommen irgendwie verschwunden waren. Alles deutete noch auf ihre Anwesenheit hin. Hier und da lag eine halb fertige Handarbeit, lehnte eine Laute an der Wand, und ein zarter Duft schien noch in der Luft zu schweben.

Durch welchen Zauber hatte Klingsor wohl bewirkt, dass keine einzige Frau zu sehen war? Oder waren sie vielleicht da, aber unsichtbar? Gawan blieb für einen Augenblick in der Mitte des Saals stehen und spannte all seine Sinne an, aber er konnte keine Gegenwart spüren. Er betrachtete die hohen Steinsäulen, die breiten, mit Purpurkissen belegten Fensternischen, in denen die Damen gesessen hatten, um ihm beim Turnier zuzusehen, die zierlichen Bildteppiche an den Wänden: ein wirklich bequemes Gefängnis, aber eben doch ein Gefängnis …

Und dann ging er durch eine Tür und betrat ein großes Gemach, in dem sich nichts weiter befand als ein Bett. Das Bett. Das Litmarveil – das musste es sein. Seine Pfosten waren aus gedrechseltem Ebenholz, die Kissen und Decken aus feinstem Zindel – zart gesponnener Seide. Anstelle von Füßen aber hatte es vier Räder, die aus Rubinen zusammengesetzt waren.

Gawan wollte sich vorsichtig dem Bett nähern. Aber das war gar nicht so einfach. Der Fußboden des Raums bestand nämlich aus glatt poliertem Marmor, so glatt, dass man sich darin spiegeln konnte – und natürlich auch ausrutschen! Wie auf einer blanken Eisfläche bewegte sich der Ritter vorsichtig und mit dem großen Schild ausbalancierend auf das Bett zu. Jedoch – das blieb nicht am Platz! Die funkelnden Räder begannen, sich zu drehen. Das Bett bewegte sich von ihm weg, und es verwunderte ihn sehr, dass eine solche Stätte der Liebe nicht für ihn stillhielt.

Gawan wurde schneller, aber das Bett ebenfalls. Es benahm sich wie ein junger Hund, der seinem Herrn den Gehorsam verweigert und sich nicht fangen lassen will. Sosehr sich Gawan auch bemühte, rutschend und schlitternd das Bett einzuholen – die Entfernung zwischen ihm und dem Zauberding blieb immer die gleiche.

Schließlich hatte er es satt. Er nahm Anlauf und sprang mit einem gewaltigen Satz auf diese „Schlafstatt", ohne Schild und Schwert loszulassen.

Aber nun verfiel das Litmarveil erst richtig aufs Toben. Wie von einem Schwarm Wespen gestochen, raste es durch das Zimmer, prallte krachend gegen die Wände und drehte sich wie ein Kreisel um sich selbst.

Sir Gawan hielt sich krampfhaft fest. Er kniff die Augen schmal und biss die Zähne zusammen. Ihm war schwindlig. Ein junges Pferd einzureiten war dagegen ein Kinderspiel! Bei den jähen Wendungen, die dieses verwünschte Bett machte, verging ihm Hören und Sehen. Gleichzeitig donnerte und rumorte es ringsum, als wenn Sieben Gewitter im Anmarsch wären.

Aber nachdem der erste Schreck überwunden war, sagte er sich: „Lässt sich ein Sir Gawan von Orkney, Ritter der Tafelrunde, wirklich durch eine wild gewordene Liegestatt aus der Fassung bringen? Das wäre ja gelacht. Ein Bett ist ein Bett und zum Schlafen da. Also werde ich darin schlafen."

Er streckte sich aus und zog den großen Schild wie eine Decke über sich.

Sofort benahm sich das Bett wie ein Bett: Es stand still.

Gawan atmete auf. Das schien geschafft! Er war wirklich kurz davor, einzunicken nach dieser Anstrengung. Aber plötzlich traf ihn etwas hart an der Stirn.

Er fuhr auf.

Es regnete Steine von der Decke, große Brocken! Sie kamen aus dem Nirgendwo und prallten auf den Schild. Ohne diesen Schutz hätte es ihn zweifellos erschlagen. Aber auch so gab es noch blaue Flecken genug, denn wenn er den Schild über den Kopf zog, wurden seine Füße und Schienbeine getroffen, und wenn er sich unten decken wollte, bekamen sein Oberkörper und sein Kopf etwas ab.

Dann hörte der Steinregen auf, so plötzlich, wie er begonnen hatte, und wieder trat Stille ein. Gawan hielt den Atem an. Er dachte an die Worte des Fährmanns: Wenn die Gefahr vorüber scheint, beginnt sie erst wirklich.

Und in der Tat musste er nicht lange warten. Denn nun prasselte ein Hagel von Pfeilen auf ihn herab. Erst waren es kleine, spitze Pfeile, wie man sie zur Jagd auf niederes Wild benutzt, und Gawan dachte schon, es würde glimpflich ablaufen. Aber dann folgten große Armbrustbolzen, die eine ganz andere Durchschlagskraft hatten, und einige davon durchdrangen sogar den Schild und verletzten Gawan zwischen den Ringen seines Panzerhemds.

Sir Gawan war halb ohnmächtig und blutete aus mehreren Wunden, als der Pfeilhagel aufhörte.

„Ich wollte, man könnte sich gegen irgendetwas wehren!", dachte er. „Nur still liegen und sich beschießen zu lassen, das ist doch nicht das, was ein Ritter sich vorstellt, wenn es heißt, eine Probe zu bestehen."

Als hätte jemand seine Gedanken gelesen, flog eine bisher verborgene Tür auf, und ein bärtiger Riese mit einer Keule kam drohend auf ihn zugestapft.

Gawan taumelte von dem verhexten Bett in die Höhe und stellte sich mit gezogenem Schwert zum Kampf, aber der Kerl fletschte nur die Zähne und lachte. „Mit mir musst du nicht kämpfen, Ritterlein! Ich schicke dir etwas anderes, daran kannst du dein Mütchen kühlen, wenn du es schaffst! Aber das wird wohl nichts werden!" Er lachte dröhnend und verschwand, wie er gekommen war.

Und dann hörte Gawan hinter einer dritten Tür ein furchtbares Fauchen und Brüllen.

„Irgendein Ungeheuer scheint hinter dieser Tür zu lauern", sagte er sich. „Nun, ich habe keine Lust, zu warten, bis es mich zerfleischt. Angriff ist die beste Verteidigung!"

Er trat die Tür auf und sprang zurück, das Schwert vorgehalten. Mit schleichendem Schritt nahte ein gewaltiger Löwe. Tiefes Grollen kam aus seinem aufgerissenen Maul, und er duckte sich zum Sprung.

Gawan ging in die Knie und hob den bereits durchlöcherten Schild, um sich zu schützen, aber die Pranken des Untiers durchdrangen Holz und Metall, als wäre es nur Pergament, und schlugen dem Ritter eine tiefe Wunde. Das Blut stürzte hervor wie ein Springquell. Das riesige Tier brüllte gierig und umkreiste seine Beute, lauernd, wo es den nächsten, den tödlichen Prankenhieb anbringen konnte. Gawan beobachtete die Bestie über den Rand des Schildes hinweg. Als er sah, dass der Löwe sich zu einem neuen Sprung bereit machte, warf er sich genau in dem Augenblick nach vorn, als die Vorderfüße des Tiers in der Luft waren, und stieß sein Schwert tief in dessen Kehle.

Röchelnd brach der Löwe zusammen und begrub Gawan zuckend unter sich. Und während das Tier verendete, sank der Ritter unter der Last dieses Körpers zu Boden. Es schnürte ihm die Luft ab. Er versank in Ohnmacht.

Es war still in dem Gemach, bis auf das Tropfen des Blutes, das immer noch aus den Wunden von Tier und Mensch rann.

Da wurde vorsichtig eine Tür geöffnet, und ein paar Fräulein steckten ihre Köpfe herein. Als sie sahen, dass der Löwe tot war und den Ritter unter sich begraben hatte, jammerten sie laut. Sie rafften ihre Kleider und wateten schaudernd auf Zehenspitzen durch die Blutlachen.

„Weh uns! Das Untier scheint hin zu sein, aber es hat wohl den edlen Herrn mit in den Tod gerissen!“, sagte eine, aber eine andere erwiderte: „Lass uns sehen, ob nicht doch noch Leben in ihm ist!“

Mit vereinten Kräften wälzten sie den Leib der toten Bestie von Sir Gawan, und dann beugte sich eines der Fräulein zu ihm hinunter und hielt einen kleinen Spiegel vor die Lippen des Ohnmächtigen. „Gott sei es gedankt, er lebt!“, rief sie freudig aus, und die Mädchen jubelten und umarmten einander. „Dieser edle Ritter hat uns errettet, nun können wir ihm für seine Kühnheit danken!“

Einige von ihnen eilten nun, Wasser und Binden zu holen, und andere wieder liefen, um die Kunde den gefangenen Königinnen und allen anderen Frauen und Mädchen in Schastelmarveil zu überbringen.

Zwei blieben bei Gawan. Die eine nahm seinen Kopf in

den Schoß, während die andere mit kundigen Fingern die Schnallen des Harnischs öffnete und ihn aus seiner Panzerung befreite.

Da schlug Gawan mit einem Seufzer die Augen auf, und als er die besorgten Mädchengesichter über sich gebeugt sah, bemühte er sich um ein Lächeln und sagte mit matter Stimme: „Verzeiht, dass ich Euch nicht begrüßen kann, wie es sich geziemt, Herrinnen! Ich bin etwas erschöpft. Kommen jetzt noch weitere Prüfungen? Dann wäre es verfehlt, mir die Rüstung abzunehmen."

„Sir, Ihr habt alle Gefahren bestanden! Wir sind erlöst, und Ihr seid nun Herr von Schastelmarveil. Lasst Euch aufhelfen, damit wir Euch zu dem Bett bringen können und Euch pflegen."

Mit Mühe erhob sich Gawan, auf die Arme der beiden hübschen Geschöpfe gestützt, und ließ sich von ihnen führen, aber als er sah, zu welchem Bett es ging, blieb er stehen und schüttelte den Kopf. „Nein, Ladys, in dieses Bett kriegen mich nicht einmal hundert so schöne Frauen, wie Ihr es seid. Das Ding hat mir übel mitgespielt!"

Die Mädchen lächelten. „Seid unbesorgt, Herr Ritter! Mit Eurem Sieg ist dem Bett auch der böse Zauber ausgegangen. Es ist jetzt ein ganz gewöhnliches Lager, nur dass es sich eben auf Rädern bewegen kann, und wir werden Euch jetzt in Euer Gemach bringen."

So legte sich Gawan denn hin und ließ sich von den beiden besorgten Fräulein in ein helles und wohnliches Zimmer fahren, wo schon andere mit Verbandszeug, Wasser und Heilsalben auf ihn warteten. Sie halfen ihm beim Auskleiden, wobei sie verschämt den Kopf wegdrehten, bedeckten seine Blöße mit einem Laken und jammerten über seine Wunden, denn er sah blutverkrustet und grün und blau aus am ganzen Körper.

Während sie ihn noch pflegten und er gierig das Wasser

trank, das sie ihm gebracht hatten, öffnete sich die Tür, und eine alte Dame, die auf ihrem silberweißen Haar einen Kronreif trug, kam herein. In ihren Händen hielt sie eine Schale mit einem dampfenden Trunk.

Sir Gawan versuchte aufzustehen, um diese Frau nach Gebühr zu begrüßen, da sie zweifellos eine der Königinnen war, von denen der Fährmann gesprochen hatte, aber er sank ächzend in die Kissen zurück. „Ich schäme mich, Hohe Frau, dass ich nicht aufstehen und Euch die Ehre geben kann", sagte er mit einer kläglichen Grimasse. „Aber morgen geht es mir bestimmt schon besser."

„Herr", sagte die alte Dame, „Ehre und Dank gebühren Euch, die Ihr uns unter Einsatz Eures Lebens befreit habt. Ich bin Königin Arnive und lebte hier gefangen mit meiner jungen Tochter Itonje. Kommt jetzt, und trinkt diesen Schlaftrunk. Er wird Euch helfen zu genesen. Schließt unbesorgt die Augen. Der Spuk ist vorbei."

Gawan gehorchte und sank bereits nach den ersten Schlucken schlafend auf das Lager zurück. Seine Erlebnisse hatten ihn an den Rand der Erschöpfung gebracht.

Die Königin lächelte, zog ihm eigenhändig die Decke aus Zindelseide bis unters Kinn und hauchte einen Kuss auf seinen zerzausten Rotschopf.

Dann verließen die Frauen leise den Raum und überließen Gott und den Kräften der Natur die Heilung ihres Retters.

Und so schlief Ritter Gawan im nun gezähmten Litmarveil den Schlaf des Gerechten – und im Traum erschien ihm der ganze wilde Tag noch einmal … und auch Orgeluse. Wo mochte sie sein? War sie in ihr Herzogtum zurückgekehrt, oder würde er sie wiedersehen?

Die wunderbare Säule

Am nächsten Morgen erwachte Gawan erfrischt. Dank der guten Pflege und des Trunks war die Heilung seiner Verletzungen gut vorangekommen. Schon konnte er wieder aufstehen, und obgleich er sich noch etwas matt fühlte, beschloss er, sich Schastelmarveil von oben bis unten anzusehen. Man hatte ihm leichte Gewänder bereitgelegt, die nach dem Druck der Rüstung auf den Schultern eine wahre Wohltat darstellten. Nachdem er sich mit einem Frühstück gestärkt hatte, begann er mit seiner Erkundungsreise durch die Burg. Überall grüßten ihn Fräulein und Edeldamen und kamen herbei, sich bei ihm zu bedanken. Viele hatten ihren Zofen bereits den Befehl gegeben, für die Heimreise in alle vier Himmelsrichtungen zu packen, und die Mädchen suchten eilig Kleidung, Bücher, Stickereien und Musikinstrumente aus den Zimmern zusammen. Die meisten wollten schnell nach Haus, aber es gab auch einige, die es nicht so eilig hatten. Ihnen gefiel ihr Befreier allzu sehr, um gleich abzureisen, sie hätten gern noch ein paar Tage oder Wochen in der Gegenwart dieses Mannes verbracht, und manch eine von ihnen machte sich Hoffnung, dass er sich nicht nur als Löwentöter erweisen würde …

Auf seinen Streifzügen gelangte Gawan auch in ein Turmzimmer. Die Fenster waren aus klaren, durchsichtigen Edelsteinen gefertigt, und in der Mitte des Raums stand als einziger Gegenstand eine runde Säule, die ganz aus spiegelndem Metall gemacht war. Gawan warf einen Blick auf diese Säule, und was er da sah, erschien ihm als das größte Wunder, das es auf der Welt überhaupt gab. Denn auf der Oberfläche dieser Säule konnte man alles sehen, was draußen im Land vor sich ging, auf viele Meilen. Langsam drehten sich die Bilder von der Welt da draußen an ihm vorbei, und es war so klar und bis ins Einzelne deutlich, wie man es mit bloßem Auge auf die Entfernung nie hätte erkennen können. Gawan sah Wälder und Auen, Städte und Dörfer und ganz nah den Strom vor der Burg. Er sah Menschen und Tiere und das, was sie taten: die Frauen, die Wäsche im Fluss spülten, die Landleute, die bei der Heuernte waren und ihre Rechen schwangen, die Schafe auf der Weide, den Falken, der sich auf eine Maus herabstürzte, den Hund, der einer weißen Hündin nachlief.

Während er so stand und sich gar nicht loslösen konnte von dieser Wundersäule, öffnete sich die Tür, und die weißhaarige Königin Arnive trat ein, begleitet von ihren Zofen und Dienerinnen. Als sie sah, wie versunken Gawan war, lächelte sie und sagte: „Ach, Herr Ritter, ich sehe wohl, dass Euch dies Spielzeug in seinen Bann zieht. Die Säule hat Klingsor geschaffen, damit wir Frauen in unserer Einsamkeit uns nicht allzu sehr langweilten, und oft haben wir hier voller Sehnsucht gestanden und zugesehen, was draußen vor sich ging. Selbst in der Nacht leuchtet dies Wunderding und erlaubt einen Blick auf das, was im Schutze der Dunkelheit geschieht. Aber was nützten uns schließlich schöne Bilder! Wir wollten das wirkliche Leben haben, nicht nur einen Abglanz davon. So sind viele Tränen geflossen in diesem Raum."

Gawan warf noch einen Blick auf die Säule – da sah er plötzlich ganz nah, dass unten auf dem Kampfplatz an der Fähre Herzogin Orgeluse angeritten kam, in Begleitung eines gewappneten Ritters. Die Eifersucht schoss in sein Herz wie ein wilder Strom, und er sagte wütend: „Was hat der fremde Ritter hier verloren? Wenn es stimmt, wie Ihr sagt, Hohe Frau, dass die Burg Schastelmarveil jetzt mein Eigentum ist, dann soll niemand ohne meine Einwilligung diese Gegend betreten. Ich bitte Euch, Madam, tragt Sorge, dass man mir meinen Harnisch und meine Waffen bringt. Ich werde diesen dreisten Kerl Mores lehren!"

Erschrocken sagte die Königin: „Sir, das kann unmöglich Euer Ernst sein! Eure Wunden könnten wieder aufbrechen! Ihr dürft Euch jetzt in keinen Kampf stürzen!"

Aber Gawan bestand darauf, sich zu wappnen und dem Fremden entgegenzutreten, denn er sorgte sich, der fremde Ritter könnte ihn bei Orgeluse ausstechen. Unterm Gejammer und Geweine der Frauen ließ er sich in den Harnisch helfen, und obwohl seine Wunden schmerzten und das Gewicht des Eisens seinen zerschundenen Körper marterte, begab er sich zum Strom, bestieg sein Pferd und ließ sich vom Fährmann übersetzen.

Orgeluse und der fremde Ritter sahen ihm entgegen.

„Nun, Herr", sagte die schöne Frau mit gewohntem Spott, „habt Ihr nicht genug daran, dass Euch all diese Damen da anbeten, nachdem Ihr sie befreit habt? Müsst Ihr mir noch weiter nachstellen?"

„Diese Frauen habe ich befreit, weil es mir meine Ehre als Ritter der Tafelrunde gebietet, Verfolgte zu beschützen", sagte Gawan zornig. „Das hat nichts damit zu tun, dass ich Euer Diener bin und niemandem sonst erlaube, an Eurer Seite zu sein, denn ich will der Einzige sein, der Eure Liebe erringt!"

„Oh, ich wusste gar nicht, dass Ihr darüber zu bestimmen habt, mit wem ich mich abgebe! Aber wenn es Euch wirklich so zuwider ist, dass mich dieser Mann begleitet, dann fechtet es ruhig mit ihm aus!"

Und sie wendete ihr Pferd und begab sich außer Reichweite der Speere.

Die beiden Ritter hielten ihren Waffengang ab, und trotz seiner Verletzungen fegte Gawan den anderen mit Schwung aus dem Sattel. Sein Gegner wollte sich gar nicht erst auf einen Schwertkampf einlassen, sondern gelobte Sicherheit, unterwarf sich, und Gawan schickte ihn zu den Frauen auf die Burg, denen sollte er dienen.

Gawan ritt nun zu Orgeluse, die den Kampf vom Rande des Felds aus verfolgt hatte.

„Herrin, hier bin ich, und weiter jederzeit Euer Ritter." Wieder überwältigte ihn ihre Schönheit, und seine Leidenschaft ließ ihm das Blut zu Kopf steigen. Lady Orgeluse betrachtete ihren eifrigen Verehrer mit nachdenklichen Augen.

„Ihr seid wirklich halsstarrig!", sagte sie. „Ich warne Euch zum letzten Mal! Sucht Euch eine Dame aus Schastelmarveil aus, es gibt ja dort sicher schöne junge Frauen. Von mir bekommt Ihr keinen Dank, Ihr seht es doch! Das Einzige, was ich Euch bieten kann, sind immer schwierigere Aufgaben. Wenn Ihr immer noch nicht genug habt von mir, dann wartet jetzt ein Gegner auf Euch, wie Ihr ihn vorher noch nicht kennengelernt habt!"

„Ich werde alles tun, damit Ihr mich liebt!", erwiderte Sir Gawan und senkte demütig den Kopf.

„Gut", sagte Orgeluse, kurz angebunden wie immer. „Dann folgt mir jetzt in den Zauberwald. Ich führe Euch zu Eurem Gegner – meinem Widersacher."

Mit tränenden Augen sahen die Frauen und Mädchen von Schastelmarveil, wie ihr Held trotz seiner Wunden schon wieder auf neue Abenteuer auszog – und wieder mit der hochmütigen Orgeluse, die sie alle nicht leiden konnten, denn allzu viele gute Ritter hatten schon unter den Fenstern der Burg für diese Dame gekämpft und waren geschlagen vom Platz getragen worden.

Klingsors Zauberwald zog nun beide, Ritter und Dame, in seinen Bann. Alles, was hier wuchs, war unbekannt in England, die Samen der Bäume, Blumen und Pflanzen hatte der Magier aus fremden Ländern durch die Lüfte herbeigeholt.

Glänzende glatte Stämme trugen himmelhohe Baumkronen mit seltsam geformten Blättern, Schlingpflanzen hingen wie zarte Gespinste zwischen den Ästen, und Blumen glühten zwischen den majestätischen Farnen, als wenn sie aus lebendigem Feuer wären. Totenstill war es in Klingsors Wald, kein Lüftchen regte sich.

Herzogin Orgeluse ritt vor Gawan her; sie kannte den Weg. Er folgte ihr in gebührendem Abstand, und mehr als die Wunderwelt um ihn herum schlug ihn in Bann, wie leicht und anmutig die schöne Frau vor ihm zu Pferde saß. Er begehrte sie von Stunde zu Stunde mehr und war bereit, alles für sie zu tun.

Schließlich vernahm er aus der Ferne ein Tosen und Rauschen, und das Geräusch wurde immer stärker, während sie weiterritten. Dann gelangten sie an eine Schlucht. Ein gewaltiger Wasserfall stürzte sich donnernd vom Felsen herab, und seine Wasser rasten in schwarzen Strudeln durch das enge Felsental.

Am Rande der Schlucht hielt Lady Orgeluse an und wartete, bis Sir Gawan auf gleicher Höhe mit ihr war.

„Seht Ihr da drüben den Baum?“, fragte sie und deutete mit ihrer Reitgerte auf das andere Ufer. Sie musste laut sprechen, um gegen das Tosen des Wassers anzukommen.

Auf einer Lichtung stand ein einzelner Baum, dessen Blätter wie Silber leuchteten.

„Bringt mir von diesem Baum einen Zweig, aus dem ich mir einen Kranz winden kann. Wenn es Euch gelingt, bedeutet das ein Ende aller Prüfungen, die ich Euch auferlegt habe. Aber seid gewarnt. Der Baum wird behütet von dem Mann, den ich hasse wie den Tod, und er wird nicht dulden, dass Ihr einen Zweig von seinem Baum abbrecht. Ihr werdet mit ihm kämpfen müssen, und glaubt mir, er ist ein starker Gegner. Also, überlegt es Euch gut.“

„Herrin", entgegnete Gawan, ohne lange nachzudenken, „glaubt Ihr wirklich, so kurz vorm Ziel würde ich aufgeben? Ich bringe Euch den Zweig, und Eure Liebe wird mich dann hoffentlich belohnen!"

Nach diesen Worten zügelte er sein Ross, ritt ein Stück zurück, um genug Anlauf nehmen zu können, trieb es voran und setzte aus dem vollen Galopp über die Schlucht. Aber das Tier erreichte die andere Seite nur mit drei Hufen, es rutschte ab, und Pferd und Reiter stürzten in die Schlucht, mitten in die wilden Wasser. Sie trieben auf den Fluten dahin, in höchster Gefahr.

Da hörte er den schrillen Aufschrei Orgeluses. Schnell zog er die Füße aus den Steigbügeln, rutschte vom Pferderücken und wäre wohl ertrunken in seiner schweren Rüstung, wenn er nicht im letzten Moment einen überhängenden Ast ergriffen hätte. Mühsam zog er sich an Land und rannte über die Steine am Wasser seinem Ross hinterher, das von der Strömung fortgetragen wurde. Dort, wo die Ufer zurückwichen und nicht mehr so steil waren, fand er zum Glück das Pferd wieder. Die Zügel hatten sich in angeschwemmtem Holz verfangen, und so konnte er es schließlich an Land ziehen und das Ufer hinauf.

Nass wie die Otter machten sich Mensch und Tier auf den Rückweg zu dem Baum mit den silbrig glänzenden Blättern, und Gawan sah mit Befriedigung, dass Orgeluse am anderen Ufer abgesessen war, hin und her lief und die Hände rang. Sie hatte sich also um ihn gesorgt!

Er winkte ihr zu, ritt an den Baum heran und brach einen schönen Zweig mit silbrigen Blättern ab, groß genug, um einen Kranz daraus zu formen. Kaum aber hielt er den Zweig in der Hand, als aus dem dichten Gebüsch ein Ritter in prächtigem grünem Samtgewand hervortrat, die Hand in die Hüfte stützte und mit hochmütiger Miene sagte: „Was erdreistet Ihr Euch? Das ist mein Baum, ich bin sein Hüter, und ich erlaube niemandem, auch nur ein einziges Blatt davon abzupflücken. Gebt mir sofort den Zweig!"

Gawan seinerseits gab nicht weniger hochfahrend zurück: „Diesen Zweig habe ich einer Dame versprochen, um deren Gunst ich werbe. Wollt Ihr ihn wiederhaben, so holt Eure Rüstung und Euer Ross, und kämpft mit mir!"

Der andere lachte. „Es ist bei mir der Brauch, niemals gegen einen einzigen Mann anzutreten. Nur wenn ich mit zwei Gegnern zugleich kämpfen kann, halte ich es für lohnend zu tjostieren."

„Was seid Ihr nur für ein eingebildeter Kerl, Sir!", sagt Gawan, der langsam in Wut geriet. „Bin ich Euch nicht gut genug als Gegner? Ihr sollt wissen, dass ich der Herr der Burg Schastelmarveil bin! Ich habe die Prüfungen des Zauberers Klingsor bestanden und den Bann gebrochen! Haltet Ihr mich immer noch für zu gering, mit mir zu kämpfen?"

„Wenn Euch das gelungen ist, müsst Ihr wirklich ein tapferer Mann sein", sagte der Ritter im grünen Samtgewand einlenkend. Dann reckte er den Hals und sah zum anderen Ufer hinüber, wo Orgeluse gespannt herübersah, was nun geschehen würde. „Sagt mir", fuhr er fort, „ist es diese Dame da, die Euch aufgefordert hat, den Zweig zu holen?" Und als Gawan nickte: „Das habe ich mir gedacht. Lasst Euch erzählen, was es für eine Bewandtnis mit diesem Zweig und dieser Dame hat."

Er griff Sir Gawans Pferd am Zügel und führte es hinter den Baum ins Dickicht, sodass sie beide ungestört waren vor den Blicken von der anderen Seite. Dann sagte er: „Ich bin König Gramoflance, und es ist bei mir der Brauch, dass jeder, der einen Zweig von diesem Baum bricht, von mir als Herausforderer angesehen wird. Was aber die Dame betrifft, so muss ich gestehen, dass ich an ihr unrecht gehandelt habe.

Ich war rasend verliebt in sie – nun, ihre Schönheit hat ja auch Euch in Bann geschlagen. Um sie zu besitzen, habe ich ihren Mann erschlagen und sie entführt. Aber sie widersetzte sich meiner Werbung, und eines Tages gelang es ihr zu entfliehen. Seitdem verfolgt sie mich mit ihrem Hass. Immer neue Ritter versucht sie in Zweikämpfen zu erproben, um den stärksten und geschicktesten zu finden, der mich endlich überwindet und tötet. Aber bisher haben es noch wenige bis hierher geschafft, und diese wenigen habe ich alle besiegt. Um meinen Ruhm als Ritter zu vermehren, habe ich beschlossen, in Zukunft nur gegen zwei zugleich zu kämpfen. Aber eigentlich habe ich gar keine Lust mehr auf diese Fehde. Denn inzwischen bin ich in eine andere verliebt – in Itonje, die Tochter der alten Königin Arnive, die all die Jahre auf Schastelmarveil gefangen war. Sie erwidert meine Liebe. Wir haben uns Botschaften mit Brieftauben geschickt, und jetzt, wo dank Euch die Damen befreit sind, würde ich gern zu ihr eilen. Aber ich fürchte die Rachsucht der Lady Orgeluse. Könnt Ihr mir nicht behilflich sein?“

„Ich will sehen, was sich tun lässt“, entgegnete Gawan, erstaunt über diese Geschichte, die ihm zum ersten Mal die Beweggründe für Orgeluses Verhalten enthüllte. „Aber ich will nicht verhehlen, dass ich mich von Euch beleidigt fühle, wenn Ihr nicht gegen mich allein antreten wollt.“

Gramoflance seufzte. „Ich habe mir selbst ein Versprechen gegeben, Sir! Der einzige Ritter, gegen den ich im Zweikampf antreten würde, ist der älteste der Orkney-Brüder, Gawan mit Namen. Seine Tapferkeit und Geschicklichkeit sind berühmt, und er hat als Ritter der Tafelrunde schon viele Kämpfe bestanden. Ich habe mit dieser Familie eine offene Rechnung, die Sühne fordert.“

„Worum geht es da?“, fragte Gawan vorsichtig.

„König Lot von Lothian und Orkney, der Vater Gawans, hat

einst meinen Vater getötet, und dessen Ehre ist ungerächt!", sagte Gramoflance finster.

„Was heißt das? Hat König Lot Euren Vater etwa hinterrücks und meuchlerisch erschlagen, oder gab es einen Kampf?"

„Es gab einen offenen Zweikampf, natürlich!", erwiderte der andere hochfahrend. „Trotzdem verlangt meine Ehre, ihn zu rächen."

„Ihr habt einen besonders empfindlichen Ehrbegriff, scheint mir", sagte Gawan und zog die Brauen in die Höhe. „Es ist üblich, so eine Sühne nur zu fordern, wenn der Betreffende feige ermordet worden ist. Nun denn: König Lot von Lothian ist tot, wie Ihr wohl wisst. Und vor Euch seht Ihr seinen Sohn. Ich bin Gawan, Lord von Lothian und Orkney. Ich stehe Euch zu Diensten." Und er verneigte sich mit leichtem Spott.

Die Augen von Gramoflance leuchteten auf. „Was für eine Begegnung!", rief er aus. „Sir, wir werden uns nicht hier im Wald gegenübertreten, wo uns niemand zusehen kann, sondern beim Turnier. Ich lade Euch in vierzehn Tagen zu mir ein, auf das Kampffeld der Ebene von Joflance. Das ist nicht weit von hier und in der Nähe meiner Burg. Dort wollen wir in vierzehn Tagen vor den Augen vieler edler Herren und Damen miteinander tjostieren, und je mehr uns zuschauen, umso lieber soll es uns sein! Am meisten würde mir gefallen, wenn König Artus und seine Ritter selbst anwesend wären!"

„Ich sehe schon", erwiderte Gawan, „Ihr gebt Euch nicht mit Kleinigkeiten zufrieden. Das würde mir auch gefallen." Er schmunzelte und zwinkerte dem anderen zu. „Ich gestehe, ich trete gern in bedeutendem Umfeld auf, und ich werde zusehen, ob ich meinen Oheim Artus bewegen kann zu kommen. Inzwischen nehme ich den Zweig für die Dame Orgeluse mit. Wenn Ihr auch dafür Buße wollt, dass ich ihn abgebrochen habe, so könnt Ihr sie ja dann ebenfalls auf der Ebene von Joflance einfordern."

Nach diesen Worten gab er seinem Pferd die Sporen, um wieder über die Schlucht zu springen, und diesmal gelangten Ross und Reiter heil ans andere Ufer.

Lady Orgeluse ließ ihr Tier stehen und eilte mit gerungenen Händen auf Gawan zu. Mit Freude sah der Ritter, dass in ihren schönen Augen kein Spott mehr zu lesen stand, sondern dass ihr die Tränen über die Wangen liefen.

„Was habe ich für Ängste ausgestanden um Euch, Herr! Gott sei gedankt, Euch ist nichts zugestoßen! Verzeiht mir, dass ich Euch mutwillig in solche Gefahr geschickt habe – aber ich war wie verhext! Ihr seid der tapferste, der großmütigste Ritter – und ich hatte nichts Besseres zu tun, als Euch als Werkzeug meiner Rache zu missbrauchen!"

Und sie fiel vor ihm nieder.

Gawans Herz hüpfte vor Freude. Endlich war die Kälte und Grausamkeit seiner Herrin dahingeschmolzen in der Wärme seiner Liebe!

Schnell sprang er vom Pferd, hob sie auf und küsste ihr die Tränen weg. „Solche Worte passen wirklich besser zu Eurer Schönheit als der Spott und Hohn, der bisher Eure Lippen verzerrt hat!", sagte er gutmütig. „Aber nun lasst mich nicht mehr allzu lange warten! Gewährt mir Eure Liebe!"

Aber Orgeluse war noch nicht mit sich selbst im Reinen. Sie klagte weiter: „Nach dem Tod meines Gemahls, den ich mehr geliebt habe als alles auf der Welt, war ich zerfressen von Hass. Von Hass auf Gramoflance vor allem, aber auch auf alle anderen Männer. ‚Sollen sie sich doch wegen meiner Schönheit ins Verderben stürzen', dachte ich, ‚sollen sie sich meinetwegen die Köpfe einschlagen – bekommen werden sie mich nicht.'" Sie sah ihn an und lächelte unter Tränen. „Ihr, Herr Gawan, habt durch Euren Mut und Eure Tapferkeit bewiesen, dass Ihr ein Mann seid, der sich nicht so schnell vom Ziel abbringen lässt – aber auch durch die Ruhe, mit der Ihr meinen Spott ertragen habt. Werdet Ihr den Tod meines Gemahls rächen und Gramoflance so bald als möglich töten?"

„Zum Kampf haben wir uns bereits verabredet", erwiderte Gawan, „aber ich sage Euch ehrlich: Besiegen will ich ihn, töten nicht. Er bereut das Unrecht, das er Euch angetan hat, und inzwischen liebt er eine andere Frau, und sie liebt ihn wieder. Herrin, lasst jetzt die alten Geschichten ruhen! Wir wollen zusammen nach Schastelmarveil reiten, und ich bin ungeduldig, Euch endlich in meinen Armen zu halten. Gebt mir als Vorgeschmack einen Kuss!"

Sie küssten sich innig, und dann hob der Ritter seine Dame aufs Pferd, und nebeneinander, Hand in Hand, verließen sie Klingsors Zauberwald und ritten nach Schastelmarveil.

Wie Artus Gawan wiedersah

In der Burg jubelte man über Gawans Rückkehr, aber der Empfang für Herzogin Orgeluse fiel ziemlich frostig aus. Oft genug hatten die Damen an den Fenstern gestanden und zugesehen, wie die Lady auf dem Kampfplatz am Fluss Ritter aufeinandergehetzt hatte, als seien sie zwei Bulldoggen, die in den Ring mussten, und sich hinterher über Sieger und Besiegten lustig gemacht hatte. Aber Sir Gawans Ankündigung, dass sie in vierzehn Tagen alle zu einem großen Zweikampf auf der Ebene von Joflance eingeladen seien und dass wahrscheinlich sogar König Artus als Gast erscheinen würde (schließlich bedeutete der Sieg über Klingsor nichts Alltägliches, denn seine Untaten waren weit bekannt), besänftigte die Gemüter und lenkte von der unwillkommenen Ankunft Orgeluses ab.

Gawan veranstaltete noch am gleichen Tage ein Fest für die befreiten Frauen. Und wie herbeigezaubert fanden sich einige stattliche Ritter ein – Barone, die bisher unter Klingsors Herrschaft gelebt hatten und nun, nachdem der Besitz von Schastelmarveil an Gawan übergegangen war, neugierig herbeikamen, den neuen Herren von Nahem zu sehen – und vor allem die Schönen; viele von ihnen waren ja noch nicht abgereist. Es dauerte nicht lange, und zu den Klängen schnell herbeigeholter Spielleute formierte sich ein Reigentanz. Allzu lange hatten die hübschen Gefangenen auf männliche Gesellschaft verzichten müssen. Nun nutzten sie die Gelegenheit zu höfischem Geplauder, zu Tanz und Spiel – und um den Männern schöne Augen zu machen.

Gawan hatte dem Mädchen Itonje Grüße von Ritter Gramoflance überbracht, aber als das junge Mädchen hörte, dass sich Gawan, ihr Befreier, demnächst mit dem Mann schlagen wollte, in den sie sich verliebt hatte, wurde ihr bange zumute, und für sie war die Freude des Tages getrübt, so wie ein bitterer Tropfen einen Becher süßen Wein trübt.

Sir Gawan und Lady Orgeluse jedoch zogen sich zurück, dahin, wo das „gezähmte" Litmarveil stand.

Vorsichtig und zärtlich entkleidete Orgeluse ihren Ritter. Als sie ihm aber das Hemd von den Schultern zog, schlug sie vor Schrecken die Hände vors Gesicht. Sie sah, mit welchen frischen Verletzungen der Körper Gawans übersät war, sah die vielen blauen Flecke und die kaum verschorften tiefen Wunden. „Gütiger Himmel! Ich wusste ja nicht, dass Ihr so stark verletzt seid! Und ich wollte Euch in einen Kampf schicken – einen Kampf, der vielleicht der schlimmste Eures Lebens hätte sein können! Ich schäme mich so!", sagte sie reuevoll. „Was war ich nur für eine herzlose Person!"

Gawan antwortete nicht und schlang die Arme um sie, aber Orgeluse machte sich los und sagte verschämt: „Wäre es nicht besser, wenn wir mit dem, was wir tun wollen, warten, bis Eure Wunden verheilt sind?"

„Warten?", rief der Ritter erschrocken. „Nein, ganz gewiss nicht! Gewartet habe ich lange genug, Herrin! Und glaubt mir, die Liebe ist die beste Medizin für alle Wunden eines Mannes, das wurde viele Male bestätigt! Lasst es uns einfach ausprobieren!"

So geschah es, und Gawans Worte erwiesen sich als wahr.

Am Hof von König Artus, der wieder einmal auf Burg Tintagel residierte, hatte man sich bereits Sorgen um Gawan gemacht. Wie würde der Zweikampf in Askalun ausgegangen sein? War er etwa besiegt worden, lag er irgendwo verletzt darnieder?

Ginevra drang in ihren Mann: „Sollten wir nicht Boten aussenden? Vielleicht müssen andere Ritter der Tafelrunde eingreifen und ihn aus einer Gefahr befreien?!"

Aber Artus' Meinung war unerschütterlich. „Ein solch kampferfahrener und lebensfroher Mann, wie es mein Neffe Gawan ist – dem wird nichts zustoßen!", meinte er.

Nun kam Gawans Gefolge in die Gegend von Camelot zurück, aber ohne den Lord of Orkney. Die Knappen berichteten, dass ihr Herr noch einen Abstecher zu einer auffallenden Festung am Wegesrand gemacht hatte, um nachzusehen, ob es dort etwas zu verrichten gab. Er wollte bald nachkommen, verkündeten sie.

Aber die Zeit verging, und von Sir Gawan keine Spur.

Nun begann auch Artus, unruhig zu werden.

Schon war er bereit, andere Ritter der Tafel zu bitten, sich auf die Suche zu machen, da erreichte den Hof die Einladung Gawans zum Tjost auf dem Kampffeld von Joflance.

„Was meinst du, Liebste? Sollen wir dorthin aufbrechen und durch unsere Anwesenheit Sir Gawan bei seinem Duell mit Gramoflance unterstützen?", fragte der König seine Frau.

Ginevra erwiderte lächelnd: „Mit tausend Freuden, lieber

Herr! Es gefällt mir gut, einmal nicht die Gastgeberin zu sein, sondern zu genießen, wie sich andere um uns bemühen." (Die Hofhaltung des Königs brachte viele, oft sehr aufwendige Pflichten für Englands Erste Dame mit sich.) „Und noch einen weiß ich, der sehr zufrieden sein wird, einmal von seiner Aufgabe entbunden zu sein: Sir Kay!"

Artus schmunzelte. Ach ja, Sir Kay!

Der viel beschäftigte Seneschall von England trug schließlich die Verantwortung für die gesamte Bewirtschaftung des Hofes. Ihm unterstand ein ganzes Heer von Schreibern, Köchen, Kellermeistern, Jägern, Stallburschen, Falknern und Hundejungen, und darüber hinaus war er für die Rechnungsführung, den Haushalt und die Verwaltung der königlichen Güter zuständig. Nur bei festlichen Anlässen spielte er noch, den Stab in der Hand, den Zeremonienmeister an der Tafel. Die Bürde seiner Arbeit hatte ihn immer mürrischer und strenger gemacht; oft polterte er los, wenn etwas nicht nach seinem Willen ging. Er konnte sehr verletzend sein; seine spitze Nase und die grämlichen Falten um die Mundwinkel galten für viele als Zeichen eines finsteren Wesens.

Der König wusste jedoch, dass seine Frau diesem Mann wohlgesinnt war. Als „Hausherrin" hatte sie viel mit ihm zu tun, und Sir Kays sachliches Wissen und seine messerscharfe Einschätzung von Menschen und Situationen gefielen ihr.

Nun also sollte er mit auf die Reise gehen. Und natürlich konnte man es ihm auch diesmal nicht recht machen, und wie häufig hielt er seine Zunge nicht im Zaum: „Das eine ist wie das andere. Ob wir verreisen oder Hof halten – wer muss dafür sorgen, dass alles zur Zufriedenheit der Herrschaften abläuft, dass die Räder ineinandergreifen, dass nichts vergessen wird und alle glücklich sind? Sir Kay! Dass ich auch einmal wieder an einem Turnier teilnehmen möchte, nicht nur als Zuschauer, das berücksichtigt niemand!" Aber Artus lachte seinen Milchbruder nur aus.

Und so machte sich denn ein prachtvoller Zug auf, um Sir Gawan von Orkney mit der Anwesenheit des Königshofs die Ehre zu erweisen. Die Damen ritten unter gestreiften Seidenbaldachinen oder ließen sich in Sänften tragen, die Ritter hatten ihre Rüstungen von den Knechten spiegelblank polieren lassen und führten stolz ihre Wappen sowohl auf den Schilden als auch auf den Wimpeln ihrer Lanzen, die Pferde trugen ihr bestes Zaumzeug, Zügel aus rotem, sechs Zoll breitem gezacktem Leder, hohe gepolsterte Sättel und golddurchwirkte Schabracken. Bunt gekleidete Knappen liefen nebenher oder folgten auf Maultieren im Tross, und allen voran flatterte stolz das Banner des Königs von Britannien, der rote Drache auf weißem Grund.

Auf der Ebene von Joflance schlug man schließlich die Zelte auf, und es dauerte nicht lange, bis Sir Gawan ebenfalls mit großem Gefolge anreiste. Neugierig stellten die Ritter der Tafelrunde fest, dass Gawan umgeben war von einer großen Zahl auserlesen schöner Frauen – denn keine der Damen, die noch auf der früheren Klingsor-Burg waren, ließ es sich nehmen, ihren Befreier zu seinem Zweikampf zu begleiten.

Und dann erschien Gawan, angetan mit seinen besten Gewändern, vor dem Zelt des Königs und bat darum, den Majestäten seine Aufwartung machen zu dürfen. In seiner Begleitung waren drei Ladys.

Artus schloss seinen Freund und Verwandten in die Arme und küsste ihn brüderlich auf die Wangen. „Wie man sieht, bist du zu Ruhm und Reichtum gekommen! Sicher wirst du uns halbe Nächte lang von deinen Abenteuern erzählen!"

Gawan beugte sich über die Hand Ginevras, und die drei Damen knicksten.

„Und wer sind diese Ladys?", fragte Artus und musterte die

drei: eine würdige Dame in weißem Haar, mit einem Kronreif geschmückt, ein sehr junges Mädchen mit einem Blumengebinde im Haar und eine Dritte, deren dunkle Locken von einem silbrigen Blätterkranz geziert waren und die so schön war, dass sie fast die Augen blendete.

„Dies hier ist Königin Arnive", erklärte Gawan, „die ich, wie die anderen Damen auch, aus dem Zauberbann des Klingsor erlöst habe, und das Mädchen neben ihr ist ihre Tochter Itonje. Die Dritte aber …" – er wandte sich zu ihr um, und seine Augen leuchteten –, „die Dritte ist Herzogin Orgeluse, die ich von Herzen liebe."

Artus schmunzelte. „Du bist ein Glückspilz, Gawan! Säße hier nicht meine geliebte Ginevra neben mir, würde ich dich beneiden!"

Die Königin greift ein

Für den nächsten Tag war das Duell angesetzt worden.

Artus saß noch mit Ginevra beim Frühstück, als eine junge Dame, tief verschleiert, von einem Pagen hereingeführt wurde. Sie war aus Gawans Zeltlager hinüber in das von König Artus geritten und hatte dringend gebeten, den König sprechen zu dürfen.

Man führte sie vor das Herrscherpaar, und sie warf sich den beiden wortlos zu Füßen.

„Fräulein, wer seid Ihr, und was wollt Ihr?", fragte Artus.

Die Dame schlug den Schleier zurück und enthüllte ihr tränenüberströmtes Gesicht. Es war die zarte Itonje, die Tochter der alten Königin Arnive.

„Bitte, vertraut mir an, was Ihr möchtet", sagte Artus freundlich und stand von seinem Sitz auf, um sie hochzuziehen. „Ich kann keine Dame weinen sehen, es zerreißt mir das Herz."

„Majestät", brachte das Mädchen unter Schluchzen hervor, „ich flehe Euch an, verhindert diesen Zweikampf! Denn ganz gleich, wer siegt – ich werde unglücklich sein! Sir Gawan ist unser Befreier, und wie könnte ich ihm eine Niederlage wünschen? Aber König Gramoflance liebt mich, und ich liebe ihn! Ich kenne seinen Stolz. Wenn er verliert, wird er nicht um Frieden bitten, und Sir Gawan wird ihn töten! Helft mir, Herr, um Eurer Liebe zu Frau Ginevra willen!"

Und sie küsste weinend Ginevras Hand. Die Königin nahm sie tröstend in den Arm.

„Lieber Herr, wir müssen diesem Mädchen helfen!", sagte sie.

Artus nickte nachdenklich. „Ihr habt recht, Fräulein", meinte er mit einem Blick auf die Weinende. „Es ist eine Sünde, dass sich zwei so vorzügliche Ritter gegenseitig öffentlich niederstrecken. Ich werde einen Boten zu Gramoflance schicken und ihn bitten, auf das Duell zu verzichten. Sicher können wir in Gegenwart so vieler edler Damen und Herren einen Weg zur gütlichen Regelung finden. Danach veranstalten wir zur Feier des Tages ein Turnier. Die Ritter meines Gefolges und die von Gramoflance können sich dann messen."

Itonje verneigte sich tief. „Oh Sir, ich danke Euch! Hoffentlich wird Gramoflance vernünftig genug sein … Aber was ist, wenn Sir Gawan darauf besteht zu kämpfen?"

„Sir Gawan", sagte der König und lächelte, „ist ein Ritter der Tafelrunde und untersteht meiner Gerichtsbarkeit. Außerdem ist er mein Verwandter. Ich kann es ihm einfach verbieten – auch wenn er sich dann gekränkt fühlen wird."

Um der Angelegenheit Gewicht zu verleihen, schickte er seinen höchsten Hofbeamten, den Seneschall Sir Kay, persönlich zum Zelt von Gramoflance.

Als Sir Kay, begleitet von zwei Herolden und zwei Trompetern, gewichtig vor dem Zelt des Königs erschien – ließ der sich gerade die Beinschienen anlegen! Er hatte keine Ahnung, dass da draußen bereits „gegen ihn" gekämpft wurde!

Gramoflance hörte sich die Botschaft ehrerbietig im Stehen an. Dann sagte er: „Ich danke Eurem Herren für Gruß und Botschaft. Aber meine Absicht ist nicht zu erschüttern. Ich werde gegen Sir Gawan antreten." Er lachte, während er sich den Helm reichen ließ. „Bestellt König Artus, ich habe nicht vor, eine Fehde gegen ihn oder gegen die Ritter der Tafelrunde zu führen, und wenn Herzogin Orgeluse auch jeden dieser trefflichen Männer gegen mich aufwiegeln wird – keinen weiteren Kampf werde ich annehmen. Dies soll der letzte sein, bevor ich mich auf das besinne, was wichtiger ist." (Natürlich sprach er vor dem Seneschall nicht über seine Liebe zu Itonje!)

Mit diesen Worten entließ er Sir Kay mit einer herrischen Handbewegung, und der murmelte etwas, was sich anhörte wie „unverschämter Kerl, eine Bitte von Artus so abzuweisen!".

Ziemlich verärgert überbrachte der Seneschall die Antwort von Gramoflance. Artus schüttelte den Kopf. „Was ist denn das für ein ungezogener Kerl?", sagte er unmutig.

Lady Ginevra hatte aufmerksam zugehört, und Artus sah ein schwaches Lächeln in ihren Mundwinkeln, das ihm zeigte: Ihr war etwas eingefallen.

„Liebe Freundin, was ist Eure Meinung zu der Sache?", fragte er sie deshalb.

„Ich glaube", sagte sie in ihrer klaren bestimmten Weise, „dass dieser Zweikampf mindestens so unsinnig ist wie das Gottesgericht, das Ihr, Herr, ja abgeschafft habt. Gramoflance ist ein überheblicher Bursche, wenn ich das sagen darf. Die Geschichte mit dem Baum – dass er jeden herausfordert, der einen Zweig bricht – ist lächerlich, und den Tod seines Vaters am Sohn des vermeintlichen Mörders zu rächen, das scheint mir ein Gedanke aus grauer Vorzeit zu sein. Das reicht nicht für einen Kampf wie den angestrebten. Alles steht und fällt mit der Herzogin Orgeluse. Sie hat sich, wie ich gehört habe, Männern gegenüber sehr unfreundlich benommen, aber immerhin hat sie einen Grund, Gramoflance zu hassen. Er hat ihren Mann umgebracht und sie entführt. Wenn es uns gelingt, Orgeluse zur Vergebung zu bewegen, kann Gramoflance schlecht auf dem Kampf bestehen. Es würde wenig ritterlich aussehen. Wenn es Euch recht ist, werde ich mit Lady Orgeluse sprechen und das Fräulein Itonje zur Unterstützung hinzuziehen, damit die Herzogin sieht, dass ihr Entführer inzwischen eine andere Herzensdame hat."

Artus legte den Arm um sie und küsste sie. „Ihr habt recht. Es geht schließlich nicht an, dass mein Neffe, ein Ritter der Tafelrunde, nicht von mir davor geschützt wird, sich unsinnig in Gefahr zu begeben. Wie gut ist es doch, wenn man eine kluge Frau an seiner Seite hat!"

Ginevra zog die Brauen hoch. „Was haltet Ihr davon, wenn ich mich ein bisschen einmische? Vor dem Turnier wäre es doch angebracht, ein kleines Festmahl abzuhalten, zu dem wir Gramoflance bitten? Eine Einladung der Königin wird er doch nicht abschlagen können!"

Der verhinderte Zweikampf

Artus schickte noch einmal Botschaft zu Gramoflance und lud ihn also zu einem gemeinsamen Mahl ein. Natürlich war es für den Ritter eine Ehre, zu Gast beim berühmten Herrscher Britanniens zu sein, und so erschien er mit seinem Gefolge vor dem Zelt des Gastgebers.

Man hatte im Freien große Tische aufgestellt, sie mit gestickten Tüchern gedeckt und mit bunten Blumen verziert.

Die Damen und Ritter strömten von allen Seiten herbei und fanden Gelegenheit, ihre prächtigen Kleider zu zeigen.

Während Köche und Kellermeister unter Sir Kays Anleitung dafür sorgten, dass alles zum Besten hergerichtet wurde, begrüßte Artus seinen Gast und bat ihn in sein Zelt. Dort ließ er sich mit ihm zu vertraulichem Gespräch bei einem Pokal mit edlem Wein nieder, bevor das Fest begann. Gramoflance war zwar ein ziemlich hochfahrender Mann, aber auf gleich und gleich mit Artus zusammenzusitzen beeindruckte ihn doch sehr.

Nachdem sie einige Worte gewechselt hatten, sagte der König: „Erlaubt, dass ich Euch eine Person vorstelle, die sehr darauf brennt, von Euch mit einem Kuss begrüßt zu werden."

Gramoflance war auf der Hut. Natürlich wusste er, dass diese Einladung etwas mit Artus' Absicht zu tun hatte, Frieden zu stiften, wie sie ihm von Sir Kay übermittelt worden war. Er runzelte die Stirn. Sollte er etwa Gawan den Friedenskuss bieten?

Aber bevor er etwas sagen konnte, teilte sich der Vorhang im Hintergrund. Die zarte, junge Itonje schlüpfte in den Raum und blieb mit niedergeschlagenen Augen, Schamröte auf den Wangen, vor den beiden Männern stehen.

Gramoflance sprang auf, und auch er konnte nicht verhindern, dass ihm die Freudenröte ins Gesicht schoss. Er schlang die Arme um das schöne Fräulein und küsste sie auf den Mund.

„Nun", sagte König Artus, und seine blauen Augen leuchteten wohlwollend, „wie mir scheint, hat diese junge Lady Euer Herz erweicht und Euch in eine freundliche Stimmung gebracht. Wir wollen doch sehen, ob wir das nicht zu unser aller Bestem ausnutzen können."

Er gab ein Zeichen zu dem Vorhang hin. Er wurde zurückgeschlagen, und in den Raum trat Lady Ginevra im Schmuck der Krone, einen leuchtenden Purpurmantel um die Schultern geschlagen. An ihrer Hand führte sie Lady Orgeluse.

Gramoflance sank vor der Herrscherin aufs Knie.

Ginevra trat zurück, sodass der Ritter nun, statt vor ihr, vor Orgeluse kniete, und nickte der Herzogin ermutigend zu.

Als Orgeluse vor dem Mann stand, der ihr so viel Leid zugefügt hatte, biss sie sich auf die Lippen, und der Zorn stieg wieder in ihr hoch. Aber dann besann sie sich darauf, was sie mit der Königin und Itonje besprochen und wozu Ginevra sie letztlich bewegt hatte, und ihr fiel auch Gawan ein …

So gab sie sich einen Ruck und sagte: „Sir Gramoflance, die Majestät der Königin hat mich davon überzeugt, dass Vergeben besser ist als Rachenehmen. Ich verzeihe Euch den Mord an meinem Mann, und ich habe Sir Gawan davon entbunden, für mich zu kämpfen. Allerdings müsst Ihr dann ebenfalls darauf verzichten, Euren Vater rächen zu wollen, der, wie wir alle wissen, in einem ehrlichen Zweikampf mit König Lot von Orkney und Lothian ums Leben kam, und werdet Euren Zorn nicht auf seinen Sohn übertragen. Gebt mir den Versöhnungskuss, und anstelle des morgigen blutigen Duells mag ein fröhliches Turnier treten – bei dem Gawan nicht mitstreiten sollte, denn seine Wunden haben ihn sehr geschwächt."

Was sollte Gramoflance machen? Angesichts der beiden mächtigsten Menschen Britanniens, neben sich die junge Frau, die er liebte? Er musste zustimmen. Also erhob er sich und sagte: „Madam, ich gelobe Frieden. Wenn Ihr in der Lage seid, mir zu verzeihen, so will ich nicht weniger edelmütig sein als Ihr."

Er stand auf, trat auf Orgeluse zu, und sie bot ihm die Wange zum Kuss. (Dass sie sich dabei steif machte und die Fäuste ballte, sah nur Königin Ginevra.)

Artus klatschte in die Hände. „Ich sehe, dass meine Königin ihres Amtes gut gewaltet hat!", sagte er zufrieden. „Wer uns jetzt noch fehlt, ist Gawan. Also holt ihn herbei."

Als Sir Gawan das Zelt des Königs betrat, ging ihm Orgeluse mit ausgestreckten Armen entgegen, und er drückte sie an sein Herz. Dann sagte sie: „Majestäten und alle, die es hören: Ich gebe meine Hand und mein Herzogtum Ritter Gawan von Lothian und Orkney. Er hat mir redlich gedient und meine Liebe errungen."

Somit war dank des Geschicks und der Klugheit des englischen Königspaars der alte Groll aus der Welt geschafft. Was als grimmiges Duell geplant war, endete in Versöhnung, festlichem Gelage und einem glanzvollen Turnier, das den Gästen großes Vergnügen bereitete.

Gawan hatte nun eine wunderschöne Frau, ein Herzogtum, eine Burg … Aber das alles hielt ihn natürlich nicht davon ab, wieder auf die Queste zu gehen und Abenteuer zu suchen. Schließlich war er ein Ritter der Tafelrunde.

5
Wie Lancelot an Artus' Hof kam

Es hieß von ihm, er sei der beste Ritter aller Zeiten – nicht nur, was seine überragende Kampfkunst anging, sondern auch wegen seines wahrhaft ritterlichen Charakters. Lancelot war edelmütig, freundlich, besonnen, bereit zu vergeben. Er wäre der vollkommene Held gewesen, wenn sein Gemüt nicht von Schuld und Schwermut überschattet gewesen wäre – ähnlich wie das Parzifals, wenn auch aus anderen Gründen: Er war in leidenschaftlicher Liebe zu Ginevra entbrannt, der Frau seines Königs und Vorbilds, und sie liebte ihn ebenfalls.

Doch dazu später.

Wie es bei bedeutenden Menschen oft geschieht, gab es von seiner Herkunft und seiner Erziehung verschiedene Legenden. Dass er einer der Söhne von König Ban war, der Artus einst Waffenhilfe im Krieg gegen die Aufrührer aus dem Norden geleistet hatte, war allen gleichermaßen bekannt.

Andere jedoch wussten zu erzählen, dass Lancelot in seiner Kindheit zu den Wasserfrauen gebracht worden war, die ihn zu dem erzogen hatten, was er war – gemeinsam mit seinen Cousins Lyonel und Bohort. Und einige alte Geschichten behaupten sogar, dass es Nimue, Merlins geliebte Wasserfee selbst war, die den jungen Mann schließlich zu Artus brachte. Woher hatte er wohl den Beinamen „du Lac", also vom See?

Oft freilich wurden Knaben aus edlem Geschlecht früh von zu Hause fortgegeben, um eine ritterliche Erziehung zu genießen, wie Gawan und seine Brüder. Aber ob die Wasserfrauen wirklich in der Lage gewesen wären, einen Ritter wie ihn auszubilden, das sei dahingestellt. Denn der junge Mann hatte eine hervorragende Schule durchlaufen. Man hatte ihm vor allem beigebracht, dass eine Rüstung zu tragen das eine ist, aber Schnelligkeit, Können und Genauigkeit erst den Kämpfer ausmachen.

Lancelot war ehrgeizig, zäh und unerschrocken, und er war beseelt von dem Wunsch, einer von Artus' Tafelrunde zu werden: Als er noch ein Knabe war, hatte ihn der König ja mit lobenden Worten bedacht, damals in Britannien, und nun hatte er ihn zu sich rufen lassen. Artus war für den jungen Mann, wie für viele andere auch, der Inbegriff der Ritterlichkeit, und in der Nähe dieses Herrschers zu sein, vor seinen Augen zu kämpfen, war sein höchster Wunsch.

Seinen ersten Kampf bestand der junge Lancelot (kaum älter als Artus bei seiner Thronbesteigung) gegen einen wahrhaft würdigen Gegner. Nachdem er nämlich zu Schiff in England angekommen war, machte er sich auf den Weg nach

Camelot, nur begleitet von seinem Waffenmeister, der auch sein Schildknappe war.

Kurz vor dem Ziel stießen sie im Wald auf eine Lichtung, durch die sich ein klarer Bach schlängelte. Das Wasser glänzte im Sonnenlicht. Es war Sommer, die Waldtauben gurrten, die Luft roch nach blühendem Thymian. Die friedliche Stille wurde nur gestört durch einen großen Ritter in schwarzer Rüstung, der unbeweglich am anderen Ende der Schneise auf seinem Rappen saß. Das Wappen auf seinem Schild war durch einen Überzug verborgen. Wie er da so stand, als wäre er eine Reiterstatue, wirkte er ziemlich bedrohlich.

Lancelot und sein Begleiter ritten noch ein paar Schritte vorwärts, dann zügelten sie ihre Tiere, unschlüssig, was zu tun sei.

Der Ritter am Waldrand trieb sein Ross langsam durch den Bach, hielt in kurzer Entfernung vor den beiden an und grüßte mit seinem Speer. Lancelot erwiderte den Gruß, indem er seine Hand im Stulpenhandschuh erhob.

Der Ritter machte eine weisende Bewegung. Es war nicht klar, ob er mitteilen wollte, der andere solle sich zum Teufel scheren; oder zeigte er auf einen Ort, wo man kämpfen könnte?

Lancelot glaubte, das Letztere sei gemeint. Er ritt an den Rand der Lichtung zurück, zog sich den schweren Helm, der ihm an einer Kette auf dem Rücken hing, über den Kopf und ließ sich von seinem Waffenmeister eine Lanze und den Schild geben. Im Übrigen war er nicht gerüstet.

Bisher hatte noch keiner ein Wort gesagt.

Die beiden Ritter legten ihre Speere ein, gaben ihren Gäulen die Sporen und preschten aufeinander zu.

Lancelot tat einfach nur das, was er gelernt hatte. Er verlagerte sein Gewicht nach vorn, zielte genau und ging sofort in gestreckten Galopp über, während das Pferd des anderen noch am Zügel galoppierte. Seine Speerspitze zitterte keinen Augenblick. Er traf seinen Gegner genau an der richtigen Stelle, nämlich dicht unterhalb des Harnischs, der die Schulter schützte.

Der schwarze Ritter und sein Pferd verloren den Bodenkontakt, und da der Reiter sehr fest im Sattel saß, segelten Ross und Mann durch die Lüfte und wälzten sich dann in einem wilden Durcheinander von vier blitzenden Hufen und zwei geschienten Beinen auf der Erde. Schließlich entwirrte sich das Chaos; das Tier stemmte sich in die Höhe und lief auf und davon. Der Ritter saß auf dem Boden, nahm langsam mit beiden Händen den Helm ab und blinzelte verwirrt.

Lancelot war an ihm vorbeigaloppiert. Jetzt wendete er und ritt zurück, denn natürlich kam nun die zweite Phase der Tjoste, der Schwertkampf. Schon wollte er seine Waffe ziehen, da entdeckte er, dass die Pferdehufe bei dem Sturz den Schildüberzug seines Gegners zerfetzt hatten. Zum Vorschein gekommen war das Wappen: ein roter Drache auf weißem Grund …

Der junge Ritter warf seinen Speer fort, sprang vom Pferd und fiel vor dem anderen demütig auf die Knie: „König Artus! Majestät!"

Ja, es war Artus. Was aber hatte ihn in voller Rüstung an diese einsame Waldlichtung geführt? Schließlich war er ja nicht der Mann, der auszog, um ein Abenteuer zu bestehen, er hatte ein Reich zu regieren.

Nun, der Himmel hatte ihm ein Traumgesicht geschickt. In drei Nächten hintereinander hatte er geträumt, er solle an dieser Stelle im Wald unweit Carleons auf den besten Ritter der Welt warten, und da Artus seit Merlins Zeiten daran gewöhnt war, solchen Botschaften Glauben zu schenken, war er tatsächlich an diesem Morgen in voller Montur losgeritten!

Jetzt musterte er erstaunt den jungen Mann, der da vor ihm

kniete, und als es ihm dämmerte, zu wem diese dunklen Augen im hageren Gesicht, dieser unbändige Lockenschopf gehörten, brach er in schallendes Gelächter aus. „Wenn das nicht der Sohn von König Ban ist …! Lancelot, Lancelot du Lac, nicht wahr? Donnerwetter, wo hast du das gelernt? Du hast mich aus dem Sattel gehoben, dass es nur so eine Art hatte!"

„Sire", sagte Lancelot verlegen. „Verzeiht, ich wusste ja nicht … dass Ihr so allein im Wald …"

Artus hörte auf zu lachen. „Ich sollte hier auf den besten Ritter der Welt warten", murmelte er nachdenklich und musterte den jungen Mann. „Hm. Also …"

„Das habe ich tatsächlich vor zu werden!", erklärte Lancelot ernsthaft. Und Artus erinnerte sich, dass schon der Knabe damals so etwas zu seinem Ziel erklärt hatte …

„Es scheint mir, als hättest du dafür gute Aussichten", sagte der König entschlossen. „Also komm mit. An meiner runden Tafel ist ein Platz für dich vorbereitet."

„Sire, ich bin noch nicht einmal zum Ritter geschlagen!", sagte der junge Mann errötend.

„Nun, das lässt sich nachholen. Gleich morgen."

Gemeinsam zogen sie nach Camelot hinein, wobei Lancelots Waffenmeister zugunsten des Königs auf seinen Gaul verzichten musste und zu Fuß hinterherkam.

Unterwegs stellte Artus tausend Fragen nach dem Wohlergehen von Lancelots Vater König Ban und nach dem Zustand des Landes. Allerdings musste er dabei ständig den Kopf wenden, denn Lancelot hielt sein Pferd beharrlich eine halbe Länge hinter dem des Königs.

Schließlich verlor Artus die Geduld. „Kannst du nicht Kopf an Kopf mit mir reiten? Ich habe keine Lust, mich ständig nach dir umzudrehen!", sagte er.

Lancelot wurde wieder rot. „Das gehört sich nicht! Es ist gegen die höfische Sitte!", erklärte er schüchtern.

Artus lachte los. „Ach ja, ihr in Frankreich habt ja die höfische Sitte für euch gepachtet!“, sagte er.

„Nein, Sire! Der Hort allen Rittertums seid Ihr und Euer Hof und die Tafelrunde!“

„Ich habe nicht das Gefühl, dass du mir schmeicheln willst. Du meinst das wirklich so. Nun, ich fühle mich geehrt. Aber ich hebe jetzt die höfische Sitte auf und erteile dir den Befehl, direkt neben mir zu reiten.“

Lancelot gehorchte, und der König musterte ihn von der Seite, die geschmeidige und kraftvolle Gestalt, die auf dem Pferd saß, als würde sie gleichsam über dem Sattel schweben, die lässige Art, wie er die Zügel auf der Kruppe des Tiers abgelegt hatte und es nur mit den Schenkeln dirigierte. Der wird den Lords der Tafelrunde im Tjost zu schaffen machen!, dachte er fröhlich. Und die Damen … hm. Sein Blick glitt über das Profil unter dem dunklen Lockenschopf, die schmale, gerade Nase, den schönen, ausdrucksvollen Mund, das kräftige Kinn, den sehnigen, schlanken Hals. Als Herzensbrecher könnte er es wohl mit meinem Gawan aufnehmen, schloss er bei sich. Wenn er es denn darauf anlegen würde …

„Erzähl mir noch ein bisschen mehr von französischer Hofsitte!“, forderte er den Jüngling auf. „Wie hast du mich vorhin angeredet? Nicht Sir, sondern …“

„… Sire“, erwiderte Lancelot. „Sire oder Seigneur, so redet man jenseits des Meeres einen großen Monarchen an.“

„Hört sich gut an“, urteilte Artus. „Mir genügten Mylord oder Majestät bisher vollkommen.“

Der Junge wurde schon wieder rot! Nun, bei seiner Schüchternheit würde es wohl bei den Damen noch eine Weile sein Bewenden haben.

Unter solchen Plaudereien erreichten sie den Hof, und Artus konnte nicht verhehlen, dass er den jungen Mann ungemein sympathisch fand.

Warum Lancelot auf seine erste Queste zog

Eine solche Geschichte wie die von dem Tjost auf der Waldlichtung verbreitet sich wie ein Lauffeuer, ohne dass man genau sagen könnte, woher das Gerücht nun eigentlich stammt. Jedenfalls wusste es sehr bald jeder in ganz Camelot, dass sich König Artus von einem jungen Spund, der noch nicht einmal ein wirklicher Ritter war, hatte abwerfen lassen. Artus' Ansehen schmälerte das nicht – seine Qualitäten als Heerführer und Einzelkämpfer waren unbestritten. Aber die Angelegenheit umgab den Neuankömmling sogleich mit einer merkwürdigen Aura, so, als wenn irgendwo ein Wunderkind auftaucht. Neugierige Seitenblicke, Getuschel hinterm Rücken. Lancelot merkte von alldem nichts. Er schwebte im siebten Himmel, denn er war bei Artus, dem berühmten König Britanniens.

Gleich am nächsten Tag wurde er zum Ritter geschlagen, mit großem Gepränge und in Anwesenheit des ganzen Hofs. Artus selbst legte ihm die Sporen an und gab ihm die Akkolade, den Ritterschlag – jene adelnde Berührung der Schulter mit dem Schwert.

Und dann stellte er ihn Ginevra vor. Sehr förmlich.

„Mylady, das ist Sir Lancelot du Lac, und er wird der beste Ritter meiner Tafelrunde werden, dessen bin ich gewiss." Und dann fügte er lachend und vertraulich hinzu: „Er hat mich aus dem Sattel gehoben, dass mir Hören und Sehen vergangen ist, wie Ihr sicher schon gehört habt."

Lancelot beugte sich über die Hand der Königin, und dann sahen sie sich beide in die Augen, und es war um sie geschehen.

Es war Liebe auf den ersten Blick. Es war, als würde ihnen beiden feines Feuer durch die Adern rieseln. Alles um sie herum war versunken. Hatte Artus noch irgendetwas gesagt?

Gab es diesen Raum noch, in dem sie ja nicht allein waren, sondern mit anderen Herren und Damen? Redete jemand? Lachte jemand? Alles war fort …

Als der junge Mann sich endlich losgerissen hatte von diesem Magneten, als er in der Lage war, etwas anderes wahrzunehmen als die Goldaugen und das klare, schöne Gesicht mit den leicht aufwärts gebogenen Mundwinkeln, den sanft geschwungenen Brauen und dem golden glänzenden Haar, erklärte er sogleich mit belegter Stimme. „Majestät, gestattet mir, dass ich Lady Ginevras Ritter sein darf, wie es die höfische Sitte erlaubt. Der Königin zu dienen, der höchsten Dame des Landes, würde meine Waffen beflügeln. Ich würde alle Taten, die ich verrichte, ihr zu Ehren tun, und die von mir Besiegten zu ihr schicken, damit sie sich ihrer Gnade unterwerfen. Um ihren Ruhm zu vermehren, würde ich sogar wilde Bestien bekämpfen!"

„Ah, sogar wilde Bestien zum Ruhm einer Dame!" Artus lachte. „Wenn die Königin selbst damit einverstanden ist, werde ich nichts dagegen einwenden!", erklärte er dann freundlich und arglos.

Ginevra konnte nur nicken.

Natürlich kämpften sie gegen ihre Gefühle. Sie versuchten, sich aus dem Weg zu gehen. (Für Lancelot schien es undenkbar – noch! –, dass er sich der Frau seines von ihm so verehrten Herrschers nähern könnte …) Die Königin selbst ging mit Gebet, mit Fasten und mit strenger Erfüllung ihrer herrscherlichen Pflichten gegen diese Liebe an.

Und trotzdem liefen sie sich immer wieder über den Weg. Vermieden dabei, sich anzusehen, vermieden, miteinander zu sprechen.

Es half alles nichts. Ihre Sehnsucht nacheinander war übermächtig.

Zunächst jedoch gewährte das Schicksal den beiden eine

Atempause. Artus musste einmal wieder in den Krieg ziehen und nahm Lancelot mit, und der war froh. Er hoffte, der Feldzug würde ihm helfen, diese ungehörige Leidenschaft zu vergessen. Der Krieg brachte denn auch eine große Entfernung zwischen ihn und die Königin von England. Doch das war nur eine räumliche Entfernung …

Es ging um König Bors, der vor Jahren gemeinsam mit Lancelots Vater Ban zum Sieg gegen die verbündeten Nordkönige beigetragen hatte. Artus war ihm zur Bündnistreue verpflichtet. Nun wurde Bors angegriffen und bat Artus um Hilfe, und der König Britanniens rüstete seine Kriegsflotte aus und landete mit seiner Streitmacht in Frankreich, um Bors beizustehen.

Der Ritter vom See und seine beiden jungen Verwandten, Lyonel und Bohort, die ihm zu Schiff nach England gefolgt waren, reisten nun also wieder zurück in ihre Heimat, um an Artus' Seite zu kämpfen.

Hier erlebten Artus und seine Gefährten den jungen Lancelot das erste Mal in seinem Element. Mit Staunen sahen sie, wie sich dieser Ritter in der silberweißen Rüstung, die ihn überall kenntlich machte, schlug. Er war aber keiner, der nur rohe Kraft walten ließ, und vielleicht war das sein Geheimnis. Die Eleganz und Überlegenheit, mit der er seine Gegner anging und besiegte – das war etwas, das alle Maßstäbe sprengte. Er übertraf selbst die erfahrensten Streiter. Jeden Tag von Neuem sahen Artus und seine Männer mit Begeisterung, wie der Ritter du Lac sich im Duell mit einem oder zwei Gegnern auf dem Schlachtfeld hervortat.

Aber damit nicht genug. Bei alledem verlor Lancelot nie seinen kühlen Kopf. Selbst in den verzwicktesten Kampfsituationen behielt er den Überblick. Artus stellte fest: In diesem jungen Mann aus Frankreich steckte ein künftiger Feldherr. Bald übertrug er ihm selbstständige militärische Aufgaben.

Auf seine Zuverlässigkeit konnte man bauen – abgesehen davon, dass es als sicher galt: Er verlor keinen einzigen Zweikampf. Er war schneller als die anderen, er kannte nicht das geringste Zögern, wenn er den Gegner angriff, und offenbar war er bereit, da, wo andere lockerließen, noch festzuhalten, und dort, wo andere aufgaben, weiterzumachen.

Während der Zeit (es war fast ein ganzes Jahr) versuchte die Königin Ginevra nach besten Möglichkeiten, in England die Zügel in der Hand zu behalten. Aber das war nicht so einfach. Zwar war sie erzogen worden, zu regieren und zu kämpfen, aber die Zeit der Abwesenheit des Herrschers nutzten die stolzen Barone, um hier und da wieder ihre Position zu stärken. Auch waren sie nicht gewillt, sich von einer Frau Befehle geben zu lassen.

Und so trug es sich zu, dass das Unrecht im Land wieder das Haupt erhob und jene Willkür und Grausamkeit, die Artus mit Mühe unter Kontrolle gehalten hatte, aufs Neue ausbrach.

Als das Heer nach England zurückkehrte, gab es viel zu tun für den König und seine Ritter, und die Tafelrunde war mehr denn je vonnöten, um die Gerechtigkeit des Königs erneut in jeden Winkel des Landes zu tragen.

Während er im Feld war, hatte Lancelot wenig Zeit gehabt, an die ferne Königin zu denken. Aber nun, auf englischem Boden, je näher er dem Ort kam, wo sich Ginevra aufhielt, träumte er jede Nacht von ihr, und am liebsten wäre er dem Tross vorausgeeilt, nur um ihr schneller nahe zu sein.

Und Ginevra? Sie wusste nicht: Galt ihre Wiedersehensfreude eigentlich ihrem Mann – oder dem anderen? Als sie im Burghof stand und, gemeinsam mit ihren Frauen, die Heimkommenden mit Blumen im Arm begrüßte, sank sie in Artus' Arm und küsste ihn. Aber dann sah sie über seine Schulter hinweg in die dunklen Augen Lancelots, die sie unverwandt und mit verzehrender Leidenschaft ansahen, und sie erschauerte bis ins Mark. Nichts hatte sich geändert.

Natürlich wurde der Sieg mit einem Turnier gefeiert.

Die Königin saß neben ihrem Mann auf der Tribüne und erlebte atemlos, wie der schlanke junge Mann aus Frankreich, den sie nicht aus dem Kopf bekam, alle, aber auch alle aus dem Sattel hob. Mit der Anmut und Leichtigkeit eines Tänzers, gleichsam geschmückt mit seinem Wappenschild, dem roten Balken auf Silbergrund, nahm er es mit so erfahrenen Könnern wie dem meisterhaft streitenden Gawan, den viele für den besten der jungen Ritter hielten, oder dem gewandten und kraftvollen König Pellinore auf. Er blieb immer siegreich. Es gab niemanden, der gegen ihn ankam, und wenn er sich denn wirklich auf einen Schwertkampf einließ, nachdem er jemanden abgeworfen hatte, so hatte Ginevra das Gefühl, dass es eigentlich nur aus Höflichkeit geschah. Zunächst einmal griff er nicht an, gab dem Gegner Gelegenheit, gegen ihn vorzurücken, damit es den Zuschauern nicht langweilig wurde – und erledigte ihn dann nach zwei- oder dreimaligem Kreuzen der Klingen. Dann flog das Schwert des anderen meist in hohem Bogen in den Sand.

Schließlich musste Ginevra den Sieger ehren: mit einem Kranz und einem Kuss. Die goldenen Augen geschlossen, küsste sie jedes Mal die Luft vor seinen Lippen. Trotzdem war dem jungen Mann so, als würde die Welt in Flammen aufgehen, und sie selbst war einer Ohnmacht nahe …

Lancelot aber war verzweifelt. Wie sollte er das miteinander verbinden: die glühende Liebe zu dieser Frau und die Treue und Verehrung, die er Artus entgegenbrachte?

Ihm blieb nur eins: Entfernung zwischen sie beide zu bringen und den Hof so schnell wie möglich wieder zu verlassen.

Artus war überrascht und enttäuscht. Er hatte sich darauf gefreut, dass Lancelot an der Tafelrunde teilnahm, er war stolz auf den jungen Mann, den er an seinen Hof geholt und der sich in diesem Feldzug und bei jedem Tjost so großartig bewährt hatte. Er hatte sich ausgemalt, dass sie zu dritt, er, die Königin und Lancelot, des Öfteren zusammensitzen würden und dass er seine schöne Frau und seinen neuen Freund gemeinsam „genießen" konnte …

„Ihr seid doch kaum bei Hofe gewesen bisher, Sir Lancelot!", sagt er vorwurfsvoll. „Wollt Ihr uns Eure Nähe schon wieder entziehen? Warum wollt Ihr so schnell fort?"

„Es ist das Beste!", sagte der junge Mann und sah in eine Ecke.

„Wieso ist es das Beste?"

Lancelot ballte die Fäuste. „Aber dazu habt Ihr die Tafelrunde doch geschaffen, Majestät!", sagte er mit einer Heftigkeit, die Artus nicht verstand. „Damit die Gerechtigkeit des Königs ins Land hinausgetragen wird! Ich will auf die Queste gehen, auf die Hohe Suche, will Taten vollbringen! Und will meine Siege der Königin zu Füßen legen, deren Ritter ich bin!", fügte er leiser hinzu.

Die Königin schwieg dazu. Sie war die Einzige, die begriff, dass Lancelot nicht auszog, um neue Ehre zu gewinnen, sondern um seine und ihre Ehre zu retten.

Im Morgengrauen erwachte sie und hörte Hufschlag im Hof. Sie blieb liegen, faltete die Hände über der Brust. Er zog fort …

Sir Lancelots erste Aventiure

Weit im Süden Britanniens, an der Grenze zu Wales, lebten zwei Brüder namens Carados und Tarquin, das waren Übeltäter. Carados war bereits beim Feldzug der Nordkönige gegen Artus auf der Seite der Aufrührer gewesen, und es war wie ein Wunder, dass Artus ihn damals aus dem Sattel gehoben hatte, denn der Mann besaß gewaltige Körperkraft. Weder er noch sein Bruder dachten auch nur im Traum daran, auf ihren Ländereien das anzuerkennen, was man gemeinhin „des Königs Gerechtigkeit" nannte. Ganz im Gegenteil, diese beiden bösartigen Barone lebten nach Art der wilden Tiere: Sie machten sich über die Schwächeren her, pressten ihre Untertanen bis aufs Blut aus, und wenn sie Lust auf eine Rauferei hatten, überfielen sie vorüberziehende Edelleute ohne Ansehen der Person. Sir Tarquin hatte obendrein die Angewohnheit, seine Gefangenen zu drangsalieren, indem er ihnen die Kleider auszog und sie mit Brennnesseln peitschte.

Wirklich zwei üble Gesellen. Immer wieder hatten Ritter der Tafelrunde versucht, diesen wüsten Brüdern das Handwerk zu legen, aber bisher war es keinem gelungen. Ihre Größe und ihre rohe Kraft ließ sie erscheinen wie zwei vorzeitliche Riesen.

Während Lancelot nun seines Weges zog, mit den Gedanken immer mehr bei seiner Königin als bei dem, was ihm vielleicht begegnen könnte, stieß er unversehens auf einen der Brüder.

An einer Wegbiegung begegnete er einem Reiter von hünenhafter Gestalt, der ein ebenso gewaltiges Pferd ritt. Das Wappen auf seinem Schild war in der ganzen Gegend bekannt und Lancelot schon oft beschrieben worden, denn wo der Ritter mit diesem Wappen auftauchte, herrschten Angst und Schrecken. Die zwei roten Querbalken mit dem Hahn: Das konnte nur Sir Carados sein! Und über seinen Sattelknauf hatte er einen gefesselten, blutverschmierten Ritter geworfen, als wäre der ein Stück Vieh, ein Wild, das er im Wald geschossen hatte. Der Gefangene war wohl ohnmächtig, sein Kopf baumelte hin und her – ein Kopf mit roten Haaren.

Lancelot sah genau hin.

„Ist das etwa Sir Gawan?“, fragte er erschrocken. Lancelot war schockiert. Ein Ritter der Tafelrunde und zudem seit dem letzten Krieg in Frankreich auch sein Waffengefährte in so einer unwürdigen Lage! Offenbar war auch Gawan ausgezogen, diesen Unhold zu bekämpfen, kurz nachdem Lancelot die Königsburg verlassen hatte – und er war schmählich gescheitert.

„Wie behandelt Ihr denn Eure besiegten Gegner, ist das etwa ritterlich?“, fragte er den Hünen zornig.

„Ich rate Euch, kümmert Euch um Eure eigenen Angelegenheiten, wenn Ihr dem hier nicht bald Gesellschaft leisten wollt!“, sagte der andere und brachte sein Ross zum Stehen.

Gawan stöhnte. „Seid Ihr das, Sir Lancelot?“, fragte er mit schwacher Stimme. „Wollte Gott, Ihr könntet mir helfen!“

„Legt Euren Gefangenen ab“, forderte Lancelot. „Wir wollen einen Waffengang tun um das Leben dieses Mannes!“

Carados lachte höhnisch. „Das wird Euch übel bekommen!“, sagte er. „Aber wenn Ihr meint – ich bin bereit.“

Er stieß seinen gebundenen Gefangenen vom Pferd hinunter in das Gras, ging in Position und legte die Lanze ein, und schon stürmten die beiden aufeinander los.

Gegen das Streitross des Finsterlings nahm sich Lancelots Pferd wie ein Pony aus, und er selbst, rank und schlank und sehnig, wirkte vor der gewaltigen Muskelmasse von Carados fast wie ein Knabe. An Körperkraft war ihm sein Gegner weit überlegen.

Aber Carados baute nur auf rohe Gewalt, und gegen Lancelots kluge Finten beim Lanzenritt kam er nicht an. Beim zweiten Ansturm taumelte er im Sattel und stürzte.

Aber Carados hatte nun gemerkt, dass er keinen leichten Sieg davontragen konnte. Er drang massiv mit seinem riesigen Schwert auf Lancelot ein. Zunächst ging der nur in

Verteidigungsposition, um die Schwächen seines Gegners auszuspähen. Dann begann er anzugreifen. Der Kampf dauerte eine Stunde, und während Carados zunehmend matter wurde, schienen Lancelots Kräfte noch zu wachsen. Endlich holte er zum entscheidenden Hieb aus. Er täuschte eine Schwäche vor und duckte sich hinter seinen Schild, und als Carados sich eine Blöße gab und ausholte, um ihn zu erledigen, wirbelte Lancelot blitzschnell herum und schlug dem Unhold den Kopf ab.

Gawan hatte die Auseinandersetzung zunächst mit Bangen und dann mit steigender Spannung verfolgt.

Als Lancelot nun seine Fesseln löste, sagte er bewundernd: „Was für ein Kampf! Ihr seid wirklich auf dem Weg, der Beste von uns allen zu werden. Wo sogar jemand wie ich versagt hat, da habt Ihr einen glorreichen Sieg davongetragen. Kein anderer als Ihr hätte das gekonnt! Ich glaube, das liegt daran, dass Ihr vor allem mit dem Kopf kämpft!"

Lancelot lächelte verlegen und wischte sich den Schweiß von der Stirn …

Dann trennten sich die Wege der beiden, Gawan ritt zurück nach Camelot, und Lancelot, der Ritter vom See, zog weiter und vergaß diesen Carados, den er eben erst erschlagen hatte, völlig. Vor allem vergaß er, dass der Tote ja noch einen Bruder hatte. Und dieser Bruder war am Leben.

Wie Lancelot unter einem Apfelbaum einschlief und was ihm anschließend begegnete

Ein paar Tage später auf seiner Fahrt traf Lancelot unversehens auf Lyonel, seinen Verwandten. Der junge Mann war als frischgebackener Ritter der Tafelrunde ebenfalls auf der Queste, während der andere Vetter, Bohort, nach Frankreich zurückgekehrt war. Lyonel hingegen wollte seine ersten Kämpfe gegen Ungerechtigkeit bestehen und war sehr froh darüber, dass Lancelot nichts dagegen hatte, mit ihm gemeinsam über Land zu ziehen. Er erhoffte sich eine angenehme Reise.

Aber wenn Lyonel gedacht hätte, die gemeinsame Fahrt sei auch unterhaltsam, so hatte er sich geirrt. Tagaus, tagein war Lancelot mit seinen Gedanken bei Ginevra. Nichts konnte ihn ablenken von seiner Sehnsucht. Lyonel hatte nicht erwartet, dass sein Onkel so schweigsam sein und dass er zudem so matt und erschöpft wirken würde.

Es war ein heißer Sommer, die Sonne brannte unbarmherzig auf die Rüstungen der Männer und verwandelte ihre Schutzkleidung in kleine Hitzehöllen. Als es Mittag wurde, schlug Sir Lyonel vor, Rast zu machen. Lancelot war einverstanden. An einer Hecke fand sich ein Apfelbaum, der umsummt war von Fliegen und Bienen. Das Gras stand hoch, Glockenblumen und Margeriten machten die Stelle zu einem lieblichen Ort.

Sir Lancelot streckte sich unter dem Baum aus, den Helm als Kopfkissen, und schlief augenblicklich ein.

Sein Neffe erlebte es nicht zum ersten Mal, dass der andere so tief in Schlaf verfallen konnte, als könne nichts auf der Welt ihn wecken. Er stürzte sich gleichsam in den Schlaf, so, als wolle er vor etwas fliehen, fand Lyonel, und mit dieser Beobachtung hatte er mehr recht, als er ahnte, denn der ständige innere Kampf um seine verbotene Liebe zu Ginevra raubte dem jungen Ritter alle Kräfte seiner Seele und zermürbte sein Inneres.

Lancelot also schlief, und Lyonel saß neben ihm und wehrte die Fliegen ab, die das Gesicht des Schläfers umsummten. Er sah ihn an, und ihn rührte der seltsame Ernst dieses Gesichts unter dem unbändigen Lockenschopf. In diesem Moment wünschte sich Sir Lyonel nichts so sehr, als diesem mutigen und traurigen Mann verbunden zu sein, mehr als nur durch Blutsbande – vielleicht durch eine besonders tapfere Tat …

Und die Gelegenheit dazu ließ nicht auf sich warten.

Plötzlich bebte der Boden. Drei gewappnete Ritter rasten in kopfloser Flucht über die Grasebene, verfolgt von einem Einzelnen – einer riesenhaften Gestalt auf einem ebenso riesigen Pferd.

Voller Entsetzen sah der junge Mann, wie der Verfolger die drei einfach niederritt, sie zusammenschnürte, dass sie sich nicht regen konnten, und wie erbeutetes Wild über die Sättel ihrer eigenen Gäule warf.

Lyonel warf einen Blick auf seinen Cousin. Der schlief und rührte sich nicht. Der Augenblick schien ihm da, selbst Ruhm zu erwerben. Er schwang sich also in den Sattel seines Pferds und rief dem gewaltigen Kerl zu: „Gebt die Gefangenen frei, oder stellt Euch zum Kampf!“

Der Ritter lachte. Er bestieg in aller Ruhe wieder sein Pferd und erwiderte: „Was für Ehre sollte es mir wohl einbringen, mit einem kleinen Jungen wie Euch die Klingen zu kreuzen?“

Nun war Sir Lyonel allerdings zu seinem Leidwesen wirklich nicht sehr groß gewachsen – und jedes Mal, wenn ihn jemand daran erinnerte, geriet er in Wut.

So natürlich auch jetzt. Er legte die Lanze ein, preschte gegen den großen Ritter an und versetzte ihm einen mächtigen Stoß.

„Wacker, wacker!“, höhnte der. „Aber ich habe wirklich keine Lust, mit Kindern zu kämpfen.“

Lyonel warf einen Blick zur Seite. Lancelot lag unterm Apfelbaum und schlief …

„Kämpft, oder ergebt Euch!“, schrie er wütend.

„Weder das eine noch das andere!“, erwiderte der Ritter spöttisch.

Beim nächsten Waffengang warf er auf halbem Weg Lanze und Schild weg, duckte sich unter Lyonels Speerspitze, griff den jungen Mann mit einem Arm (der so stark war wie Stahl) um die Hüfte und riss ihn vom Sattel. Lyonel zappelte und wehrte sich, aber der Druck dieses Arms war so stark, dass ihm die Luft wegblieb und das Blut in seinen Augen pochte. Der Mann schmiss ihn vor sich aufs Pferd. Die Welt drehte sich um Lyonel, und er verlor das Bewusstsein.

Die Nachmittagshitze ließ die Luft flirren, drückende Gewitterwolken zogen am Horizont auf, und die Rufe der Vögel waren verstummt.

Lancelot schlief unterm Apfelbaum, im dünnen Schatten des Geästes. Der Kampflärm war nicht in die Tiefen seines Schlafs gedrungen, und er wachte auch nicht auf, als ein Reiterzug mit Hufgetrappel und Glockengeklingel daherkam. Von Kopf bis Fuß gewappnete Ritter mit geschlossenen Visieren bildeten Vorhut und Nachhut einer prächtigen Gruppe. Unter einem grünen Baldachin, der von vier Kriegern getragen wurde, trabten auf ihren Zeltern vier Königinnen daher, geschmückt mit ihren fantastisch geformten Kronen und schön wie die Nacht. Es waren aber allesamt Hexen, und sie befanden sich auf dem Weg zu einer uralten Feste namens Jungfrauenberg, um dort Zaubertränke zu brauen und auszuprobieren. Eine von ihnen war die Anführerin. Ihr schwarzes Haar wehte, obwohl kein Wind war, und ihre nachtdunklen Augen glühten in unheimlichem Licht. Es war keine andere als Morgan le Fay, die verruchte Halbschwester von König Artus. Sie lebte in ihrem Land Gore, aber zu bestimmten Zeiten, wenn die Sterne günstig waren, traf sie sich mit den drei anderen Königinnen, um weiteres Unheil zu schaffen.

Als die vier sich dem Baum näherten, schnaubte Lancelots Streitross und stampfte unruhig mit den Hufen, denn Tiere spüren das Unheimliche und Ungeheure genauso gut wie Menschen. Lancelot jedoch schlief weiter, wenn auch sein Gesicht zuckte und seine Fäuste sich langsam öffneten und schlossen.

Die Königinnen aber hatten das Pferd gehört, befahlen ihrem Tross anzuhalten und sahen hinüber zum Apfelbaum.

Es war still. Dann sagte Morgan le Fay halblaut: „Ich habe in meinen Zauberspiegel geschaut. Das ist Sir Lancelot du Lac, der einmal der beste Ritter der Welt werden wird."

Die vier saßen ab und näherten sich dem Schlafenden wie ein Rudel Wölfe, das eine Beute einkreisen will.

„Wenn er einmal der beste Ritter der Welt sein wird, dann ist er etwas für uns. Wir sammeln schließlich bedeutende Dinge", sagte die eine, und die anderen drei nickten Beifall.

„Wie er da liegt!", bemerkte eine andere. „Wie die Unschuld in Person. Es fehlte nur, dass er die Hände faltet, und er könnte ein junger Mönch sein!"

„Ein junger Mönch?", sagte die erste wieder und lachte. „Eine meiner Krähen, die für mich alle Gerüchte sammeln, kam durch die Luft herbei und flüsterte mir zu, dass zwischen der Königin und ihrem Ritter allerlei stattfindet – oder stattfinden wird! Ich kann mir gut vorstellen, dass das stimmt!"

Morgan le Fay fletschte die Zähne. „Mit dieser Lady habe ich ohnehin noch vor, abzurechnen. Sie sitzt auf dem Thron, der mir gebührt! Sehr schön, dass wir ihren Liebsten hier bei uns haben!"

„Seht nur, liebe Schwestern, seht nur, was für einen schönen Mund er hat. Und diese geschwungenen Augenbrauen!", sagte die dritte und leckte sich die Lippen. „Und der Hals! Wie sehnig und schlank zugleich er aus dem Metall der Rüstung aufsteigt! Ach, ich wollte, ich könnte mehr von ihm anschauen!"

„Dazu werden wir noch Gelegenheit bekommen!", sagte

Morgan le Fay. „Aber wir sollten zunächst zusehen, dass er nicht aufwacht, jetzt, wo er noch gepanzert und bewaffnet ist! Solche Männer können gefährlich sein." Sie zog unter ihrem hermelingefütterten Mantel eine Phiole vor und träufelte daraus ein paar Tropfen eines schwarzen Saftes auf Lancelots Lippen. Der Schlafende leckte sie ab. Er verzog das Gesicht, so bitter war das Hexengebräu. Und nun glitt er in andere, magische Schlaftiefen.

Morgan lachte auf und klatschte in die Hände. „Wir wollen ihn mitnehmen in die Burg", sagte sie, „und dann ..." Ihre Blicke wanderten zwischen den drei anderen hin und her. „Oh, ich weiß wohl, Schwestern, dass ihr alle gern so einen Leckerbissen hättet. Wir werden ihm die Wahl lassen. Er soll selbst entscheiden, mit wem er das Bett teilen will, und wir werden ihn so umgarnen, dass er glaubt, er habe sich freiwillig in die Klauen derer von uns begeben, der er zufällt."

Und sie ließen den Schlafenden auf seinen Schild legen und führten ihn und sein Ross mit sich.

Sir Lancelot in der Burg der Königinnen

Als der Ritter erwachte, befand er sich in völliger Dunkelheit. Seine Rüstung und seine Waffen waren fort. Er lag in Hemd und lederner Hose auf eiskaltem, glitschigem Steinfußboden. Sein Kopf schmerzte, und er konnte sich an nichts erinnern. Unter einem Apfelbaum war er eingeschlafen – wie war er in dieses Verlies gekommen? Und wo war Lyonel?

Er sprach ein Gebet, schloss die Augen und dachte an Ginevra. Als er die Lider wieder aufschlug, stand vor ihm ein Mädchen mit einer Kerze in der einen und einer rissigen irdenen Schüssel in der anderen Hand und sagte artig: „Geht es Euch gut, Herr Ritter?"

Lancelot warf einen Blick auf die nackten Steinwände seines Gefängnisses und auf die Tür aus schweren Eichenbohlen, dann erwiderte er: „Das kann ich nicht behaupten, schönes Fräulein. Ich weiß nämlich weder, wie ich hierhergekommen bin, noch wer mich gefangen hält."

Das Mädchen stellte die Schüssel ab – darin befanden sich abgenagte Knochen und eingeweichtes Brot – und sagte: „Die Königinnen halten Euch hier gefangen, Sir, so wie mich übrigens auch."

„Was für Königinnen?"

„Die Königin von Gore", zählte sie auf, „die Königin von den Äußeren Inseln, die Königin von Nord-Galis und die Königin von Ostland. Und alle vier sind Hexen."

„Hexen?" Lancelot kreuzte die Finger zur Abwehr böser Geister. „Und die halten mich hier fest?"

Das Fräulein nickte. „Sie haben mir befohlen, Euch Euer Abendessen zu bringen", sagte sie und wies auf den ekelhaften Fraß in der Schüssel. Dann beugte sie sich vor, hob ihre Kerze, um den Ritter besser sehen zu können, und fragte halblaut: „Stimmt es, dass Ihr wirklich Sir Lancelot du Lac seid?"

Lancelot seufzte: „Ich fürchte, das stimmt", sagte er bedrückt. „Doch das nützt mir hier und jetzt wirklich gar nichts. Möglicherweise ist das ja der Grund, dass ich hier sitze."

„Hm", sagte das Mädchen. „Aber vielleicht kann es Euch doch bald von Nutzen sein. Es wäre möglich, dass ich Euch helfen kann – wenn Ihr mir versprecht, auf einem Turnier zu kämpfen, für meinen Vater, der …" Sie unterbrach sich, lauschte nach draußen. „Ich sollte hier vielleicht nicht zu lange mit Euch plaudern. Ich darf mich nicht verdächtig machen, indem ich zu lange hierbleibe. Morgen erfahrt Ihr mehr."

Damit huschte sie zur Tür.

„Lasst mir wenigstens die Kerze!“, rief Lancelot ihr nach, aber sie war schon fort, der Schlüssel quietschte, und die Riegel der Tür fielen rasselnd in ihre Halterungen.

In der tiefen Dunkelheit tastete der künftige beste Ritter der Welt nach dem Hundenapf mit den Essensresten, die ihm zum Nachtmahl bestimmt waren, und bemühte sich, an eine Lösung zu denken, wie er entkommen könnte.

Ihm fiel eine Geschichte ein, die er an Artus' Hof gehört hatte. Der König hatte sich, als er Gefangener von Sir Damas war, auch mit einem Turnier (damals war es ein – inzwischen verbotenes – Gottesgericht) aus dem Kerker retten können, und auch ihm hatte ein Fräulein die Botschaft gebracht. Merkwürdige Zufälle.

Er verbrachte die Nacht mehr schlecht als recht. Und er fürchtete sich.

Am nächsten Morgen erwachte Lancelot wie immer mit Gedanken an seine geliebte Königin. Aber während er noch seinem Traum nachhing (in diesem Traum hatte sich Ginevra gerade über ihn gebeugt und geküsst, aber nicht nur keusch die Luft vor seinen Lippen berührt wie auf den Turnieren!), geschahen wundersame Dinge. Plötzlich erhellte ein sanftes Licht den Kerker, am Boden zwischen den Fugen der Steinplatten sprossen Gräser und Blumen hervor, die Wände überzogen sich mit Schlingpflanzen, Düfte wehten herein. Und als Lancelot an sich heruntersah, trug er ein weiches, lang herabwallendes Gewand, goldgelb wie Krokusse im Frühling.

Das konnte nur das Werk der Hexenköniginnen sein. Sicher hatten sie vor, in diesem Kerker zu erscheinen.

Lancelot sprang auf und machte sich bereit für die Begegnung, die gleich stattfinden musste, und vorsichtshalber kreuzte er seine Finger hinter dem Rücken.

Dann öffnete sich die schwere Eichentür, sie sprang auf wie von selbst, und herein rauschten die vier Königinnen, gekrönt, geschmückt, geputzt und mit Wangen so lieblich wie Rosenblätter.

Sie verbeugten sich vor ihm, und er erwiderte höflich ihre Verneigung.

Dann ergriff Morgan le Fay das Wort. „Sir Lancelot vom See, wir freuen uns, Euch bei uns begrüßen zu dürfen – den wahrscheinlich besten Ritter der Welt."

„Die Freude wäre ganz auf meiner Seite", erwiderte er, „wenn ich nicht die Nacht in einem dunklen Verlies hätte verbringen müssen, meiner Waffen und der Rüstung beraubt, mit ein paar alten Knochen als Speise. Warum habt Ihr mich gefangen genommen?"

Die schönen Damen lachten gurrend und wiegten sich in den Hüften, und Lady Morgan fuhr fort und steuerte direkt aufs Ziel zu: „Wir fanden Euch schlafend unter einem Apfelbaum, Herr, und kamen übereinstimmend zu der Meinung, dass Ihr zu schade seid für ein Liebesverhältnis mit Königin Ginevra, die längst nicht so schön ist wie wir."

Lancelot stockte der Atem ob des unverhohlenen Angebots.

„Ich habe kein Liebesverhältnis mit Königin Ginevra", erwiderte er ernst – und wahrheitsgemäß. „Die Königin von Britannien ist ihrem Gatten treu. Ich liebe und verehre sie deshalb und werde ihr nie zu nahe treten."

Die vier Hexen wollten sich ausschütten vor Lachen. So etwas schien ihnen so unglaubwürdig wie Schnee im August.

„Und außerdem ist sie die schönste Frau der Welt", ergänzte Lancelot.

„Sir", sagte Morgan, „lassen wir beides dahingestellt sein. Jetzt zu unserem Anliegen. Es ist nicht zu leugnen, dass wir alles haben, was das Herz begehrt. Reichtum und Macht,

Schönheit und Ansehen. Und wenn wir etwas besitzen wollen, so bekommen wir es auch. Aber solch eine Seltenheit wie den Liebhaber der Königin Britanniens, der gleichzeitig der vollkommene Ritter ist, so etwas besitzen wir noch nicht und würden es gern haben. Nun ist es aber so, dass wir nicht sehr gern teilen. Jede von uns will das, was sie begehrt, ganz für sich allein haben, und deshalb kamen wir schon häufig in Streit. Nur, so ein Streit ist meistens dem Ding, um das wir stritten, nicht gut bekommen. Es war danach immer so zerfetzt und zerrissen, dass es eigentlich keine von uns mehr gebrauchen konnte." Sie lächelte süß. „So erging es auch den Männern, die wir gemeinsam begehrten. Darum haben wir diesmal beschlossen, dass die Wahl bei Euch liegt. Seht uns an, und sagt dann: Welche von uns wollt Ihr zur Geliebten nehmen?"

Lancelot sah von einer zur anderen. Dann erwiderte er: „Es tut mir leid, Madam. Ich will auf keinen Fall unhöflich sein. Aber ich habe nicht vor, irgendeine von Euch zu nehmen."

Die Königinnen fauchten vor Wut. „Nun, dann werdet Ihr in diesem Verlies vermodern und verhungern!"

„Ladys, ich denke, dass mir das beinah lieber sein wird. Im Übrigen wäre es ehrenvoller, wenn Ihr mir meine Waffen geben würdet und mir Männer schickt, mit denen ich mich im Kampf messen kann, damit ich wenigstens wie ein Ritter untergehe!"

„Das könnte dir so passen, du Sohn eines Schweins!", bemerkte Morgan hämisch und hatte auf einmal alle höfische Form vergessen. „Du wirst es noch bedauern, dass du uns abgewiesen hast. Du hast ja keine Ahnung, was wir uns noch für dich ausdenken werden!"

Dann machten die vier auf dem Absatz kehrt und rauschten hinaus, und mit ihnen verschwanden die Blumen und Düfte, Schlingpflanzen und Gräser, das schöne Gewand Lancelots – und natürlich auch die Lichter.

Lancelot hatte das junge Fräulein mit dem ekligen Abendessen und dem angedeuteten Versprechen auf Hilfe fast vergessen und sann darüber nach, wie er, wenn die Tür beim nächsten Mal geöffnet wurde, zuspringen und den Ankömmling überwältigen könnte, denn er wollte sein Leben teuer verkaufen, wenn es schon keinen Ausweg gab.

So hätte er das Mädchen, als es denn unerwartet erschien, beinah erwürgt. Zum Glück merkte er seinen Irrtum noch rechtzeitig.

„Herr", sagte das Mädchen, als es wieder Luft bekam – Lancelot entschuldigte sich reuevoll –, „die Stunde für eine Flucht könnte nicht günstiger sein. Die vier Königinnen sind in der großen Küche. Sie haben einen Kessel aufgestellt, um ein Zauberelixier zu brauen, das bestimmt ist, Euch zu umnebeln, und werfen grässliche Dinge hinein. Leichenfinger, Schierlingskraut, Fett vom Bauch der Gehenkten. Und auch Kröten und junge Kätzchen, manche davon leben noch. Dazu trinken sie ein Gebräu, das zuerst munter macht, dann aber unendlich müde, weil der Extrakt des Schlafmohns darin enthalten ist."

„Woher wisst Ihr das alles?", fragte Lancelot misstrauisch. „Wollt Ihr selbst die Hexerei erlernen?"

„Gott bewahre! Ich habe durch den Spalt der Küchentür gelugt", erwiderte die Kleine. „Keine Sorge, ich fliehe genauso wie Ihr. Aber Ihr müsst mir erst ein Versprechen geben. Sonst helfe ich Euch nicht."

„Was denn für ein Versprechen?", fragte Ritter Lancelot entnervt. Doch dann erinnerte er sich, worüber er gestern mit dem Mädchen geredet hatte.

„Versprecht mir bei Eurer Ehre, bei einem Turnier für meinen Vater zu kämpfen."

„Hoffentlich kein Gottesgericht – das hat der König untersagt!“

„Nein, Sir, ein ganz gewöhnliches Turnier. Aber sein Gegner hat drei Ritter zur Hilfe. Es soll ein Massenkampf, ein Buhurt werden. Mein Vater könnte verlieren, wenn Ihr nicht für ihn streitet!“

„Wer ist Euer Vater?“

„König Bagdemagus!“

Lancelot nickte wissend. Er kannte den Herrscher vom Feldzug, den König Artus kürzlich in Frankreich für König Bors geführt hatte. „Das ist ein tapferer und ehrenwerter Mann. Ich werde gern für ihn kämpfen“, erwiderte er deshalb und dachte: Wenn es weiter nichts ist …

Und so nahm ihn das Fräulein an der Hand und führte ihn auf Zehenspitzen über dunkle Gänge durch zwölf Türen mit jeweils zwölf Schlössern bis zur Torstube, wohin sie umsichtig seine Rüstung gebracht hatte, half ihm, den Brustpanzer anzulegen und führte ihm schließlich sogar sein Streitross aus dem Stall zu. Sie hatte alles wirklich gut vorbereitet.

„Begebt Euch zum Kloster der weißen Mönche, ein paar Stunden von hier, und wartet dort auf mich und meinen Vater!“, sagte das Mädchen. „Und denkt daran, Ihr habt es versprochen!“

Dann schwang sie sich ihrerseits auf ihr Pferd und ritt in gestrecktem Galopp davon, denn auf eine Begegnung mit Morgan le Fay und ihren Freundinnen hatte sie keine Lust, nachdem sie deren Gefangenen freigelassen hatte.

Der Morgen dämmerte. Die ersten Vögel begannen zu zwitschern. Ein Reh brach durchs Unterholz und verschwand in langen Sätzen in der Tiefe des Waldes. Alles war friedlich und freundlich.

Mit tiefen Atemzügen sog der Entkommene den Duft des

Waldes ein, füllte seine Lungen nach dem Moderdunst des Kerkers mit der klaren Luft der Freiheit. Was für ein gutes Gefühl, wieder den Druck der Rüstung auf den Schultern und unter sich den warmen Leib des Pferdes zu fühlen! Seine einzige Sorge galt seinem Neffen Lyonel. Irgendwo musste er ihn finden …

So ritt er in den beginnenden Tag hinein – und dann geschah das, was Menschen zustoßen kann, wenn sie tödlicher Gefahr entkommen sind und sich in Sicherheit fühlen: Eine große Ermattung überkam ihn, seine Wachsamkeit ließ nach, und er verfehlte den Weg. Er verritt sich hoffnungslos in diesem Wald, fand die Straße zu jenem Kloster nicht wieder und war am Ende des Tages nur noch müde.

Ich muss mich ausruhen, dachte er. Ich habe keinen klaren Kopf mehr, und einem Kampf gegen Bagdemagus' Gegner würde ich mich im Augenblick wirklich nicht gewachsen fühlen.

Die Sonne stand schon tief, als er eine Lichtung erreichte, auf der sich ein rotes Zelt befand, das im Abendlicht zu glühen schien. Lancelot ritt näher heran und rief höflich: „Gott zum Gruße dem Besitzer dieses Zeltes! Ist es erlaubt, näher zu kommen?"

Als aber niemand antwortete, saß er ab und hob den Vorhang. Drinnen gab es keine Menschenseele, aber ein großes Bett mit Daunenkissen und Decken aus Eichhörnchenfell.

Als Sir Lancelot diese Lagerstatt sah, spürte er erst, wie müde er war! Er hatte das Gefühl, keine halbe Meile mehr weiterreiten zu können. Er sagte sich: Der Besitzer dieses wundervollen Betts wird sicher nichts dagegen haben, wenn ich hier eine kleine Rast einlege.

Lancelot sattelte sein Pferd ab und ließ es grasen, zog die Rüstung aus, hängte Schwert und Schild an einen Baum und legte sich drinnen auf das Bett. Es war himmlisch weich. Er zog die Decke bis zur Nasenspitze, nahm eins der Kissen in den Arm, drückte es ans Herz (anstelle von Ginevra) und war augenblicklich eingeschlafen.

Und dann kamen die Träume. Sie führten ihn ins Land seiner Wünsche und Sehnsüchte, das er sonst allein zu durchstreifen pflegte, aber diesmal, so sein Traum, legte sich ein warmer Körper zu ihm (war es die Königin?), ein Mund drückte sich auf den seinen, und mit erwachter Leidenschaft begann er, Küsse und Liebkosungen zu erwidern – bis zu dem Moment, als er aus den Schlaftiefen heraus in die Wirklichkeit zurückkehrte und spürte, dass der Arm, der seine Hüfte umklammerte, mit stählernen Muskeln bepackt war und die Wange, an die er sein Gesicht schmiegte, rau von Bartstoppeln war.

Mit einem Schrei fuhr er auf und sprang aus dem Bett. Hatten die Königinnen ihm ihre bösen Geister nachgeschickt, die ihn jetzt auf besonders ausgesuchte Weise quälen sollten?

Er riss den Zeltvorhang auf. Im Schein des Mondlichts, das nun hereinfiel, sah er einen nackten Mann auf dem Bett sitzen, der ihn genauso entgeistert anstarrte wie er ihn.

„Was ist das für eine Schändlichkeit, einen Schlafenden auf solch eine Weise zu überfallen!“, schrie Lancelot.

„Ja, was habt Ihr denn in meinem Bett zu suchen?“, brüllte der andere, genauso wütend, zurück. Lancelot hörte gar nicht hin. Er hob die Fäuste, und dann gingen sie aufeinander los und rollten aus dem Zelt hinaus auf den Rasen. Der Ritter der Tafelrunde erhielt ein blaues Auge, aber auch im Faustkampf war er überlegen, und irgendwann saß der andere mit blutender Nase, aufgeplatzter Lippe und ausgekugelter Schulter im Gras und ächzte: „Gebt Frieden! Lasst uns die Sache klären!"

Lancelot fuhr sich mit beiden Händen ins Haar. „Was sollte das? Was ist bloß in Euch gefahren?", fragte er.

„Das ist mein Zelt und mein Bett!", erklärte der andere. „Und ich habe hier eine Dame erwartet. Als ich mich hinlegte und einen Körper neben mir spürte, da dachte ich … Und erst, als Ihr auffuhrt, da merkte ich …"

Er schüttelte den Kopf und stöhnte. „Was hattet Ihr denn hier zu suchen?"

„Ich war lange unterwegs. Das Bett war so verlockend, da habe mich niedergelegt! Und dann … dann habe ich geträumt …"

Lancelot spürte, dass er rot wurde.

„Nun gut", gab der andere zurück. „Aber darum hättet Ihr Euch danach doch nicht wie ein Rasender auf mich stürzen müssen, als wenn Ihr mich umbringen wolltet! Ich kann meine Schulter überhaupt nicht bewegen!"

„Es tut mir leid", sagte Lancelot kleinlaut. „Aber ich hatte in der letzten Zeit mit scheußlichen Hexenfrauen zu tun. Da dachte ich, sie hätten mir irgendeinen Unhold geschickt, und wollte mich wehren."

„Sehr überzeugend hört sich das nicht an!", brummte der Verletzte und wischte sich das Blut aus dem Gesicht.

„Glaubt Ihr mir nicht?"

„Ich werde mich hüten, so etwas zu sagen! Dann geht Ihr vielleicht gleich wieder auf mich los!"

„Bestimmt nicht!", versicherte Lancelot. „Ich sagte doch, es tut mir leid. Kommt, lasst Euch aufhelfen. Ich führe Euch zu Eurem Bett."

Kaum hatte er seinen „Gegner" ins Zelt geführt, da war draußen auf der Lichtung Hufschlag zu vernehmen. Hastig bedeckten die beiden Kämpfer notdürftig ihre Blöße – keinen Augenblick zu früh, denn schon öffnete eine Hand den Türvorhang, und eine anmutige Dame, eine Blendlaterne in der Hand, trat ein.

Als sie die beiden mit ihren zerschlagenen Gesichtern sah, schrie sie auf: „Gütiger Gott! Was ist hier passiert? Liebster, was hat man dir angetan?“ Sie fiel neben dem Bett auf die Knie, zog ihr Tüchlein hervor und begann, das Gesicht ihres Geliebten zu säubern.

Der sagte: „Das müsst Ihr wohl erklären, Herr. Ich verstehe es immer noch nicht so ganz.“

Betreten und stotternd erzählte Lancelot dem Fräulein den Vorfall (natürlich erwähnte er die Hexen der Dame gegenüber nicht und nannte auch nicht seinen Namen), und bald musste er feststellen, dass es um die Mundwinkel der schönen Frau zuckte und dass sie nur mit Mühe ein Lachen unterdrückte. Als er geendet hatte, sagte sie: „Das ist eine verquere Geschichte. Und vor allem ist sie sehr komisch. Ob Ihr wohl so gut seid und dort hinten an der Quelle einen Helm voll Wasser schöpft, damit wir die Verletzungen dieses Ritters kühlen können?“

Eilfertig machte sich Lancelot auf, um ihren Wunsch zu erfüllen. (Bei der Gelegenheit konnte er auch endlich in Hemd und Hose schlüpfen, denn er war immer noch halb nackt.)

Als er zurückkam, sah ihm das Liebespaar, Hand in Hand, erwartungsvoll entgegen. Die Lady sagte: „Herr, Ihr werdet verstehen, dass ich meinen Namen nicht nenne, denn es wäre meiner Ehre nicht zuträglich, wenn man erfahren würde, dass ich mich nachts mit einem Ritter treffe. Meine Ehre wäre also gewahrt. Der edle Lord hier neben mir, den Ihr so verletzt habt, ist Sir Bellias, und ihm ist gewiss kein Vorwurf zu machen, denn alles war ja nur eine Verwechslung. Aber was ist mit Eurer Ehre, Sir?“

„Wie meint Ihr das, Madam?“, fragte Lancelot unruhig und hielt dem Fräulein den Helm hin, damit sie ihr Tüchlein befeuchten und die Schulter ihres Liebsten kühlen konnte.

Sie musterte ihn eingehend. „Ich war schon einmal in Camelot am Hof des Königs und habe mir mit meinem Vater ein Turnier angeschaut und glaube, Euch wiedererkannt zu haben, trotz Eures blauen Auges. Ihr seid Sir Lancelot du Lac, nicht wahr?“

„Das kann ich nicht leugnen!“, erwiderte er mit einem Seufzer. Ihm war gar nicht wohl in seiner Haut.

„Nun“, fuhr die Dame fort, „ich könnte mir vorstellen, wenn diese Geschichte ruchbar würde – das gäbe ein Gelächter, lauter als der Lobpreis Eurer kühnen Taten. Was wohl die Königin dazu sagen wird, der Ihr doch dient, wie man weiß?“

Lancelot wurde blass. „Ich hoffe, ich kann Euch beiden vertrauen!“, stotterte er. „Wenn wir drei nichts ausplaudern …“

Das Fräulein nickte nachdenklich. „Ich glaube, das könnte ich versprechen. Ach, übrigens, werdet Ihr beim nächsten Fest am Hof in Camelot sein?“

„Das hoffe ich, Madam.“

„Nun, Sir Bellias wird auch kommen. Und ich natürlich. Sir Bellias hat schon lange den Wunsch, ein Ritter der Tafelrunde zu werden. Bestimmt könnt Ihr doch beim König ein gutes Wort für ihn einlegen, nicht wahr?“

Lancelot begriff, woher der Wind wehte. Eine Erpressung also. Er versuchte, so viel Würde wie nur möglich in seine Antwort zu legen. „Wenn Sir Bellias sich beim Tjost hervortut, werde ich gern bei Artus zu seinen Gunsten sprechen.“

„Und Ihr selbst werdet nicht gegen ihn antreten? Dann hätte er ja keine Chance!“

„Nein, Madam, ich werde nicht mit ihm kämpfen.“

„Ich baue auf Euer ritterliches Versprechen!“, sagte die junge Frau vergnügt. (Sir Bellias hatte während des ganzen

Wortwechsels den Mund gehalten und sich um seine Schulter gekümmert.)

„Es ist merkwürdig", sagte Lancelot nachdenklich. „Sobald ich einer Dame begegne, muss ich ein Versprechen abgeben. Wisst Ihr zufällig, ob es hier in der Gegend ein Kloster der weißen Mönche gibt?"

„Keine Meile weiter östlich liegt eine Straße, die führt direkt dorthin. Wollt Ihr Buße tun?" Sie lachte.

„Nein, es handelt sich um ein anderes Versprechen", erwiderte Lancelot. Er begann, seine Rüstung anzulegen. „Ich bitte nochmals um Verzeihung. Und dies … äh, Vorkommnis … Ihr denkt ebenfalls daran, dass Ihr nichts darüber …?"

„Dass ich nichts worüber …? Ach so, Ihr meint, dass ich mich nicht erinnere? Ja, gewiss doch, Sir. Und Ritter Bellias schwört Euch bei seiner Ehre als Mitglied der Tafelrunde – was er ja bald sein wird – das Gleiche."

Lancelot beeilte sich, die Lichtung mit dem roten Zelt darauf zu verlassen und die Straße zu suchen.

Er fand das Kloster nun ohne Schwierigkeiten, und das Fräulein, das ihm bei den vier Hexenköniginnen zur Flucht verholfen hatte, wartete schon aufgeregt auf ihn, weil er sich verspätet hatte.

Sie führte ihn zu ihrem Vater, König Bagdemagus, und er besprach die Einzelheiten des Turniers mit ihm. Tags darauf begab er sich mit dem alten Herrn zum Feld und löste sein Versprechen ein, für ihn zu kämpfen. Natürlich siegte er glorreich; der Mann, der Lancelot aus dem Sattel hob, war noch nicht geboren.

Der dankbare König Bagdemagus bot ihm seine Gastfreundschaft an. Aber Sir Lancelot machte sich Sorgen um den jungen Lyonel. Zuletzt hatte er ihn gesehen, bevor er sich unter dem Apfelbaum schlafen gelegt hatte. Dann hatten sich die Ereignisse überstürzt. Er fühlte sich für seinen Neffen verantwortlich und beschloss, sofort weiterzuziehen und nach ihm zu suchen. Die schönen Augen, die das Fräulein ihm machte, konnten ihn auch nicht bewegen zu bleiben. Eher im Gegenteil. Sein Herz war schließlich für immer vergeben.

Wie Lancelot Tarquin überwand

Vernünftigerweise trachtete Sir Lancelot zunächst danach, den Apfelbaum wiederzufinden, unter dem er eingeschlafen war. Dort hatte er Lyonel verloren, und dort hatten die Abenteuer, die er gerade durchlebt hatte, ihren Ausgang genommen.

Es war leichter, als er dachte, denn eine alte Straße führte geradewegs in südlicher Richtung, und bald erkannte er die Hügel und Täler wieder, die er mit seinem Neffen gemeinsam durchstreift hatte. Als erfahrener Reisender konnte er sich sofort zurechtfinden.

Er hatte sich vorgenommen, von hier aus in weitem Umkreis die Gegend abzusuchen. Aber dazu kam es nicht, denn auf der Straße ritt ihm eine junge Dame auf einem weißen edlen Pferd entgegen und grüßte ihn höflich. „Gott segne Euch, Herr Ritter, seid Ihr guten Mutes?"

„Ich wäre besser aufgelegt, wenn ich meinen Neffen wiedergefunden hätte, Madam", entgegnete Lancelot. „Er heißt Sir Lyonel, und ich habe ihn hier das letzte Mal gesehen."

„Sir Lyonel?", fragte das Fräulein und legte den Kopf schief. „Wartet einmal ... der gehört doch zur Tafelrunde des Königs! Wenn ich mich auskenne bei den Herren am Königshof ... Euer Neffe ...", sie überlegte laut: „Der Neffe ... also müsst Ihr der Onkel sein ... Und Lyonels Onkel, das ist doch ..." Sie blickte ihn an, sah dann auf sein Wappen und kam zu einem Schluss: „Ihr seid Sir Lancelot du Lac?"

Inzwischen war Lancelot daran gewöhnt, dass ihn jeder kannte, also sagte er nur einsilbig: „Das stimmt, mein Fräulein. Könnt Ihr mir wohl sagen, ob es hier in der Nähe irgendeine Gefahr gibt, eine Aventiure? Ich könnte mir vorstellen, dass es Sir Lyonel dahin gezogen hat."

„Oh!", erwiderte das Fräulein, „damit kann ich dienen. Nicht weit von hier ist die Burg eines der grimmigsten Barone, die auf Englands Boden leben, ein wahrer Leuteschinder. Und er hat allen Rittern der Tafelrunde Hass geschworen, damit Ihr es nur wisst. Viele Herren hat er schon besiegt und hält sie in seinem Kerker gefangen, und er behandelt sie sehr schlecht. Es heißt, er zieht sie nackt aus und peitscht sie mit Brennnesseln. Ist das nicht furchtbar? Und ihre Schilde hängt er an das Tor seiner Burg, als Zeichen seines Triumphes. Übrigens ist er ein wahrer Hüne von Gestalt. Ich weiß nicht, ob Ihr es mit ihm aufnehmen solltet!"

„Führt Ihr mich wohl zu der Burg?", sagte Lancelot. „Bitte, seid so gut."

„Aber es ist gefährlich!"

„Das mag ja sein. Aber deswegen hat Artus die Tafelrunde gegründet, Madam. Damit wir solche Gräuel wie die, die Ihr eben erwähnt habt, unmöglich machen." Er trieb sein Pferd an.

Nachdem sie eine Weile durch den Wald geritten waren, kamen sie zu einer gut befestigten Burg, und schon von Weitem konnte man die Schilde erkennen, die an dem breiten zweiflügeligen Tor festgenagelt waren. Was es da alles für Wappen gab! Springende Hechte und Greife, Adler und schreitende Löwen, Blumen und Kreuze und Schwerter, Zinnen und gewundene Kränze. Daneben hingen Helme, die bereits Rost angesetzt hatten. Ein Schild war ganz frisch zuunterst angebracht: Lancelot erkannte Lyonels roten Schrägbalken auf silbernem Grund, umgeben von einem Rautenkranz. (Sehr ähnlich seinem eigenen Wappen.) Also war sein Verwandter auch einer der Gefangenen dieses Unholds.

Neben dem Tor hing an einem Baum an einer Kette ein großes Kupferbecken, das in der Sonne gleißte – gleichsam die „Einlassglocke" zu diesem Anwesen.

Lancelot schlug mit dem Schaft seines Speers dagegen, dass es weithin durch den Wald schallte.

Nichts rührte sich.

Er ritt ein paar Volten vor dem Burgtor und wartete. Aber alles blieb still. Langsam wurde er ungeduldig. Er donnerte seinen Speer ein zweites Mal gegen das Becken, so heftig, dass die Befestigung abriss und das Becken auf den Boden fiel.

„Vielleicht ist er ja auf einem Streifzug!", vermutete das Fräulein. „Er soll sich an der Straße oft auf die Lauer legen und fahrende Ritter abpassen."

„Eine unwürdige Beschäftigung!", sagte Lancelot streng. „Ich hoffe, ich kann ihn davon kurieren."

Endlich kam etwas durch den Wald herangestapft.

„Also", sagte das Fräulein hastig, „ich denke, ich werde nun weiterreiten. Ich möchte dem Ankömmling nicht so gern begegnen." Und sie wendete ihr Pferd.

Sir Lancelot hingegen glaubte seinen Augen nicht zu trauen. Hatte er nicht gleich zu Beginn seiner Abenteuerreise Sir Carados besiegt und unschädlich gemacht? Aber der riesenhafte Mann, der da auf einem ebenfalls gigantischen Streitross daherkam, sah um ein Haar genauso aus wie jener. Lancelot fiel wieder ein, dass dieser Unhold ja noch einen Bruder haben sollte! Kein anderer als der hier konnte das sein – und was das Unglaublichste war, auch er hatte vor sich quer über dem Sattelknauf einen gefesselten Ritter, der rotes Haar besaß wie Gawan, den er seinerzeit befreit hatte.

Ja, es war Sir Tarquin, der Bruder von Carados, und er hatte gerade den jüngeren Bruder von Gawan, Sir Gaheris, gefangen genommen. Natürlich war auch Gaheris auf Aventiure unterwegs gewesen und hatte dem Unhold nicht widerstehen können, und der schleppte ihn nun zu seiner Burg.

Lancelot klappte sein Visier herunter, ritt vor, grüßte mit erhobener Hand und sagte: „Edler Herr, legt Euren Gefangenen nieder, und gönnt ihm Zeit, sich auszuruhen. Währenddessen können wir unsere Kräfte messen. Es ist mir zu Ohren gekommen, dass Ihr eine besondere Abneigung gegen die Ritter der königlichen Tafelrunde hegt."

„Wenn Ihr zu diesen Burschen gehört, wird es mir ein Vergnügen sein, Euch in den Sand zu setzen und hinterher zu verprügeln. Das werde ich nach und nach mit allen tun, die zu dieser Runde gehören."

„Da habt Ihr Euch ja ein hohes Ziel gesetzt", erwiderte Lancelot spöttisch.

Die beiden gingen in Position und rannten mit solcher Kraft und Zielsicherheit gegeneinander, dass sie gleichzeitig mitsamt ihren Pferden zu Boden gingen. Dann zogen sie die Schwerter und begannen den Bodenkampf.

Funken sprühten aus den Helmen, wenn ein Schlag saß, die Schilde waren bald zerhauen. Diese beiden Streiter waren einander ebenbürtig. Nach einer geraumen Zeit, in der sie sich gegenseitig tüchtig ermüdet hatten, hob Sir Tarquin die Hand und gebot Einhalt.

Beide lehnten sich erschöpft auf ihre Schilde, und Tarquin sagte, als er zu Atem gekommen war: „Ihr seid bei Gott der beste Kämpfer, der mir jemals begegnet ist. Es hat keinen Zweck, dass wir uns noch länger schlagen. Ich biete Euch Frieden an."

„Einverstanden", erwiderte Lancelot, „unter der Bedingung, dass Ihr alle Eure Gefangenen aus dem Kerker entlasst."

„Nun gut!“, knurrte Tarquin. „Eigentlich liegt mir gar nichts an ihnen. Meine Wut gilt nur einem einzigen Ritter der Tafelrunde, und wenn mir der begegnet, werde ich keine Gnade kennen.“

„Und wer ist das?“

„Sir Lancelot vom See. Er hat meinen Bruder Sir Carados umgebracht.“

Lancelot fragte ruhig: „Hat er ihn hinterrücks erschlagen oder in einem ehrlichen Kampf getötet?“

„Das ist mir gleich. Lancelot muss sterben.“

Das war keine sehr ritterliche Haltung! Lancelot hob seinen Schild in Augenhöhe.

„Wie ist es? Kommen Eure Kenntnisse in Wappenkunde Eurer Kampfkunst gleich? So betrachtet einmal meinen Schild!“

Sir Tarquin blickte auf das Zeichen, den roten Schrägbalken auf silbernem Grund, ähnlich dem Wappen Lyonels. Er brüllte los. „Ihr seid Lancelot? Dann weiter!“

Ungestüm drang er nun auf seinen Gegner ein, und das sollte sein Verderben sein, denn sein Hass verleitete ihn zur Unbesonnenheit. Er vernachlässigte seine Deckung, um besonders wuchtige Schläge anbringen zu können. Lancelot merkte, wie sein Widersacher bald vor Erschöpfung keuchte. Er beschränkte sich nun darauf, sich zu verteidigen und ging mit seinen Kräften sparsam um. Schließlich gab er sich absichtlich eine Blöße, um Tarquin zu einem Hieb zu provozieren, und trat geschmeidig beiseite, wie man es tut, wenn einen ein Stier angreift. Der Baron stolperte und stürzte, und damit war es um ihn geschehen. Lancelot riss ihm den Nackenschutz des Helms hoch und trieb ihm das Schwert in die Halswirbel. Tarquin war auf der Stelle tot.

Müde ging der Sieger hin und befreite Gaheris von seinen Fesseln.

„Das ist nun schon der zweite von uns Orkneys, den Ihr gerettet habt!", sagte der junge Mann, der dem Kampf atemlos zugesehen hatte. „Wie sollen wir Euch danken?"

„Wenn Ihr irgendwo ein bisschen Wasser für mich auftreiben könntet!", erwiderte Lancelot und ließ sich ins Gras sinken. „Dahinten ist eine Quelle, ich bin an ihr vorbeigeritten. Und dann, wenn ich mich ein wenig ausgeruht habe, müssen wir die Gefangenen befreien."

Von Rittern und Damen

Nach den Siegen über die beiden Brüder, dem Kampf für König Bagdemagus und seinem Entkommen bei den Hexenköniginnen war der Name Sir Lancelots vom See in aller Munde. Er galt nun wirklich als der beste Ritter der Welt. (Diejenigen, die seine Leistungen beim Feldzug für König Bors miterlebt hatten, wussten schon längst, was in ihm steckte.) Es gab inzwischen kaum jemanden, der ihn und sein Wappenzeichen, den roten Balken auf Silbergrund, nicht kannte und erkannte.

Die Abenteuer, die Lancelot des Weiteren bestand, endeten alle damit, dass er siegreich war. Niemand hob ihn aus dem Sattel, ganz gleich, ob es darum ging, einen Bösewicht zu bestrafen, oder ob nur ein freundschaftliches Messen in einem Zweikampf unter fahrenden Rittern stattfand, wie es Brauch war, wenn man sich unterwegs auf der Queste begegnete.

Die Besiegten begnadigte er und trug ihnen auf, an den Hof von König Artus zu gehen und sich der Königin Ginevra auszuliefern. Sie sollte entscheiden, was mit ihnen geschah. Das war so, als würde er ihr jedes Mal einen lebendigen Liebesbrief schicken. Die Königin sah auf diese Weise, dass er alle Taten, die er vollbrachte, nur für sie tat. Nur für sie wollte er Ruhm erwerben.

Und Ginevra, glühend vor Stolz auf ihren Ritter, verzieh natürlich allen, die auf Lancelots Geheiß zu ihr kamen, und schenkte ihnen die Freiheit. Einige blieben denn auch gleich am Hof – sehr zum Ärger Sir Kays, der dafür zu sorgen hatte, dass es Artus und den Seinen nie an Speise, Trank und Gastquartieren mangelte.

Die Zeit floss dahin, aus Monaten wurden Jahre. Und Lancelot ritt weiterhin durch die Gegend, kämpfte und sehnte sich nach seiner Königin. Das Bild der Geliebten im Herzen, war er zu Frauen stets höflich und entgegenkommend, selbst wenn sie ihn verhexen wollten. (Wie es noch ein weiteres Mal geschehen sollte.) Aber dann hatte er zwei sehr unangenehme Erlebnisse mit Rittern und ihren Ehefrauen.

In diesen merkwürdigen Zeiten verhielt es sich so, dass auf der einen Seite Edelfräulein und Damen die größte Ehrerbietung entgegengebracht wurde, auf der anderen Seite aber ein Baron oder Lord mit seiner Ehefrau machen konnte, was immer er wollte. Die verheiratete Frau war der Willkür ihres Herrn und Gebieters ausgeliefert. Und wenn der betreffende Mann grausam oder herrisch oder gar beides war, erging es ihr nicht viel besser als einem Bauernmädchen aus dem nächsten Dorf ihres Landsitzes, das verprügelt, vergewaltigt oder sogar getötet werden konnte …

Eines schönen Tages ritt Lancelot in Gedanken versunken durch eine liebliche Aue, auf der vereinzelte Baumgruppen standen, und malte sich aus, wie ihn Ginevra bei seiner Heimkehr begrüßen würde.

Helles Schellengeläut riss ihn aus seinen Grübeleien. Er blickte auf und sah: Ein schöner Jagdfalke kreiste dicht über einer Baumgruppe. Schließlich ließ sich der Vogel auf einer Ulme nieder, aber er landete so unglücklich, dass sich das Geschüh im Geäst verfing – jene von den Füßen des Tiers herabbaumelnden Schnüre, mit denen der Falkner den Vogel auf dem Handschuh festhält. Der Falke versuchte vergeblich, zu entkommen. Lancelot machte sich Sorgen, dass das schöne Tier sich vielleicht eine Schwungfeder brechen könnte und dadurch fluguntüchtig würde – da kam von der Straße eine Dame gelaufen, außer Atem, mit hochgeschürztem Rock, und schrie: „Herr Ritter, bitte, seid so gut, und fangt mir meinen Falken wieder ein!"

„Entschuldigt, Madam, aber ich weiß nicht, wie ich das anstellen sollte!", sagte Lancelot. „Ich bin, wie Ihr seht, von Kopf bis Fuß gerüstet und kann also schlecht auf den Baum klettern."

Die Dame rang die Hände. „Ich bin verloren!", rief sie dramatisch. „Mein Mann bringt mich um! Er hat mir seinen Lieblingsfalken auf die Hand gegeben, ihn nur einen Augenblick zu halten, und dann habe ich mich ungeschickt angestellt, und er ist mir davongeflogen! Ach, ich Ärmste!"

„Nun, er wird Euch doch nicht gleich umbringen!", versuchte Lancelot zu beschwichtigen, aber die Dame wurde immer aufgeregter. „Ihr kennt ihn nicht!", schrie sie. „Ihm ist die Falknerei so wichtig! Wichtiger als ich! Wirklich, Herr Ritter, er wird mir ein Leid antun, wenn Ihr mir nicht helft!"

Seufzend stieg Lancelot vom Pferd. Er gab sich geschlagen. „Helft mir, die Rüstung abzulegen", sagte er. „Ich werde mich um Euren Falken kümmern." Er band sein Pferd am Stamm der Ulme fest, und nur mit Hemd und Kniehose bekleidet, kletterte er hinauf, löste das Geschüh des Jagdfalken von dem Ast, wickelte die Fußriemen um einen rasch abgerissenen Zweig, sodass der Falke nicht auffliegen konnte, und warf ihn zu der Dame hinunter.

„Habt Dank!", rief sie – da sah Lancelot, dass aus einem Gebüsch ein dicker Ritter in voller Rüstung hervorkam und ein blankes Schwert über dem Kopf schwang. Er pflanzte sich unter dem Baum auf und schrie: „So, Sir Lancelot, jetzt ist es vorbei mit den großen Taten! Jetzt habe ich Euch. Eure Stunde hat geschlagen."

„Madam, was soll das?", rief Lancelot der Frau zu, die sich gerade mit dem Falken davonmachen wollte.

„Bitte verzeiht", sagte die Lady. „Das ist mein Ehemann, und er hat mir befohlen, das zu tun, was ich getan habe."

„Also habt Ihr mich in eine Falle gelockt?!", rief Lancelot entgeistert. (Hinterlist und Heimtücke waren seinem Wesen so fremd, dass er sich solche Eigenschaften auch bei anderen nicht vorstellen konnte.) „Aber warum?"

Der andere antwortete: „Damit ich mich rühmen kann, den besten Ritter der Welt erschlagen zu haben!" Er fuhr seine Frau an: „Und du bleibst hier und guckst zu!"

„Was denn, wenn ich unbewaffnet und halb nackt bin – das ist doch keine Ehre für Euch?"

„Das ist mir gerade recht! Wenn Ihr erst tot seid, kann ich Euch ja die Rüstung wieder anziehen. Dann merkt keiner, wie ich Euch überwältigt habe."

Lancelot konnte es nicht glauben. „Und Eure Frau ..."

Der dicke Ritter brüllte weiter. „Lasst meine Frau aus dem Spiel. Sie macht nur, was ich sage. Und Ihr, kommt herunter, damit ich Euch den Schädel spalten kann."

„Ihr werdet mir doch wenigstens mein Schwert geben, damit ich mich verteidigen kann!", sagte Lancelot. „Von der Rüstung rede ich gar nicht. Wollt Ihr mich etwa ohne Kampf erschlagen wie einen räudigen Hund?"

„Genau so!" Der andere fuchtelte mit seiner Waffe herum. „Genau so werde ich es machen, Ihr aufgeblasener Kerl. Also kommt herunter, oder soll ich erst Feuer an den Baum legen und Euch ausräuchern?"

Lancelot begann, langsam herunterzuklettern. Auf halber Höhe entdeckte er einen verdorrten Ast, und das brachte ihn auf eine Idee ...

„Also zum letzten Mal: Seid Ihr bereit, mir mein Schwert zu geben?!“

„Fällt mir nicht ein!“

„Nun gut. Ihr habt es Euch selbst zuzuschreiben, was jetzt passiert.“

Er brach den abgestorbenen Ast ab und sprang, und zwar so, dass er hinter seinem Pferd auf der Erde aufkam.

Der Ritter setzte sich in seine Richtung in Bewegung und versuchte, über den Rücken des Pferds hinweg einen Hieb anzubringen, aber Lancelot parierte die Klinge mit dem Ast. Das Schwert blieb stecken, und er zog den Ast mit solcher Wucht in die Höhe, dass dem anderen der Schwertknauf aus der Hand gerissen wurde. Dann sprang er um das Tier herum und stieß dem Gegner dessen eigene Waffe in die Kehle.

Die Dame heulte auf. „Warum habt Ihr ihn umgebracht?“

Lancelot sah sie erstaunt an. Er glaubte seinen Ohren nicht zu trauen.

„Aber Madam, Euer Mann hatte vor, mich auf die unritterlichste Weise zu ermorden – und Ihr wundert Euch, wenn ich mich wehre?“, sagte er kopfschüttelnd, während er seinen Harnisch wieder anlegte (ohne Hilfe kein einfaches Unterfangen). „Seid froh, dass Ihr diesen Schurken los seid.“

Und er ritt davon. Es war das erste Mal, dass er wirklich verstand, was Neid und Missgunst aus einem Menschen machen können, und es betrübte ihn, dass er derjenige war, der solche Gefühle bei anderen hervorrief. Er, der doch nichts weiter sein wollte als ein gerechter Ritter, und der sich vor niemandem hervortun wollte.

Die zweite Begebenheit war noch hässlicher, auch wenn er diesmal nicht um Leib und Leben fürchten musste. Aber sie zeigte Lancelot, wie viel Gemeinheit in einem Mann wohnen kann.

Er ritt träumend durch eine öde Gegend, wie immer tief in Erinnerungen versunken an seine geliebte Königin. Ihre klare Stirn unter dem goldenen Haar, der Schwung ihrer sicheldünnen Brauen über den bernsteinfarbenen Augen, ihre sanft nach oben geschwungenen Mundwinkel, der Klang ihrer Stimme – nur das konnte sein Herz wärmen. Ach, kein Land der Welt konnte weit genug entfernt sein, um seine Liebe zu töten. Er fühlte, er musste zurück an den Hof, musste sie endlich wiedersehen …

Aus seinen Fantasien rissen ihn plötzlich gellende Angstschreie. Es war die Stimme eines Weibes!

Ihm entgegen kamen zwei Pferde in gestrecktem Galopp. Auf dem ersten saß eine Frau, tief über den Hals ihres Tiers gebeugt, um es anzutreiben. Ihr aufgelöstes Haar flog wild um ihren Kopf. Sie war auf der Flucht. Dicht hinter ihr folgte ein Ritter mit gezogenem Schwert.

Lancelot trieb sein Tier zwischen die beiden, sodass der Mann seinen Gaul zügeln musste, und rief: „Was soll das, Herr Ritter? Warum verfolgt Ihr eine Wehrlose?"

„Haltet Euch da heraus!", schrie der andere. „Ich werde diese Ehebrecherin umbringen!"

Die Frau hatte ihr Pferd ebenfalls angehalten. „Ich bin keine Ehebrecherin! Er ist grundlos eifersüchtig!", jammerte sie. „Beschützt mich, edler Herr! Rettet mich!"

„Aus dem Weg!", brüllte der Mann. „Ich werde dieser Hure den Kopf abschlagen! Sie ist mein Weib, und ich kann mit ihr tun, was ich will!"

„Nein, das könnt Ihr nicht!"

„Ha! Seit wann denn nicht?"

„Seit Artus König von Britannien ist", sagte Lancelot ruhig, legte die Hand an den Knauf seiner Waffe und zog sie halb aus der Scheide. „Und wenn Ihr es doch tun wollt, so müsst Ihr mich zuerst besiegen."

Der fremde Ritter ließ sein Pferd am Zügel tänzeln. „Ich bin doch kein Narr, mit Euch zu kämpfen!", erwiderte er und lachte. „Denkt Ihr, ich habe Euer Wappen nicht gesehen? Ihr seid Sir Lancelot. Ihr würdet mich sowieso besiegen. Und das alles wegen dieser Betrügerin? Ganz gewiss nicht."

Lancelot wandte sich an die Dame: „Madam, Ihr steht unter meinem Schutz. Ich werde zwischen Euch und Eurem Ehemann herreiten, damit er Euch nichts tun kann. So werden wir einen Ort suchen, wo ein Richter zwischen euch schlichten kann."

„Ich danke Euch, Sir!", sagte die Lady zitternd. „Aber seid auf der Hut vor meinem Mann! Er ist heimtückisch und erbarmungslos."

„Halte du nur den Mund!", fauchte der, aber immerhin ließ er es zu, dass man sich gemeinsam auf den Weg machte.

Als sie nun eine Weile dahingezogen waren, rief er plötzlich: „Dreht Euch um, Sir, hinter uns kommen gewappnete Männer in Angriffsposition!"

Lancelot wendete sein Pferd – aber da war nichts zu sehen.

In diesem Augenblick beugte sich der andere weit über die Kruppe von Lancelots Ross, holte aus und schlug seiner Frau den Kopf ab.

Als Lancelot sich wieder umdrehte, saß neben ihm eine kopflose Dame zu Pferde, wankte im Sattel und fiel langsam zu Boden. Sein eigener Gaul war über und über mit Blut bespritzt.

Lancelot erblasste.

Aber dann wandelte sich sein Entsetzen über diese Untat in eiskalte Wut. Er zog sein Schwert und sagte mit vor Zorn erstickter Stimme: „Das kostet Euch das Leben."

Sogleich warf sich der Ritter vom Pferd in den Staub und wimmerte: „Gnade! Tötet mich nicht!"

Lancelot saß ebenfalls ab und ging mit erhobener Klinge

auf den schurkischen Ehemann los. „Steht auf!“, schrie er. Aber der andere kroch auf ihn zu und umklammerte seine Knie, sodass er außerstande war, einen Schwerthieb auszuführen, wobei der Mann immer weiter „Gnade! Gnade!“ winselte.

„Verdammt! Ihr seid ein elender Feigling! Steht auf, und kämpft!“

„Nein, Sir! Ich ergebe mich! Bei Eurer Ritterehre, Ihr dürft einen Mann nicht töten, der sich ergeben hat!“

Angewidert stieß Lancelot ihn zurück und steckte sein Schwert in die Scheide. Dann sah er: Am Wegesrand lag der Kopf der Dame, beschmutzt und blutbesudelt.

In Lancelot stieg eine wilde Grausamkeit hoch. „Wenn Ihr Euch ergeben habt, so müsst Ihr auch die Buße annehmen, die ich Euch auferlege“, sagte er.

„Ich nehme jede Strafe auf mich, wenn Ihr mich nur am Leben lasst! Ich schwöre bei meiner Ehre!“

„Eure Ehre? Die ist für mich keinen roten Heller wert. Also hört zu. Zunächst werdet Ihr den Leib Eurer Frau mit allen christlichen Ehren bestatten. Aber ohne den Kopf.“

„Ohne den Kopf?“

„Ja. Denn den werdet Ihr mit eigenen Händen an den Hof von König Artus tragen. Sonst pflege ich meine Gefangenen der Königin zu senden, aber mit dem Anblick eines Schufts, wie Ihr es seid, will ich ihre Augen nicht beleidigen. Begebt Euch zum König, und unterwerft Euch der Strafe, die er Euch auferlegt, wenn er Euch sieht mit dem Kopf Eures ermordeten Weibes in den Händen. Und glaubt mir, wenn Ihr versucht, mich zu betrügen, werde ich Euch finden, und dann ist es vorbei mit der Gnade.“

Lange noch, nachdem sich der andere mit seiner entsetzlichen Bürde entfernt hatte, saß Lancelot am Wegesrand und starrte vor sich hin. Ihm war übel. Übel von dem, was er erlebt hatte, und übel auch, weil die fremde Grausamkeit seine eigene Grausamkeit geweckt hatte. Grausamkeit und Feigheit, das wusste er, konnte man nur bekämpfen mit Tapferkeit und Güte …

Lancelot und Sir Kay

Während all der Zeit verging Ginevra vor Sehnsucht. Jeder Besiegte, der in Lancelots Namen an den Hof kam, machte sie unruhiger – und ungeduldiger. Ihn wollte sie wiedersehen, nicht nur ständig „Liebesgrüße" von ihm erhalten! Die Königin dieser Jahre war nicht die Frau, die von früh bis spät auf dem Söller stand und seufzend in die Ferne schaute – das blieb einer späteren Zeit vorbehalten. Zum Glück hatte sie dazu auch gar keine Muße. Ihre Pflichten als Herrscherin nahmen sie in Anspruch, und wenn ihr ein paar freie Augenblicke am Tag blieben, so betäubte sie sich mit zusätzlichen Tätigkeiten. Sie zog sich eigenhändig einen jungen Falken (eine Arbeit, die viel Zeit und Mühe beanspruchte) und ritt mit ihm auf die Beizjagd, sie hielt einen Zwinger edler Jagdhunde und richtete sie auf das Wild ab.

Und mehr und mehr beteiligte sie sich an den Aufgaben, mit denen Sir Kay, der überlastete Seneschall Englands, betraut war – zumal es sich im Laufe der Jahre so ergeben hatte, dass er vom Hofbeamten unversehens auch noch zum Reichsbeamten geworden war –, Verwaltung, Handel und Wandel Britanniens unterstanden nun weitgehend seiner Oberhoheit. Was für eine Aufgabenfülle, vereint auf eine Person! Natürlich war Kay stolz auf Artus' Vertrauen – aber frohen Gemüts machte es ihn nicht.

Als es galt, die rebellischen Barone im Lande niederzuzwingen und gegen die Nordkönige zu ziehen, hatte er noch an

Artus' Seite gefochten und war einer der besten Ritter gewesen. Aber auf Queste zu gehen wie die anderen, dazu fehlte ihm einfach die Zeit – was ihn in den Augen der Tafelrunde nicht gerade aufwertete.

Und wenn es bei großen Hoffesten zu seinen Obliegenheiten gehörte, den Stab in der Hand, für einen geregelten Ablauf zu sorgen – so machte er sich damit bei den Lords, die zum Feiern gekommen waren und gern einmal über die Stränge schlugen, nicht sonderlich beliebt. Mehr noch: Manch einer verzog spöttisch den Mund, wenn er ihn kommen sah …

Ginevra, die oft mit ihm zusammen war, beobachtete Kay sehr genau, und er tat ihr leid. Sie wusste, wie sehr Artus das Wohl all seiner einstigen Kampfgefährten am Herzen lag, und sie fasste einen Plan, wie sie dem Seneschall helfen – und zugleich etwas tun konnte, um Lancelot ein Zeichen zu geben, wie sehr sie sich nach ihm sehnte und ihn zurückwünschte.

Artus hatte das Gefühl, dass seine schöne Frau von rastloser Unruhe erfüllt war. Er versuchte, mehr Zeit für sie zu finden und seine wenigen Mußestunden mit ihr zu verbringen. In seiner Gegenwart war sie ruhiger, aber ihre Goldaugen schienen oft in eine fremde Ferne zu schauen, und sie zuckte zusammen wie erwachend, wenn er ihre Hand berührte.

Eines Abends saß das Königspaar gemeinsam auf dem Söller von der Burg Tintagel, unter sich das bewegte Meer. (Ginevra hatte nach Damensitte eine Stickerei dabei, an der sie zu arbeiten vorgab – ihr lag nichts an Handarbeiten.) Da hielt die Königin den Zeitpunkt für gekommen, ihren Plan anzugehen. Sie brachte das Gespräch auf den einstigen Milchbruder von Artus.

„Ich glaube, der Seneschall fühlt sich nicht wohl in seiner Haut!", sagte sie. „Sein Mund wird immer verkniffener und sein Witz immer verletzender."

Artus wusste, wovon sie sprach. Er seufzte: „Man müsste Kay Gelegenheit geben, sich draußen zu bewähren, damit er nicht die Achtung vor sich selbst und die der anderen vollends verliert", sagte er, und Ginevra nickte und verbarg ihren Triumph hinter einer gleichgültigen Miene. (Das war genau der Gedanke, auf den sie ihren Mann hatte bringen wollen.)

„Er wird behaupten, dass er hier unabkömmlich ist", erwiderte sie. „Bis zum Pfingstfest ist es nicht mehr weit, und wenn die Herren von ihren Aventiuren zurückkommen und hier berichten, dann geht es schlecht ohne Sir Kay. Andererseits – du weißt, mein Lieber, dass ich selbst keine schlechte Haushälterin bin. Der Tross, über den Kay verfügt, ist gut eingespielt. Meinst du nicht, auch ich könnte ihn befehligen?"

„Das könntest du bestimmt, Liebste", sagt Artus und küsste seine Frau aufs Haar. „Und wenn Kay seinen Posten für eine Zeit der Königin übergeben soll, kann er schlecht Nein sagen. Wir müssten ihn nur irgendwie überlisten. Müssten für seine Queste eine bestimmte Aufgabe finden ..."

„Wie wäre es denn", schlug da Ginevra vor, und eine leichte Röte stieg in ihre elfenbeinblassen Wangen, „wenn du ihn ausschicken würdest, nach Sir Lancelot zu suchen? Er verwöhnt mich hier mit seinen besiegten Gegnern, die er meiner Gnade und Verzeihung ausliefert – es wäre jammerschade, wenn er nicht käme, um endlich einmal bei einem Pfingstfest an der Tafelrunde von seinen Taten zu berichten!"

(Sie befürchtete, ohne so eine Aufforderung würde er sich dem Fest, wie schon so oft, entziehen.)

„Du bist wirklich eine kluge Person!", sagte Artus lachend. „Der Gedanke, dass Lancelot, mein bester Ritter, von dem inzwischen ganz Britannien spricht, wieder bei unserem Fest fehlen könnte, hat mich auch schon beschäftigt. Es würde mir genauso wenig gefallen wie dir. Also schicken wir Kay auf seine Spur, um ihn zu holen. Den höchsten Hofbeamten nach dem besten Ritter suchen zu lassen – das müsste ihm doch schmeicheln. Und wenn dem Seneschall dabei etwas an Abenteuern begegnet: umso besser."

Und so wurde Sir Kay auf die Queste geschickt.

Nach einer Reihe von weiteren Abenteuern (Riesen bekämpfen, Damen retten oder böse Barone bestrafen), bei denen er, wie gewohnt, immer siegreich war, boten sich Sir Lancelot plötzlich weit und breit keine Gelegenheiten mehr zu kämpfen. Er wunderte sich. Gab es keine Jungfrauen in Not mehr, waren die Schurken alle ausgerottet? Und vor allem: Warum stellte sich ihm kein anderer Ritter zum Tjost? Ihm kam es vor, als würden ihm alle aus dem Weg gehen.

Da er also nichts zu tun hatte, genoss er seit einiger Zeit die Gastfreundschaft einer betagten Edelfrau, die zu Zeiten Uther Pendragons einmal eine große Schönheit gewesen war. Die beiden saßen oft abends am Kamin zusammen, und die Dame langweilte ihn mit ihren Plaudereien von alten Zeiten, dass ihr Gast schläfrig wurde und stets früh zu Bett wollte. Das angenehme Gemach, das er bewohnte, lag direkt über dem Burgtor.

Wieder einmal verließ er die Dame früh und ging zu Bett. Gerade lag er im ersten Schlaf, wie so oft ein Kissen statt seiner Dame im Arm, als er donnernde Schläge an das Burgtor hörte. Er sprang auf, ging zum Fenster und sah im Schein der Abendröte (denn er war, wie gesagt, früh zu Bett gegangen wegen der geschwätzigen alten Dame), wie drei Ritter einen anderen bedrängten. Der Angegriffene versuchte, sich zugleich an drei Fronten zu verteidigen und schlug zwischendurch in einer Atempause mit seinem Schwertknauf ans Burgtor.

Lancelot war im Nu in Waffen, und da ihm schien, dass schnell Hilfe vonnöten war, hielt er sich nicht damit auf, hinunter zum Burgtor zu laufen, sondern sprang einfach aus dem Fenster. Er griff sofort den Ersten an und hätte ihn wohl umgebracht, wenn nicht alle drei aufgegeben hätten und um Gnade baten.

„Was für eine Schändlichkeit!“, sagte Lancelot unmutig und steckte sein Schwert in die Scheide. „Zu dritt auf einen Einzelnen! Habt Ihr noch nie etwas von Ritterehre gehört?“

Die drei nahmen es ohne Murren hin, dass sie sich an den Hof zur Königin begeben sollten, wie so viele andere Bezwungene vor ihnen.

Der Ritter, dem Lancelot beigestanden hatte, klappte nun sein Visier hoch. Und Lancelot erblickte das spitznasige, von der Anstrengung des Kampfs und der Flucht gerötete Gesicht des Seneschalls von England.

Der Ritter vom See glaubte seinen Augen nicht zu trauen. „Sir Kay!“, rief er überrascht. „Wie kommt Ihr hierher?“

„Ich bin auf der Suche nach Euch!“, erklärte der trocken. „Aber jetzt brauche ich erst einmal eine Pause. Ich bin ganz mitgenommen!“

„Wieso seid Ihr auf der Suche nach mir? Gibt es einen neuen Feldzug, für den Artus mich braucht oder …“

„Nein, nein, nichts dergleichen. Die Königin ist in Sorge, dass Ihr nicht zum nächsten Pfingstfest erscheint, und darum …“

„Die Königin ist in Sorge um mich!“ Lancelot atmete tief aus. „Seid Ihr da sicher?“

„Jedenfalls bin ich deswegen ausgeschickt worden“, erwiderte Kay. „Aber was mir auf dieser Ausfahrt bisher alles zugestoßen ist, das glaubt Ihr kaum! Seit ich unterwegs bin, Euch zu suchen, musste ich einen Kampf nach dem anderen bestehen! Herausforderungen von anderen Rittern – zahllos fast! Gut, es hat mich wieder ein bisschen zu dem gemacht, der ich einmal war. Aber eigentlich hätte ich auch gern einmal ein Fräulein gerettet, statt immer nur zu tjostieren!“

Lancelot verkniff sich ein Lächeln. „Bestimmt wären Euch die Damen dankbar um den Hals gefallen!", sagte er und musterte das verkniffene Gesicht des Seneschalls.

„Das nehme ich doch an!", erwiderte Sir Kay trocken. (Für bestimmte Zwischentöne hatte er einfach kein Ohr.) „Stattdessen, wie gesagt, nichts als Kämpfe."

„Das begreife ich nicht", bemerkte Lancelot, während er beharrlich mit seinem Schwertknauf an das Tor pochte, um die schlafenden Bewohner zu wecken. „Ich bin schon eine halbe Ewigkeit unterwegs, ohne jemanden zu finden, der sich mir zum Tjost stellt."

„Könnt Ihr Euch nicht vorstellen, weshalb?", sagte Kay lächelnd. „Euer Wappenschild wird wohl schuld daran sein. Jeder, der es sieht, macht einen Bogen um Euch. Wer möchte schon gern in die sichere Niederlage reiten?"

„So habe ich das bisher nicht gesehen!", erwiderte Lancelot nachdenklich. „Und Ihr sagt, die Königin ..." Weiter kam er nicht, denn die alte Lady, das Nachtlicht in der Hand, ließ gerade das Burgtor öffnen und sagte erstaunt: „Sir, hattet Ihr Euch nicht gerade zur Ruhe begeben?"

„Ich bin aus dem Fenster gesprungen, um einem alten Freund beizustehen", erklärte Lancelot verlegen. „Könnte er wohl bei mir übernachten – und einen Krug Eures vortrefflichen Weines bekommen?"

Die Dame erfüllte ihrem Gast seinen Wunsch und ließ die beiden dann allein.

Lancelot versuchte immer wieder, das Gespräch auf Umwegen auf Lady Ginevra zu bringen, aber der Seneschall wollte lieber von seinen Aventiuren erzählen. Und so eifrig Lancelot ihm auch nachschenkte – er erfuhr nichts anderes, als dass die Königin ihn eben zum Fest dabeihaben wollte. Nach dem dritten oder vierten Becher war Sir Kay, ermüdet von einem anstrengenden Tag, schon ziemlich angetrunken.

Er legte Lancelot die Hand aufs Knie und sagte vertraulich: „Also die Königin hat mich ausgeschickt, Euch herbeizuholen, glaubt es mir einfach. Und wenn es Euch freut, dann freut's mich auch. Aber erlaubt Ihr mir, einmal von etwas anderem zu sprechen?"

„Ja, aber gewiss doch!", entgegnete Lancelot schuldbewusst. „Habt Ihr etwas auf dem Herzen?"

Der Seneschall nickte und hielt seinen Becher zum Nachschenken hin. „So ist es. Seit geraumer Zeit schickt Ihr doch nun Eure besiegten Gegner an den Hof, damit sie sich der Gnade der Königin ergeben, nicht wahr?"

„Ja, das pflege ich so zu halten", entgegnete Lancelot. „Ich hoffe, die Majestät ist damit einverstanden."

„Oh, beide Majestäten sind ganz entzückt von Eurem Eifer", murmelte Sir Kay und kippte seinen Wein. „Es ist nur so, dass die meisten dieser Ritter es vorziehen, für eine Weile am Hof zu bleiben."

„Was ist dagegen einzuwenden?"

„Sir Lancelot, bitte verzeiht, aber: Sie essen. Sie zehren die Vorräte auf. Sie fressen uns arm, mit Verlaub gesagt."

Lancelot lachte. „Aber dafür haben wir doch Euch. Ihr schafft herbei, was der Hof braucht. Soll der König nicht freigebig sein? Das stünde einem Herrscher wie ihm schlecht."

„Ach", sagte Kay schärfer, als er vielleicht vorhatte, „glaubt Ihr etwa, der Braten wächst auf den Bäumen, und das Bier kommt aus dem Brunnen? Wenn ich an das Pfingstfest denke, bekomme ich graue Haare."

„Aber Sir Kay, Ihr meistert das doch glanzvoll! Ihr seid ein großartiger Seneschall, und man dankt es Euch …"

„Nein, man dankt es mir nicht!", unterbrach ihn Kay wütend. Seine Zunge wurde langsam schwer. „Ich bin der ewige Nörgler, hinter dessen Rücken sich alles lustig macht! Was meint Ihr, warum ich unterwegs zu Euch so viele Kämpfe zu bestehen hatte? Weil alle denken: Sir Kay? Weiß der überhaupt noch, wie man eine Lanze führt? Und haben sie nicht recht? Ich bin kein Ritter mehr, ich bin ein Krämer! Für Euch oder für Artus besteht ein Feldzug aus Taktik und Kampf. Für mich besteht er aus so und so viel Eschenholzstangen für Lanzen, aus Zelten, Lederzeug, Gepäck und Verpflegung. Das ist ein Hundeleben!"

Und nach diesen Worten überwältigte ihn der Wein, noch während sein Gegenüber nach Worten suchte, und er kippte um auf dem Bett, auf dem er saß, und begann zu schnarchen.

Lächelnd betrachtete Lancelot den Freund – und dann hatte er einen Einfall.

Was Sir Lancelot unterwegs geschah

Sir Kay wachte am Morgen auf und fühlte sich leicht benebelt. Wie lange war es her, dass er einmal zu tief ins Glas geguckt hatte? Zu derartigen Vergnügungen hatte er normalerweise überhaupt keine Zeit!

Er sah sich im Raum um: Von Lancelot du Lac keine Spur. Aber dessen Rüstung war da – im Gegensatz zu seiner eigenen!

Und er begriff: Er selbst würde in Lancelots Rüstung unbehelligt zurückreiten, da keiner wagen würde, ihn anzugreifen. Aber alle, die an dem vermeintlichen Kay ihr Mütchen kühlen wollten, die würden ihr blaues Wunder erleben. Schmunzelnd wappnete er sich und machte sich auf den Weg …

Es geschah genau so, wie Lancelot es sich vorgestellt hatte: Während alle um den Mann, der sein Wappenschild führte, einen großen Bogen machten, bekam „Sir Kay" schon am ersten Tag seiner Reise viel Ärger.

Durch eine Reihe von Tjosten, aus denen er stets siegreich

hervorging, schaffte es der Ritter vom See in Sir Kays Rüstung, dem angestaubten Ruhm des Seneschalls zu neuem Glanz zu verhelfen.

Lancelot gefiel das Spiel, und er focht auf seinem Weg zum Hof des Königs noch in anderen Verkleidungen Kämpfe aus, um für sich dem Übelstand abzuhelfen, dass fast jeder einen weiten Bogen um ihn machte, wenn er als Sir Lancelot tjostieren wollte.

Kurz vor dem Ziel traf er auf Sir Gryfflet, Sir Iwein und Sir Gawan, der schon wieder unterwegs war. Sie alle waren auf der Suche nach ritterlichen Aufgaben und hatten durchaus auch einmal Lust, sich zu streiten, und da er den Überzug über Sir Kays Schild hatte, der ihm an der Schulter hing, hielten sie ihn für einen fremden Ritter, an dem sie ihr Mütchen kühlen konnten.

Er trat gegen jeden von ihnen an und warf sie mit einer Mühelosigkeit ab, die die sieggewohnten Lords erstaunte. Dann hob er die Hand im Stulpenhandschuh zum Gruß und ritt weiter.

Die drei Herren nahmen die Helme ab, hinkten zu ihren Pferden und ließen sich von den Knappen ihre Prellungen und Quetschungen kühlen.

Als sie so beieinandersaßen, sagte Sir Gawan: „Wo haben wir unsere Augen gehabt? Eigentlich hätten wir es schon merken müssen, als wir ihn gesichtet haben, diesen fremden Ritter. Der Sitz im Sattel, ganz locker! Und wer reitet beim Tjost auf diese Art an, tief übers Pferd gebeugt und ohne im Geringsten zu verlangsamen, und die Spitze der Lanze schwankt keinen Augenblick? Und schließlich, wer grüßt so mit der Hand?"

„Lancelot natürlich!", sagten die beiden anderen einstimmig.

Gawan nickte. „Wir waren Narren!"

Und dann lachten sie gemeinsam.

6
Wie Lancelot an den Hof zurückkehrte

Artus hatte erkannt, dass man mit größerer Hingabe und Tapferkeit für die Gerechtigkeit eintrat, wenn man später darüber berichten konnte und die Bewunderung aller errang. Deshalb war Pfingsten ein so bedeutender Tag für Artus und die Ritter seiner Tafelrunde. Denn dann kehrten Ritter von ihrer Queste zurück und legten Rechenschaft ab über ihre Taten.

Der Frühling war mit Macht über England hereingebrochen. Der Weißdorn, Verheißung von Liebe und Freude, blühte wie ein schäumendes Meer. Rings um den Königspalast zu Carleon dufteten die Hügel nach wildem Flieder, der Kuckuck schickte seinen kecken Lockruf tagsüber durch Wald und Flur, und nachts flöteten die Nachtigallen, dass es einem fast das Herz zerriss.

Und Ginevra saß manchmal abends am Fenster ihrer Kemenate und sehnte sich nach Lancelot.

Sie musste weit zurückdenken, als er, ein halber Knabe, sich das erste Mal über ihre Hand gebeugt hatte, um sie zu küssen …

Ja, sie liebte Artus. Sie war stolz darauf, neben dem gerechtesten, gütigsten und machtvollsten Herrscher auf dem Thron Britanniens zu sitzen. Aber Lancelot …

Nun, zu diesem Fest erwartete sie ihn mit Sicherheit zurück. Ihr Herz sagte ihr, er würde kommen. Schließlich hatte der Seneschall ihn aufgespürt und ihm ihren Wunsch übermittelt. Und die Erwartung erfüllte sie mit einer süßen Unruhe.

Diesmal sollte die Feier in der altehrwürdigen Stadt Winchester am Fluss Itchen in Camelot begangen werden. Stadt und Land rüsteten sich für Pfingsten und die Woche danach, denn während der Regierungszeit von Artus hatte sich dies

Fest von einem einzigen Tag auf viele ausgedehnt, wie ein Frühlingsbach, der die Ufer überschwemmt. Es gab über so viele Erfolge zu berichten! Allein, was Gawan vollbracht hatte, indem er Klingsors Macht gebrochen und die Damen erlöst hatte! Und nicht nur Lancelot hatte Gefangene befreit oder bösen Baronen das Handwerk gelegt, sondern viele andere Ritter der Tafel waren, wie jedes Jahr, so auch diesmal, unermüdlich unterwegs gewesen, die Gerechtigkeit des Königs im Land durchzusetzen, wenn es auch nicht immer so herausragende Taten waren wie die der Männer mit den großen Namen.

Es galt für Sir Kay, ein gewaltiges Gastmahl auszurüsten. Zu Schiff kam feiner Fisch vom Meer, Lastkähne mit Wein- und Bierfässern näherten sich auf dem Fluss der Königsburg von Winchester, und auf den staubigen Straßen wanderten brüllende Ochsen und blökende Hammel den Bratspießen entgegen, während Gänse, Hühner und Tauben, Ferkel und Lämmer in Weidenkörben herbeigetragen oder -gefahren wurden. Die hinteren Innenhöfe der Königsburg verwandelten sich in Viehpferche. Es wurde geschlachtet und gerupft, gehäutet und geschuppt, dass es nur so eine Art hatte, und die Knechte und Küchenmägde, die Köche und Beiköche hatten von früh bis spät alle Hände voll zu tun.

Wenn Königin Ginevra des Morgens die Messe besuchte, sah sie, wie sich die Stadt herausgeputzt hatte. An vielen Häusern hing eine Nachbildung des königlichen Wappens, des roten Drachens, und wer nicht über solche Web- oder Nähkünste verfügte, der hatte ein buntes Band oder ein Stück Stoff über seiner Tür als Fähnchen befestigt, oder es waren einfach Zweige von blühendem Weißdorn.

Und ihr kam es vor in ihrem von Erwartung unruhigen Herzen, als wenn all dieser Zierrat angebracht war, einzig um Lancelot du Lac willkommen zu heißen …

Endlich war der große Tag herangekommen. Beim Hochamt in der bis auf die letzten Kirchenbank gefüllten Kathedrale saß Ginevra im Schmuck der Krone neben ihrem königlichen Gemahl, wie immer mit geraden Schultern und hoch erhobenem Kopf; sie war eine stolze Königin. Sie wandte nicht den Blick, um auszumachen, ob er vielleicht schon unter den Betenden war. Auch, als sie vor allen anderen an Artus' Arm das Gotteshaus verließ, nickte sie nur gemessen nach rechts und links, ohne wahrzunehmen, wer da eigentlich vor ihr das Haupt neigte. Nur bei den armen Leuten aus den hinteren Bankreihen schmolz ihr ernstes Gesicht zu einem Lächeln; sie duldete, dass man ihren Mantel und ihr Gewand berührte, und küsste und teilte reichlich Almosen aus.

Und dann versammelte man sich in der Halle.

Während die Edlen ihre Plätze einnahmen und die stolzen Ritter der Tafelrunde in ihren reich verzierten Gewändern im vollen Bewusstsein ihrer Wichtigkeit durch den Saal schlenderten, während man sich mit Küssen und Umarmungen gegenseitig begrüßte und den ersten Schluck Honigwein die Kehle hinunterrinnen ließ, stand die Königin hinter dem Vorhang und beobachtete das Treiben im Saal, sah, wie Sir Kay mit seinem Stab gleich einem Tanzmeister die Bewegungen der Pagen mit den Weinkrügen und mit den Brettern voller runder, duftender Brotlaibe und fetttriefender Fleischstücke hierhin und dorthin lenkte – und sah doch eigentlich nichts. Sie war wie im Traum.

Sie schreckte auf, als jemand sie am Arm berührte.

„Komm, Liebste. Es wird Zeit für uns!", sagte Artus freundlich. Über seiner klaren Stirn leuchtete die schwere Krone Britanniens, auf seinen Schultern ruhte der mit Hermelin verzierte Königsmantel, und in seinen Augen paarten sich Güte und Wissen.

„Artus!", sagte Ginevra und musste schlucken. „Du weißt, wie sehr ich dich liebe."

„Das weiß ich natürlich", entgegnete ihr Gemahl ein bisschen verwundert und zog die Brauen in die Höhe, „aber höre es immer wieder gern. Gibt es einen besonderen Grund, mir das gerade jetzt zu sagen?"

Ginevra schüttelte verwirrt den Kopf.

„Nun, so lass uns gehen. Man erwartet uns." Er blickte sie lächelnd an. „Und wenn ich dir denn auch etwas Erfreuliches sagen soll, so, dass dir dies grüne, mit Gold durchwirkte Samtkleid besonders gut steht – reicht das als Erwiderung auf deine Liebeserklärung?"

„Du machst dich lustig über mich!"

„Nur ein wenig", sagte er zärtlich. „Komm." Artus nahm ihre Hand und legte sie nach höfischer Sitte auf den Rücken seiner behandschuhten Rechten, und unterm Klang von Trompeten und Flöten betraten sie den Saal und gingen zu ihren Plätzen.

Im Augenblick, als sie sich setzten, kam Lancelot zur gegenüberliegenden Tür herein, auch er schimmernd in Samt und Seide, die ungebärdigen Locken von einem schmalen Goldreif zurückgehalten. Ginevra zögerte, blieb stehen, obwohl ihr ein Page bereits den Stuhl gerückt hatte. Und über die Weite des Raums hinweg kreuzten sich die Blicke ihrer Augen wie zwei Schwerter.

Das Fest hatte so schön begonnen. Fröhlich hatte Artus alte Kampfgefährten begrüßt, er umarmte König Pellinore, den er seit dem Feldzug für König Bors nicht wiedergesehen hatte, und ließ sich von seinen rothaarigen Neffen schon im Voraus von ihren Aventiuren erzählen.

Man tafelte mit Musikbegleitung. Es fiel Artus nicht auf, dass seine Frau zu seiner Rechten genauso schweigsam war wie Lancelot zu seiner Linken; allzu vielen rief er ein paar Scherzworte über den Tisch zu, ließ jemanden hochleben und sich selbst feiern.

Dann, nach dem eigentlichen Mahl, begannen die Berichte der Ritter von ihren Erlebnissen.

Doch es war merkwürdig: War es vordem, bei den anderen Pfingstfesten, anders gewesen? Es kam dem König so vor, als sei diesmal alles irgendwie erstarrt, irgendwie verwandelt – und nicht zum Guten.

Einer nach dem anderen traten die Herren vor die illustre Versammlung und begannen mit der immer gleichbleibenden Formel: „Sir, Mylady, edle Lords der Tafelrunde! Ich bin Sir Sowieso und will kundtun das, was ich in diesem Jahr an Aventiuren erlebt habe …"

Und es ging weiter: „Ich brach von Carleon auf und ritt gegen Mitternacht, und dann durchquerte ich einen Wald und stieß dort auf fünf Räuber, die einen Kaufmann gefangen hielten. Ich erledigte sie auf einen Streich und zog weiter, und dann begegnete mir ein böser, arglistiger Ritter, der zwei Jungfrauen gebunden mit sich führte. Ich besiegte ihn im Zweikampf beim zweiten Waffengang und befreite die Fräulein. Ich brachte sie zu ihrem Vater zurück. Und dann …"

Und dann – und dann – und dann.

Lancelot hörte zuerst noch mit halbem Ohr hin. Alle Erzählungen kamen ihm quälend einförmig vor. Der Nächste: „… ritt ich gen Sonnenuntergang und begegnete am Gestade des Meeres einem riesigen Ritter, der … wobei … und dann … mir … und dann …"

Irgendwann rauschte es ihm in den Ohren. Er beugte sich zurück und wagte einen halben Blick zu Ginevra, die an Artus' rechter Seite war. Er sah ihr klares Profil mit der geraden Nase und der gewölbten Stirn. Sie saß wie eine Statue, ein gleichsam eingefrorenes Lächeln auf den Lippen, und schien in weite Ferne zu blicken, bemüht um Höflichkeit. Auch sie schien ungeduldig. (Natürlich leistete sie sich während dieser Litaneien keinen Blick auf ihren Ritter.) Schnell senkte er wieder die Augen, um sich nicht zu verraten, und lehnte sich vor.

Er saß auf der anderen Seite neben Artus. Der König rutschte unruhig auf seinem Sitz hin und her und zerkrümelte ein Stück Brot auf der Tischplatte. Ihn schienen die einförmigen Aufzählungen genauso zu langweilen wie ihn, Lancelot. Für lange Zeit war er nicht bei diesen Pfingstfesten gewesen. Ob es schon seit Längerem so war – dieses endlose Herbeten von Heldentaten, die jeder vollbracht zu haben sich rühmte?

Beifall. Zustimmend schlugen die Zuhörer nach jedem der Berichte mit der flachen Hand auf den Tisch oder ließen ihre Weinhumpen auf das Holz der Tischplatte donnern. (Waffen waren verboten bei den Festlichkeiten, sonst hätte man sicher mit dem Schwertknauf auf den Schild geschlagen.) Der Wein übrigens floss in Strömen. Nach jedem Ritter-Auftritt machten die Pagen mit großen Krügen ihre Runde und schenkten nach.

Und dann. Und dann.

Ein Lichtblick: Sir Gawan. Mit Witz und Schlagfertigkeit berichtete er von der Reise nach Askalun, von dem Schastelmarveil, von seinem Kampf mit Licheus und schließlich, wie er Orgeluse gewann.

Lancelot hörte ihm mit Vergnügen zu, aber als er seinen Blick wieder einmal verstohlen zu Ginevra gleiten ließ, sah er, wie sie zierlich die beringte Hand vor den Mund hielt, um zu gähnen. Natürlich hatte sie, hatte Artus das schon gehört, und zum Teil waren sie ja dabei gewesen, zumindest auf der Ebene von Joflance, und Gawan hatte dem Königspaar den Rest schon einmal erzählt.

Und dann.

Lancelot zuckte zusammen. In einem schönen roten Seidenkleid und einem hohen Kopfputz aus Spitze trat die Tochter von Bagdemagus vor und begann mit durchdringender Stimme: „Sir, Mylady, edle Lords der Tafelrunde! Ich erscheine hier auf Geheiß meines Vaters, des Königs Bagdemagus, den eine Verletzung am Kommen hindert, und bin beauftragt, Kunde zu geben von den unglaublichen Heldentaten des Sir Lancelot du Lac, der gegen eine große Übermacht ..."

Aller Augen richteten sich auf Lancelot, der errötend den Kopf senkte. Am liebsten hätte er sich die Ohren zugehalten. Übermacht? Es war ein ganz gewöhnlicher Kampf gewesen ...

Und dann.

Ja, und dann. Nicht nur, dass die von ihm befreiten Gefangenen von Tarquin und Carados den Ruhm des Sir du Lac in blühenden Farben schilderten, nun erhoben sich auch noch der Reihe nach jene besiegten Ritter, die er zur Königin geschickt hatte, und schilderten, wie der große Lancelot sie bezwungen hatte.

Der Saal hallte wider von seinem Lob, und diese Herren ließen es sich angelegen sein, besonders „fabelhafte" Kämpfe mit ihm zu beschreiben. Und immer wieder hieß es: der beste Ritter der Welt!

Was sollte das alles?, fragte sich Lancelot verzweifelt, während er mit dem Salzfass spielte und am liebsten im Boden versunken wäre. Warum machten die aus ihm so etwas wie einen Übermenschen? Er war doch nichts anderes als sie alle, bloß vielleicht ein bisschen besser ...!

Dabei war es ganz einfach zu verstehen. Wenn man die Kampfkunst und die ritterlichen Tugenden dessen, dem man sich ergeben hatte, in besonders leuchtenden Farben darstellte, wurde ja klar, dass man selbst auch ein hervorragender

Streiter und großartiger Ritter sein musste – wenn es denn solcher Fähigkeiten bedurft hatte, einen zu besiegen.

Es lag auf der Hand, dass Sir Lancelot du Lac dafür der geeignete „Gegenstand“ war.

Lancelot wagte die Königin nicht anzusehen. Aber er merkte, dass es Artus kaum mehr auf seinem Sitz aushielt.

Möglicherweise waren die Pfingstfeste davor für ihn auch schon keine reine Freude gewesen. Aber was diesmal geschah, brachte das Fass zum Überlaufen.

Zu allem Überfluss trat nun Sir Kay in die Mitte des Raums, um ebenfalls Lancelots Taten aufzuzählen, so wie er Buttertonnen oder Mehlsäcke abzählte …

Der Gepriesene hielt es nicht mehr aus. Er musste hinaus – und der König auch, das sah er. Er beugte sich zu Artus hinüber. „Majestät, gestattet, das ich mich entferne. Ich spüre … eine meiner Wunden ist aufgebrochen.“ Er presste die Hand auf die Schulter.

Artus sah ihm in die Augen. „Ich glaube, ich habe die gleiche Wunde wie Ihr, lieber Freund. Wir wollen unsere Verletzungen versorgen lassen, und danach kommt Ihr vielleicht noch in mein Turmzimmer zu einem Gespräch unter Freunden …“

Er erhob sich und gab das Zeichen, das Fest für heute zu beenden. Mit Ginevra an der Hand verließ er unter dem Beifall der ebenfalls ermüdeten und schon ziemlich angetrunkenen Versammlung den Saal.

Von der Kühnheit der Lady Ginevra

Es war Abend geworden, und Lancelot stieg die Stufen zu König Artus’ Turmzimmer hinauf.

Artus liebte Räume, von denen aus er den Überblick bewahren konnte – vielleicht stammte das noch aus der Zeit, als er, ein Knabe, den Turm Merlins auf der Waldlichtung besuchte, um sich unterrichten zu lassen. Hier in Winchester nun hatte er sich oben im Bergfried ein Zimmer herrichten lassen, so schlicht, wie er es liebte. Binsenmatten bedeckten den Boden, und außer einem Ruhebett, einer Truhe und einem Tisch für Bücher und Papiere gab es keine Einrichtungsgegenstände. Vier Fenster gewährten den Blick in alle Himmelsrichtungen. (Sicher hätte der König seine Freude an der Säule in Schastelmarveil gehabt, jenem Zauberding, das Klingsor für die gefangenen Frauen geschaffen hatte!) Jetzt waren die Fenster mit Vorhängen verdeckt, und die rau verputzten Wände dazwischen erschienen wie Fels im Licht von einem halben Dutzend Kerzen. Im Kamin loderte ein Feuer.

Als Lancelot eintrat, saß Artus, bequem zurückgelehnt, auf dem Ruhebett. Er hatte die Festtagskleidung ausgezogen und trug nur einen leichten Kittel, wie ihn die Bauern trugen. Auch die Königin, vor dem Kamin auf der Truhe sitzend, hatte Krone, Mantel und Schmuck abgelegt. Ihr grüngoldenes Gewand war vom Feuerschein überglänzt.

Lancelot und Ginevra hatten bisher noch kein Wort miteinander gewechselt.

„Setzt Euch neben meine Frau", sagte Artus freundlich und müde.

Lancelot folgte Artus' Geheiß. Er und Ginevra saßen im Schatten, das zuckende Licht des Kamins erreichte nur ihre Füße und Knie. Seine Hand und die ihre lagen dicht nebeneinander auf dem Holz der Truhe.

„Könnt Ihr mir erklären, womit wir das verdient haben?", fuhr Artus fort. „Diese ewigen Lobeshymnen! Jeder schwenkt sozusagen sein eigenes Weihrauchfass – ist es nicht eine Strafe?!"

Lancelot seufzte statt einer Antwort.

„Springt Ihr wirklich zwanzig Meter, wie man behauptet?“, fragte Ginevra spöttisch.

Lancelot strich sich eine widerspenstige Locke aus der Stirn. „So wenig, wie ich so groß bin wie ein Baum oder glühende Augen habe!“, erwiderte er unwillig. „Und ich kann mich auch nicht erinnern, dass ich zwei Riesen getötet habe, wie man gesagt hat, außer man meint Carados und Tarquin. Diese ganzen Übertreibungen – was soll das?“

Nach einem kleinen Schweigen sagte Artus: „Als ich die Tafelrunde gründete – und Lady Ginevra hat den Gedanken mitgeboren! –, da wollte ich, dass all die Ritter, die auf eine Queste ausziehen, so etwas sind wie der verlängerte Arm meiner Gerechtigkeit. Dort, wo sie hinkommen, soll keiner mehr einen Schwachen unterdrücken, eine Frau bedrängen, einen Hilflosen umbringen. Und nun sehe ich, dass es so etwas wie ein Wettkampf geworden ist. Endlose Prahlereien, wer wen aus dem Sattel gehoben hat und wer die meisten Jungfrauen befreit hat. Es fehlt nicht viel, und sie werden sich gegenseitig der Lüge bezichtigen und es dann untereinander im Turnier austragen – und Sir Kay steht daneben und zählt die Stürze vom Pferd.“

Ginevra lachte kurz auf.

„Ich habe Euch angesehen, wie sehr Ihr gelitten habt da im Saal!“, sagte Lancelot.

„Ich musste immer an Merlin denken“, bemerkte Artus. „Das erste Mal war ich geradezu froh, dass er nicht anwesend war, sosehr ich ihn mir sonst herbeisehne. Schon im vergangenen Jahr war es nicht wie sonst. Doch dieses Mal … Die Idee der Tafelrunde ist verkommen!“ Er sah mit gerunzelter Stirn vor sich hin. „Vielleicht war es von Anfang an nicht richtig, was wir uns da ausgedacht haben.“

Lancelot schüttelte den Kopf und widersprach. „Wenn Ihr erlaubt, mein König – es ist etwas anders. Die Tafelrunde zu gründen war gut und richtig. Aber was verloren gegangen ist, das ist …" Er suchte nach Worten. „Ihre Taten vollführen die Ritter heute für ihren Ruhm und nur dafür. Es fehlt etwas. Etwas Geistiges. Etwas, das Rittertum neu zu beseelen …" Er sah Artus an.

Der König nickte. „Doch frage ich mich: Wenn sogar die Gerechtigkeit für sie zu einem leeren Wort geworden ist – wie sollte man da einen anderen Sinn finden? Wonach sollte man sie suchen lassen?"

Lancelot runzelte die Stirn. „Vielleicht sollten sie es auch für ihr Seelenheil tun?" Er zögerte, grübelte. „Es müsste noch ein anderes Ziel geben, eine Hohe Queste …" Er brach ab.

Wieder herrschte Stille. Ein Holzscheit im Kamin knisterte. Funken stoben. Lancelot sah nachdenklich ins Feuer. Dann sagte er: „Ihr wisst doch von Sir Parzifal? Ich bin ihm auf meinen Aventiuren begegnet, wie andere Ritter auch."

„Natürlich kenne ich ihn", erwiderte Artus. „Dieser junge Ritter, der immer allein unterwegs ist. Eine alte Schuld quält ihn, so heißt es. Und er sucht nach einem Heiligtum, das ihn von dieser Schuld reinigt. Nach einem Kelch, der Gral genannt wird."

„Vielleicht brauchen wir so etwas?", fragte Lancelot. „Eine Aufgabe, die nur der bewältigen kann, der sich bemüht, ein besserer Mensch zu werden und reinen Herzens zu sein. Der versucht, seine Eigenliebe zu überwinden."

„Vielleicht. Ich werde darüber nachdenken", sagte Artus. Und dann, mit einem Blick auf Ginevra: „Aber ich glaube, wir langweilen die Königin."

Sie lachte leise. Es war ein Lachen, das ganz tief aus ihrer Brust aufstieg. „Nein, Lords, das tut Ihr nicht. Ich folge Euren Worten. Die Zukunft der Tafelrunde liegt auch mir am Herzen. Und immerhin hat dies Pfingstfest doch etwas Gutes: Es hat uns den Ritter du Lac einmal wieder ins Haus gebracht."

Artus lachte. „Da habt Ihr wohl recht."

Ginevra sagte leise: „Wie immer man da draußen übertrieben hat: Es stimmt doch, dass Ihr viele Fräulein in Not gerettet habt?" Bei diesen Worten schob sich ihre Hand, die auf der Truhe gelegen hatte, sanft auf die seine.

Lancelot zuckte zusammen. Er öffnete den Mund, um etwas zu sagen, und brachte kein Wort hervor. Ihm war, als würde ein Lodern durch seinen Körper fahren.

„Schöne Fräulein, nicht wahr?", fuhr Ginevra fort. Ihre Hand war weg.

„Die eine oder die andere Dame habe ich schon gerettet", erwiderte er. Sein Mund war trocken. „Das ließ sich nicht verhindern."

„Und haben sie Euch ihre Liebe angetragen?"

„Manche wohl. Aber dagegen war ich gefeit, Madam."

„Wieso das?"

„Weil ich Euer Ritter bin, wie Ihr wohl wisst."

Jetzt wandte er den Kopf und sah sie an. Um ihren Mund lag ein leichtes Lächeln, und in ihren kühnen Goldaugen funkelte es.

Noch einmal kam die Hand Ginevras und legte sich auf seine. Lancelot fiel das Atmen schwer.

„Ihr Herren, ich denke, ich werde schlafen gehen", sagte Ginevra. „Morgen erwartet uns ein harter Tag. Wie Ihr wisst, ist Sir Kay als Erster dran, seine Aventiuren zu berichten." Sie stand auf und ging zu Artus, beugte sich über ihn, um ihn zu küssen.

Im Hinausgehen streifte ihr grüngoldenes Kleid Lancelots Beine, und ihr Duft umgab ihn bis zu dem Moment, als die Tür hinter ihr ins Schloss fiel.

„Was für eine Frau, und was für eine Königin!", sagte Artus glücklich. „Seit sie neben mir auf Britanniens Thron sitzt, weiß man erst, was das bedeutet: Königin zu sein."

Lancelot antwortete nicht. Er saß mit geschlossenen Augen auf der Truhe und hatte seine Hände neben sich aufgestützt.

„Ich sehe, auch Ihr seid müde", fuhr der König fort. „Wir wollen demnächst darüber sprechen, wie es mit der Tafelrunde weitergehen wird. Ich werde mir noch einen Krug Wein kommen lassen, über dem ich dann ganz bestimmt einschlafe. Gute Nacht, lieber Freund."

Lancelot stand auf. „Gute Nacht, Sire. Ich empfehle mich Euch." Er zögerte, dann ließ er sich vor Artus auf ein Knie nieder, ergriff dessen Hand mit seinen beiden Händen und küsste sie. „Gute Nacht, mein König und Herr."

Artus sah ihm nach, wie er den Raum verließ, fast taumelnd – wie Artus glaubte, vor Müdigkeit.

Das Treppenhaus des Turms war von Fackeln erleuchtet, die in den Nischen in eisernen Halterungen steckten. Lancelot stützte sich an der Wand ab, während er mit schweren Schritten die Stufen nach unten nahm. Als er am zweiten Treppenabsatz angekommen war, öffnete sich eine Tür. Ginevra trat heraus, griff ihren Ritter am Arm und zog ihn in ein dunkles Gemach. Ihr Duft umhüllte ihn. Durch das offene Fenster strömte der Gesang einer Nachtigall in den Raum.

„Es ist nun aber so", flüsterte sie, „dass ich keine Stunde länger ohne Euch sein kann."

„Und ich würde sterben, wenn ich Euch jetzt nicht umarmen dürfte", gab er zurück, ebenfalls leise wie ein Hauch.

Dann war es still in dem dunklen Zimmer.

Wie Lancelot die Schreckensburg befreite

Nach der Nacht bei Ginevra war Lancelot wie zerrissen. Einerseits war er außer sich vor Glückseligkeit, andererseits quälten ihn Scham und Reue, seinen König so betrogen zu haben. Er wusste nicht aus noch ein. Und so gab es für ihn nur eins: die Flucht.

Fassungslos musste Ginevra erleben, dass der Mann, der nun ihr Geliebter war, sie sofort wieder verließ!

Sie gehörte zu jenen außergewöhnlichen und kühnen Frauen, die in der Lage sind, zwei Menschen zugleich zu lieben. Niemals zuvor hatte es den leisesten Zweifel an ihrer Treue zu Artus gegeben, und all die zurückliegende Zeit, seit ihr Lancelot zum ersten Mal begegnet war, hatte sie ihre Gefühle für ihn unterdrückt. Aber nun hatte sie sich entschieden – und mit aller Kraft ihres Herzens und ihres zielstrebigen Willens war sie bereit, sich ihrer neuen Liebe hinzugeben, gleich, was geschah.

Er hingegen stob davon wie ein Jagdfalke, den man von der Hand gelassen hatte.

Um seiner Verwirrung Herr zu werden und zu vergessen, suchte er nichts so sehr wie neue Abenteuer, und sie kamen ihm entgegen, als wenn das Schicksal es gut mit ihm meinte und sie ihm präsentieren würde, damit er den Aufruhr, der in ihm tobte, in andere Bahnen lenken konnte. Zwei Anlässe forderten seine Kühnheit heraus, und merkwürdigerweise waren es keine großen Krieger, mit denen er sich messen musste, sondern er hatte mit Mut und Beharrlichkeit Verzauberungen zu überwinden. Hatten da die Hexenköniginnen ihre Hand im Spiel? Bestimmt waren sie noch immer wütend darüber, dass ihnen Lancelot damals entkommen war, und versuchten, ihm Steine in den Weg zu legen.

Das erste Abenteuer führte Sir Lancelot zu einer Burg, die, ähnlich wie Sir Gawans Schastelmarveil, mit einem Zauberbann belegt worden war. Auf einem hohen Felsen thronte sie und ragte düster gegen den Himmel auf. Früher hatte sie die Freudenburg geheißen. Nun trug sie den Namen Schreckensburg.

Die mächtige Festung war unbewohnt, und die Leute aus dem Dorf am Fuß des Felsens berichteten mit Scheu davon, dass die Besitzer geflohen seien, weil von einem Tag zum anderen Gewappnete aus Kupfer und Eisen in die Räume der Burg eingezogen seien, Unholde mit herabgelassenem Visier, die mit merkwürdig abgehackten Bewegungen dahermarschierten – niemand wusste, woher sie kamen, aber es hieß, dass alle Waffen an ihnen abprallten wie Schilfrohre an einem Schwert. Sie seien unbesiegbar, diese Ungeheuer. So sagten die Dorfbewohner.

Lancelot war nicht der Mann, jemanden oder etwas für unbesiegbar zu halten, bevor er nicht probiert hatte, dagegen anzugehen. Und seit er mit Ginevra zusammen gewesen war, hatte sich sein Mut verwandelt. Er war noch gewachsen und grenzte fast an Tollkühnheit. Nach dem Glück, das er erlebt hatte, war es ihm nahezu gleich, ob er umkam – und andererseits meinte er vielleicht, wenn er für irgendetwas mit seinem Leben bezahlen würde, nun, so war das bestimmt die Sühne, die er seinem verratenen Freund Artus schuldete …

So ritt er am nächsten Tag den schmalen Grat hinauf, der zu der Felsenburg aufstieg, und stellte als Erstes fest, dass die Festung von einem tiefen Abgrund umgeben war. Anstelle einer Brücke, die zum Tor hätte führen können, lag ein riesiges Schwert quer über der Schlucht. Davon hatten ihm die Dorfbewohner nichts gesagt!

Er ritt zurück und fragte in der Schenke des kleinen Orts, was es denn mit dieser „Schwertbrücke“ auf sich habe.

„Früher war dort eine Holzbrücke“, erwiderte der dicke Wirt, der für den Ritter gerade eine Wildsuppe zubereitete, „aber nachdem die alte Herrschaft Hals über Kopf geflohen und in fremde Länder fortgezogen ist, gab es da auf einmal dieses Schwert. Niemand hat es bisher vermocht, darüber zur Burg zu gelangen. Alle, die es versucht haben, stürzten mit zerschnittenen Armen und Beinen in den Abgrund. Ihre Knochen liegen noch da unten."

„Gott sei ihren Seelen gnädig", sagte Lancelot und bekreuzigte sich. Dann begann er, die Suppe zu löffeln, die ihm der Wirt vorsetzte, und fragte schließlich, nachdem er nachgedacht hatte: „Gibt es hier in diesem Ort einen Schmied?"

Ja, es gab einen Schmied. Staunend nahm der den Auftrag an, den ihm der fremde Ritter erteilte: Er hatte die Innenseite seiner Handschuhe und die Beinlinge seines Kettenpanzers mit beweglichen Eisenplatten zu versehen; eine mühevolle Arbeit, die ihm aber einen guten Verdienst eintrug.

Nachdem der Schmied seine Arbeit zur Zufriedenheit des Auftraggebers vollendet hatte, begab sich der am folgenden Tag, angetan mit der so verstärkten Rüstung, zu der Schwertbrücke.

Im Dorf hatte es sich inzwischen herumgesprochen, dass wieder einmal ein tollkühner Ritter es wagen wollte, die Brücke zu überschreiten, und Männer, Weiber und Kinder hatten sich am Rand der Schlucht versammelt.

Lancelot kam angeritten, und als er sich vor den Augen aller von Harnisch und Helm befreite, und sich, nur angetan mit Kettenhemd, Beinlingen und Handschuhen, seine Waffe an der Seite, anschickte, das Schwert zu betreten, da brachen die Frauen und Mädchen in lautes Klagen aus und riefen: „Sir, warum wollt Ihr Euer junges Leben fortwerfen? Ihr habt den sicheren Tod vor Augen!"

Aber Lancelot achtete nicht auf ihre Rufe. Er maß das in der Sonne glitzernde riesige Schwert mit den Augen, schätzte die Entfernung bis zur anderen Seite ab und setzte dann entschlossen den Fuß darauf.

Die Klinge begann sofort hin- und herzuschwingen, sie vibrierte so stark, dass die Luft von einem sirrenden Ton erfüllt war. Bereits nach dem dritten Schritt war Lancelot klar, dass er so unmöglich das Gleichgewicht halten konnte – aber er hatte auch nichts anderes erwartet. Vorsichtig umfing er mit den gepanzerten Händen die Seiten des Schwertes und bewegte sich so Zoll für Zoll über den Abgrund.

Das Schwert zitterte wie die Saite einer Harfe, und der Ton, den es erzeugte, klang wie ein hohes Pfeifen. Die Leute am Rand der Schlucht hielten sich die Ohren zu und starrten wie gebannt auf den jungen Mann, der langsam Fuß vor Fuß und Hand vor Hand setzte.

Als er ungefähr in der Mitte der Klinge angekommen war, schwang sie so gewaltig hin und her, dass er sich behutsam mit einem Knie abstützen und warten musste, bis die Vibrationen nachließen. Dann setzte er seinen Weg fort, tastete sich weiter über das glitzernde Metall und zwang sich, keinen Blick in die Schlucht unter sich zu werfen, sondern seine Augen nur auf das schmale Band der Klinge zu richten. Schließlich griffen seine Hände Gestein, und mit aller Anstrengung, aber ohne es zu überstürzen, zog er seine Füße nach. Kaum hatte er die rettende Seite erreicht, stürzte das Schwert hinter ihm mit gewaltigem Getöse in die Tiefe.

Lancelot gönnte sich drei Atemzüge Zeit, bis er sich erhob und um sich schaute. Er hörte den lauten Beifall der Menge, die ihm zugesehen hatte. Er dankte mit erhobener Hand, dann zog er sein Schwert und wandte sich der nächsten Aufgabe zu: den metallenen Rittern in der Burg.

Es zeigte sich aber, dass er mit der Überquerung der Schwertbrücke wohl schon den schwersten Teil der Aventiure hinter sich hatte. Das Burgtor stand weit offen, und die als so gefährlich beschriebenen, angeblich unbesiegbaren Ungeheuer fielen schon beim ersten Schwertstreich um und waren nichts weiter als leere Hüllen, Rüstungen ohne Inhalt.

Plötzlich sah er sich umringt von den Dorfbewohnern, die ihm zujubelten.

„Wie seid ihr hierhergekommen?", fragte er erstaunt. Da zeigten sie ihm, dass es nun anstelle der Klinge eine schöne, bequeme Holzbrücke gab. Nachdem der Zauber verflogen war, erschien sie aus dem Nichts, und alles war wieder wie früher.

„Nun kann die Schreckensburg wieder zur Freudenburg werden", sagte ein alter Mann, „wenn Ihr hier einzieht und unser Herr seid!"

„Das kann ich nur, wenn mir mein König diese Burg zum Lehen gibt", erwiderte Lancelot. Der alte Mann entgegnete: „Das wird gewiss geschehen. Kommt mit mir, ich will Euch etwas zeigen, Herr Ritter, und es wird Euch beweisen, dass Ihr hierher gehört."

Der Alte führte Lancelot in den Burggarten. Unter Moos und wildem Brombeergestrüpp verborgen, lag eine verwitterte Steinplatte mit einem eisernen Ring in der Mitte.

Lancelot wischte mit dem Ärmel Flechten und Efeugerank beiseite und entdeckte eine Inschrift: „Nur der wahre Herr dieser Burg vermag diesen Stein zu heben."

Er schob die Hand durch den Ring und zog, und die Platte ließ sich so leicht anheben wie ein hölzerner Schild. Darunter aber entdeckte er einen zweiten Stein, ebenfalls mit Schriftzeichen versehen. Er beugte sich vor und las: „Hier ruht dereinst Sir Lancelot du Lac, Sohn des Königs Ban von Benois."

Lancelot hatte den Platz seines zukünftigen Grabes gefunden! Erschüttert sank er in die Knie. Wann würde er wohl hier zur Ruhe kommen? So jung und so lebensvoll er war – für ihn in diesem Augenblick war es ein erhebendes Gefühl, zu wissen, dass eine vorbestimmte Stätte auf ihn wartete, wie lange es auch noch dauern mochte.

Das Fräulein Elaine

Das Abenteuer auf der Freudenburg war das erste von denen, die ihm begegneten, seit er aus Carleon fortgegangen war und die Königin verlassen hatte. Aber bevor es zu einer zweiten Begegnung mit Zaubermächten kam, übermannte ihn die Sehnsucht nach seiner Liebsten. Es zog ihn zurück nach Camelot, als wäre sein Herz mit Stricken an Königin Ginevras Kammertür befestigt. Ja, er wusste, welche Schuld er auf sich lud – aber die Liebe zu der schönen Frau machte alles andere unwichtig. Er fand keine Ruhe, bis er wieder bei ihr war.

Und sie erwartete ihren Geliebten voller Ungeduld zurück.

Mit der gleichen Leidenschaft wie beim ersten Mal trafen sie wieder zusammen, und bei der einen Begegnung blieb es nicht. Immer wieder suchten die beiden nach Möglichkeiten, sich im Geheimen zu treffen. Es war ein gewagtes Spiel. Und wenn es ihnen auch lange Zeit gelang, ihr Beisammensein geheim zu halten – am Hof hatte man Augen, und auf so herausragende Personen wie die Landesherrin und den besten Ritter der Tafelrunde richtete man sie besonders. Die Blicke, die Lady Ginevra und Sir Lancelot tauschten, die Art, wie sie nebeneinandersaßen oder sich verstohlen berührten … das war jetzt alles so ganz anders, als sich die Verehrung des jungen Lancelot für die hochgestellte Dame zuvor gezeigt hatte. Es gab inzwischen kaum jemanden, der nicht mutmaßte, die beiden seien in geheimem Einvernehmen – außer Artus selbst. Der Glaube des Königs an die Treue seiner Frau und seines Freundes war unerschütterlich. Er war ein viel zu geradliniger Charakter, um anzunehmen, dass jemand, der ihm wert und teuer war, ihn hintergehen könne.

Eines Tages jedoch endete das Liebes-Zwischenspiel. Die nächste Aufgabe kam auf Lancelot zu. Ein Bote auf müdem, abgehetztem Maultier erreichte den Hof zu Camelot und verlangte, den König zu sprechen. Artus und Lancelot saßen gerade beisammen, um sich über Fragen der Kriegskunst zu beraten. (Natürlich musste der König Britanniens auch in Friedenszeiten das Heer und die Kriegsflotte unter Waffen halten, und Sir Lancelot du Lac, dessen Feldherrneigenschaften seit dem letzten Kriegszug von niemandem bestritten wurden, war nun so etwas wie sein Oberkommandierender.)

Der Mann kniete nieder und neigte den Kopf. „Majestät, mein Herr fleht den Beistand eines Ritters der Tafelrunde an. Wenn überhaupt jemand helfen kann, dann einer dieser Lords, jemand, der sich mit Zauberei auskennt. Es handelt sich um eine Jungfrau in Not."

„Eine Jungfrau in Not? Und verzaubert?" Artus runzelte die Brauen. „Ich weiß nicht, wie viele Frauenzimmer in Not wir schon errettet haben. Offenbar hat man es in England besonders auf die jungen Damen abgesehen", sagte er beiläufig zu Lancelot. Dann wandte er sich wieder dem Boten zu. „Wer ist der Herr, der dich schickt, und was ist geschehen?"

„Mein Herr ist König Pellinore auf Burg Corbinec, einer der Tafelrunde!", erklärte der Abgesandte, „und die Jungfrau in Not ist seine blutjunge Tochter Elaine. Das Mädchen ist schön wie eine Rosenknospe – und das war zwei bösen Zauberinnen, der Königin von Gore, Morgan le Fay, und der anderen, der von Nord-Galis, ein Dorn im Auge."

Artus sprang heftig auf. „Zum Teufel! Geben diese ... diese Damen denn nie Ruhe? König Pellinore ist einer meiner ältesten Vertrauten, er hat mir in all den Jahren immer wieder große Dienste in Krieg und Frieden geleistet – nur zu klar, dass meine schlimme Schwester Morgan und ihre Kumpanin sich an so einen Menschen heranmachen, um ihm zu schaden und mich damit gleichzeitig zu kränken." Er ging im Raum hin und her. „Was haben die beiden mit dem Mädchen gemacht?"

„Sie haben das Fräulein Elaine, als sie in ihrem Badezuber saß, mit einem Bann belegt. Sie kann nicht wieder heraus, und so sitzt sie nun schon tagelang jammernd und klagend in einer Wanne mit stets heißem Wasser, und ihre Haut gleicht bald der eines Fisches", erklärte der Mann und rang die Hände. „Wir haben den Priester geholt, der versucht hat, den Hexenfluch mit Gebeten und Weihwasser aufzuheben, aber es nutzte nichts. Jeder, der versuchte, zu ihr zu gelangen, blieb an der Tür des Badehauses kleben, und der glühende Dampf, der durch die Ritzen drang, verbrühte ihm das Gesicht. Nun heißt es, dass einzig ein Ritter, der reinen Herzens ist ..."

Er konnte nicht weiterreden, denn der König unterbrach ihn. „Lancelot! Wäre das nicht eine Aufgabe, wie für Euch geschaffen? Wenn einer reinen Herzens ist, so seid Ihr es! Und erfahren im Umgang mit Zauberspuk seid Ihr auch. Brecht noch heute auf, lieber Freund, damit die Tochter König Pellinores nicht länger leiden muss."

Lancelot saß mit gesenktem Kopf, erbleicht bis in die Lippen. „Majestät, schickt einen anderen!", sagte er leise. „Warum nicht den jungen Iwein, den Sohn Morgan le Fays, der Hexe, die dies Ungemach angerichtet hat? Er könnte durch seine Tat ..."

„Ach was, das ist doch keine Angelegenheit für einen Ritter, der bis vor Kurzem noch einen Schild ohne Wappen hatte. Ihr seid dafür der richtige Mann!"

Was sollte Lancelot machen? Er musste die Mission annehmen.

Des Nachts, als er mit Ginevra zusammenlag, erzählte er ihr flüsternd, was für eine Aventiure ihn erwartete.

„Ich werde scheitern, Gebieterin meiner Seele!", sagte er verzweifelt. „Nicht, dass ich die Zauberkünste fürchte. Aber mein Herz ist nicht mehr rein. Ich habe meinen Herrn und König verraten und verrate ihn noch jetzt, in diesem Moment, wo ich hier mit Euch zusammen bin. Mit Schimpf und Schande bedeckt, werde ich von dieser Ausfahrt zurückkommen."

Ginevra schwieg eine Weile. Dann erwiderte sie: „Nein, Geliebter. Du wirst die Aufgabe erfüllen, denn was wir beide tun, das geschieht nicht aus niederen Gründen, sondern weil wir uns lieben. Liebe kommt von Gott. Nie bist du mehr in Übereinstimmung mit Gott, als wenn du bei mir bist."

So zog Lancelot los in das zweite Abenteuer, um noch einmal gegen Zauberdinge anzutreten, diesmal gegen die Machenschaften der Hexenköniginnen.

Er wurde von König Pellinore (sein Haar war inzwischen grau geworden) geradezu überschwänglich empfangen. Den Herrn auf Burg Corbinec hatten die Tage, in der seine arme Tochter in dem Wasserzuber saß, um Jahre altern lassen, und wenn man ihn so sah, konnte man kaum glauben, dass er noch vor nicht allzu langer Zeit gegen den jungen Artus im Tjost angetreten war.

„Sir Lancelot vom See! Wie froh bin ich, dass Seine Majestät gerade Euch geschickt hat. Nun hat gewiss alle Not schnell ein Ende. Ihr seid ja erfahren in magischen Dingen, wie alle Welt weiß. Wollt Ihr Euch erst erfrischen, oder soll ich Euch sogleich zu meinem armen Kind führen?"

„Ich brauche keine Erfrischung", sagte Lancelot ernst. „Ich will es hinter mich bringen."

(Trotz der Worte Ginevras war er in der Tiefe seines Herzens davon überzeugt, dass er diese Aufgabe nicht bewältigen konnte. Aber das hielt ihn nicht davon ab, es zu versuchen! Wenn er scheitern oder sogar den Tod dabei finden würde – nun gut. Wenigstens würde er bei einer edlen Tat sterben, sagte er sich selbst. Der Tod schien ihm gering, im Bewusstsein, die Liebe Ginevras genossen zu haben.)

Pellinore führte ihn also zum Badehaus. Aus dem Inneren drang ein leises Wimmern.

„Ich kann es nicht mit anhören!", sagte der alte Herr kläglich. „Es zerreißt mir das Herz, dass ich Elaine nicht helfen kann. Niemand hat bis jetzt die Schwelle überschreiten können! Der Bann hemmt jedem, der es versucht hat, den Fuß. Geht Ihr hinein, Sir Lancelot, so Ihr es vermögt! Und Gott sei mit Euch!"

„Ja, das wäre wünschenswert", entgegnete Ginevras Ritter düster. Er griff nach der Klinke. Es zischte, Dampfwolken stiegen auf, aber Lancelot, der beste Ritter der Welt, ließ nicht locker. Das war sein Geheimnis: Im Gegensatz zu anderen, die irgendwann aufgaben, wenn sie meinten, etwas sei unerträglich geworden, hielt er weiter stand, ging über die Grenze hinaus, an der andere Schluss machten. Er ertrug die Schmerzen, bis er sie gleichsam überwunden hatte.

Umweht von den heißen Schwaden, riss er mit einem mächtigen Ruck die Tür des Badehauses auf. Er hörte noch Pellinores bewundernden Ruf, dann tappte er mit vorgestreckten Händen vorwärts wie ein Blinder, der jammernden Stimme nach. Schließlich erkannte er inmitten der wallenden Dämpfe die Umrisse des hölzernen Badezubers, dem er sich näherte. In ihm saß bis zum Hals ein junges Mädchen. Ihr Gesicht glänzte wie ein rotwangiger Apfel, und um den Kopf trug sie einen Turban aus buntem Stoff.

Der Anblick des fremden Ritters ließ ihr Jammern und Klagen verstummen, und sie sah ihm entgegen, halb ängstlich, halb erwartungsvoll.

„So! So weit bin ich also schon gekommen", sagte Lancelot mit gerunzelten Brauen. (Noch immer zweifelte er daran, dass es ihm gelingen konnte, den Zauber zu lösen.) „Was, meint Ihr, kann ich tun, um Euch herauszuholen?"

„Bisher hat es niemand auch nur geschafft, die Schwelle zu

überschreiten!", sagte das Fräulein zaghaft. „Vielleicht habt Ihr den Bann schon gebrochen, indem Ihr hereingekommen seid. Wie wär's, wenn Ihr mir einfach Eure Hand geben würdet und mir heraushelft?"

Lancelot streckte die behandschuhte Rechte aus, biss die Zähne zusammen und schloss die Augen, gewärtig, jeden Augenblick neben dem armen Kind für alle Zeiten im brühheißen Wasser zu sitzen, als Strafe für seine Sünden.

Zwei Hände klammerten sich an seine Hand, zwei nasse, glitschige Hände – das war alles, was geschah.

Lancelot machte die Augen wieder auf, beugte sich vor und hob das Mädchen ohne Schwierigkeiten aus dem Zuber.

Dann drehte er schnell den Kopf beiseite, denn natürlich war die Gerettete nackt bis auf das bunte Tuch über ihrem Haar, und das lange heiße Bad hatte durchaus nicht bewirkt, dass ihre Haut wie die eines Fischs war, sondern sie schimmerte glatt und rosig. Überhaupt war sie, soweit er das bei seinem kurzen Blick gesehen hatte, das liebreizendste Geschöpf der Welt (von Ginevra natürlich abgesehen!). Nicht umsonst waren die Hexenköniginnen neidisch geworden und hatten versucht, die Kleine zu verderben.

Als Lancelot, das nackte Mädchen auf dem Arm, die Tür aufstieß und inmitten der wallenden Schwaden hinaustrat, hatte sich zum Burgherrn das halbe Gesinde eingefunden, und alles brach in lauten Jubel aus. Eine alte Amme stürzte gleich herbei, um Elaine in einen Mantel einzuhüllen (wobei sie Lancelot einen so entrüsteten Blick zuwarf, als hätte er das Fräulein eigens ausgezogen), und unterm Beifall aller zog man triumphierend in die Gemächer des königlichen Hauses.

König Pellinore war vor Glück über die Rettung seiner Tochter außer sich und bot dem ritterlichen Helfer sogleich sein halbes Land nebst der Hand seiner Tochter an, was der natürlich ausschlug.

Als Lancelot abends sein Nachtgebet verrichtete, stürzten ihm plötzlich die Tränen aus den Augen. Für ihn schien nämlich die Rettung Elaines auch seine eigene Rettung zu sein. Er nahm es als ein Zeichen, dass Gott bereit war, ihm zu vergeben, seine Liebe wie seinen Verrat – wie sonst hätte er diese Tat vollbringen können, die nur jemandem vorbehalten war, der reinen Herzens sein sollte?

So fiel ihm der Entschluss leicht, seiner Sehnsucht zu folgen und nach Carleon zurückzukehren.

Am nächsten Morgen verabschiedeten sich Vater und Tochter von ihm. Elaines Gesicht war verweint, und sie schlang die Arme fest um seinen Hals. „Kommt wieder!", flüsterte sie sehnsüchtig.

Lancelot vergaß sie, sobald er die Burg Corbenic aus den Augen verloren hatte. In seiner Verliebtheit verschwendete er keinen Gedanken weiter an das junge Mädchen. Dass sich eine Sechzehnjährige, die vom besten Ritter der Welt nackt aus einem Wasserzuber gezogen wird, unfehlbar in ihren Retter verlieben muss – das kam ihm nicht in den Sinn.

Und natürlich konnte er nicht ahnen, mit welcher Willenskraft dies Fräulein seine Ziele verfolgen würde …

Der Feldzug

Es folgten Zeiten heimlichen Glücks für die Liebenden. Eine Handvoll vertrauter Dienerinnen und Diener wusste um das Einverständnis der beiden und half ihnen, sich zu begegnen, wann und wo auch immer. Auf ihre Verschwiegenheit bauten die beiden blindlings. (Ob das in allen Fällen stimmte, sei dahingestellt, denn dies und jenes sickerte bald am Hof durch und wurde unter dem Siegel der Verschwiegenheit weitererzählt …)

Ungetrübt jedoch war ihr Glück nie.

Lancelot war leidenschaftlich in die Königin verliebt. Aber auf der anderen Seite liebte und verehrte er Artus! In Gegenwart des Königs kam er sich schlecht und schuldig vor und schämte sich des Betrugs. Die Rettung Elaines hatte ihm nur für eine kurze Zeit das Gefühl gegeben, nicht ganz und gar verworfen zu sein. Ginevras Worte, dass eine solche Liebe wie die ihre von Gott kommen müsse, verlieh ihm zwar Trost, aber dann zweifelte er sie wieder an.

So war er einem ständigen Wechselbad der Gefühle ausgesetzt.

Und Ginevra? Sie war durchaus in der Lage, zwei Männer zu lieben. Aber ihre größte Angst war, Artus zu verletzen. Um nichts in der Welt wollte sie den König kränken. Und so spielte sie mit. Um seinetwillen. Obwohl ihr Lügen und Versteckspiel zuwider waren.

Artus aber?

Artus sah die beiden ja. Natürlich bemerkte er, wenn sie zu dritt beisammen waren, wie abwesend seine Frau und sein Freund manchmal wirkten, auf seine Fragen erst beim zweiten Mal antworteten, sich in die Augen starrten, sich verstohlen berührten. Er sah Ginevras Erröten beim Eintritt Lancelots, sah, wie ihr Blick aufleuchtete. Er merkte, wie seinem Oberkommandierenden der Atem stockte, wenn die Königin dicht an ihm vorüberging, wie ihm ein Weinbecher umkippte, wie er mit fahrigen Händen sinnlos an der Spange seines Mantels nestelte.

All das sah er – und sah es nicht. Er schaute weg.

Er weigerte sich, es in sein Bewusstsein dringen zu lassen; so wie er sich damals geweigert hatte, den Mord an den unschuldigen Kindern im Gedächtnis zu „behalten“. Seine Frau und sein Freund waren sein teuerstes Gut. Er wollte beide nicht verlieren.

England hatte sich, unbehelligt von äußeren Feinden, unter König Artus' Herrschaft vieler Friedensjahre erfreut. Handel und Wandel vollzogen sich auf sicheren Straßen, und selbst im abgelegensten Bauerndorf gab es niemanden, der Hunger leiden musste. Britanniens Kauffahrtschiffe beherrschten die Meere, und eine starke Kriegsflotte sicherte die Grenzen der Insel. Das Land blühte und gedieh. Die Ritter der Tafelrunde konnten die Hände in den Schoß legen.

Auf solchen Wohlstand sahen die Nachbarländer nicht ohne Neid. Aber man kannte die starke Streitmacht des Königs. Trotzdem wagte es hin und wieder ein eroberungslustiger Fürst, einen Raubzug auf die Insel zu unternehmen, in der Hoffnung, schneller wieder fort zu sein, als Artus sein Heer in Marsch setzen konnte …

Als die Meldung den Hof erreichte, von der Irischen See her seien räuberische Horden im Süden des Landes, in Wales, eingefallen, kam es für Lancelot fast einer Erlösung gleich. Ein Krieg! Eine bessere Ablenkung konnte sich gar nicht bieten. Und außerdem war das die Möglichkeit, Artus zu dienen, ein bisschen von seiner Schuld abzuzahlen. Mit Feuereifer stürzte sich Sir Lancelot du Lac in die Vorbereitungen, übernahm als rechte Hand des Königs die Leitung des Heerzugs, erarbeitete mit Sir Kay die Marschroute und die Pläne für die Versorgung unterwegs und erteilte den Marschbefehl.

Dann kam der Tag, an dem das Heer ausrücken sollte. Lancelot lud Artus ein, seine Streitmacht zu besichtigen. Auf einem Hügel vor den Toren Carleons, mit Blick auf die Ebene, verharrten beide, der König von Britannien und sein Oberkommandierender, zu Pferd, in schimmernden Rüstungen, das Visier offen, unter der Fahne mit dem roten Drachen auf weißem Grund, und sahen dem Aufmarsch der Truppen zu.

„Habe ich eigentlich auch eine Aufgabe bei diesem Unternehmen?", fragte Artus scherzhaft, als sein Feldherr Ritter und Fußsoldaten in bester Ordnung an ihm vorbeidefilieren ließ, und grüßte die Dahinziehenden mit der Hand.

Lancelot sah ihn an; ihm war nicht nach Scherzen zumute. „Ohne Euch und Euer Banner würde niemand von denen hier seinen Schild vom Nagel nehmen, das wisst Ihr, und das weiß die Welt, Sire!", sagte er leidenschaftlich.

Artus packte den anderen beschwichtigend am gepanzerten Arm. „Lieber Freund, lasst es gut sein! Habt Ihr übrigens gehört, dass sich die Königin entschieden hat, uns auf unserem kleinen Kriegszug zu begleiten?"

„Ja", sagte Lancelot. Sein Pferd tänzelte unruhig unter ihm. „Ich habe versucht, es Mylady auszureden – warum soll sie sich in Gefahr begeben?" (Sein Herz schlug ihm bis zum Hals. Natürlich hatte er versucht, es ihr auszureden. Und natürlich jubelte er innerlich, dass sie ihm nahe sein wollte.)

Mehr wurde über die Teilnahme der Königin am Feldzug nicht gesprochen.

Aber aus diesem Beisein Ginevras während des Feldzugs sollte großes Unheil für die Liebe der beiden erwachsen. Nahm die Königin doch Quartier in der Nähe jener jungen Dame, die Lancelot erst kürzlich aus dem Hexenbad errettet und dann sogleich vergessen hatte …

Das Zerwürfnis

Der entscheidende Kampf gegen die irischen Eindringlinge sollte in der Nähe der Burg Corbenic stattfinden (natürlich hatte sich auch König Pellinore dem Heer angeschlossen). Das Feldlager wurde vor den Toren aufgeschlagen; Königin Ginevra ließ sich von Pellinore überreden, der Bequemlichkeit halber in seiner Burg zu übernachten und seine Gastfreundschaft zu genießen – und die seiner Tochter!

Es war bereits tief in der Nacht; Sir Lancelot saß in seinem Zelt beim Schein einer Kerze. Am Tag davor hatte er mit Artus und Sir Gawan, der die rechte Flanke der Truppen befehligte, das Gelände der kommenden Schlacht angesehen, nun schaffte sich der Feldherr Lancelot mit Tinte, Feder und Papier noch einmal ein Bild von der Lage und überlegte, welche Strategie er morgen seinem König vorschlagen wollte.

Da kratzte jemand am Eingang zum Zelt.

Lancelot ging nachschauen. Eine vermummte Gestalt stand draußen, dem Anschein nach eine Frau.

„Was wollt Ihr?“

Die Frau legte den Finger auf ihren vom Schleier verhüllten Mund. „Pst!“, flüsterte sie. „Eure Königin wünscht Euch zu sprechen. Wenn Ihr wollt, bringe ich Euch zu ihr.“

(Lancelot hielt sie für eine der Vertrauten Ginevras, die zwischen ihnen Botschaften hin und her trugen.)

Ohne ein weiteres Wort wickelte er sich in einen dunklen Mantel und ließ sich von der Frau fortziehen.

Vorbei an den Wachposten führte ihn die Gestalt, stolpernd im Dunkel der Nacht gelangten sie zur Pforte neben dem Burgtor.

Alles schien bereits in tiefem Schlaf zu liegen. In den Ställen schnaubten und stampften die Pferde; im Schein einer Stalllaterne (dem einzigen Licht weit und breit) konnte Lancelot den Zelter Ginevras erkennen, das goldpunzierte Zaumzeug hing daneben.

Noch einmal legte seine Führerin beschwörend den Finger auf den Mund. Dann zog sie den Mann durch Gänge und Flure, treppauf, treppab. Schließlich öffnete sie fast lautlos eine Tür. Lancelot wurde hineingestoßen und allein gelassen.

Er stand still, versuchte, sich zurechtzufinden. Da waren leise Atemzüge zu hören.

„Liebste?“, flüsterte er.

„Pst! Kommt zu mir!“, hauchte eine Frauenstimme.

Da war ein Bett. Und auf dem Bett ein weiblicher Körper. Nackt.

Die Morgensonne schien durch die Leinenvorhänge des Betts, und Lancelot schlug die Augen auf. Um Gottes willen! Wie sollte er jetzt ungesehen die Burg verlassen? Er wandte sich zu der neben ihm Liegenden – und fuhr mit einem Schrei auf. Neben ihm schlief Elaine, das Mädchen, das er vom Hexenzauber im Badehaus errettet hatte. Als er sie ansah, schlug sie die Augen auf und lächelte.

Lancelot sprang aus dem Bett und griff zuerst nach seinem Mantel, um sich zu verhüllen. Er begann zu zittern.

„Elaine!“, sagte er leise. „Warum habt Ihr das getan? Warum habt Ihr mich so hintergangen?“

„Wäret Ihr denn zu mir gekommen, wenn ich nicht diesen kleinen Betrug ersonnen hätte?“

„Niemals!“ Lancelot schüttelte wild den Kopf. „Das nennt Ihr einen kleinen Betrug? Ihr habt mich in Schande gebracht!“ Er starrte auf seine Kleider, die am Boden vor dem Bett lagen, auf seinen Dolch. Er sprach nicht aus, was er dachte: Ich bin der Frau, die ich liebe, untreu geworden. Und: Sogar schon auf Burg Corbenic scheint man zu wissen, dass Ginevra und ich … Es war unausdenkbar.

„Ich sollte Euch töten“, flüsterte er mit zusammengepressten Zähnen. Sie sah ihn erschrocken an, lieblich und rosig; das aufgelöste Haar fiel ihr über die nackten Schultern. „Alles Unheil, das aus dieser Nacht erwächst, komme über Euch!“, sagte er. Er ging grußlos und ließ Elaine in ihren Tränen zurück.

Das vorhergesagte Unheil aber ließ nicht auf sich warten.

Lancelot hatte kaum die Kammertür hinter sich zugezogen, da traf er auf … Ginevra.

Sie kam ihm entgegen mit ihren stolzen, weit ausholenden Schritten, den Kopf hoch erhoben, und als sie seiner ansichtig wurde, flog ein Lächeln der Überraschung und des Glücks über ihr Gesicht, und ihre Augen strahlten auf.

„Ihr hier, Herr! Aber warum … Und wie seht Ihr aus!“ Sie brach ab. „Freut Ihr Euch nicht, mich zu sehen?“

Vor ihr stand das verkörperte schlechte Gewissen. Das Haar zerzaust, tiefe Ringe unter den Augen. Die Kleidung unordentlich. Die Lider weit aufgerissen, den Mund geöffnet wie zu einem Aufschrei bei ihrem Anblick.

Lancelot begann zu stammeln. Er war viel zu erschrocken, um eine glaubhafte Ausrede zu ersinnen. „Ich war … ich bin gestern Abend … ich bin schon länger … natürlich freue ich mich …“

Ginevra warf einen Blick auf die Tür, vor der er stand. War das nicht das Zimmer der schönen kleinen Elaine?

Plötzlich verstand sie. Ihr war, als wenn sich für einen Moment die Welt verdunkelte. In ihrem Kopf rasten die Gedanken.

„Ihr kommt nicht, sondern Ihr geht, nicht wahr?“, sagte sie mit eisiger Stimme. „Ihr wart bei dem Mädchen aus dem Wasserzuber!“

Lancelot schnürte es die Luft ab. Die Heimlichkeit und das Versteckspiel gegenüber Artus, worin er nun schon seit Jahren gefangen war, verlangten ihm das Äußerste an Selbstverleugnung ab. Er konnte nicht heucheln, und schon gar nicht der geliebten Frau gegenüber. So erwiderte er leise: „Ja, ich war bei Elaine. Sie hat mich mit einer falschen Botschaft hierher gelockt. Ich dachte, Ihr hättet mich rufen lassen.“

Ginevras Finger krallten sich in den Stoff ihres Kleides. Auf der zarten Haut ihres Gesichts erschienen rote Flecke.

Mehr noch als die Tatsache, dass er bei dem Mädchen gewesen war, erschütterte es sie, dass er sie mit einer anderen

Frau verwechseln konnte. War sie, war ihre Liebe und ihre Leidenschaft, waren ihre Zärtlichkeiten einfach austauschbar? Sie, die Einzige, die Königin seines Herzens – und er merkte nicht einmal, wenn er eine andere umarmte?

Noch nie hatte sie sich so schmählich betrogen und hintergangen gefühlt.

Ihr Mund verzerrte sich zu einer Grimasse des Hohns und der Wut: „Wollt Ihr mich etwa glauben lassen, Ihr habt so stumpfe Sinne, dass Ihr nicht bemerkt, wenn eine andere Frau neben Euch liegt?"

„Liebste, ich …"

„Nennt mich nicht Liebste! Redet mich nie wieder so an! Ich bin die Königin von England!"

„Es war eine Verwechslung!"

„Verwechslung?" Etwas Schlimmeres hätte er nicht sagen können. Ehe sie mit einer anderen verwechselt wurde, wollte sie besser bewusst betrogen werden!

„Lügner! Man verwechselt Ginevra von Britannien nicht mit irgendeinem beliebigen Frauenzimmer! Ihr habt mich betrogen! Betrogen!"

Stumm schüttelte Lancelot den Kopf.

Ginevra fühlte, wie ihre mühsam aufrechterhaltene Fassung dahinschwand. Die Tränen der Verzweiflung saßen schon dicht hinter ihren Augenlidern. Jetzt schrie sie: „Zu denken, dass ich meinen Mann, den König, hintergangen habe, um einem solchen elenden Schurken wie Euch meine Gunst zu schenken!"

Lancelot streckte flehend die Hände nach ihr aus, aber sie trat zwei Schritte zurück. „Weg mit Euch! Schert Euch fort! Mir aus den Augen!"

Lancelot war totenblass. Er wandte sich ab, unfähig, etwas zu sagen.

Ginevra raffte ihr Kleid und streifte ihn im Fortgehen, wie

man einen Feind anrempelt. Dann blieb sie noch einmal kurz stehen und zischte durch die Zähne: „Ihr riecht sogar noch nach ihr!“ Dann rauschte sie den Gang hinunter und verschwand in ihrem Gemach, schloss die Tür hinter sich ab und warf sich auf ihr Bett. Sie begann bitterlich zu schluchzen.

Lancelot blieb zurück, mit hängenden Armen, am Ende. Er taumelte, lehnte die Stirn an die Wand hinter sich, stand da wie ein gescholtenes Kind. Das Unglück senkte sich auf seine Schultern, schwerer als jede Rüstung, die er jemals getragen hatte …

Noch am selben Tag kehrte die Königin nach Camelot zurück. Sie ließ dem König ausrichten, sie fühle sich nicht wohl.

Die Schlacht gegen die Iren wurde am nächsten Tag geschlagen, und natürlich war das englische Heer siegreich, dank der überlegenen Strategie eines Lancelot vom See und der Kampfkunst der Ritter der Tafelrunde.

Aber Gawan, dessen Bruder Agrawan, Lyonel, Gryfflet und viele anderen beobachteten, dass sich ihr Freund Lancelot, der sonst berühmt war für seine kluge Kampftechnik, wie ein Berserker in die Schlacht stürzte, ohne auf jegliche Deckung zu achten, als wäre es ihm gleichgültig, ob er den Tod finden würde oder nicht. Folgerichtig wurde er dann auch so schwer verwundet, dass es ihm nicht möglich war, an der Siegesfeier auf der Königsburg teilzunehmen.

7
Die neuen Ritter

Lancelot war nicht nur schwer verwundet. Er fühlte sich nach dem Zerwürfnis mit Ginevra unendlich elend, und das Leiden seiner Seele verhinderte die Heilung seines Körpers.

Als er endlich so weit genesen war, dass er aufstehen konnte (er befand sich bei heilkundigen Mönchen in der Nähe der Burg Corbenic), fasste er den Entschluss, sofort nach Camelot zu gehen, um seiner Königin zu Füßen zu fallen, alles zu erklären und ihre Verzeihung zu erbitten.

Sie wird sich zunächst weigern, mit mir zu reden, dachte er, aber ich werde nicht nachlassen, sie zu bestürmen, und wenn ich wie ein Hund vor ihrer Tür schlafen müsste! Wir lieben uns. Es kann nicht sein, dass wir uns so entzweien!

Artus hielt Hof auf der Burg Tintagel, und Lancelot begab sich dorthin. Aber Ginevra war nicht da!

Zu seinem Schrecken erfuhr er, dass sie sich, ganz gegen ihre Gewohnheit, für einige Mondumläufe in ein Kloster zurückgezogen hatte, um, wie sie sagte, ihre Seele zu reinigen. Also gab es keine Möglichkeit, mit ihr zu sprechen und das, was zwischen ihnen stand, auf irgendeine Weise aus der Welt zu schaffen.

Sein Gemüt war umdüstert. Am liebsten wäre er sofort wieder auf eine Aventiure gezogen. Aber Artus freute sich so über seine Anwesenheit und verlangte beinah jeden Tag nach seiner Gesellschaft! Er konnte und wollte sich seinem König nicht entziehen …

Was aber jene Nacht mit Elaine anging, so verdrängte er sie völlig aus seinem Gedächtnis. Es war, als hätte es das Mädchen aus dem Badezuber nie gegeben. Und so erfuhr er denn auch nicht, dass Elaine schwanger war!

Einige Wochen nach der gewonnenen Schlacht gegen die Iren saßen Artus und sein oberster Feldherr gemeinsam auf dem Söller von Burg Tintagel und sahen zu, wie die Knappen und frischgebackenen Ritter sich im Bogenschießen übten.

Lancelot streckte sein Bein ab; eine schwere Wunde am Oberschenkel, erhalten in der letzten Schlacht, hatte sich noch immer nicht ganz geschlossen. Es machte ihm Mühe, allein aufs Pferd zu steigen.

Unter den Neuankömmlingen, die in diesem Jahr mit vielen anderen an Artus' Hof angelangt waren, befanden sich auch zwei Jünglinge von den Orkneys, die jüngeren Brüder des Dreigestirns Gawan, Agrawan und Gaheris. Ihre Mutter, Lady Morgause, hatte ihre drei Älteren ja bekanntlich selbst nach England gebracht. Nun aber, so hieß es, habe sie sich wütend geweigert, den beiden anderen die Fahrt zu erlauben. Die Jungen waren ausgerissen, um zu Artus zu gelangen …

Garet war rothaarig und kräftig wie seine Brüder. Der andere, Mordred mit Namen, fiel aus der Reihe. Er wirkte eher zartgliedrig, hatte fast weißblonde Haare und ein mädchenhaftes Gesicht, und seine Bewegungen waren flink und geschmeidig.

Am Tag, als Artus die beiden jungen Männer in seinem Audienzsaal willkommen hieß, überfiel ihn ein dumpfes Gefühl der Beunruhigung. Er wandte sich an den hellhaarigen Knaben und fragte beklommen: „Wann seid Ihr geboren, Neffe Mordred?"

Mordreds kalte Augen starrten ihn an, ohne zu blinzeln. Er nannte das Jahr und fügte hinzu: „An einem ersten Maitag, Majestät!"

Artus durchfuhr ein eisiger Schreck. Auf einmal war alles wieder gegenwärtig … die Kinder, die er aufs Meer hinausgeschickt hatte, als es ihm nicht gelungen war, seinen Sohn unter ihnen herauszufinden … die Schuld, die er auf sich geladen hatte … aber das Schicksal ließ sich nicht austricksen. Da war er, der Totgeglaubte! Sein Sohn.

Was stand in diesen hellen Augen geschrieben? Wissen. (Natürlich hatte Morgause ihn eingeweiht.) Wissen – und Hass.

Artus raffte all seine innere Kraft zusammen. Vielleicht konnte sich ja alles zum Guten wenden. Vielleicht konnte aus dem Verhängnis ein Segen werden, wenn er diesen Jüngling an seinem Hof lehrte, was gut und richtig war …

Und Artus beschloss zunächst, zu schweigen.

Am heutigen Tag nun begutachteten der König und sein Feldherr auf dem Söller die Schießkünste der Schar junger Männer unten auf dem Rasen, die demnächst den Ritterschlag erhalten sollten.

„Brave Burschen, alle wie sie da sind!", sagte Artus wohlwollend. „Der Nachwuchs braucht sich nicht zu verstecken."

Lancelot nickte und massierte heimlich sein schmerzendes Bein. „Das trifft auch auf die beiden Orkneys zu, obwohl sie so grundverschieden sind", bemerkte er. „Garet ist ein Draufgänger wie seine Brüder. Auch Mordred beweist Mut, aber er ist einer, der erst nachdenkt und dann handelt." Gerade platzierte der Knabe einen Pfeil mit so viel Umsicht auf der Schießscheibe, dass die anderen wegen seines langen Zielens schon ungeduldig wurden. „Ich wusste gar nicht, dass Lady Morgause noch einen fünften Sohn hat."

Artus schwieg. Lancelot fuhr arglos fort: „Ich dachte immer, König Lot sei gleich seinerzeit nach dem Feldzug der Nordritter gestorben – aber da war ich ja noch ein Junge und lebte in Frankreich." Er lachte ein wenig. „Wisst Ihr, dass es seltsame Gerüchte über diesen Knaben Mordred gibt? Er soll ausgesetzt worden sein, keiner weiß, warum, aber Morgause, erzählt man sich, habe ja gewisse Kräfte … Nun ja, ähnlich wie Eure andere Schwester, Lady Morgan le Fay. Jedenfalls soll sie das Kind ausfindig gemacht und mit einem fliegenden Drachen zu sich auf die Orkneys geholt haben."

Artus lachte kurz auf. Es klang nicht froh. „Fliegende Drachen! Ich wüsste nicht, wem so etwas nach Merlins Verschwinden zur Verfügung stehen sollte! Lancelot, ich gebe Euch einen guten Rat: Hört nicht auf solchen Unsinn!"

Er hatte heftig gesprochen, heftiger und gebieterischer, als es in so einem vertraulichen Gespräch angebracht schien, und Lancelot sah seinen König erstaunt von der Seite an. Artus' Gesicht wirkte abweisend und irgendwie gequält.

„Was ist Euch, Majestät?", fragte Lancelot behutsam. Am liebsten hätte er seinem Landesherrn die Hand auf den Arm gelegt.

Artus lehnte sich zurück und schloss die Augen. „Ach", sagte er, „mir fehlt die Königin. Warum musste sie nur auf diesen Gedanken mit dem Kloster verfallen …"

Lancelot biss sich auf die Lippen.

Von unten ertönte ein Jubelschrei. Der junge Garet hatte einen Pfeil ins Schwarze gesetzt, so genau, dass er damit den Pfeil seines Bruders gespalten hatte. Mordred zerbrach vor Wut den Schaft des nächsten Geschosses, das er in Händen hielt.

„Er denkt, bevor er handelt, und das ist gut so", meinte Lancelot, „aber er ist auch unberechenbar und jähzornig."

„Er will nicht gern verlieren", sagte Artus. Es klang entschuldigend.

„Wer will schon gern verlieren!", erwiderte Lancelot müde. Er legte sein Bein auf einen nebenstehenden Hocker. „Ihr nehmt Anteil an ihm?"

„Ja. Ich nehme Anteil." Mehr sagte Artus nicht.

Eine Weile war nichts zu hören als das Schwirren der Bogensehnen, der dumpfe Aufschlag des Pfeils auf der Schießscheibe und Rufe, Beifall und Lachen der Schützen. Dann sagte der König: „Eins frage ich mich schon die ganze Zeit: Wohin mit ihnen?"

Lancelot schreckte aus seinen Gedanken auf, die ihn ganz weit weggetragen hatten. „Was meint Ihr? Ich verstehe nicht."

„Wohin mit ihnen?", wiederholte Artus. „Wohin mit der ganzen jungen Mannschaft? Ihr müsstet sehen, mit welch glänzenden, erwartungsvollen Augen sie mich angucken, wenn ich ihnen endlich den Ritterschlag erteile. Jeder von ihnen hofft, dass er ein Mitglied der Tafelrunde wird, und einige haben ja auch das Zeug dazu. Aber was sollen sie tun? Welche Unholde gibt es noch aufzuspüren, welche Jungfrauen zu schützen, welche Gefangenen zu befreien? Ihr und Euresgleichen habt für die nächste Generation nichts übrig gelassen. Britannien ist befriedet, Ihr wisst es." Er schlug Lancelot freundschaftlich auf die Schulter.

„Das Böse wächst immer wieder nach!", entgegnete der andere leise.

Unter dem Söller wurden erregte Stimmen laut. Zwei Knappen waren beim Zählen ihrer Treffer in Streit geraten. Eisen klirrte. Artus erhob sich und beugte sich über die Brüstung, und Lancelot humpelte ihm hinterher. Irgendjemand dort unten wurde auf sie aufmerksam, wies die anderen auf sie hin. Die beiden Streithähne ließen sofort ihre Waffen verschwinden. Zwanzig junge Männer beugten das Knie und senkten demütig die Köpfe. Der König drohte mit dem Finger. „Ihr geht euch doch nicht etwa an den Kragen da unten?"

„Nein, Sir!", kam es einstimmig.

„Umso besser. Macht weiter."

Aber dazu war den Schützen offenbar die Lust vergangen. Sie hatten ja gedacht, sie seien unter sich. Aber unter den Augen der beiden mächtigsten Männer des Landes, des Königs und seines Oberkommandierenden, Übungen abzuhalten, danach stand ihnen nicht der Sinn. Schnell und leise leerte sich der Rasen.

Der König und sein Feldherr sahen sich in die Augen – und mussten lachen.

„Da habt Ihr's", sagte Artus. „Vor lauter Respekt verbiegen sie sich noch. Ihr seid ein Schlachtengott und ich ..."

„... eine Legende!", ergänzte Lancelot.

Immer noch lachend, kehrten sie zu ihren Stühlen zurück.

Die ernste Stimmung war verflogen. Artus rief nach Wein und einem Schachbrett, musste aber feststellen, dass sein Gegenüber so wenig bei der Sache war, dass er ihn schon nach wenigen Zügen schlagen konnte.

„Was ist denn in Euch gefahren?", fragte er. „Habt Ihr mich nicht sonst immer matt gesetzt?"

„Mir gehen Eure Worte von vorhin nicht aus dem Kopf, Majestät. Was die jungen Leute tun sollen. Und was wir Ritter tun sollen, wenn ganz England leer gefegt ist vom Übel. (Wahrscheinlich fangen einige wieder an, sich gegenseitig die Köpfe einzuschlagen vor Langeweile.) Und dann dachte ich an Parzifal. Wir hatten schon einmal darüber geredet, als es darum ging, dass die Aventiuren die Ritter zu Eitelkeit und Prahlerei verführen, Ihr wisst, nach jenem Pfingstfest …" Er holte tief Luft. Es war ebenjenes Fest gewesen, nach dem Ginevra ihn zum ersten Mal in ihr Gemach geholt hatte …

„Ich erinnere mich", sagte Artus. „Den Heldentaten einen anderen Sinn geben, nicht wahr? Die Suche Parzifals gleichsam allen aufzuerlegen … nach Dingen auszuziehen, die unser Seelenheil und unsere Nähe zu Gott fördern …" Er fing langsam Feuer. „Das Überirdische – das müssen ja nicht immer nur finstere Zaubereien sein … dafür können doch auch heilige Dinge gelten … Reliquien vielleicht … ein Splitter vom Kreuze Christi … oder …"

„… oder dieser Gral, nach dem Parzifal schon so lange fahndet", fiel Lancelot ein. Seine dunklen Augen glänzten. „Die Ritter der Tafelrunde nun unterwegs auf der Queste, der Hohen Suche nach dem Gral!"

„Weiß man eigentlich ganz genau, was das ist, dieser Gral? Was es mit ihm auf sich hat?", fragte der König, wie immer ein Mann des Genauen und Wirklichen. „Ich kann doch nicht ein paar Dutzend Lords ausschicken, nach etwas zu suchen, von dem ich gar nicht weiß, was es ist!"

„Es soll eine Art Kelch sein“, antwortete Lancelot träumerisch. „Das Gefäß, in dem einst ein frommer Mann das Blut unseres Erlösers gesammelt hat, als dieser am Kreuz hing. Der Kelch soll sich auf einer Burg befinden, zu der nur derjenige gelangen kann, der …“, er zögerte, „der reinen Herzens ist oder durch lange Buße Vergebung seiner Sünden erlangt hat.“

„Sünder sind wir alle“, erwiderte Artus und dachte an den hellhaarigen Knaben Mordred, den Sohn Morgauses, den scharfäugigen Schützen … „Jedenfalls“, schloss er und warf die Figuren des Schachspiels durcheinander, „könnte ich mir vorstellen, dass Merlin seine helle Freude an dem Gedanken haben würde.“

„Was meint Ihr?“, fragte Lancelot.

„Nun – an dieser Gralssuche!“

„Merlin – Ihr meint den Magier?“ Sir Lancelot runzelte die Brauen. (Natürlich wusste er von dem Zauberer, der einst an König Artus' Seite gewesen war, um ihn zu beraten. Aber was mochte dieser Magier, ein Vertreter der Alten Mächte, wohl mit dem christlichen Gral zu schaffen haben?)

„Merlin, ja. Der kannte sich aus zwischen den Welten, zwischen Jenseits und Diesseits. Zwischen Gut und Böse.“

„Wenn das immer so einfach wäre!“, murmelte der Mann, der seinen König mit dessen Frau betrogen hatte und diese Frau mit einer anderen …

Wie die Ritter nach dem Gral auszogen

In der kleinen Kapelle der Burg von Carleon, einem schlichten Raum mit farbigen Glasfenstern, sollte sich zu einem feierlichen Gottesdienst alles versammeln, was an Rittern der Tafelrunde sich gerade in Camelot aufhielt – eine erlesene

Truppe kampferfahrener Männer. Der König hatte die engsten Vertrauten gebeten zu kommen. Kay, Gawan und seine Brüder, Gryfflet, Iwein und andere warteten bereits im Vorraum der Kapelle und tauschten Vermutungen aus, was dieses Hochamt außerhalb der kirchlichen Feiertage wohl zu bedeuten hatte – es war nicht einmal Sonntag. (Lancelot, der den Grund kannte, stand abseits und schwieg.)

Artus erschien, und die Ritter begaben sich ins Innere der Kapelle. Nachdem der Burgkaplan die Messe gelesen hatte, betrat der König das freie Geviert vor dem Altar. Hinter ihm ragte ein steinernes Kruzifix auf. Ein großer Busch weißer Lilien, den die Messdiener herbeigebracht hatten zur Ehre Gottes, verbreitete einen süßen Duft in der Kapelle.

Artus trug den Kronreif im Haar und Excalibur an der Seite.

„Edle Lords, Ritter der runden Tafel, meine Getreuen!“, begann er und ließ den Blick über die Versammlung schweifen. „Es herrschen in Britannien Ruhe und Ordnung, und dass es an dem ist, das verdankt das Land unter anderem Euch, die Ihr unermüdlich Aventiuren bestanden habt, um Recht und Gerechtigkeit zu schützen und Euren Ruhm zu vermehren. Das alles habt Ihr bis jetzt aus Eurem Edelsinn heraus getan, ohne dass Ihr einen anderen Auftrag hattet, als auszuspähen, wo Böses geschah und Gewalt vor Recht gestellt wurde.“

Einer der Ritter rief: „Das alles aber schulden wir nur der Majestät des Königs! Er hat uns immer wieder ermutigt, Ehre zu suchen, vor allen anderen gebührt das Lob ihm allein …“

Artus unterbrach ihn, indem er abwehrend beide Hände hob. „Ihr Herren!“, sagte er freundlich. „Weihrauch ist eben schon genug zum Ruhme des Ewigen verbrannt worden während der Messe. Ich brauche keinen. Alles, was die Tafelrunde bisher vollbracht hat – das weiß ich wie Ihr selbst –, das ist geschehen, weil jeder Einzelne für sich nach Ehre strebte und auf eigene Faust loszog. Heute nun werde ich Euch ein neues Ziel stecken. Aber ob Ihr es Euch zu eigen machen wollt oder nicht, das liegt bei Euch."

Er machte eine Pause und wartete ab, bis sich das Gemurmel in den Kirchenbänken wieder gelegt hatte.

„Wir wissen es von Einsiedlern und frommen Männern der Kirche, wir wissen es auch noch aus anderen Quellen: Es gibt einen heiligen Gegenstand auf der Welt, den die ganze Christenheit gern besitzen möchte und der wundertätig sein soll wie ein Splitter vom Kreuze Christi: Das ist jener Kelch, in dem vorzeiten das Blut unseres Heilands aufgefangen wurde. Er wird der Gral genannt. Viele von Euch wissen, dass Sir Parzifal unermüdlich auf der Suche nach diesem Gral ist, ohne ihn bisher gefunden zu haben.

Mein höchstes Ziel, ihr Herren, wäre, diesen wunderbaren Kelch hier zu mir nach Camelot zu verbringen, damit wir ihn verehren können. Dann würde wirklich zur Vollendung gebracht, was ein König überhaupt nur anstreben kann: dass sein Land gleichzeitig ein Hort des weltlichen Rechts und der geistlichen Gnade ist.

Meine Lords! Es heißt, um den Gral zu finden, bedarf es eines Sinnes, der bereit ist, seine Sünden zu bereuen. Wenn die Männer der Tafelrunde danach streben, nicht nur untadelige Ritter zu sein, sondern auch Vergebung vor Gott zu erlangen, so müsste dies Ziel zu erreichen sein. Befreit Euch von aller Eitelkeit, und Ihr werdet Erfolg haben."

Er holte Luft, dann fuhr er leise fort: „Aber es kann auch sein, dass es gar nicht darum geht, diesen Gegenstand zu erlangen. Ich weiß es nicht. Vielleicht ist ja die Suche das eigentliche Ziel. Das Ziel, das Euch zu Euch selber führt."

Artus schwieg, und die Versammelten vor ihm in der Kapelle schwiegen auch. Sie hatten nicht alles verstanden, was der König gesagt hatte. Einen Kelch suchen – nun gut. Aber sich selbst suchen …? Der Gedanke war für sie neu und fremd, und vielen war Parzifals ruheloses Umherirren eher als eine bemitleidenswerte „Krankheit“ erschienen denn als ein erstrebenswerter Zustand.

Aber wenn etwas zum Ruhm und zur Vollkommenheit des Königreichs zu tun war, gab es keinen, der sich ausgeschlossen hätte.

Trotzdem: Artus' Rede in der Burgkapelle war vielen der alten und jungen Haudegen verwirrend, und was da gesucht werden sollte, schien ihnen schwer zu begreifen. Sicher hätten sie noch Fragen gestellt oder wären mit Zweifeln gekommen. Aber dann geschah etwas, was das Blatt wendete. Wahrscheinlich war es ein Zufall. Aber für die meisten, die es miterlebten, galt es als Fingerzeig des Himmels.

„Wir wollen um Erleuchtung beten“, sagte der König und kniete nieder. Er hatte Excalibur samt der Scheide in beiden Händen und hob es so hoch, dass der Schwertgriff vor seinem Gesicht das Kreuzeszeichen bildete.

In diesem Augenblick tauchte im Schallloch, einem offenen runden Fenster seitlich vom Altar, eine weiße Taube auf. Vielleicht war sie auf der Flucht vor einem Habicht und suchte nun, fern von ihrem Taubenschlag, Schutz in einem Gebäude. Jedenfalls flatterte sie ins Innere der Kapelle, umkreiste einmal den Altar und ließ sich dann auf dem Schwertknauf von Excalibur nieder, dicht vor Artus' Augen.

Der König war eher erschrocken, er machte eine kleine Bewegung mit seiner Waffe, als wolle er das Tier wegscheuchen, aber die Taube flog nicht auf, sondern hielt sich mit leicht ausgebreiteten Flügeln fest …

Die Ritter starrten wie gebannt auf das, was sich da abspielte. Denn der weiße Vogel war für alle das Symbol des Heiligen Geistes! Für die gläubigen Männer war es klar: Der Heilige Geist selbst also würde mit ihnen sein bei ihrer Suche!

Atemberaubende Stille herrschte in dem kleinen Raum. Und dann war es Sir Iwein, der mit zitternder Stimme rief. „Gott gibt uns ein Zeichen! Gott will es!“

„Gott will es!“, stimmten die anderen ein und packten ebenfalls ihre Schwerter wie Artus, den Schwertgriff als Kreuz erhoben.

Von dem Lärm flatterte der Vogel erschrocken auf, zog eine Runde unter der Decke und ließ sich dann an einer der Säulen nieder.

Aber das spielte nun keine Rolle mehr. Die Taube war der göttliche Segen für ihre künftigen Taten, das stand für die Anwesenden fest. Die Ritter des Königs knieten ergriffen nieder und beteten ein Ave-Maria.

Artus und Lancelot sahen sich an. Ein Wunder?

Jedenfalls, die Gralssuche würde beginnen.

Die Geschichte von dem „Wunder“ in der Kapelle verbreitete sich wie ein Lauffeuer, und so ergriff der neue Gedanke alsbald Besitz von allen Rittern der Tafelrunde.

Es gab kaum einen, der nun nicht auszog auf die Hohe Queste, auf die Suche nach dem Gral. In allen Kirchen hielt man Gottesdienste ab und betete für das Gelingen der großen Ausfahrt, und der Bischof von Carleon in eigener Person segnete die Waffen der Ritter.

Sir Lancelot du Lac war einer der ersten, der sich aufmachte. Gawan und Agrawan, Gryfflet und Iwein und viele andere folgten ihm.

Für Lancelot hätte es keines Wunders bedurft; niemand wusste, dass er unter seiner Rüstung auf der bloßen Haut ein Büßerhemd trug, ein aus grober Wolle und Rosshaar gewirktes Gewand, scheuernd und kratzend – so gab es keine Minute seines Lebens, in der er nicht an seine Sünde erinnert wurde: den Verrat an seinem König und die verbotene Liebe!

Kaum hatte der Ritter vom See den Hof verlassen, so kehrte Königin Ginevra zu ihrem Mann zurück, bleich, aufrecht, die goldenen Augen riesig im schmal gewordenen Gesicht – schöner denn je.

Als die meisten bereits aufgebrochen waren zu ihrer erhabenen Queste, wurde eines Tages Mordred beim König vorstellig. Er hatte offiziell um eine Audienz gebeten. Ein Kämmerer geleitete ihn zu Artus, der damit beschäftigt war, mit einigen Schreibern Gerichtsurteile zu bestätigen, Gnadengesuche zu genehmigen oder zu verwerfen und Verordnungen zu erlassen – die Alltagsarbeit des Regierens.

Als Mordred nun das Kabinett betrat, befahl er den Helfern mit einer Handbewegung zu gehen und wandte sich dem jungen Mann zu, der sich tief verneigte.

„Was begehrt Ihr, Sir Mordred? Was wünscht Ihr vom König?", fragte er. Er gab sich Mühe, besonders freundlich zu sein, aber immer, wenn er mit Morgauses Sohn zusammen war, befiel ihn ein Gefühl der Beklommenheit. Er fürchtete bei jeder Begegnung, dass er ihn zur Rede stellen oder anschuldigen würde. Aber Mordred war ein Meister „höfischer" Zurückhaltung. Manchmal hatte Artus den Eindruck, der Junge spiele mit ihm Katz und Maus.

„Sir", sagte der jüngste der Orkneys, „ich bin ebenfalls bereit, mich auf die Gralssuche zu begeben."

„Ihr?", entfuhr es dem König. Bisher hatte er eigentlich nur festgestellt, dass Mordred ehrgeizig und eigenwillig war. Dass er etwas tat, was alle machten, war neu.

„Was ist dagegen einzuwenden?", fragte der junge Mann lauernd. „Meint Ihr, ich sei sündiger und verworfener als die anderen Herren? Ich jedenfalls habe noch niemanden umgebracht …" Er pausierte kurz, und als er sah, dass Artus der Atem stockte, fuhr er fort: „… weder in einem Turnier noch auf einer Aventiure." Er lächelte und sah dem König gerade ins Gesicht. Seine hellen Augen waren kalt.

Artus schluckte. „Aber Ihr seid noch kein Ritter der Tafelrunde!", warf er ein.

„Oh, ich bin sicher, dass ich das bald werde – mit Eurer gnädigen Unterstützung", entgegnete der andere.

„Nun gut", erwiderte Artus, der sich vorkam, als wenn er sich auf dünnem Eis bewegte. „Wenn Ihr unbedingt wollt, so habt Ihr meine Erlaubnis." Er winkte mit der Hand, um die Audienz zu beenden, aber Mordred rührte sich nicht vom Fleck.

„Was wollt Ihr noch?"

„Nun …" (Mordred brachte es fertig, auch im Stehen lässig und entspannt zu wirken, so wie er jetzt die Arme vor der Brust kreuzte.) „Ich dachte, dass Ihr in Eurer Güte mir eine standesgemäße Ausstattung gewähren würdet, wie Ihr sie vorzeiten meinem Bruder Gawan zugestanden habt, als er nach Askalun auszog."

Artus runzelte die Stirn. „Schlagt Euch das aus dem Kopf!", sagte er, und es klang schroffer, als er eigentlich wollte. „Die Gralssuche ist keine Aventiure im üblichen Sinn. Sir Gawan hatte damals würdig und mit allem Gepränge uns und unseren Hof zu vertreten. Jetzt geht es darum, dass die fahrenden Ritter ihre Herzen reinigen und ihr Seelenheil befördern. Sir Lancelot zum Beispiel ist ohne einen einzigen Begleiter losgezogen."

Mordreds Pupillen waren nadelspitz vor Hass. „Euer großer Liebling muss sich ja auch vor nichts fürchten", sagte er mit verächtlich verzogenen Mundwinkeln. „Gegen den tritt ohnehin niemand an. Aber ich habe noch den Schild des unerfahrenen Ritters, ich könnte leicht umkommen. Es kann Euch doch nicht recht sein, dass ich umkomme, oder?" Er legte den Kopf schief und sah Artus lauernd an, und wieder wurde dem die Kehle eng.

„Natürlich nicht!“, sagte er hastig. „Ich kann Euch einen meiner besten Knappen mitgeben und Gold genug, damit Ihr standesgemäß reisen könnt. Aber mehr kann ich Euch nicht gestatten. Denkt daran, den Gral findet nur …“

„… derjenige, der reinen Herzens ist und ohne Sünde“, ergänzte Mordred, und es klang höhnisch. „Das weiß ich. Nun, Sünden habe ich nicht begangen.“ Eine Pause. „Ich denke, ich sollte meine Stellung finden hier am Hofe unter den anderen. Die, die mir gebührt.“

Er blickte an Artus vorbei, auf irgendeinen Punkt hinter dessen rechter Schulter. Die Stellung, die ihm gebührt …

Artus spürte die Welle kalter Feindseligkeit, die auf ihn zukam. Aber dennoch. Vielleicht, dachte der König. Vielleicht gelingt es ja, wenn ich Geduld und Freundlichkeit genug aufbringe, einen Weg zu finden. Mein altes Unrecht zu sühnen.

„Gut denn“, sagte er und erhob sich. „Dann wünsche ich Euch auf Eurer Queste Gottes Segen.“ Er trat auf den Jüngeren zu und wollte ihm den Arm um die Schulter legen, aber Mordred wich mit einer geschmeidigen Bewegung aus.

„Ihr seid wirklich wie ein Vater zu mir, Sir!“, sagte er glatt und liebenswürdig, aber um seine Lippen zuckte es höhnisch. Dann verneigte er sich und war draußen.

Artus stand schwer atmend. Sein Sohn …

Vielleicht würde die Zeit alles richten. Aber ihm war, als hörte er Merlins Worte: „Dies Kind wird Britannien großes Unheil bringen.“

Artus wandte sich energisch wieder dem Tisch mit den Papieren zu. Weg mit diesen Gedanken! Seine Arbeit rief ihn. Er klatschte in die Hände, rief die Schreiber zurück. „Wir fahren fort.“

Noch immer glaubte er fest daran, dass man mit Tatkraft und Geduld, mit Vernunft und Güte alles in die richtigen

Bahnen lenken konnte, wie es ihm bisher in seinem Land gelungen war. Ob das für die Mächte des Schicksals auch zutreffen würde?

Beseelt von dem Gedanken, das Heiligtum zu finden und nach Camelot zu bringen, zogen nun die Ritter durch das Land und suchten und forschten in Dörfern und Städten, auf Burgen und in Klöstern. Sie fragten andere fahrende Ritter und vor allem versuchten sie, von frommen Männern, wie den Eremiten, den Einsiedlern, etwas zu erfahren. Es gab viele Gerüchte. Da hieß es, es gäbe irgendwo einen Berg namens Monsalvaesche, auf dem der Heilige Kelch gehütet würde, aber niemand vermochte zu sagen, wo sich dieser Berg befand, noch wie man zu ihm gelangen konnte.

Der Weg wäre, sagten die Eremiten, weniger eine Frage der Meilen, die man zurücklegte, als vielmehr, in welcher inneren Verfassung man diese Meilen zurücklegen würde …

Hatte nicht Artus etwas Ähnliches gesagt? Das war schwer zu verstehen und verwirrte die Sucher mehr, als es ihnen half.

Je länger die Ritter erfolglos unterwegs waren, desto seltsamer wurde das, was sie erlebten.

Fast alle hatte sie wundersame Träume, und manchmal konnte es geschehen, dass sich zwei Sucher auf ihrem Weg begegneten und zur gleichen Zeit das Gleiche geträumt hatten: Zum Beispiel von einem silbernen Tisch, auf dem die Messe gelesen wurde, und von einem in Samt gehüllten Arm, der einen Zügel und eine Kerze in der Hand hielt. Wie das zu deuten war, konnte niemand sagen. Manche der Ritter wussten offenbar nicht mehr, was Wirklichkeit und Traumwelt war. Sie kamen sich vor, als seien sie auf Schiffen, die sich von selbst fortbewegten, sie sahen brennende Dornbüsche, Speere, die durch die Luft flogen, ohne dass sie jemand geworfen hatte, und teuflische Geister.

Kehrten sie bei einem Kloster oder bei Einsiedlern ein und berichteten von ihren Visionen, erklärten ihnen die heiligen Männer meist streng, das seien Gaukelspiele von Dämonen, die davon herrührten, dass sie nicht fähig seien, ihr Herz von Sünden frei zu machen.

Manche beichteten und taten Buße, ohne dass sich an ihrem Zustand etwas änderte. Sie litten weiter unter Träumen und Visionen. Andere gerieten in rasenden Zorn und vergingen sich sogar an den frommen Mönchen.

Und niemand entdeckte den Gral!

Wie die Ritter von der Gralssuche heimkehrten

Sehr schnell kam Agrawan, der zweite der Orkney-Brüder, von der Queste an den Hof zurück.

Agrawan stand immer ein bisschen im Schatten seines glänzenden Bruders Gawan. Er war grobschlächtig – und neigte zu Gewalttätigkeiten. Nun berichtete er König Artus, dass er einen Mann umgebracht hatte. In einer Schenke war er auf einen wandernden Kaufmann getroffen und hatte ihn im Jähzorn erdolcht, weil der ihn angeblich beleidigt hatte. Als er die Tat in einem Kloster beichtete, erlegte man ihm schwere Buße auf und untersagte ihm, weiter nach dem Gral zu forschen.

So kehrte er missmutig um.

Artus war entsetzt. „Habt Ihr denn gar nichts verstanden? Es ging ausdrücklich darum, dass die Sucher ihre Herzen reinigen und von Gewalt absehen sollten!

Und außerdem – welcher Ritter der Tafelrunde erhebt seine Hand gegen einen Wehrlosen?“

„Es war nur ein Kaufmann!“, sagte Agrawan unbedacht.

„Ist es schon so weit mit meinen Rittern gekommen, dass

sie wie gemeine Wegelagerer meine Untertanen abstechen, wenn sie ihnen unliebsam sind?", rief Artus zornig. „Geht mir aus den Augen! Ich will Euch um Eurer Brüder willen nicht vom Hof verbannen. Aber Ihr tut gut daran, Euch von mir fernzuhalten."

Im Laufe des Jahres kehrten die nächsten Gralssucher zurück.

Artus und seine Königin warteten jeden Tag voller Verlangen auf die Heimkehrenden, empfingen sie im Audienzraum und ließen sich von ihnen berichten, während ihnen Knappen Erfrischungen brachten.

Die bunten Fensterscheiben, kostbar wie Kirchenfenster, warfen farbiges Licht in den Raum, und die ermatteten Gralssucher wirkten gleichsam bunt gemustert, wie sie da vor dem Königspaar saßen, rubinrot, smaragdgrün, sonnengelb und azurblau.

Die Männer aber waren fast alle bedrückt und niedergeschlagen. Sie brachten gebrochene Gliedmaßen, geprellte Rippen, eingeschlagene Nasen und seltsame, unverständliche Geschichten mit. Wenn sie den Mund auftaten, erzählten sie wirres Zeug von ihren Träumen und Ängsten.

Den Gral hatte keiner gesehen. Nicht die Spur vom Gral.

Dann legten sie sich schlafen und waren wie die Kranken, die langsam genesen. Über ihre Verletzungen machten sie unklare Aussagen, aber sie alle behaupteten heftig, nicht gekämpft zu haben.

Je mehr solcher merkwürdigen Begebenheiten den Majestäten berichtet wurden, umso stärker zeigten sie sich beunruhigt.

„Ich fürchte, die Gralssuche ist nicht das, was wir uns vorgestellt haben", sagte Artus bedrückt zu seiner Frau. „Wir hatten uns ausgemalt, dass die Männer der Tafelrunde ihren Geist reinigen und sich von Eitelkeit und Ruhmsucht frei machen sollten, um dann den Heiligen Kelch zu finden. Stattdessen kommen sie zurück und haben einen Mord auf dem Gewissen, wie Agrawan, oder sie sind elend und verwirrt. Wie verschreckt."

Ginevra nickte.

„Meine ganze Hoffnung ist Lancelot", sagte Artus. „Lancelot allein ist in der Lage, den Gral zu finden."

Dann kam Gawan und bestätigte die Befürchtungen des Königspaars. Auch er war nicht in der Lage gewesen, etwas zu entdecken. Eigentlich hatte er nur Ungemach erlebt auf seiner Queste und war von einem Einsiedler als unbußfertig und mörderisch beschimpft worden.

Als er gegangen war, saß das Königspaar noch beisammen in der leeren Audienzhalle, schweigend.

Dann fragte Ginevra beklommen: „Wie soll es nur weitergehen mit dem Gral und deiner Tafelrunde?"

„Ich weiß es nicht", entgegnete Artus bedrückt. „Wie du gesagt hast: Man muss anders darangehen, als Unrecht mit Blut zu sühnen. Aber Gerechtigkeit ist für unsere Ritter unvorstellbar, außer wenn man sie mit dem Schwert herstellt. Und der Gral – ihn werden sie wohl nicht finden."

Wie Sir Lancelot Mordred das Leben rettete

Artus sorgte sich um Mordred. Schwer lastete der Gedanke an den Sohn auf seiner Seele, machte ihm Tag und Nacht zu schaffen. Irgendwann würde er sich zu ihm bekennen müssen, auch Ginevra gegenüber. Und irgendwann musste er loswerden, was er damals, als junger Mensch, an den Kindern verbrochen hatte. Immer öfter rückte das Bild des in der Morgensonne verschwindenden Schiffs mit der unschuldigen Fracht vor sein inneres Auge …

Inzwischen aber hatte der Zufall die beiden Menschen zusammengeführt, an die am Hof zu Carleon (wenn auch aus verschiedenen Gründen) so oft gedacht wurde – Lancelot und Mordred.

Beide waren sie Einzelgänger, wenn auch aus unterschiedlichen Anlässen. Lancelot, geduldig und freundlich anderen gegenüber, zog die Einsamkeit vor und glaubte, sich durch Buße und Gebet von seinen Sünden reinigen zu müssen.

Der junge Mordred hingegen war hochfahrend und unduldsam; sein dreister Spott und seine anmaßende Art trugen ihm nicht gerade die Liebe seiner Umwelt ein. So kam es, dass er ebenfalls allein unterwegs war, allerdings in Begleitung eines Knappen.

Es war Winter geworden. Sir Lancelot, tief in Gedanken, ritt mit lose hängendem Zügel durch einen dünn verschneiten Tannenwald am Rande einer Schlucht. Der Atem des Tiers stand als weißer Nebel vor den Nüstern in der klaren kalten Luft, und unter den Hufen krachte das Eis der gefrorenen Pfützen. Ein Häher krächzte in der Ferne. Sonst war es still.

Doch dann wurde die Stille durchbrochen: Von fern her kamen Stimmen. Es war aber kein Rufen oder Schreien, sondern ein boshaftes, schadenfrohes Gegröle, das nichts Gutes verhieß. Im Nu saß Lancelot aufrecht im Sattel, lauschte, woher die Stimmen kamen, nahm die Zügel auf und trieb sein Tier zum Galopp an, auf diesen Lärm zu.

Tatsächlich: Da hatten sich vier Wegelagerer, wie es sie eigentlich nur in den finsteren Zeiten vor Artus gegeben hatte, zwei Menschen vorgenommen, und nicht nur, dass sie ihre Opfer ausraubten, sie waren gerade dabei, sie aufs Übelste zu quälen. Die beiden waren jeweils an einen Baum gebunden, und die Banditen malträtierten sie mit Spießen und Dolchen. Die Gefesselten bluteten bereits aus vielen Wunden.

Lancelot warf seinen Schild auf den Rücken, um beide

Hände frei zu haben, nahm sein Schwert in die Linke, legte den Speer ein und galoppierte auf die Strauchdiebe los. Es gab einen kurzen, harten Kampf. Wie sollte dem Unrecht hier anders begegnet werden? Rasche Hilfe war vonnöten. Dann lag der eine tot am Boden, die drei anderen nahmen Reißaus und ließen ihre Beute bei den Opfern zurück: zwei schön aufgezäumte Pferde, Waffen, Rüstungen, Proviant.

Der noble Harnisch mit seiner goldenen Einlegearbeit kam Lancelot bekannt vor. Er saß ab und wandte sich den beiden Gefesselten zu. Der erste der beiden hing leblos in den Stricken, ihn hatten die Schufte zu Tode gequält. Es war ein junger Knappe, den Lancelot vom Hof in Carleon her kannte. Voll banger Ahnungen wandte er sich dem zweiten zu. Der hing vornübergebeugt in seinen Fesseln; das hellblonde Haar fiel ihm ins Gesicht. Lancelot hob ihm den Kopf an – und sah in die grünen Augen von Mordred.

Ja, Mordred lebte, obwohl auch er übel zugerichtet war. Als er seinen Retter erblickte, verzog er die von Schlägen geschwollenen Lippen und murmelte: „Jetzt weiß ich endlich, was von den sicheren Straßen in England zu halten ist!", und es kam Lancelot so vor, als wenn er von ihm eine Entschuldigung dafür verlangte, dass ihm so etwas zugestoßen war.

Schnell durchschnitt er mit dem Dolch die Fesseln des jungen Ritters und sagte: „Dankt Gott, dass Ihr am Leben seid, Sir Mordred. Euer Knappe hatte nicht so viel Glück."

Mordred, nun befreit, taumelte und sank zu Boden, während er murmelte: „Er taugte ohnehin nicht allzu viel."

Lancelot glaubte seinen Ohren nicht zu trauen. Er schickte sich an, den Toten ebenfalls loszubinden, bedeckte den Körper mit Zweigen und legte ein hölzernes Kreuz auf seine Brust. Mehr konnte er nicht tun, denn der Boden war gefroren. Den toten Straßenräuber bettete er auf gleiche Weise daneben.

Mordred beobachtete sein Bemühen und sagte dann höhnisch und ungeduldig: „Müsst Ihr sie tatsächlich so schön herrichten für die Wölfe? Die fressen sie auch so. Kümmert Euch lieber um meine Verletzungen."

Stumm machte sich Lancelot daran, den anderen zu verbinden und hüllte ihn dann in einen warmen Mantel aus dem Reisegepäck, denn um die Rüstung anzulegen, waren Mordreds Wunden zu gewichtig. Er half ihm aufs Pferd, belud den Gaul des getöteten Knappen mit Harnisch, Waffen und Gepäck und zog ihn am Zügel hinter sich her. So machten sie sich gemeinsam auf den Weg.

Gewiss ging es dem Verletzten nicht gut, und er litt starke Schmerzen. Das aber machte ihn offenbar besonders angriffslustig. Mit scharfer Zunge zog er über seinen Retter her.

„Es konnte ja nicht anders kommen!", lästerte er. „Wenn ich schon gerettet werde, dann muss es natürlich der große Ritter vom See sein, der es tut! Habt Ihr irgendwie ein Privileg darauf, alle und jeden zu befreien, Sir?"

„Ich befreie gar nicht alle und jeden", erwiderte Lancelot geduldig. „Das ist maßlos übertrieben. Aber wenn ich gerade des Weges komme und bemerke, dass etwas Schlimmes geschieht, drehe ich natürlich mein Pferd nicht um und reite in die andere Richtung."

„Natürlich nicht. Zumal da der Kampf vom Pferd aus mit ein paar Wegelagerern zu Fuß ziemlich gute Siegesaussichten hat."

„Nun", sagte Lancelot, immer gleich freundlich, „Ihr wart ja wohl auch zu Pferd, als sie Euch angriffen."

„Ich wurde überrascht! Und außerdem habe ich noch den weißen Schild des unerprobten Ritters! Ich möchte denn doch lieber gegen einen ebenbürtigen Gegner siegen als gegen irgendwelches Gesindel! Einem Lancelot macht das natürlich nichts aus."

„Ganz gewiss nicht, wenn ich dadurch jemandem das Leben retten kann", entgegnete Lancelot, der langsam die Geduld verlor. „Im Übrigen, Sir Mordred, wäre ich Euch dankbar, wenn Ihr mir einen Moment der Ruhe gönnen würdet."

„Oh natürlich! Verzeihung!" Mordred lachte hämisch. „Der große Mann verbietet mir den Mund. Ich bin schon still. Darf ich mir noch die Frage erlauben, Sir, wohin wir gerade unterwegs sind?"

„Ich will Euch helfen lassen. Es heißt, dass hier am Ende dieser Schlucht ein Einsiedler haust. Solche frommen Männer haben meist auch Erfahrung in der Heilkunst, und dort wird man Euch besser versorgen, als ich es kann."

Wie einem Einsiedler eine alte Prophezeiung einfiel

Mordred schwieg nun wirklich, und nur das Schnauben der Pferde, das Klirren des Eisenzeugs und das Knirschen der dünnen Schneeschicht unter den Hufen durchbrachen die Stille. Zur Klause, der Wohnung des Einsiedlers, war es nicht weit – eine schlichte Hütte, gleichsam hingelehnt an eine Felswand.

Lancelot klopfte mit seinem Speer gegen die Tür.

Auf der Schwelle erschien ein langbärtiger Eremit mit zerzausten Haaren, dessen steingraue Augen unter den buschigen Brauen die Ankömmlinge finster musterten.

„Dominus vobiscum, Gott sei mit Euch", grüßte Lancelot. „Seid so gut, und gewährt mir und einem Verwundeten Quartier, so lange, bis es ihm besser geht."

„Seit Neuestem scheinen die Herren fahrenden Ritter die Behausungen von uns Eremiten mit Herbergen am Wegesrand zu verwechseln!", brummte der, während Lancelot dem anderen aus dem Sattel half und danach die Pferde versorgte.

Mordred humpelte in die Hütte und konnte es nicht lassen zu bemerken: „Das glaube, wer will! Wer betritt schon freiwillig eine solch armselige Kate? Und überhaupt: Ich dachte immer, Einsiedler leben abgeschieden von der Welt."

„Mönche aus der nahe gelegenen Abtei versorgen mich, Herr Ritter Naseweis, und ab und an kommt jemand zu mir, um zu beichten", erwiderte der Alte, „so wie ich es von Euch auch verlangen werde, denn niemand darf mein Gast sein, wenn ich mich nicht seines Seelenheils annehme, das habe ich gelobt."

„Gern will ich Euch beichten, bevor wir abreisen", sagte Lancelot, der gerade hereingekommen war und die letzten Worte des Einsiedlers gehört hatte. „Denn ständig quält mich eine heimliche Sünde, und ich bete jeden Tag zu Gott, dass er sie mir vergeben wird."

Mordred schwieg dazu, und der fromme Mann besah sich seine Wunden, die Lancelot notdürftig versorgt hatte, und bestrich sie mit heilender Salbe. „Endlich einmal jemand aus der ritterlichen Zunft", bemerkte er bissig, „der nicht im Kampf verletzt wurde. Mir scheint, Euch hat man tüchtig verprügelt und gequält, nicht wahr?"

Mordred knirschte mit den Zähnen. „Hütet Eure Zunge, Mann! Ihr wisst nicht, mit wem Ihr redet!"

Der Einsiedler zuckte ungerührt die Achseln. „Ihr Herren seid für mich einer wie der andere: alles Schlagetots. Und nun glaubt ihr, ihr kommt Gott dem Herrn näher, wenn ihr einem Heiligen Kelch nachjagt? Den erlangt ihr aber nur, wenn ihr wirklich aufrichtig Buße tut." Er musterte die beiden eindringlich und wendete sich ab. „Nun gut. Ich gehe jetzt meine Ziege melken, damit ihr, verehrte Gäste, eine warme Suppe in den Bauch bekommt."

Er ergriff einen hölzernen Eimer und ging nach draußen.

„Was für ein ungehobelter Klotz!", fauchte Mordred, als er

mit Lancelot allein war. „Leider brauchen wir ihn noch. Dem würde ich gern eine Lektion erteilen!“

Lancelot schwieg dazu.

Nach einigen Tagen fühlte sich Mordred besser, und er drängte zum Aufbruch, denn die unverblümte, grobe Art des Einsiedlers gefiel ihm so wenig wie dessen schlichte Hütte, obwohl er auf dem Bett des frommen Mannes lag und dieser gemeinsam mit Lancelot im Stroh des Ziegenstalls schlief.

Also begab sich Lancelot, bekleidet mit seinem Büßerhemd, zusammen mit dem Eremiten in den Wald, um seine Beichte abzulegen.

Lancelot kniete vor ihm nieder und begann. Der Alte hörte mit wachsendem Entsetzen, wen er vor sich hatte und welche schwere Schuld dieser große Mann auf sich geladen hatte, indem er seinen Herrn verriet und mit dessen Frau in sündiger Liebe gewesen war. „Ich kann Euch nur lossprechen, wenn Ihr aus tiefstem Herzen bereut und dieser Liebe abschwört!“, sagte er.

„Ich bereue aus tiefstem Herzen“, entgegnete Lancelot, „und es vergeht keine Stunde des Tages, in der ich mich nicht selbst verfluche. Ich kann versuchen, die Frau, der ich mit jeder Faser meines Leibes und meiner Seele gehöre, nicht zu sehen. Aber dieser Liebe abschwören kann ich nicht. Niemals.“

„So kann ich Euch keine Absolution erteilen. Ihr bleibt im Stande der Sünde.“

Lancelot erhob sich. Mit gesenktem Kopf stand er vor dem Einsiedler. „So muss ich weiter mit meiner Schuld und meiner Liebe leben“, sagte er leise, aber gefasst. „Vielleicht ist Gott dereinst gnädiger, als Ihr es seid.“

Schweigend gingen sie nebeneinander zur Klause zurück.

Mordred war schon reisefertig und sah den beiden entgegen.

„Ohne eine Beichte kommt Ihr hier nicht fort“, sagte der

Eremit. „Das habe ich Euch doch gesagt. Sie ist das Entgelt für meine Gastfreundschaft."

Mordred verzog verächtlich die Mundwinkel. „Gastfreundschaft habe ich schon bessere genossen, und Sünden habe ich nicht begangen!", sagte er voller Hochmut. „Aber ich werde Euch ein Geheimnis verraten, das außer mir nur zwei Menschen auf der Welt kennen." Damit beugte er sich vor, hob beide Hände zum Mund und sagte dem Alten etwas ins Ohr. Dann lachte er laut.

Der Eremit stand wie vom Donner gerührt. Er schloss die Augen und faltete die Hände, unfähig zunächst, etwas zu sagen. Er zitterte.

„Was ist Euch?", fragte Lancelot besorgt, und zu Mordred: „Was habt Ihr ihm zugeflüstert?"

Mordred lachte noch immer. „Etwas über meine Herkunft", erwiderte er.

Der alte Mann gewann die Sprache zurück. „Mir ist etwas eingefallen", sagte er. „Zu der Zeit, als Ihr noch nicht auf der Welt wart oder zu jung, um etwas zu verstehen, lebte unter uns ein seltsamer Mann, der Merlin hieß und in die Zukunft sehen konnte. Ich weiß nicht, wo er jetzt ist. Damals war ich noch der Abt eines Klosters, und manchmal kehrte dieser Merlin bei mir ein, um die Bücher meiner Bibliothek zu lesen oder mit mir über die Dinge der Welt und den Ratschluss Gottes zu disputieren. Eines Tages fragte ich diesen Merlin nach der Zukunft des Landes, und ob das Königreich von Artus Bestand haben werde …"

Der Eremit schwieg. (Die Worte Merlins klangen in seinem Kopf wider: Der Kreis wird zerbrechen, die Runde zerstieben. Untreue zerstört das Reich. Der Sohn hebt gegen den Vater die Waffe.) Voller Zorn richtete er sich auf. Seine grauen Augen schienen Funken zu sprühen. Er sah die beiden Ritter an und sagte laut: „Welches Unheil widerfährt mir auf meine alten Tage? Wegen eurer beider Sünden wird Britannien dereinst zugrunde gehen! Macht, dass ihr mir aus den Augen kommt!"

„Ich habe keine Sünde begangen!", sagte Mordred scharf.

„Aber es wird kommen!", sagte der Einsiedler. Und er ging in die Hütte und schlug die Tür hinter sich zu.

Die beiden bestiegen stumm ihre Pferde, und Mordred war weiß im Gesicht vor Wut.

„Was um Gottes willen habt Ihr ihm denn gesagt?", fragte Lancelot. „Was ist das mit Eurer Herkunft?"

„Wartet die Zeit ab!", entgegnete Mordred knapp. Er wollte sein Ross antreiben, aber dann besann er sich, schwang das Bein über den Sattelknauf und stieg wieder ab. „Ich glaube, ich habe etwas vergessen", sagte er und ging zu der Behausung zurück.

Lancelot wartete und sah vor sich hin. Was hatte der alte Mann gesagt? Britannien würde wegen seiner Sünden zugrunde gehen? Er selbst – ja, und vielleicht auch die Königin und Artus … Aber das ganze Land? Ihn schauderte. Aber seinem Los konnte niemand entgehen. Und vielleicht übertrieb der Einsiedler ja auch …

Und dann kam Mordred wieder und wischte seinen blutigen Dolch am Mantel ab. „So, das wäre erledigt", sagte er kalt. „Ich habe mir überlegt, dass es wohl doch besser ist, wenn das Geheimnis keinem weiteren Menschen bekannt ist."

„Was habt Ihr gemacht?", fragte Lancelot entsetzt.

„Ein Einsiedler mehr oder weniger auf der Welt, wen kümmert es schon?", sagte Mordred. „Ich lasse mich nicht beleidigen von so einem alten Narren."

Lancelot warf seinem Tier die Zügel auf den Hals und saß ebenfalls ab. Er maß den anderen mit einem Blick voller Verachtung. „Wenn ich nicht wüsste, dass König Artus Anteil nimmt an Euch, würde ich Euch jetzt zum Kampf auf Leben und Tod herausfordern", sagte er, und seine Stimme war dumpf vor Zorn. „Reitet Eures Weges. Mit einem feigen Mörder werde ich keine einzige Meile mehr zurücklegen."

Mordred lächelte verzerrt. Er wollte etwas erwidern, aber Lancelot hatte sich schon abgewendet und war in die Klause geeilt, um die Totengebete über der Leiche des Eremiten zu sprechen.

König Artus' Sohn schwang sich aufs Pferd und ritt in gestrecktem Galopp davon.

Es begann, in großen Flocken zu schneien.

Wie Sir Lancelot zurückkehrte

Falls ihre Pflichten als Königin sie nicht davon abhielten, stand Ginevra nun Tag für Tag an jenem Fenster ihrer Kemenate, von der aus sie einst die Abreise ihrer Schwägerin Morgan le Fay beobachtet hatte, und sah hinaus in die verschneite Winterwelt.

Artus war nicht am Hof, er hielt Gerichtstag im fernen London ab. Die Dienerschaft, die sie so stehen und über den Fluss hin ins Land spähen sah, nahm an, sie halte nach dem König Ausschau. Aber das stimmte nicht.

Ginevra wartete auf Lancelot.

Der Winter ging ins Land, alle anderen Ritter waren zurückgekommen, auch Mordred – nur von Lancelot fehlte immer noch jede Spur.

Alles, alles hatte sie ihm inzwischen vergeben. Als sie im Kloster gewesen war, stand ihr Entschluss fest. Sie wollte sich diese Leidenschaft aus dem Herzen reißen. Ihn nie wiedersehen. Aber sie konnte nichts gegen ihre Träume tun. Trotz Gebet und Bußübungen, auch wenn sie halbe Nächte lang auf kaltem Stein kniete und fastete, tauchte er des Nachts bei ihr auf, erwachte sie mit dem Gefühl, er hätte eben noch neben ihr gelegen.

Dann, als sie erfahren hatte, dass diese Elaine auf Burg Corbenic ein Kind erwartete, war ihr, als durchbohre man ihr Herz mit Pfeilen. Sie selbst hatte keine Kinder, ihr Leib war nicht gesegnet. Und diese andere – nach einer einzigen Nacht mit dem Mann, den sie, Ginevra, liebte, besaß sie schon ein Pfand, eine Erinnerung an ihr Beisammensein. Und sie, die Königin? Sie hatte ihn selbst fortgeschickt, ihn verstoßen, hatte ihr Herz gegen ihn verhärtet. Aber nun konnte und wollte sie nicht mehr glauben, dass so das Ende ihrer Liebe sein sollte. Sie hoffte darauf – sie wusste! –, dass er wie sie fühlte, dass er zurückkommen würde.

Es war ein trüber Wintertag. Der Fluss führte Eisschollen, und auf den Feldern lag eine dünne Schneedecke. Ginevra stand, den Kopf an den steinernen Fenstersturz gelehnt, die Augen halb geschlossen. Mit aller Kraft sehnte sie ihren Geliebten herbei. Wenn noch Wunder geschehen, dachte sie, dann muss die Liebe sie vollbringen!

Hinten am Waldrand erschien ein Reiter. Müde, mit hängendem Kopf bewegte sich das Pferd übers verschneite Feld. Der Mann saß mit gebeugtem Rücken im Sattel; er trug keine Rüstung, sondern hatte seine Wehr und Waffen an den Seiten des Pferdes festgeschnallt. Eingehüllt war er in einen großen Mantel mit Kapuze.

Ginvevra fühlte, wie ihr alles Blut zum Herzen schoss. Mit beiden Händen klammerte sie sich am Fensterkreuz fest. Lancelot, es war Lancelot! In welcher Gestalt auch immer er auftauchen würde, sie würde ihn erkennen.

Er kam zurück! Atemlos sah sie zu, wie er näher kam.

Die Brücke war eine halbe Meile zur Linken der Burg gelegen. Ross und Reiter hielten aber direkt auf das Flussufer zu, nahmen nicht den Umweg zur Brücke.

Ginevra durchfuhr ein eisiger Schreck. Was, wenn er gar nicht zu ihr wollte? Wenn er annahm, dass sie ihm noch immer zürnte? Vielleicht hatte er ja nur vor, einen traurigen, sehnsuchtsvollen Blick auf ihr Fenster zu werfen, um sich dann wieder zu entfernen?

Nein! Er durfte nicht wieder fortreiten. Sie musste ihm zu verstehen geben, dass sie ihn nach wie vor liebte, dass sie ihm alles verziehen hatte!

Als der Mann auf dem Pferd am Ufer angekommen war, hielt er an, warf seine Kapuze zurück und hob den Kopf, um zu ihrer Kemenate hinaufzuschauen. Natürlich war es Lancelot, ihr Herz hatte sie nicht getäuscht!

Einer plötzlichen Eingebung folgend, nahm sie ihren gestickten Schleier ab, den sie unter dem Kronreif mehrfach um Stirn und Haar geschlungen trug, und hielt ihn winkend aus dem Fenster. Das musste er einfach verstehen!

Und er verstand.

Auf einmal war alles Müde von diesem Mann abgefallen. Mit wilden Bewegungen begann er, seine Rüstung vom Pferd abzuschnallen und fortzuwerfen; Beinscheinen, Panzerhandschuhe, Harnisch und Schild flogen durch die Gegend, als regne es Waffen. Er hob grüßend die Hand – und dann erst verstand Ginevra, was er vorhatte. Sie schrie auf vor Angst. Lancelot saß ab und führte sein Pferd zum Strom, dann glitt er neben dem Tier ins eisige Wasser und begann, mit ihm zwischen den Eisschollen hindurch ans andere Ufer zu schwimmen.

Die Königin stand wie gelähmt. Der Atem stockte ihr, wenn der Schwimmer oder das Pferd sich zwischen zwei Eisschollen hindurchbewegten oder im letzten Moment einem grünlichen Stück Treibeis auswichen.

„Gott, steh ihm bei!“, betete sie. Es kam ihr wie eine Ewigkeit vor, aber irgendwann erreichten Pferd und Reiter das diesseitige Ufer, und in einem Regen von gefrierenden Tropfen galoppierte Lancelot zum Tor.

Jetzt kam Leben in Ginevra. Sie schrie nach ihren Kammerfrauen, und bald verbreitete sich die Kunde durch das ganze Gebäude: Sir Lancelot war zurück, und er hatte mit seinem Pferd den Fluss durchschwommen.

Lachend und weinend zugleich, stürzte die Königin hinunter zur Eingangshalle, und ohne sich vor den Anwesenden zu scheuen, schloss sie den nassen Mann in die Arme. „Seid mir tausendmal willkommen, Herr!“, stammelte sie unter Schluchzen. „Aber warum musstet Ihr dies Wagnis eingehen?“

Er antwortete nicht darauf, sank an ihr hinunter auf die Knie, drückte ihre Hände an seine Stirn. „So bin ich wieder in Gnaden aufgenommen bei Euch, Herrin, als Euer Ritter?“

„Mein Ritter jetzt und ewig!“, erwiderte sie, und die Tränen liefen ihr die Wangen hinunter. „Erhebt Euch, Lieber.“

So standen sie sich gegenüber in der Halle, die voll war von Knappen und Edeldamen und Mägden und anderem Gesinde, sie sahen sich in die Augen und hielten sich an den Händen.

Dann hob Ginevra den Kopf, straffte sich und sagte wie erwachend: „Jeder an seinen Platz! Bereitet Sir Lancelot ein heißes Bad und einen Würzwein, sorgt für Kleidung, richtet einen Raum mit Kamin für ihn her – und kümmert euch um sein armes Pferd, reibt es trocken, und füttert es. Irgendwer muss die Schutz- und Trutzwaffen des Ritters von der anderen Seite des Flusses bergen. Allerdings befehle ich, nicht den von diesem Ritter gezeigten Weg zu verwenden, sondern die Brücke zu benutzen.“

Sie rauschte hinaus, vorbei an denen, die sich tief vor ihr verneigten. Keiner der Anwesenden hatte ein Wort verloren. Man wendete die Augen ab.

Des Nachts dann, beim Schein der abgedunkelten Lampe, streichelte die Königin den vom Büßerhemd zerschundenen Leib ihres Liebsten und musste noch einmal weinen.

„Tut keine Buße mehr, und sucht keine Vergebung!“, flüsterte sie. „Ich allein bin die Sünderin. Wer ist unschuldiger als Ihr!“

Lancelot drückte seinen Kopf gegen ihre nackte Schulter. „Nein, Liebste. Ich bin verdammt, und das weiß ich wohl. Aber die Verdammnis, in der ich lebe, ist mir mehr wert als das Paradies.“

ZWEITES BUCH

8
Der unglückselige Maitag

Die Jahre waren ins Land gegangen. Sie hatten graue Fäden in Artus' blondes Haar gemischt, und selbst die ungebärdigen Locken des jüngeren Lancelot wiesen die eine oder andere weiße Strähne auf. Nur Ginevras Schönheit schien unzerstörbar zu sein. Zwischen Liebe und Sehnsucht, zwischen Stolz und Hingabe und in den Armen der zwei besten Männer des Landes blühte sie wie eine Rose, die kein Welken kennt.

Die Zeit hatte keinen der Herren von der runden Tafel verschont. Sie hatte Sir Gawans feurigen Rotschopf in eine lohfarbene Mähne verwandelt und Sir Kays grämliche Falten von den Nasenflügeln zu den Mundwinkeln noch vertieft. Einige der Ritter lebten nicht mehr, sei es, dass sie bei Kämpfen ihr Leben gelassen hatten, sei es, dass das Alter sie dahinraffte, und Jünglinge waren zu Männern herangereift, wie Gawans Bruder Gaheris – und natürlich Mordred. Mordred! Noch immer zögerte Artus, seinen Sohn öffentlich anzuerkennen.

Der junge Mann, umtriebig und schlau, hatte so etwas wie eine Anhängerschaft um sich gesammelt: jüngere Ritter, die mit einer gewissen Geringschätzung auf die „Alten" und ihre Ideale herabsahen. Sie hofften darauf, dass ihre Stunde kommen würde. Wie die freilich aussehen sollte, hätten sie nicht zu sagen gewusst.

Ein Ritter der Tafelrunde zu sein bedeutete für die „Jungen" nicht mehr, mit dem Schwert der Gerechtigkeit auf

Aventiure auszuziehen. Sie sahen in dieser Einrichtung eher so etwas wie die Zugehörigkeit zu einem Orden, eine Art zweiten Ritterschlag, der einem erlaubte, sich als etwas Besonderes zu fühlen. Und an dem runden Tisch wurde nicht mehr von Questen berichtet, sondern man lauschte Spielleuten, die ihre Lieder vortrugen, oder vergnügte sich einfach mit Essen und Trinken.

Artus selbst wohnte diesen Veranstaltungen nicht mehr bei. Es war einsam um ihn geworden durch den Tod vieler alter Freunde. Die alte Tafelrunde bröckelte wie ein morscher Felsen.

Dennoch – es tat dem Wohl des Landes keinen Abbruch.

Britannien blühte im Schatten von Eiche, Esche und Dorn in Wohlstand und Sicherheit, die inneren und äußeren Feinde schienen vernichtet. Unter Artus' kluger und kraftvoller Herrschaft zog der Kaufmann ungehindert von Wegelagerern seine Straße, brachte der Bauer seine Ernte ein, ohne dass ihm räuberische Barone den Ertrag der Felder entrissen, wagte kein Lord mehr, auf der Jagd ein Kornfeld zu verwüsten und konnten die Mädchen zum Fluss gehen, um Wäsche zu waschen, ohne fürchten zu müssen, dass sie von rohen Herren verschleppt wurden.

Viele Dinge waren im Lauf dieser letzten Jahre geschehen.

Lancelot vom See musste sich für längere Zeit vom Hof verabschieden und nach Frankreich zurückkehren, denn sein Vater, König Ban von Benois, war gestorben.

Eigentlich hätte er als ältester Sohn die Regentschaft übernehmen müssen. Aber es schien ihm unmöglich, auf Dauer von seiner Königin entfernt zu leben. Er überließ die Führung des Landes weitgehend seinen beiden Brüdern und war mehr in Britannien als zu Haus, stets freudig empfangen von Artus – und stets aufs Neue in heimlicher Liebe mit Ginevra vereint.

Von Zeit zu Zeit trieb das schlechte Gewissen ihn fort wie in früheren Jahren, auf irgendeine Queste, und es hieß, dass er manchmal ganze Monate in den Wäldern verbrachte, wo er wie ein Einsiedler lebte.

Doch: Die beiden konnten nicht voneinander lassen. Sie waren sich wohl bewusst, welche Gefahren ihnen bei einer Entdeckung drohten (auf Ehebruch stand in Britannien die Todesstrafe!), und es konnte ihnen nicht verborgen bleiben, dass der ganze Hof und das halbe Land „wussten". Sie bauten ihre Zuversicht, so merkwürdig das klingen mag, auf Artus.

Solange der König schwieg, solange er mit keinem Zeichen zu verstehen gab, dass er dem ein Ende machen wollte, was sich zwischen Ginevra und seinem obersten Feldherrn abspielte – so lange würde nichts geschehen. Artus' mächtige Gestalt, sein von allen respektierter Wille lagen wie eine Windstille über einem im tiefsten Grunde unruhigen Meer.

Britanniens König war nicht blind. Er konnte nicht immer „wegsehen". Im Lauf der Zeit hatte es viele untrügliche Zeichen gegeben, waren Dinge geschehen, die nicht zu übersehen waren. Aber er wandte auch weiterhin die Augen ab. Nicht aus Schwäche oder Feigheit, sondern weil er liebte. Es war wie damals: Er liebte seine Frau, und er liebte seinen Freund. Und darum schwieg er.

Im tiefsten Herzen wusste er, dass irgendwann das Unheil über sie hereinbrechen würde – so wie Lancelot es wusste. Nur wer das Verhängnis auslösen würde, das ahnte keiner.

In der Zeit jedoch, die ihnen verblieb, gingen sie behutsam und vorsichtig miteinander um, immer bemüht, nicht aus Versehen an eine Grenze zu stoßen, die sie nicht überschreiten wollten.

Ginevra litt am wenigsten unter der Situation. Sie liebte Artus von ganzem Herzen und war in Leidenschaft für Lancelot entflammt, und sie konnte das eine von dem anderen trennen. Sie fand nicht, dass sie Unrecht tat. Sie war in beiden ihren Lieben mit allen Sinnen gegenwärtig und wahrhaftig in ihrem Herzen.

Aber natürlich erweckte sie, die Frau zwischen zwei Männern, die Begehrlichkeit anderer.

Ein Ritter namens Sir Meliagrance gehörte seit ein paar Jahren zum Hof des Königs, ohne ein Mitglied der Tafelrunde zu sein. Er war ein eher unauffälliger Mensch, und da die Zeit der großen Heldentaten und Aventiuren vorbei war, hatte er kaum Gelegenheit, sich irgendwo hervorzutun. Das Unglück dieses Ritters war, dass er seit seiner Anwesenheit am Hof hoffnungslos in Ginevra verliebt war.

Diese seine Liebe trieb ihn in ein verrücktes Unternehmen, das, wie sich zeigen sollte, für ihn übel ausgehen würde.

Es war am ersten Maientag. Es war Sitte, dass die Damen an diesem Tag früh aufbrachen, um Blumen und grüne Zweige zu suchen, mit denen die Räume geschmückt werden sollten. Abends würde dann ein Tanz stattfinden, nach altem englischem Brauch um eine junge Birke, den Maibaum, herum. Die Königin war ebenfalls unterwegs. Es war ein schöner friedlicher Morgen, die Sonne leckte den Tau vom Gras, und die Vögel jubilierten.

Ginevra hatte sich mit nur zwei Kammerfrauen und ohne ihre Leibwache aufgemacht. Sie wurde lediglich begleitet von zehn jungen Männern, die gerade den Ritterschlag erhalten hatten, und einigen Pagen, und sie alle waren fast unbewaffnet. Schließlich drohten keine Gefahren.

Auf dem Heimweg – ihre Pferde waren beladen mit Zweigen von blühendem Weißdorn und Körben voller Veilchen und Schlüsselblumen – geschah es dann.

Meliagrance, der sehr genau wusste, dass die Begleitung der Königin keine Kampfausrüstung trug und dass Lancelot nicht dabei war, hatte einen Hinterhalt gelegt. Mit berittenen Söldnern und vielen Bogenschützen fiel man über den kleinen Tross her.

Die jungen Männer schlossen einen Kreis um die Königin und verteidigten ihre Herrin, so gut sie konnten, mit den Dolchen und Kurzschwertern, die zu ihrer Zivilkleidung gehörten. Es dauerte nicht lange, und sie waren alle verwundet, einige schwer.

Ginevra konnte nicht mit ansehen, wie ihre Ritter abgeschlachtet wurden. Mit erhobener Hand gebot sie Einhalt.

„Waffenstillstand!", rief sie. „Wer hinter diesem Überfall steckt, möge sich zeigen. Ich will mit ihm verhandeln."

Meliagrance kam aus den Büschen hervor, kniete nieder und schob sein Visier hoch.

Halb verlegen, halb trotzig erklärte er: „Dies ist eine Entführung. Ich kann es nicht länger ertragen, dass Ihr …", er stockte, „… dass Ihr einem anderen gehört als mir. Ich werde Euch auf meine Burg bringen, damit Ihr die Meine werdet."

Natürlich verstand Ginevra die Anspielung (der Kerl meinte nicht den König!). „Wem ich angehöre, das bestimme noch immer ich selbst", erwiderte sie, die ehemalige Kriegerfürstin, keineswegs eingeschüchtert. „Und was Ihr eine Entführung nennt, das bezeichne ich als einen Schurkenstreich. Meine Ritter sind nur leicht bewaffnet. Ihr spielt mit gezinkten Karten, Sir. Nun wohl, ich bin bereit, Euch auf Eure Burg zu begleiten, um das Blutvergießen zu beenden – unter der Bedingung, dass mein Gefolge mit mir kommt, damit die Wunden dieser tapferen jungen Männer versorgt werden. Und des Weiteren verlange ich, dass sie zu meinem Schutz im Vorraum meines Gemachs schlafen."

Sir Meliagrance, dessen Verlegenheit noch wuchs unter dem eisigen Blick der goldenen Augen, stammelte, er sei mit allem einverstanden.

Während die Schwerverwundeten nun quer über ihre Gäule gelegt und festgebunden wurden, gelang es Ginevra, einen ihrer kleinen Pagen beiseite zu rufen.

„Du hast ein schnelles Pferd, das habe ich gesehen", flüsterte sie ihm zu. „Nimm diesen Ring von mir. Wenn sich ein unbewachter Augenblick ergibt, reiß aus, und reite um dein und mein Leben. Bring den Ring zu dem, der hier am schnellsten helfen kann, zu Sir Lancelot! Und sag ihm, was geschehen ist."

In der allgemeinen Verwirrung des Aufbruchs gelang es dem Jungen, sich davonzumachen. Als Meliagrance bemerkte, was vor sich ging, schickte er dem Pagen eine Abteilung Bogenschützen hinterher, denn ihm war klar, was ihm blühen würde, wenn die Botschaft den Königshof erreichte. Der Junge wurde zwar an Arm und Schulter verletzt, aber er entkam – und als die Bogenschützen zurückkehrten und das meldeten, brach Meliagrance mit der Königin und ihrem versehrten Tross in aller Eile auf zu seiner Burg. Er musste sich auf eine Belagerung einrichten und konnte nur hoffen, dass er mit Ginevra als Geisel ein starkes Pfand hatte.

Am Weg zurück blieben zertretene Blumen und gebrochene Weißdornzweige. Das Blut der Verletzten hatte das zertrampelte Gras ringsum rot gefärbt.

Was bei Meliagrance geschah

Der kleine Page traf Lancelot nicht in seinem Quartier an.

Er und König Artus waren, in Erwartung des fröhlichen Fests am Mai-Abend, in den Ballhof gegangen und übten sich im Schlagball, einer Beschäftigung, die Lancelot du Lac, Erbe des Besitzes von Benois, aus Frankreich mitgebracht hatte.

Der kleine Page, blutend und abgehetzt, stürzte mitten in

das Spiel hinein, duckte sich unter dem hölzernen Ball und fiel gleich in die Knie.

„Sir! Ich bringe eine Botschaft von der Königin! Aber die Botschaft geht an Sir Lancelot!", stammelte der Junge, dem urplötzlich die Peinlichkeit der Lage bewusst wurde: Da stand der König, der Ehemann, aber die Dame hatte die Hilfe ihres Liebhabers erbeten.

„Rede!", sagten die beiden wie aus einem Mund.

Der Junge war noch nicht mit seiner Erzählung fertig, als Lancelot schon nach seiner Rüstung rief.

„Lancelot!" Artus packte ihn erregt an der Schulter. „Es geht um die Königin! Das ist eine Sache der Krone! Ich muss Mannschaften zusammenrufen und ..."

„Majestät!" Lancelot ließ sich bereits die Beinschienen anlegen. (Wenn es um Ginevra und ihr empfindliches Dreiecksverhältnis ging, konnte er höchst erfinderisch sein – schließlich musste eine Erklärung gefunden werden, die Artus nicht verletzte.) „Ich glaube, Mylady hat nach mir geschickt, gerade weil sie vermeiden will, dass diese Entführung zu einer Sache der Krone wird. Überlegt nur, was für ein Aufsehen es erregen würde: König Artus' Gemahlin von einem Strauchdieb entführt! Nein, ich verstehe diese Botschaft so: Es soll schnell gehen. Und schnell bin ich. Und es soll möglichst unbemerkt vonstatten gehen. Sire, wenn ich scheitere, könnt Ihr immer noch Euer Heer auf den Plan rufen. Aber jetzt muss ich aufbrechen."

Sie sahen sich beide in die Augen, und ihrer beider Liebe zu Ginevra war stark genug, diese Situation zu ertragen. Es war einer jener Augenblicke hart an der Grenze. Beide wussten. Beide beherrschten sich.

Noch immer stand der kleine Page zwischen den beiden, sehr verwirrt. „Aber der Ring?", murmelte er. „Ich sollte den Ring doch ..."

„Den Ring“, sagte Artus und traf damit genau die richtige Entscheidung, „den Ring kannst du behalten als Lohn für deinen treuen Dienst und deinen Mut. Du hast dein Leben für die Königin gewagt!“

Lancelot stieg im äußeren Hof schon aufs Pferd.

Sir Meliagrance war in Panik. Im Eilmarsch hatte sein Reiterzug samt Verwundeten und gefangener Majestät in der Mitte seine Burg erreicht, und nun begann er in aller Eile, sich auf eine Belagerung vorzubereiten. Hirten trieben das Vieh in den Hof, Knechte rollten Fässer mit frischem Wasser über die Zugbrücke, denn es gab keinen eigenen Brunnen.

Die Königin, die mit kühlem Kopf das Chaos überblickte – die Entführung belustigte sie ein bisschen, seit sie wusste, dass Rettung kommen würde; schließlich war der Page nicht ergriffen worden …, die Königin also verstärkte das Durcheinander noch, indem sie Verbandszeug, warmes Wasser und Betten für ihre verwundeten jungen Ritter forderte. (Natürlich wurden ihre Forderungen vorrangig erfüllt.)

Meliagrance wollte vor allem Zeit gewinnen. Er dachte sich, dass es natürlich Lancelot sein würde, der als Erster herbeikam. Also musste er versuchen, ihn aufzuhalten. Mit Recht ging er davon aus, dass der große du Lac nach alter Rittermanier als Einzelkämpfer anrücken würde. Also dürfte es ein Leichtes sein, so schloss Meliagrance, ihm unterwegs auflauern zu lassen. Zwar waren alle Wege auf Pfeilschussnähe vom Unterholz gesäubert (das vorzeiten erlassene Dekret König Pendragons!), aber da gab es so einen Hohlweg … Und ein Armbrustbolzen konnte sogar einen Harnisch durchschlagen!

Gesagt, getan. Doch ganz gelang Meliagrance sein Plan nicht. Seine Leute erschossen immerhin Lancelot das Pferd unterm Sattel. Auf einen Nahkampf aber wollten sie es nicht ankommen lassen. Wütend (er liebte sein Tier!) versuchte Lancelot, die Angreifer hinter Büschen und Gräben zu verfolgen, aber in seiner Rüstung war er viel zu unbeweglich, und diese Heckenschützen wendig wie nichts.

So stand er da, angetan mit einem Panzer, der bestimmt so schwer war wie er selbst, und ohne Reittier. Das zumindest hatte Meliagrance gewollt, um Zeit zu gewinnen.

Womit er indes nicht gerechnet hatte, war, dass Lancelot es trotzdem schaffen würde, schnell zur Burg zu gelangen.

Inmitten des ganzen Durcheinanders bewahrte die Königin die Ruhe einer Frau, die weiß, dass sie im Mittelpunkt des Geschehens steht.

Sie hatte keine Angst vor Meliagrance. Sie zweifelte, dass er es wagen würde, sich an ihr zu vergreifen, und wenn, war sie immer noch Kriegerfürstin genug, um sich zur Wehr zu setzen. Und ihr Geliebter würde gewiss bald da sein.

So stand sie, nachdem ihre Verwundeten versorgt waren, am Fenster ihres Raums und sah auf die Straße hinunter.

Ein Karren näherte sich, gezogen von zwei Maultieren. Aber das Tempo, mit dem dieser Karren herankam, hatte nichts mit der gewöhnlichen Geschwindigkeit solch eines Fuhrwerks zu tun. Er raste förmlich.

„Madam“, sagte die eine ihrer Kammerfrauen (offenbar hatte sie bessere Augen als ihre Herrin), „könnt Ihr das erkennen? Auf dem Karren steht ein Ritter! Wie ist denn so etwas möglich?“

Es galt für einen Mann von Adel als unehrenhaft, ein Fuhrwerk wie dieses zu benutzen. Es erinnerte an den Karren des Henkers …

Ginevra hielt die Hand schützend über die Augen. Kein Zweifel! Auf dem Wagen stand Lancelot und trieb die Tiere mit der Peitsche an; der verschreckte Fuhrmann hockte hinter ihm am Boden.

Der Königin lächelte, und die Röte schoss ihr in die Wangen. Seit der Zeit, als Lancelot ihr alle seine Gefangenen als „Liebesbriefe" zusandte, hatte er keine Taten mehr vollbracht, mit denen er seine Liebe bewiesen hatte. Diese Entführung fing immer mehr an, ihr Spaß zu machen. Sie trat vom Fenster zurück, nahm in der Mitte des Zimmers auf einem Stuhl Platz und wartete, wie sich die Dinge weiter entwickeln würden.

Lange musste sie nicht ausharren.

Lancelot war vom Karren abgesprungen und über die Zugbrücke geeilt. Ein Wachhabender versuchte im letzten Augenblick, ihm das Tor vor der Nase zuzuschlagen. Ein Hieb mit dem gepanzerten Handschuh setzte ihn außer Gefecht. Dann stand der Ritter vom See in der Mitte des Burghofs und rief nach seinem Gegner.

Meliagrance hätte am liebsten alles ungeschehen gemacht. Er fühlte sich dieser Herausforderung in keiner Weise gewachsen und zitterte vor Angst vor dem besten Ritter der Welt. Statt sich dem anderen zu stellen, rannte er die Stiege hoch zu dem Raum, den er Ginevra zugewiesen hatte, und warf sich ihr zu Füßen.

„Mylady!", rief er außer sich. „Ich bedaure, was ich getan habe. Ich ergebe mich! Ich unterwerfe mich Euch! Bitte, haltet mir diesen schrecklichen Ritter vom Hals!"

Die Königin sah auf ihn herab, und am liebsten hätte sie gelächelt, wenn es der Situation angemessen gewesen wäre. So sagte sie mit überlegener Miene: „Steht auf. Ich werde versuchen, Sir Lancelot zu beruhigen. Ich hoffe, es wird mir gelingen, damit Ihr nicht mit ihm kämpfen müsst."

Dann stand sie auf und ging in Begleitung ihrer Kammerfrauen in den Burghof hinunter.

Als sie so aus der Tür des Hauses heraustrat ins Freie, kam es Lancelot vor, als wäre sie selbst in jungen Jahren nie schöner gewesen, und sein Herz quoll über vor Entzücken und Dankbarkeit darüber, dass es diese Frau gab. Er ließ sich in der Mitte des Hofs auf ein Knie nieder, nahm den Helm ab und senkte den Kopf.

Ginevra ging dicht an ihn heran und sagte mit leiser Stimme: „Danke, dass Ihr so schnell und mutig gekommen seid. Ich hatte es nicht anders erwartet. Danke. Es ist alles gut. Meliagrance hat sich unterworfen. Ihr müsst nicht kämpfen."

Am liebsten wäre sie ihm um den Hals gefallen vor allen Leuten.

Er sah zu ihr auf, und seine dunklen Augen leuchteten. „Wenn er sich unterworfen hat – nein, dann muss ich wohl nicht kämpfen."

Auch er redete leise; das Gespräch war ein Geflüster unter Vertrauten.

„Tut, was Ihr wollt. Das überlasse ich Euch. Vielleicht sollte man vermeiden, dass diese Sache mehr Aufsehen macht als nötig."

„Ja, das sollte man vielleicht. Und Ihr wisst, dass Euer Wille jederzeit der meine ist."

So war Sir Meliagrance zunächst einmal davongekommen.

Mit übertriebener Demut bat er die Königin nun, statt seine Gefangene sein Gast zu sein, wenigstens für eine Nacht, und Ginevra, um der verwundeten Ritter willen, die noch der Ruhe bedurften, nahm das Angebot an. Auch Lancelot wurde zum Bleiben aufgefordert.

Die verletzten jungen Ritter waren im Vorraum ihres Zimmers auf Liegen untergebracht, um die Königin nach ihren Möglichkeiten zu bewachen. Der Raum selbst lag im ersten Stock und hatte ein Fenster – jenes Fenster, durch das sie die Ankunft ihres Lancelot auf einem Karren beobachtet hatte.

Das schmale Fenster war wie häufig ohne Glas, nur zwei gekreuzte Gitterstäbe trennten drinnen und draußen, falls man nicht hölzerne Laden vorlegte.

Es war die Mainacht. Ginevra lag hellwach auf dem Bett und starrte in den vollen Mond, der durchs Fenster schien. Als Lancelots Kopf vor der Mondscheibe auftauchte, wunderte sie sich keinen Augenblick, sondern stand leise auf und ging auf Zehenspitzen zum Fenster. Sie hatte ihn erwartet.

Der Ritter vom See war am Mauerwerk hochgeklettert und stand nun auf einem Sims, und so tauschten sie Küsse und Liebkosungen und geflüsterte Zärtlichkeiten.

Und nach einer Weile sagte Lancelot: „Ich wollte, ich wäre ganz bei Euch."

„Ich wollte das auch, Liebster."

Sie legte ihre Hände auf das Fenstergitter …

Als er das Eisenkreuz aus der Verankerung im Stein riss, bröckelte der Mörtel polternd zu Boden, aber niemand hörte es.

Lancelot aber hatte nicht bemerkt, dass er sich böse an der linken Hand verletzt hatte.

Wie Lancelot für Ginevra stritt

Die Königin schlief sehr lange am nächsten Morgen. Sir Meliagrance strich herum; er hatte seine Leute angewiesen, für den hohen Besuch und ihre Begleitung ein üppiges Frühstück vorbereiten zu lassen, um den schlechten Eindruck, den er als Entführer gemacht hatte, als Gastgeber wiedergutzumachen. Als sich im königlichen Schlafgemach ewig nichts regte, nahm er sich heraus, vorsichtig die Türklinke herunterzudrücken und hineinzusehen – schließlich war es sein Haus.

Was er sah, ließ im Nu seine ängstliche, unterwürfige Stimmung umkippen in rasende Wut: Das Bettzeug, in dem Ginevra lag, war mit Blut besudelt.

Für Meliagrance stand fest: Ihre Majestät hatte sich, sozusagen unter seinen Augen, mit einem der verwundeten jungen Ritter ihres Gefolges vergnügt. (Das Fenstergitter war sehr sorgfältig wieder angebracht worden.)

Meliagrance begann zu toben: „Falsche Schlange! Mir verwehrt Ihr Eure Gunst, aber mit einem dieser Grünschnäbel treibt Ihr es auf meiner Burg! Ihr seid eine Ehebrecherin!"

Ginevras Gefolge war in heller Aufregung. „Niemand ist bei Ihrer Majestät gewesen!", beteuerten Kammerfrauen und Ritter, und die jungen Männer schrien: „Wählt einen von uns aus, der mit Euch kämpft! Wir werden für die Ehre von Mylady streiten!"

„Ihr seid genauso verlogen wie Eure Herrin!", brüllte Meliagrance. „Seht doch selbst. Einer der verwundeten Ritter ist bei ihr gewesen."

„Das ist nicht wahr!", sagte Ginevra, bleich, aber gefasst.

In diesem Augenblick kam Lancelot hinzu (dass er einen Handschuh an der Linken trug, fiel keinem auf). „Was geschieht hier?", fragte er und sah von einem zum anderen.

Meliagrance überschlug sich fast, indem er seine Behauptung wiederholte.

Lancelot sah ihn scharf an. „Achtet auf Eure Worte. Ich für meinen Teil bin bereit, für all diese Lords zu bürgen. Niemand von ihnen war bei der Königin."

„Wie wollt Ihr das denn wissen?", fragte Meliagrance höhnisch und kam damit der Wahrheit näher, als er dachte.

„Ob ich es weiß oder nicht: Ich fordere Euch zum Tjost, wenn Ihr die Anschuldigung nicht zurücknehmt."

Vor den versammelten Rittern der Königin und seinen eigenen Männern konnte Meliagrance natürlich keinen Rückzieher machen, er hätte – nach dem gestrigen Gejammer – sein Gesicht und seine Ritterehre vollends aufs Spiel gesetzt. Er erklärte sich zum Zweikampf bereit, der gleich am selben Tag im Burghof ausgefochten werden sollte.

Und dann machte er sich allmählich klar, gegen wen er da antreten würde und dass seine Niederlage von vornherein feststand.

Der Kastellan der Burg wurde zum Kampfrichter ernannt, man bereitete einen vorläufigen Tilte-Platz vor, und Lancelot wurde ein Pferd aus dem Stall seines Gegners zugestanden.

Ginevra thronte auf einem Stuhl in der offenen Tür des Hauses wie auf einer Tribüne. Um ihre Ehre ging es schließlich.

Die Kämpfer stiegen aufs Pferd, gingen in Position und stürmten gegeneinander an. Die Lanzen donnerten auf die Schilde, und wie nicht anders zu erwarten, ging Meliagrance beim ersten Angriff zu Boden. Sir Lancelot saß ab, um mit dem Schwertkampf fortzufahren, aber sein Gegner blieb liegen und rief mit kläglicher Stimme: „Ich ergebe mich!“

„Was soll denn das?“, fragte Lancelot verwirrt. „Ihr habt doch noch gar nicht gekämpft! Steht auf!“

„Ich flehe die Königin um Gnade an!“

Aber diesmal war Ginevra nicht gewillt, wie beim ersten Mal, zu verzeihen. Ihr war klar geworden, was dieser Mann anrichten konnte. Er hatte sie schließlich des Ehebruchs bezichtigt! Und auch wenn er damit auf einen der jungen Ritter ihres Gefolges zielte – das Wort war gefährlich, es musste aus der Welt. So sagte sie kalt: „Ich gewähre keine Gnade. Tötet ihn, Sir du Lac.“

Lancelot stand über dem Mann, das Schwert in der Faust, und zögerte. Die Anschuldigung, um die es hier ging, war im Grunde richtig. Der Gedanke, Meliagrance zu töten, ängstigte ihn. Andererseits – es ging um Ginevra. Lancelot beschloss, alles zu geben und sein Leben in die Waagschale zu werfen – mochte es ausgehen, wie es wollte.

Er schlug sein Visier hoch. „Kommt, und kämpft!", sagte er. „Ich gebe Euch Vorteil. Ich werde ohne Helm und Schild kämpfen und mir die Rüstung auf einer Seite abnehmen lassen, und meine linke Hand lasse ich mir auf dem Rücken festbinden. Nutzt die Gelegenheit!"

„Einverstanden!", krächzte Meliagrance und erhob sich langsam. „Ohne Helm und Schild und nur halb gerüstet und nur mit einer Hand ..." Er schwitzte vor Aufregung. Sah die Möglichkeit, siegreich gegen den besten Ritter der Welt zu sein.

Auf dem Hof herrschte atemlose Stille. Die Vorgabe, die Lancelot seinem Gegner gemacht hatte, schien allen zu groß. Es war fast wie ein Todesurteil, das er sich selbst gesprochen hatte.

Ginevra saß totenblass auf ihrem Stuhl, ihre Hände waren krampfhaft um die Lehnen gekrallt.

Die Knappen begannen zögernd, Sir Lancelot die Wehr abzunehmen und banden ihm schließlich den linken Arm auf dem Rücken fest. So trat er gegen seinen Widersacher an.

Als die beiden Kämpfer in Reichweite der Schwerter gekommen waren, drehte Lancelot dem Gegner seine entblößte Seite zu, um den Schlag anzulocken. Und noch während Meliagrance ausholte, sprang er in eine blitzschnelle Drehung. Eisen leuchtete auf. Ein pfeifender Hieb, ein dumpfer Schlag. Blut sprühte wie eine Kaskade über beide Kämpfer.

Dann lag Sir Meliagrance mit gespaltenem Helm und Schädel auf der Erde.

Sir Lancelot war in einem Streit für Ginevra eingetreten, der ganz und gar unrecht war. Ganz gleich, was für ein Schurke Meliagrance auch gewesen war – es bedrückte sein Gewissen. Aber seiner Liebe tat es keinen Abbruch.

9
Wie Galahad nach Camelot kam

An einem milden Herbstabend kam König Artus mit seinem Gefolge von der Jagd in Camelots Wäldern. Das Laub der Bäume glühte in den schönsten Farben, die Luft war noch sommerlich milde, und die Fäden des Altweibersommers zogen durch die Luft.

Artus war guter Dinge. Er wusste, dass es dieses Jahr eine gute Ernte gegeben hatte, die Scheunen der Bauern waren prall gefüllt, und Englands Schiffe fuhren über das Meer, um überall Handel zu treiben und die Reichtümer des Landes – die Wolle der Schafe, das Korn der Felder und die kunstvoll gearbeiteten Langbögen aus biegsamem Eschenholz – einzutauschen gegen fremdländische Kostbarkeiten, wie Seiden und Pelze, Wohlgerüche, Weine, Bernstein, Gold und edle Pferde.

Auch die Jagd war erfolgreich gewesen. Wilde Schweine und Hirsche brachten die Jäger nach Haus für Sir Kays Küche, und Artus selbst war stolz auf sich, dass er eigenhändig einen gewaltigen Keiler erlegt hatte. Schließlich war er mit den Jahren ein bisschen aus der Übung, was Jagd und Waffenhandwerk anging. Regieren war hauptsächlich Recht sprechen und Dekrete unterschreiben, Gesandte empfangen und bei festlichen Turnieren den Vorsitz führen.

Bei einer Waldlichtung befahl er eine Rast. Man lagerte an einer Quelle, entfachte ein Feuer und gewährte den Jagdhunden der Meute ihren Beuteanteil, während ein paar Knappen vergnügt die Innereien der erlegten Tiere am Spieß brieten.

Als Artus, hingelagert auf Kissen und Decken, die Arme im Nacken verschränkt, aufsah ins Geäst der Bäume, stellte er fest, dass er zwischen Eiche und Esche und Weißdorn lag. Es kam ihm wundersam vor, dass die Bäume Englands gerade da wuchsen, wo er sich zufällig zur Ruhe gebettet hatte, und der Gedanke an Merlin schoss ihm einmal mehr durch den Kopf. Hatte so ähnlich nicht auch die Lichtung ausgesehen, auf der der Turm seines Lehrers und Ratgebers gestanden hatte? Wehmutsvoll erinnerte er sich an jene Zeit. Er dachte an das Schwert im Stein, an seine Einsetzung zum König der Könige, an die Schlacht von Bedgraine und an all die klugen Ratschläge, die ihm der Zauberer gegeben hatte. Und seine Prophezeiungen? Würden sie wohl noch eintreten? Artus konnte sich angesichts der Ruhe dieser herbstlichen Welt nichts Böses vorstellen.

Während er noch so grübelte, entstand Bewegung am Waldrand. Ein schlanker junger Reiter ohne Rüstung tauchte auf der Lichtung auf: seine Art, zu Pferd zu sitzen, kam ihm bekannt vor. So ritt Lancelot! Aber Lancelot war in der Burg geblieben und leistete der Königin Gesellschaft … Wie so oft …

Der junge Mann wurde von der Leibwache aufgehalten und sicher, wie es sich gehörte, nach seinem Woher und Wohin gefragt. Artus sah, dass der Fremde absaß und auf die Männer einredete, und auch seine Gesten kamen dem König bekannt vor.

Einer der Wächter kam zu ihm und meldete: „Sir, da ist jemand, der Euch zu sprechen begehrt. Ich habe ihm gesagt, dass der König ruht und …“

„Lass ihn zu mir kommen“, sagte Artus und stand auf. „Der König ist zu jeder Zeit und für jedermann zu sprechen. Bringt ihn her.“

Als der junge Mann nun vor ihn trat und das Knie beugte, glaubte Artus seinen Augen nicht zu trauen. Die dunklen Augen im schmalen Gesicht unter dem üppigen Haar, die Locke, die ihm in die Stirn fiel – das war Lancelot! Lancelot in jenen Jahren, damals, als er einst im Wald nach dem Zweikampf vor ihm gekniet hatte, den Helm unterm Arm!

„Wer bist du?", fragte er beklommen. „Woher kommst du?"

„Sire, ich komme von der Burg Corbenic. Mein Name ist Galahad." Und als Artus ihn fragend ansah: „Erinnert Ihr Euch an eine Dame, die von den Hexen in einen Badezuber gebannt worden war? Das war meine Mutter Elaine, König Pellinores Tochter. Sie ist vor Kurzem gestorben. Und auf dem Totenbett hat sie mir gebeichtet, dass der Mann, mit dem sie vermählt war, nicht mein leiblicher Vater ist. Sie sagte, einer der Ritter Eurer Tafelrunde hätte mich in die Welt gesetzt. Ihr würdet schon wissen, wer."

„Ja", entgegnete der König, immer noch staunend, „das weiß ich allerdings. Komm mit mir nach Carleon, und ich werde dir den Mann zeigen."

Und so wurde nichts aus der Rast; man brach überstürzt auf.

König Artus ritt in Gedanken versunken an der Spitze der Jagdgesellschaft.

Lancelots Sohn! Er erinnerte sich: Damals, als man von Elaines Schwangerschaft erfahren hatte, ging das Gerücht, dass die Rettung des Mädchens durch Lancelot nicht ohne Folgen geblieben war. Etwas Genaueres war nicht bekannt. Lancelot hatte nie darüber geredet, und dann, als man hörte, dass sich Elaine einem entfernten Verwandten vermählt hatte, war die Angelegenheit in Vergessenheit geraten. Es war kaum anzunehmen, dass der große du Lac sich jemals selbst um dies Kind gekümmert hatte. Wahrscheinlich wusste er nicht einmal davon. Schließlich war er damals, so erinnerte sich Artus, auf Queste gewesen, suchte den Gral …

Der Ritter vom See hatte den Jüngling denn auch tatsächlich mit Erschütterung und Beschämung in die Arme geschlossen. Er hatte nichts von dessen Existenz gewusst, denn Lady Elaine hatte er gründlich aus seinem Gedächtnis verbannt – allzu schmerzliche Erinnerungen verbanden sich für ihn mit dieser Person; die jahrelange Entfremdung zwischen ihm und Ginevra.

Natürlich gab es am Hof einen großen Wirbel um den jungen Mann, vor allem, als sich herausstellte, dass Galahad zwar einen Teil seiner Erziehung im Kloster genossen hatte, aber auch in allen ritterlichen Künsten bewandert war. Es dauerte nur kurze Zeit, und aus Galahad wurde Sir Galahad. Der König selbst schlug ihn zum Ritter, und Lancelot half, ihm die Sporen anzulegen und gab ihm sein eigenes Schwert.

Die Königin allerdings mied den Sohn ihres Geliebten. Es machte sie, die Kinderlose, traurig, ihn zu sehen, vor allem aber verwirrte es sie, in ihm gleichsam einen verjüngten Lancelot vor Augen zu haben, einen ohne weiße Strähnen im Haar und mit glatter, faltenloser Stirn.

Mit dem weißen Schild des Neulings unter den Rittern ausgestattet, hatte sich der junge Mann bald wieder verabschiedet und war ausgezogen, Aventiuren zu suchen.

Wie Artus vor seinen Vertrauten ein Geständnis ablegte

Die Ankunft Galahads am Hof hatte König Artus aufgewühlt.

Mordred, sein eigener Sprössling, war das Gegenteil von Lancelots Sohn. War Galahad wohlerzogen und gutartig, so war Mordred hochfahrend und zügellos.

Und obwohl er nun schon seit Jahren in Artus' Nähe lebte, hatte der König es immer noch nicht fertiggebracht, sich zu ihm zu bekennen und ihn in der Öffentlichkeit zu dem zu machen, was er war: der einzige Nachkomme des Königs von Britannien – und also sein Erbe!

Zwar ließ er es ihm an nichts mangeln, und Mordred war

einer der prächtigsten und verschwenderischsten Ritter des Hofes. Aber Artus ging ihm aus dem Weg, wo er nur konnte. Es war ihm nicht gelungen, die Zuneigung des jungen Mannes zu gewinnen oder irgendwie auf ihn einzuwirken. Immer, wenn er den hellblonden, zarthäutigen, geschmeidigen jungen Mann sah, gab es ihm außerdem einen Stich. Er fühlte sich schuldig. Mordred erinnerte ihn an seine Untat, die er als junger König begangen hatte …

Der König sah ein: Die Welt musste vorbereitet werden auf den künftigen Herrscher des Landes; andererseits kamen ihm immer häufiger die Worte Merlins in den Sinn: „Dies Kind wird Britannien großes Unheil bringen."

Was sollte er tun? Er fühlte sich wie zerrissen.

An einem stürmischen Herbstabend ließ er sein Pferd satteln und ritt allein hinaus in die beginnende Dunkelheit.

Der wilde Wind jagte Wolkenfetzen über den Himmel, die Bäume stöhnten und ächzten unter der Gewalt des Sturms, und manchmal ertönte irgendwo ein dumpfes Krachen, wenn ein Stamm den heulenden Lüften nicht mehr standhalten konnte und zu Boden stürzte.

Artus beugte sich tief über den Hals seines Tiers und ließ es vorwärts galoppieren. Hoffte er insgeheim, eine helfende Antwort im Toben des Winds zu vernehmen, einen Rat der Wissenden aus der Anderswelt – vielleicht gar die Stimme Merlins?

Aber da war nichts. Da waren nur seine eigenen quälenden Gedanken.

Er musste sich entscheiden. Musste auf sich nehmen, was seine Bestimmung war.

Dicht vor ihm stürzte ein schwerer Birkenstamm über den Weg. Sein Pferd bäumte sich auf und stieg, Artus konnte sich nur mit Mühe im Sattel halten.

So stürzt vielleicht dies Land …, dachte er verzweifelt.

Nein, es gab keine Ratschläge von überirdischen Wesen. Er hatte die Aufgabe, alles allein zu tun. Nach menschlichen Maßstäben. Nach bestem Wissen. Er musste die Folgen seiner Handlung tragen.

Aber wenigstens wollte er zunächst mit denen sprechen, die er am meisten liebte und denen er vertraute.

Im Kamin brannte ein Feuer. Draußen heulte weiter der Sturm und rüttelte an den hölzernen Läden der Fenster. Im zuckenden Flammenschein leuchteten die Figuren auf den reichen Gobelins an den Wänden, als seien sie lebendig.

Artus hatte seine Frau und seinen Oberkommandierenden zu sich gebeten.

Auf dem Tisch stand ein Würzwein bereit, aber keiner rührte ihn an.

„Ich möchte euch beiden eine alte Geschichte erzählen", hub Artus an und nahm die Hand Ginevras, hielt sie fest. „Niemand als ihr beide soll davon wissen." Er sah von einem zum anderen. „Es geschah, bevor Ginevra in mein Leben trat, bevor Ihr, Lancelot, zum Ritter geschlagen wurdet. Wollt Ihr die Geschichte hören? Sie ist allerdings nicht sehr erfreulich."

Die beiden erwiderten nichts.

„Ich war noch ein halber Knabe und gerade zum König geworden", fuhr Artus fort. Seine Stimme war leise. „Da lernte ich eine Frau kennen. Lady Morgause von Orkney. Ich verliebte mich in sie. Aber was ich nicht wusste, war, dass sie meine Blutsverwandte war, meine Halbschwester, die Tochter der Königin Igraine, meiner Mutter, bevor die sich mit Uther Pendragon vermählte. Es war Blutschande! Und aus dieser Verbindung entstand ein Kind."

Ginevra atmete tief ein. „Mordred?", fragte sie. Es war mehr ein Flüstern.

„Mordred", bestätigte der König.

Alle drei starrten sie schweigend in die Flammen.

Lancelot war kalt ums Herz. Er erinnerte sich, wie er Mordred aus den Händen der Wegelagerer befreit hatte, ohne Dank zu ernten, und wie der kaltblütig und rachsüchtig den Einsiedler getötet hatte. Lancelot hatte nie jemandem davon erzählt; es war nicht seine Art, über die Taten anderer zu sprechen, seien sie nun gut oder böse. Aber jetzt wurde ihm bange zumute. Dieser gewalttätige und haltlose junge Mann war Artus' Sohn! Er sah hinüber zu Ginevra. Sie sah beklommen geradeaus.

Artus fuhr mit leiser Stimme fort: „Ich hatte schreckliche Träume damals, und als Merlin sie mir dann deutete – dass dies Kind das Verderben Englands sein würde –, da wusste ich nicht aus noch ein. Da habe ich dann etwas Furchtbares getan."

Er machte eine Pause, schluckte schwer. „Unter einem Vorwand ließ ich alle Kinder, die zu einer bestimmten Zeit geboren worden waren, an den Hof bringen. Dann setzte ich sie auf einem Schiff aus. Alle Kinder kamen um – bis auf eins: Mordred. Er wurde gerettet, und wohl durch ihre Zauberkraft hat Morgause ihren Sohn wiedergefunden und aufgezogen. Und dann kam er an den Hof, hierher."

„Also Euer Sohn wurde gerettet?" Ginevra blickte den König an.

„Begreift Ihr denn nicht?" Artus ballte die Fäuste. „Diese Kinder! Ich habe sie auf dem Gewissen. Als junger Mann, als junger König – da hatte ich das alles vergessen. Aber seit Mordred hier ist, weiß ich es wieder. Ich träume davon! Natürlich, es ist nicht immer gegenwärtig in meinem Kopf. Es gibt genug anderes zu tun. Aber in meinem Herzen schläft die Schuld wie eine Schlange, die an der Wurzel eines Baums nagt. Ich glaube, Mordred ist zur Strafe meiner Sünden zu mir gekommen."

Er schwieg einen Augenblick. Dann fuhr er fort: „Aber es geht ja nicht nur um mich. Es geht um die Prophezeiung von Merlin: Dieses Kind würde dereinst eine große Gefahr für Britannien sein."

Sein Freund und seine Frau sahen sich fragend an. Dann sagte Ginevra: „Weiß er, dass er Euer Sohn ist?"

„Oh, ich bin sicher, dass er es weiß. Wenn auch nicht von mir. Morgause wird ihn nicht im Unklaren gelassen haben, weder über seine Herkunft noch darüber, dass ich versucht habe, ihn umzubringen. Wenn ich sehe, wie er mich anguckt ... Er hasst mich."

Lancelot schüttelte den Kopf. Er war aufgesprungen. „Wie kann man Euch hassen, den besten, den edelsten Menschen, den es gibt! Ihr habt ihn aufgenommen, Ihr begegnet ihm mit nichts als Liebe und Güte!" Er beruhigte sich. „Wenn es so eine düstere Prophezeiung gibt, warum schickt Ihr ihn nicht einfach fort?"

„Ach, düstere Prophezeiungen gibt es genug. Da müsste ich auch ganz andere fortschicken", erwiderte Artus vage, ohne jemanden anzusehen.

Wieder lastete das Schweigen auf dem Raum.

Dann sagte der oberste Feldherr ernst: „Wenn er etwas gegen Euch unternimmt, bringe ich ihn eigenhändig um."

Artus sah auf und wölbte eine Augenbraue. „Das könnt Ihr nicht wirklich meinen!", sagte er streng. „Dieser Mensch ist durch Blut und Geburt mein Erbe, und ich muss ihn endlich anerkennen. Was er auch tun sollte: Ich gebe Euch den Befehl, ihn zu schonen."

„Artus, Ihr macht mir Angst!", sagte Ginevra und kam auf das Eigentliche zurück. „Was für finstere Bilder beschwört Ihr da herauf! Was um Gottes willen könnte Mordred denn für eine Gefahr bedeuten? Meint Ihr, er würde Euch ... etwas antun?"

„Mich töten ist vielleicht zu einfach", entgegnete der König in aller Ruhe. „Er wird wahrscheinlich nach Wegen suchen, mich zu stürzen. Doch bevor es dazu kommt, könnte er danach trachten, mich zu beschädigen, die Majestät des Königs herabzusetzen. Er wird nach einer Stelle suchen, an der ich verwundbar bin …" Seine Augen gingen zwischen Frau und Freund hin und her. „Man sollte ihm keine Handhabe bieten. Ihr versteht …"

Ginevra und Lancelot sahen vor sich hin. Was Artus meinte, war nur allzu deutlich.

„Denkt an mich!", sagte der König freundlich. Er stand auf. „Ich werde hingehen und mit Mordred sprechen. Ihn als meinen Sohn begrüßen. Werde es der Welt kundtun."

Die beiden Zurückgebliebenen wagten nicht, die Augen zu heben.

Die Tage des Glücks würden bald vorbei sein …

Die Enthüllung

Mordred hatte nun königlichen Rang und Würden. Seine Stimme galt bei Hofe. Sein Auftreten wurde noch herrischer, noch hochfahrender als bisher. Und er begann mit genau dem, was Artus befürchtet hatte: sein Ansehen zu schwächen, ihn bloßzustellen. Er griff ihn an seiner verwundbarsten Stelle an.

Die Ritter der Tafelrunde und mit ihnen der ganze Hof hatten über all die Jahre von Ginevras und Lancelots Verhältnis gewusst. Ihr Stillschweigen hatte die Ehre des Königs bewahrt. Aber nun, da Mordred daherkam und meinte, man müsse diesem „Ärgernis" ein Ende machen, fand sich der eine oder der andere, der ihm zustimmte. Mordred konnte eine Sache sehr überzeugend darlegen …

Agrawan war mit von der Partie. Er ließ sich leicht von Mordred überreden. Agrawan fand es seit Langem schändlich, dass Britanniens König von seiner Frau und seinem besten Freund hintergangen wurde.

Die Brüder hatten sich zur Audienz bei ihrem königlichen Verwandten angemeldet und warteten im kleinen Empfangsraum, einem eher kahlen Zimmer ohne Wandteppiche und Schmuck. Es gab den erhöhten Sitz der Majestät, einen Tisch, um Papiere auszubreiten, und ein Schreibpult an der Wand, falls Aussagen oder Beschlüsse aufgezeichnet werden sollten – Stühle waren nicht da. Man trug sein Anliegen kniend oder stehend vor.

Sir Agrawan und Sir Mordred trugen bunte Seidenwämser, verziert mit dem Wappen der Orkneys, Mordred seit Neuestem dazu ein Band mit dem roten Drachen auf weißem Grund, gekreuzt von einem schwarzen Balken: Es wies ihn als illegitimen Abkommen des Königsgeschlechts aus. Während Agrawan unruhig im Raum hin und her stapfte, lehnte Mordred, rank und schlank, lässig am Schreibpult, den Arm aufgestützt. Seit er die Schärpe mit dem roten Drachen tragen durfte, also als „königlicher Bastard" (wie es offiziell hieß) ausgewiesen war, kannte sein kalter Hochmut keine Grenzen mehr.

Hallende Schritte kündigten die Ankunft des Königs an. Zwei Leibwächter öffneten der Majestät die Tür. Artus trat ein, winkte die Wachen weg und sagte zu den knienden Brüdern: „Erhebt Euch. Was wollt Ihr von mir? Und warum ist mein großer Neffe Gawan als Oberhaupt der Sippe nicht hier, wenn die Orkneys etwas vorzubringen haben?"

„Es geht nicht um die Belange der Orkneys, sondern um Eure eigenen und damit die Britanniens", begann Mordred.

Artus nahm auf seinem erhöhten Sitz Platz. „Redet!", befahl er.

Seit er den Raum betreten hatte, wusste er es: Das Verhängnis würde ihn heute ereilen. Merlins Prophezeiung traf ein. Die Tage des Unglücks waren angebrochen.

Mordred sah ihm direkt in die Augen. Sein Blick war kalt. „Wir sind gekommen“, sagte er mit klangvoller Stimme, schamlos und direkt, „um Königin Ginevra des Ehebruchs anzuklagen. Eure Frau ist die Geliebte Eures Feldherrn. Sie betrügt Euch mit Sir Lancelot.“

Artus schwieg und stützte den Kopf in die Hand. Dann sagte er ruhig: „Der Letzte, der behauptete, die Königin sei eine Ehebrecherin, war, wie mir zu Ohren kam, Sir Meliagrance. Ihr wisst, was mit ihm geschehen ist. Lancelot hat für Ihre Majestät gestritten.“

„Ja, Lancelot, wer sonst!“

„Wie Ihr wisst, ist das Gottesgericht als Mittel der Rechtsfindung aufgehoben. Aber wenn sich eine Frau einen starken Streiter sucht, um eine Verleumdung aus der Welt zu schaffen, ist das nicht verboten.“

„Niemand hat an einen Zweikampf gedacht!“, mischte sich Agrawan ein. (Er hatte kein Verlangen danach, vom besten Ritter der Welt gefordert zu werden.) „Wir dachten daran, Euch Beweise vorzulegen.“

„Was für Beweise?“, fragte Artus, und das erste Mal zeigte sein vorher unbewegtes Gesicht so etwas wie Unruhe.

„Nun, wenn wir Ginevra und Lancelot miteinander …“, Agrawan räusperte sich, „ertappen, wäre das ja wohl ein hinreichender Beweis.“

„Ich würde es vorziehen, wenn Ihr die Königin mit ihrem Titel benennen würdet, in meiner Gegenwart“, sagte Artus und warf seinem Neffen einen Blick zu, der den verstummen ließ.

„Also gut, wie Ihr wollt“, entgegnete Mordred nun an Agrawans Stelle mit kaltem Hohn. „Wenn wir also Mylady und

Sir du Lac unter Zeugen auf eine eindeutige Weise beieinander finden – das würde doch zu einer Anklage reichen, nicht wahr?“

„Zu einer Anklage, ja. Und falls sie begründet ist, zur Hinrichtung“, bestätigte Artus mit unheimlicher Ruhe. „Das würde bedeuten, dass ich die Königin von England, die Frau, die gemeinsam mit mir die Tafelrunde gegründet hat, zum Feuertod verurteile, und meinen Freund, den Mann, der einst zwei Orkney-Brüder aus der Gewalt von Carados und Tarquin befreit hat, enthaupten lasse. So will es das Gesetz. Und das wollt Ihr?“ Die beiden Orkneys schwiegen.

Artus atmete tief und schloss für einen Moment die Augen. Als er sie wieder öffnete, wirkte er wie verwandelt. Es schien, als habe er seine Rolle als König beiseitegelegt – ein verzweifelter, ein kläglicher Versuch, die Lage zu retten. Er beugte er sich vor und fragte leise, inständig: „Warum tut ihr das? Könnt ihr nicht einfach so barmherzig sein und diesen Raum wieder verlassen? Ich werde das Gespräch vergessen. Ihr seid nie hier gewesen.“ Seine Augen flehten.

„Welche Art von Barmherzigkeit meint Ihr?“, fragte Mordred mit vor Hass verzogenen Lippen. „Diejenige, die kleine Kinder auf einem Schiff im Meer aussetzt?“

Artus erbleichte bis in die Lippen. Lange sagte er nichts. Dann hob er die Hand.

„Geht!“, sagte er müde und ausdruckslos. Nichts weiter.

Die Brüder sahen sich an. Sie hatten gewonnen!

Einige Zeit später machte Artus sich auf in den Süden zu einer Inspektionsreise.

Er hatte Lancelot nicht gewarnt; das Unheil war nicht aufzuhalten.

Und selbst wenn der beste Ritter der Welt einen Fingerzeig erhalten hätte – als Ginevras Kammerfrau das bekannte Zeichen an seine Tür klopfte, wäre er zu seiner Königin gegangen, ganz gleich, ob losgelassene Teufel vor seiner Schwelle lagern würden. Freilich hätte er dann sein Schwert mitgenommen …

Sie fuhren auf, als jemand leise und in aller Heimlichkeit versuchte, den Türdrücker zu bewegen, und sahen sich an.

„Es ist so weit!“, flüsterte Ginevra. „Haben wir es nicht gewusst?“

„Nur nicht, dass es heute sein würde“, entgegnete ihr Geliebter, während er in sein Gewand schlüpfte, einen weiten Umhang aus Samt. „Sonst hätte ich bestimmt meine Waffen und meine Rüstung nicht zurückgelassen.“

Ginevra presste die Hände gegen ihre Wangen. „Gott beschütze uns! Ach Lancelot, mir werden sie nichts tun, denke ich. Aber Euch wollen sie erschlagen. Auf so eine Gelegenheit hat man wohl schon lange gewartet.“

Draußen auf der Treppe gab man die Zurückhaltung auf. Eine eisengepanzerte Faust donnerte gegen die Tür. Dann ertönte eine kalte klangvolle Stimme: „Öffnet im Namen des Königs!“ Es war die Stimme Mordreds.

Lancelot schloss für einen Moment die Augen. „Armer Artus!“, murmelte er. „Wie müssen sie ihm zugesetzt haben!“

Dann dröhnte Agrawans mächtiger Bass: „Hier stehen wir, zwölf gewappnete Männer, die als Zeugen wider Euch auftreten werden. Kommt heraus, verräterischer Ritter! Das Gericht erwartet Euch!“

Weitere Schläge gegen das Holz. Das Liebespaar starrte wie gebannt auf diese Tür. Sie war aus kreuzweise vernagelten Eichenbohlen und würde eine Weile halten, aber nicht ewig. Vor allem nicht, wenn man, wie jetzt, begann, mit Äxten auf sie einzuschlagen.

Flüstern war nun nicht mehr nötig. Ginevra sagte: „Ganz ohne Schutz sind wir nicht, auch wenn du deine eigenen

Waffen nicht hast!" In ihre Augen trat ein Lächeln, und sie deutete auf ihre Klinge und ihren Rundschild, die an der Wand hingen, Zeugnisse ihrer kriegerischen Vergangenheit. „Mein Panzerhemd und mein Helm werden dir nicht passen. Aber zumindest musst du dich nicht abschlachten lassen von denen da draußen."

„Kommt heraus, verräterischer Schuft! Euer Urteil ist bereits gesprochen!", schrien sie vor der Tür, überschlugen sich fast.

„Meine Königin!" Lancelot riss sie in seine Arme und küsste sie, wild und innig. „Es wird dir nichts geschehen. Ich rette dich. Vertrau auf mich. Und wenn ich fallen sollte, wird meine ganze Sippe, werden meine Brüder und Neffen kommen und dich herausholen. Sie werden dich nach Frankreich bringen oder auf meine Burg, die Freudenburg, die ich einst erobert habe. Fürchte dich nicht."

„Wie sollte ich mich fürchten? Ich weiß, dass du siegen wirst."

Sie lösten sich voneinander, und Lancelot nahm das Schwert der Königin von der Wand und zog es aus der Scheide. Es war halb so groß wie sein eigenes Schlachtschwert, aber als er mit dem Daumen die Klinge prüfte, gab es gleich einen blutigen Schnitt. „Gut!", sagte er zufrieden. Dann packte er entschlossen den Schild. „Noch einen Kuss, Geliebte! Wir sehen uns wieder!"

„Vielleicht wird der König mich begnadigen", sagte sie mit einem kleinen tapferen Lächeln.

„Dich vielleicht", erwiderte er traurig. „Aber mich gewiss nicht. So wie die Dinge jetzt sind. Er muss dem Gesetz Genüge tun."

Dann erhob er die Stimme: „Ihr seid zu zwölft, ihr Herren? Nun, so seht Euch vor. Ich komme heraus."

Er zog den Riegel zurück und stieß die Tür auf.

Wie Ginevra befreit wurde

Bereits eine Woche später wurde auf dem Marktplatz zu Carleon der Holzstoß für Königin Ginevra errichtet.

In den Tagen zuvor hatte man elf Ritter mit allen Ehren bestattet, darunter auch Sir Agrawan. Lancelot war entkommen. Elf der zwölf Männer vor der Kammertür der Königin hatte er bei seinem Ausbruch erschlagen. Nur Mordred hatte er verschont, wie es Artus von ihm erbeten hatte; um ihn außer Gefecht zu setzen, hatte er ihm lediglich den rechten Arm gebrochen.

Vom Fenster des Gerichtssaals gegenüber der Burg beobachtete König Artus gemeinsam mit Mordred und Gawan, was draußen geschah. Das war seine Pflicht, er musste der Exekution beiwohnen. Er musste zusehen, wie man seine Frau verbrennen würde.

Diese Woche hatte aus Artus von Britannien einen alten Mann gemacht. Sein Haar war auf einen Schlag schlohweiß geworden, und er stand mit gebeugtem Rücken, als wäre er ein Greis. Die gefalteten Hände presste er an die Stirn und murmelte lautlos ein Gebet. Er wirkte unendlich einsam.

Um den Holzstoß, der in der Mitte des Marktes aufgetürmt worden war, hatte sich bereits eine Menschenmenge versammelt, und durch die geöffneten Stadttore strömte immer mehr Volk herein. Aber anders als sonst auf diesem Platz herrschte eine beklommene Stille. Nicht einmal die Verkäufer von Honigkuchen, Äpfeln oder erfrischendem Dünnbier riefen ihre Ware aus, sie standen einfach nur stumm hinter ihren Ständen. Die Königin war beim Volk beliebt gewesen, so wie eine schöne, huldreiche und selbstbewusste Frau es nur sein kann.

Die Leibwache des Königs, den roten Drachen auf weißem Grund auf den Waffenröcken, umstand den Scheiterhaufen.

Die Männer hatten die Visiere ihrer Helme heruntergelassen und hielten die Piken quer.

Außerdem waren auf dem Platz eine Vielzahl von Artus' Rittern, viele Mitglieder der Tafelrunde, zum Teil in Wehr und Waffen, zum Teil in ihrer Alltagskleidung. Die Spannung war mit Händen zu greifen. Man wartete.

Aber worauf wartete man wirklich? Und wofür betete der König?

„Ist etwas zu sehen?", fragte Artus mit halblauter Stimme Gawan. „Ihr habt das Stadttor besser im Blick als ich."

Der rothaarige Hüne kniff die Augen zusammen und reckte den Hals. „Bisher nichts", sagte er. „Er wird auch nicht kommen, bevor sie draußen auf dem Markt ist. Er müsste ja sonst die Burg stürmen", fügte er in seiner sachlichen Art hinzu.

Artus seufzte schwer. „Vielleicht sollten deine Brüder nicht draußen sein, Neffe. Es wird zu einem Kampf kommen, nicht wahr?"

„Es wird bestimmt zu einem Kampf kommen", erwiderte der andere. „Aber er wird ja meinen Brüdern nichts tun, vor allem nicht, wenn sie nicht gewappnet sind."

„Dass er Agrawan umgebracht hat, das scheint dich nicht zu rühren?", mischte sich Mordred mit schneidender Stimme ein. „Und dass er mir den Arm geknickt hat, als wenn er ein Stück Holz wäre …"

„Schweig", knurrte Gawan. „Agrawan ist gegen ihn angetreten, und Lancelot hatte nichts als ein Schwert, nicht länger als eine Schneiderelle, und einen Damenschild. Und dir ist ja nichts passiert. Du hattest ja einen Fürbitter." Er warf dem König einen Blick zu.

Mordred ging nicht darauf ein. „Überhaupt finde ich es unerhört, dass der oberste Richter von England hier steht und darauf wartet, dass der Gerechtigkeit nicht Genüge geschieht! Ihr haltet Ausschau nach dem großen Ritter, nicht wahr? Nun, vielleicht ist ihm das Spiel zu heikel, und er lässt seine Geliebte auf dem Holzstoß sterben …"

Der König fuhr auf. „Schweigt still, Mordred! Hütet Eure Zunge! Ich habe getan, was Recht und Gesetz verlangen. Ich habe gesorgt, dass das Urteil vollstreckt wird und habe meine besten Ritter auf den Platz geschickt, zur Verstärkung der Wache. Es tut mir schon jetzt um sie leid, aber niemand soll von mir sagen können, ich hätte einer Befreiung Vorschub geleistet. Von Euch verlange ich nichts weiter als ein bisschen Anstand. Ist das zu viel, dafür, dass ich Euch das Leben gerettet habe?"

Mordreds bleiches Gesicht überzog glühende Röte. Er schwieg und warf seinem Vater einen wütenden Blick zu.

Von unten tönte jetzt Gesang herauf. Das Tor der Burg öffnete sich, und ein Zug schwarz gewandeter Mönche, die Kapuzen bis in die Stirn gezogen, kam langsamen Schrittes auf den Markt. In ihrer Mitte ging die Königin. Sie trug ein weißes Untergewand, und ihre Hände waren gefesselt. Das noch immer goldrote Haar war offen und fiel ihr über die Schultern.

Artus stöhnte auf und klammerte sich an Gawan.

Aus der geöffneten Kirchentür schräg hinter der Burg kam jetzt der Bischof, begleitet von zwei Ministranten, die Weihrauchfässer schwangen. Er trat auf Ginevra zu und hielt ihr das Kreuz hin, damit sie es küsste.

„Immer noch keine Rettung in Sicht?"

„Ich sehe nichts, lieber Oheim."

Ginevra bestieg den Holzstoß und wurde festgebunden.

Das Singen der Mönche hatte aufgehört. Auf dem Platz herrschte atemlose Stille. Der Henker des Königs, mit nacktem Oberkörper, das Gesicht von der Kapuze verhüllt, näherte sich mit brennender Fackel dem Scheiterhaufen.

In dem Augenblick erklang von außerhalb der Mauern ein Hornsignal, und die Stille auf dem Platz barst in einem rasenden Jubelschrei der Menge. Die Wache des Königs schloss den Kreis um den Holzstoß fester, und die Ritter, die Artus zu ihrer Verstärkung befohlen hatte, zückten ihre Schwerter.

Aber Widerstand war zwecklos. Als sei ein Damm gebrochen, so strömte und strudelte die Reiterei, die treue Elitetruppe des Oberkommandierenden, mit geschwungener Waffe durch das offene Stadttor und auf den Marktplatz, Lancelot in silbrig schimmernder Rüstung an der Spitze. Mit machtvollen Streichen, denen alles zum Opfer fiel, was sich ihnen entgegenstellte, arbeiteten sich die Berittenen vor zum Scheiterhaufen. Der Freudenjubel der Menge war entsetztem Schreien gewichen, denn die Befreier hieben inzwischen wahllos auf alles ein, was auf dem Platz war. Bischof, Mönche und einfaches Volk flüchteten in die Kirche. Wilde Kampfrufe und das Klirren der Schwerter, das Schnauben und Wiehern der rasenden Streitrosse, die stiegen und mit den Hufen nach dem Gegner schlugen, machten den Platz zu einem Hexenkessel.

Lancelot hatte sich zum Holzstoß vorgekämpft. Er saß ab, stieg zu Ginevra hinauf und band sie los.

Artus war in die Knie gesunken. „Gelobt sei Gott!“, murmelte er.

„Gelobt sei Gott?“ Mordreds Stimme war schrill vor Zorn. „Sie richten da unten ein Blutbad an, sie bringen die besten Ritter Eures Königreichs um, und Ihr lobt Gott, Vater? Wie verblendet seid Ihr eigentlich in Eurer Liebe zu dieser Frau?“

Aber Artus hörte nicht auf ihn.

Gawan lehnte sich weit aus dem Fenster. „Es ist gleich vorbei“, sagte er mit erregter Stimme. „Ein Angriff, schnell und wirkungsvoll. Wie in alten Zeiten, als wir die Schlachten geschlagen haben. Wollt Ihr nicht zuschauen, Oheim?“

„Ich kann nicht!“, sagte Artus mit erstickter Stimme.

„Er hat ihr einen Mantel umgelegt. Die Königin sitzt auf, und sie nehmen sie in die Mitte! Und weg sind sie!“

Das Klappern der Hufe auf dem Pflaster verhallte. Nur das Stöhnen und Wimmern der Verwundeten war noch zu hören.

Die Befreiung Ginevras hatte einen furchtbaren Blutzoll gekostet. Die Tafelrunde büßte viele ihrer letzten alten Ritter ein. Doch damit nicht genug: Auf dem Platz lagen erschlagen Gaheris und Garet, die beiden jüngeren Brüder Gawans. Sie waren unbewaffnet gewesen. Mordred behauptete, es sei Lancelot gewesen, der sie getötet habe. Mit eigenen Händen hätte er die Wehrlosen getötet. Und Gawan glaubte es. So wurde aus Lancelots Freund der erbittertste Feind.

10

Wie die Freudenburg ein Ort der Trauer wurde

Lancelot und seine berittene Mannschaft hatten Ginevra in Eilritten zur Freudenburg gebracht, seiner Feste, die er vor langen Jahren erworben hatte, indem er eine Schwertklinge über dem Abgrund passierte.

Nach den schrecklichen Erlebnissen der vorigen Woche war die Königin wie gelähmt. Immer wieder tauchten vor ihrem inneren Auge die schrecklichen Bilder auf: Der Kerker, die Befragungen (sie hatte zu allem geschwiegen), die Priester, die auf sie eingeredet hatten, zu gestehen, um ihr Seelenheil zu retten, schließlich der entsetzliche Tag selbst, an dem man sie mit gefesselten Händen und im bloßen Untergewand auf den Holzstoß geführt hatte, hin durch die schweigende Menge ihrer Untertanen, die sie, die Königin von England, geliebt und verehrt hatten und nun ihrem schmählichen Tod beiwohnen sollten.

Sie hatte in diesen Tagen, die zwischen der Aufdeckung des Ehebruchs vor aller Welt und der drohenden Hinrichtung lagen, zwar fest daran geglaubt, dass Lancelot sein Versprechen wahr machen und sie befreien würde. Aber tief in ihrem Herzen hatte sie auch gehofft, dass ihr Gemahl die Anklage niederschlagen oder sie zumindest begnadigen würde, obwohl sie eigentlich hätte wissen müssen, dass die Gesetze des Reichs gerade für den obersten Richter, den König, bindend sein mussten.

Aber dann, als man sie aus der Burg führte, sie auf dem Holzstoß festband, als sich der Henker mit der Fackel näherte, glaubte sie sich verloren. Halb ohnmächtig war sie schließlich in die Arme ihres Befreiers gesunken.

Lancelot war klar, dass Artus das, was geschehen war, nicht einfach hinnehmen durfte, wenn er nicht jeden Respekt, den man ihm schuldete, verlieren wollte. In aller Eile traf er deshalb Vorkehrungen, um seine Burg sturmsicher zu machen, ließ Vorräte anlegen und gewährte vor allem den Bewohnern des Dorfs zu Füßen der Burg Asyl innerhalb der Mauern, damit sie keine Opfer der bevorstehenden Belagerung wurden.

Boten kamen aus Camelot und berichteten Schreckliches von dem Blutbad, das er und seine Truppe auf dem Marktplatz angerichtet hatten – und dass es hieß, er hätte eigenhändig die unbewaffneten jungen Orkney-Brüder erschlagen.

„Wenn Gawan das glaubt, wird er mich mit seiner Rache verfolgen bis ans Ende meiner Tage!", sagte er düster zu Ginevra.

Die Königin erwiderte nichts. Sie saß mit gefalteten Händen neben dem erloschenen Kamin des Saals der Freudenburg und sah vor sich hin, stumm und teilnahmslos. Es kam Lancelot so vor, als habe er nur ein Schattenbild seiner geliebten, lebensvollen, kühnen Ginevra vom Scheiterhaufen geholt.

Er kniete vor ihr nieder und legte den Kopf in ihren Schoß. „Liebste!“, sagte er verzweifelt. „Ach, erwacht doch aus Eurer Versteinerung! Ich werde sonst meines Lebens nicht mehr froh.“

Ein tiefer Atemzug erschütterte Ginevras Brust. „Wir beide“, sagte sie, und ihre Stimme kam wie von weit her, „wir beide werden unseres Lebens nicht mehr froh, nach dem, was geschehen ist. Wir hätten den Mut haben sollen, vor Artus hinzutreten und alles zu bekennen – schon vor Jahren. Dann hätte er mich sicher freigegeben, und wir hätten vielleicht wirklich auf der ‚Freudenburg‘ in Frieden leben können. So ist es eine Burg des Leids geworden. Lancelot, sagt mir bei Eurer Ehre: Habt Ihr wirklich Gaheris und Garet erschlagen?“

Er stöhnte auf. „Ich weiß es nicht! Ich weiß es einfach nicht! Ich habe nur Euch gesehen, wie Ihr da oben standet in dem weißen Gewand, ausgeliefert und dem Tod geweiht. Da habe ich um mich geschlagen, fast ohne nach rechts oder links zu sehen. Jeder, der mir im Weg stand, musste fort. Aber die beiden … ich hätte sie doch erkannt …“

„Sie waren ohne Rüstung und Waffen.“

„Hört auf, Ginevra! Hört bitte auf! Ich habe die beiden doch … lieb gehabt! Es waren Freunde! Warum hätte ich sie töten sollen? Aber Mordred behauptet es, so sagt man. Und Gawan glaubt ihm wohl.“

„Jetzt gibt es nur noch zwei Orkneys: Gawan und Mordred. Nun, wenn Ihr mich fragt, mir wäre es lieber gewesen, Ihr hättet Mordred ins Jenseits befördert“, sagte sie mit unheimlicher Ruhe. „Von ihm kommt nichts Gutes, das wissen wir ja.“

„Aber Ihr wisst auch, dass Artus es mir verboten hatte.“

Er stand auf und trat ans Fenster, so wie er es in den letzten Tagen schon so oft getan hatte, in Erwartung der Belagerer. Die Gestalt straffte sich. „Sie kommen!“, sagte er halblaut. „Ich muss Befehl geben, die Tore zu verrammeln.“

Ginevra war neben ihn getreten, sah mit ihm hinab auf das Belagerungsheer, das sich langsam, aber stetig näherte. „Der rote Drache auf weißem Grund! Artus' Fahnen ziehen gegen uns ins Feld!" Sie schlug die Hände vors Gesicht. „Mein Mann zieht gegen mich ins Feld! Mein Mann, den ich liebe, den ich von ganzem Herzen liebe, so wie ich dich liebe!"

„Gegen mich! Gegen mich zieht er ins Feld!", erwiderte er entschieden.

Sie lehnte sich an ihn, das erste Mal wieder weich und sanft. „Gegen uns beide", sagte sie traurig. „Gegen uns beide und unsere Schuld." Sie sah ihn an, ihre goldenen Augen schwer vor Trauer. „Was werdet Ihr tun? Einen Ausfall vorbereiten?"

„Keinen weiteren Schwertstreich werde ich führen gegen die Männer, die ich noch bis vor Kurzem befehligt habe. Keinen einzigen Pfeil abschießen auf meinen Herrn und König."

„Gut", erwiderte sie. „Und wie lange, meint Ihr, wird es dauern, wenn sie uns aushungern?"

Die Belagerer hatten den Ring um die Freudenburg geschlossen und forderten mit Spottliedern und schmähenden Worten den Ritter vom See auf, sich zum Kampf zu stellen.

Aber das tat er nicht. Er blieb seinem Vorsatz treu. Er wollte nicht kämpfen.

So begann die Belagerung der Burg.

In den Zeiten ihrer Heimlichkeit in Camelot hatten sie keine Gelegenheit verstreichen lassen, sich zu sehen und sich zu berühren, und Lancelot war trotz aller Gefahren in Ginevras Gemach gekommen, um sie zu lieben. Nichts konnte ihre Flammen zum Erlöschen bringen. Jetzt aber lagen sie nebeneinander, als wenn sie Fremde wären, und eine Berührung der Hand, Stirn an Stirn gedrückt, eine schnelle verzweifelte Umarmung war alles, was ihnen geblieben war von der alten Glut.

Sie hatten keinen einzigen guten Tag. Es war, als läge ihre Schuld wie ein Felsblock zwischen ihnen, und kein Kuss, keine Zärtlichkeit schmeckte mehr wie einst. Nichts konnte ungeschehen machen, was sie waren: Verräter an Artus und im Sinne des Gesetzes Verbrecher.

Sie schlossen sich tagsüber in den innersten Räumen der Burg ein, um nicht zu hören, wie man da draußen den Namen des besten Ritters der Welt in den Schmutz zog, ihn einen Feigling und Meuchelmörder nannte und ihn aufforderte, herauszukommen und zu kämpfen.

Und eines Abends, als in den Zelten vor den Mauern gerade die Fackeln verloschen und sich die Belagerer zur Ruhe begaben, sagte Ginevra, mit Blick auf die dunkler werdende Welt da unten: „Ich werde mich stellen, wenn sie dir freien Abzug gewähren."

Lancelot lachte auf. Es war kein fröhliches Lachen. „Was soll das? Auch wenn du dich stellst, gewährt mir niemand freien Abzug. Und du, willst du ein zweites Mal auf den Scheiterhaufen steigen?"

„Nein", erwiderte sie. Sie klang bestimmt, war wieder Königin. „Artus will nicht, dass ich brenne. Er liebt mich. Er wird mich zurücknehmen. Der mächtigste Herrscher weit und breit hat mit meiner Verurteilung dem Gesetz Genüge getan. Nun ist sein Wille frei, und die Welt wird anerkennen, was er tun wird."

Lancelot runzelte die Brauen. „Wie das?"

„Wir müssen die Angelegenheit groß machen. Die Welt muss aufmerksam werden. Wir müssen einen Vermittler einschalten. Einen Vermittler, auf den jeder in der Christenheit hört." Sie machte eine Pause. „Wir müssen unser Schicksal dem Papst in die Hände legen. Und die Wiederherstellung meiner Ehe mit Artus muss verknüpft sein mit dem freien Geleit für dich."

Er starrte sie an, aber sie fuhr ungerührt fort: „Es gibt hier doch einen Burgkaplan. Es wird ein Leichtes sein, ihn nach draußen zu bringen mit einer Botschaft an den Bischof von Canterbury; die Belagerer werden einem Geistlichen nichts tun. Ich schreibe noch heute. Dann gilt es zu warten."

„Du willst mich verlassen", sagte er leise.

„Uns bleibt keine andere Wahl. Ich bin die Königin von England. Es geht nicht an, dass sie weiter in diesem unwürdigen Zustand lebt."

„Wie es Euch beliebt, so soll es mir gefallen", erwiderte er. „Und wie es Euch gefallen wird, so werde ich es hinnehmen. Ich bin Euer Ritter für alle Zeit."

Dann wandte er sich ab, um die hervorstürzenden Tränen zu verbergen, aber sie war bei ihm, schlang von hinten die Arme um ihn und presste ihren Kopf gegen seinen Rücken. „Noch bin ich ja bei dir. Noch. Geliebter." Sie standen still, und um sie herum hielt die Welt den Atem an.

Die Aussöhnung

In der Freudenburg gab es zwar tiefe klare Brunnen, und die Vorräte an Korn und Bier waren schier unerschöpflich, aber mit der Zeit wurden die Fleischvorräte knapp. Schließlich gab es viele Münder zu ernähren – die Bewohner eines ganzen Dorfs waren ja innerhalb der Mauern, und nun wurden ihre Herden, ihr Geflügel und ihre Pferde langsam aufgegessen. Einen langen trüben grauen Winter harrten Belagerer und Belagerte aus. Monate waren ins Land gegangen, seitdem Ginevra ihre Botschaft fortgeschickt hatte, und sie wusste ja nicht einmal, ob die ihr Ziel, den Bischof von Canterbury, wirklich erreicht und ob er ihre Bitte nach Rom weitergeleitet hatte. Es blieb nichts weiter übrig, als zu warten …

Endlich im Frühling erschien ein Herold vor den Toren der Burg, blies die Trompete, entrollte einen langen Streifen Pergament und verkündete, dass dank der Einrede Seiner Heiligkeit des Papstes Frieden gestiftet werden sollte. Kraft der ihm von Gott verliehenen Macht zu binden und zu lösen, habe der Heilige Vater seinen Akt der Gnade über das britannische Gesetz gestellt. Der Ehebruch der Königin solle als gesühnt gelten. Seine Majestät, der König von Britannien sei bereit, seiner Ehefrau zu verzeihen und sie wieder aufzunehmen.

Über Sir Lancelot stand in diesem Dokument nichts weiter, als dass er freies Geleit innerhalb der Grenzen des Landes habe, um Mylady dem König zuzuführen.

Die Belagerung wurde aufgehoben.

Lancelot und Ginevra verließen die Freudenburg, um sich unter den Schutz der Kirche zu stellen. Sofort vor den Toren der Burg wurden sie voneinander getrennt. Man riss sie auseinander, ließ ihnen nicht einmal Zeit, sich zu verabschieden. Lancelot wurde in eine nahe gelegene Abtei gebracht, Ginevra in ein Nonnenkloster, um dort die Zeit bis zur großen öffentlichen Aussöhnung zu verbringen.

Sir du Lac, dem Entbehrungen nichts ausmachten, ertrug die Kargheit der Zelle, das spärliche Essen und die Schlaflosigkeit der erzwungenen Nachtwachen in der Kapelle mit Geduld.

Ginevra allerdings war entsetzt, als sie merkte, dass die Nonnen sie wie eine ertappte Sünderin behandelten: Wasser und Brot, einen Raum ohne Kamin, einen Strohsack zum Schlafen … Doch das konnte ihren Stolz nicht brechen. Nur, dass man sie nicht mit ihrem Titel ansprach und offen Verachtung für sie zur Schau trug, das traf sie tief.

Am Tag bevor sie nach Carleon gebracht werden sollte, erfuhr sie, welche Schande ihr und Lancelot bevorstand. Sie sollten nicht etwa in angemessener Kleidung vor den König treten, sondern barfuß und im Büßergewand, als die Sünder, die sie vor der Welt waren … Ginevra ging zur Äbtissin. Zunächst legte sie zornig Widerspruch ein. Schließlich bat sie auf den Knien, ihr und Lancelot diese Schande zu ersparen. Vergeblich.

„Sei zufrieden, meine Tochter, dass man dir nicht noch das Haar abschert", sagte die Kirchenfrau kalt. „So verfährt man eigentlich mit Sünderinnen wie dir."

Ginevra fühlte sich vernichtet. Sie gab auf.

Der feierliche Akt sollte im gleichen Gerichtssaal in Carleon stattfinden, von dem aus König Artus vor einem halben Jahr mit bangem Herzen der Hinrichtung seiner Frau zusehen wollte. Eine große, feierliche Zeremonie war von der Kirche vorgesehen – aber auf weltlichem Boden. Die Tore der Kathedrale öffneten sich für den Akt des Sündenerlasses nicht.

Dann kam der große Tag heran.

Leise füllten sich die Sitze mit den Damen und Herren des Hofs. Niemand wollte es sich nehmen lassen, diesem Vorgang beizuwohnen. Zart leuchtend, gestreift, gemustert die prachtvolle Kleidung. Nur die beiden letzten Orkney-Brüder in der ersten Reihe trugen das Schwarz der Trauer.

Niemand trug eine Waffe, Eisen war nicht erlaubt im Saal des Gerichts.

Die Stille war erdrückend. Man flüsterte nur.

Der Erzbischof von Canterbury, der einst den jungen Artus zum König ausgerufen hatte, lebte schon lange nicht mehr. Sein Nachfolger, jetzt gleichfalls wieder höchster Geistlicher im Reich, war inzwischen ebenfalls ein weißhaariger Mann. Er war es, der die Verhandlungen zwischen Rom und England geführt hatte; der Papst machte ihn deswegen zum Nuntius, zum Abgesandten des Vatikans.

Das Klingeln der Messglöckchen kündigte ihn an. Er betrat als Erster der verhandelnden Parteien den Raum, im Purpur und Violett des hohen Geistlichen, mit Krummstab, Albe und Ring, der ihn als einen Stellvertreter des Heiligen Vaters auswies, gefolgt von einem Schwarm schwarz gekleideter Schreiber und Mönche.

Er hatte den Vorsitz bei der Zeremonie der Versöhnung.

Die Versammelten erhoben sich, knieten dann nieder.

Trompetenklang von draußen: Britanniens großer König kam. Der schwere Hermelin wallte von seiner linken Schulter, der dunkelblaue Samtmantel schleifte über den Estrich. Seine Schritte waren schwer und mühsam, aber er trug den Kopf mit der drückenden Last der Krone hoch erhoben, und seine Augen waren klar und ruhig.

Pagen führten ihn zu einem Thronsitz mit Baldachin, der verziert war mit dem roten Drachen.

Der Erzbischof war ehrerbietig stehen geblieben, bis sich die Majestät gesetzt hatte – sein eigener Sessel war weiß und goldverhangen.

Stühlescharren, Gemurmel, die Anwesenden erhoben sich von den Knien und nahmen wieder Platz.

Neben Artus' erhöhten Thron traten nun die Letzten der Orkney-Brüder und stellten sich auf, schwarz wie die Racheengel; Gawan drohend aufragend, schlank und geschmeidig Mordred mit dem Band des „königlichen Bastards" am Wappenrock.

Dann wieder Stille. Beklemmende Stille.

„Nun denn, Majestät und Lords von England: Die Kirche ist bereit zum Werk der Friedensstiftung. Ich als der Beauftragte des Heiligen Stuhls werde diese Zeremonie leiten." Die tragende Stimme des Erzbischofs klang weich und klar – er war schließlich ein geschulter Kanzelredner.

Artus räusperte sich. Dann sagte er, ohne aufzusehen: „England ist ebenfalls bereit. Lasst der Königin und Sir du Lac melden, dass wir sie erwarten."

Ein Herold war unterwegs.

Dann öffnete sich die Tür.

Lancelot und Ginevra kamen langsam den Gang entlang, in weißen Büßergewändern, einen Ölzweig, das Symbol des Friedens, in den Händen. Sie hielten die Lider gesenkt und gingen nebeneinanderher zum Thron des Königs, umgeben von dieser atemlosen Stille. Ginevras Gesicht war bleich wie Pergament. Und diejenigen unter den Herren und Damen, die sie noch bei ihrer Hochzeit mit Artus erlebt hatten – eine blühende, stolze, selbstbewusste Königin –, sahen mit Erschrecken, wie sie jetzt mit kleinen schleppenden Schritten vorwärts ging; eine gebrochene Frau. Lancelot an ihrer Seite hielt sich auf eine Weise gerade, als trüge er statt des Büßerkleids eine schwere Rüstung auf den Schultern.

Niemand hüstelte, kein Kleid raschelte. Man hätte eine Nadel fallen hören. Die meisten Versammelten warfen nur einen kurzen Blick auf das Paar, dann wandten sie die Augen ab, als würden sie sich schämen, dieser Erniedrigung beizuwohnen.

Vor dem Thron knieten die Königin und ihr Ritter nieder.

Lancelot hob die Augen zu Artus, begegnete seinem Blick.

„Mein König und Herr", sagte er leise, „erhabene Majestät."

Artus presste die Hände auf die Sessellehnen. Einen Moment sah es so aus, als wenn er aufstehen und seinen alten Freund und Kampfgefährten zu sich emporziehen wollte. Dann drehte er den Kopf zur Seite.

Lancelot wandte sich an Gawan: „Mein Lord von Orkney und Lothian."

Gawan verschränkte die Arme und wandte sich abrupt ab. Sein Gesicht war versteinert vor Hass und Schmerz. Von Mordred kam ein leises Geräusch, ein Zischen, wie ein unterdrücktes Lachen.

„Eminenz, ehrwürdiger Herr Bischof."

Der Erzbischof war sich seiner Rolle als Vertreter der höchsten geistlichen Autorität wohl bewusst. Er sagte gemessen: „Seid willkommen, mein Sohn. Erhebt Euch, und sprecht."

Lancelot stand auf und zog Ginevra an der Hand empor.

„Kraft des Befehls des Königs und dank der Bitte des Heiligen Vaters bringe ich die Königin zurück zu ihrem Gemahl." Er machte eine Pause. „Lasst Gnade walten, wie es ausgemacht wurde."

Der Erzbischof hob seine Hand mit dem funkelnden Ring über dem Handschuh. „Wir sind hier, um Frieden zu schließen!", sagte er wohlwollend. „Seid Ihr bereit, Artus von England, diese Frau wieder bei Euch aufzunehmen?"

Artus nickte wortlos.

„Und Ihr, meine Tochter, seid Ihr bereit, zu Eurem rechtmäßigen Gatten zurückzukehren?"

„Ich bin bereit." Es waren die ersten und einzigen Worte, die Ginevra sprach. Ihre Stimme klang klar und spröde.

„Nun also." Lancelot straffte sich. Er wandte sich der Frau zu, die er immer lieben würde, und sagte mühsam: „So müssen wir scheiden, Herrin."

Er ergriff ihre Hand, legte sie auf die seine, als wolle er sie zu höfischem Tanz führen, und trat mit ruhigen, würdevollen Schritten dicht vor den Thron. Artus war aufgestanden und die Stufen hinuntergegangen. Lancelot neigte den Kopf, und der König griff nach der Hand seiner Königin. So standen sie ein letztes Mal beisammen, Artus, Ginevra, Lancelot …

Dann kamen aus den Türen im Hintergrund Ginevras alte Pagen und Kammerfrauen, die auf die Heimkehrende gewartet hatten, nahmen sie in Empfang, stützten die Wankende und führten sie fort.

Artus hatte wieder Platz genommen. Die Stille im Saal war einem erregten Gemurmel gewichen, und die Herolde mussten mehrmals mit ihren Stäben auf den Boden stoßen, um die Ruhe wiederherzustellen.

Der Bischof erhob die Stimme. „Nachdem das Werk des Friedens nun mit Gottes Hilfe vollbracht ist, übergeben wir zum weiteren Fortgang an die weltliche Gerichtsbarkeit. Es gilt, eine Tat des Sir du Lac zu richten. Die Kirche mahnt zur Milde."

Gawan trat vor.

„Mein königlicher Oheim hat es mit mir beraten. Ich bin befugt, das Urteil an seiner Stelle zu verhängen über diesen abtrünnigen, mörderischen Ritter, der versucht hat, die Sippe derer von Orkney und Lothian auszurotten und drei meiner Brüder tötete, zwei davon, als sie unbewaffnet waren. Das ist die Tat eines Mörders." Seine Stimme war ein dumpfes Grollen.

„Gawan!" Lancelot hob flehend die Hände. „Glaubt mir, wenn ich Eure Brüder wirklich erschlagen habe, so war es ein Versehen. Es reut mich aus tiefster Seele. Ich bin bereit, jede Buße, die man mir auferlegt …"

„Schweigt, Verräter! Hört Euer Urteil!", zischte Mordred dazwischen.

„Artus, bitte, sprecht Ihr!"

„Wie könnt Ihr es wagen, den König nicht mit seinem Titel anzureden?", schrie Mordred schrill.

„Sir Lancelot, es ist mein Wille, dass Ihr Euren Urteilsspruch aus dem Mund von Sir Gawan anhört", sagte Artus leise und sah niemanden an. „Ihr hattet freies Geleit bisher. Nur das hat Euch vor dem Schwert des Rächers geschützt."

Lancelot ließ die Arme sinken. Er begriff, dass Artus es

nicht fertigbrachte, selbst über ihn den Stab zu brechen und es deshalb einem anderen überließ, ihn zu verurteilen. Alles war vorbei, die Wahrheit stand zwischen ihm und seinem König. Ja, er hatte die Treue gebrochen. Er war nun bereit, seine Strafe hinzunehmen, das Land zu verlassen.

Gawan fuhr fort. „Dies ist der Wille des Herrschers von Britannien. Euer freies Geleit in England ist erloschen, nachdem Ihr die Königin ihrem Gemahl zurückgegeben habt. Jedermann dürfte Euch erschlagen. Aber Gnade soll walten. Euch soll eine Frist von vierzehn Tagen gewährt werden, binnen derer Ihr das Land zu verlassen habt."

„Ich nehme das Urteil an", sagte Lancelot ruhig.

„Im Namen des Königs", fuhr Gawan fort, „bestimme ich hiermit: Ihr sollt von der Insel vertrieben sein als ein Meuchelmörder und ein Treuloser. Zieht Eures Weges als der Verbrecher, der Ihr seid, und verlasst Britannien so: barfuß und barhäuptig, im bloßen Hemd."

Lancelot warf einen verzweifelten Blick zu Artus, aber der sah schweigend zu Boden.

Dann wieder die Stimme Gawans: „Es ist Brauch in diesem Falle, dass die Barmherzigkeit der Kirche Euch ein Kreuz aus Holz gewährt, solange Ihr das in Händen tragt, werdet Ihr geschont." Er holte tief Luft, und dann brach es aus ihm heraus: „Und bei Gott, nach Ablauf der Euch zugestandenen Frist werde ich Euch nach Frankreich folgen, und wenn Ihr Euch auch in Eurer stärksten Festung verkriecht – ich werde sie Euch über dem Kopf zerschmettern!"

Lancelot schloss die Augen. Er sagte leise und gequält: „Lasst es dabei bewenden, dass ich Britannien für immer verlasse! Verfolgt mich nicht bis auf das Festland! Zwingt mich nicht, dass ich meine Truppen aufstellen und in meinem eigenen Land gegen meine alten Freunde kämpfen muss!"

Gawan lachte höhnisch auf. „Wir wollen Euch nicht hören. Entfernt Euch von diesem Hof. Der Urteilsspruch ist in Kraft."

Der Verbannte hob den Kopf. „Gott im Himmel weiß, wie sehr ich König Artus liebe und verehre, und das Leid, das ich Euch angetan habe, Sir Gawan, brennt mir im Herzen." Er trat vor Artus, der ihn müde und traurig ansah, und wie er da so stand, schlank und hoheitsvoll, da war er trotz seines Büßerhemds noch einmal der Erste Feldherr des Reichs und der beste Ritter der Welt.

„Die Freudenburg gebe ich in die Hände meines Königs zurück, sowie alle anderen Besitztümer, die ich im Dienst meines Herren erworben habe. Achtet darauf, Sire, dem Heer einen guten Mann als Befehlshaber zu geben. Legt die Arbeit, die ich getan habe, in die Hände des Herrn von Orkney. Es gibt keinen Besseren, auch wenn er mich jetzt mit seinem Hass verfolgt. Gott segne Euch, Majestät. Und falls Euch oder der Königin, deren Ritter ich immer sein werde, in Zukunft eine Gefahr droht, so werde ich aus Frankreich kommen, um Euch zu verteidigen. Das sage ich im Angesicht des ganzen Hofes und im Angesicht Seiner Eminenz des Bischofs."

Er verneigte sich und verließ den Saal.

Niemand folgte ihm.

II
Wie man Lancelot belagerte

Gawan hatte seine Worte wahr gemacht. Seit Wochen schon belagerte nun das englische Heer eine der Festungen von Benois, im Norden Frankreichs; Artus hatte sie einst gemeinsam mit seinem Verbündeten König Ban, Lancelots Vater, gegen dessen Feinde verteidigt. Hier, unmittelbar am Meer, hatte sich Lancelot mit seinen Verwandten und Anhängern verschanzt.

Gawan war besessen von dem Gedanken an Rache. Er war – wie Lancelot es geraten hatte – vom König zum Oberbefehlshaber des Heeres gemacht worden, und als der Frühling ins Land zog und das Wetter milder wurde, hatte er tatsächlich einen Teil der englischen Truppen nach Frankreich einschiffen lassen. Und Artus war bei diesem Feldzug dabei!

Vielleicht war er mitgekommen, um mit seiner Autorität das Schlimmste zu verhindern. Vielleicht auch nur, weil Gawan sein Verwandter war und für ihn nun die Stütze des Reichs bedeutete und eine Erinnerung an die Zeiten, als die Tafelrunde noch der Inbegriff der Ritterlichkeit war und ein Beispiel für die Welt.

Mordred war in Camelot geblieben. Artus hatte ihn für die Zeit seiner Abwesenheit zu seinem Statthalter eingesetzt – ein verhängnisvoller Fehler! Freilich hätte er kaum anders handeln können: Schließlich hatte er den jungen Mann als seinen Sohn anerkannt, als den Erben Britanniens! So jedoch öffnete er dem vorausgesagten Unheil Tür und Tor. Mordred wusste die Zeit, in der er freie Hand hatte, gut zu nutzen …

Ein Ring von Zelten umgab die Festung Lancelots wie ein Blumenkranz. Rote und grüne Seide, bunte Karos und Streifen, flatternde Banner, wo die Ritter ihren Standort hatten, und weiße, große Mannschaftszelte für das Fußvolk. Lärm den ganzen Tag, Trompetensignale am Morgen, militärisches Hin und Her, solange es hell war, und abends flammten die Lagerfeuer. Fast war es wie bei der Belagerung der Freudenburg – und doch ganz anders.

Denn während man in England ja auf heimischem Boden war, belagerte man nun im Feindesland. Niemand hielt die Männer des englischen Heers davon ab, ringsum Lebensmittel und frische Pferde einzutreiben, zu plündern, zu brandschatzen.

Mit Zorn und Verzweiflung im Herzen sah Sir Lancelot, Seigneur von Benois, wie seine einstigen Vertrauten und Verbündeten sein Land verwüsteten.

Immer wieder war er zu Ausfällen aus der Festung gezwungen, um die Übergriffe gegen seine Landsleute abzuwehren. Und immer wieder gab es auf beiden Seiten Tote. Der Krieg zog sich hin.

Artus sah zu und griff zunächst nicht ein. Er verstand den verbitterten Hass Gawans, der sich in solchen Aktionen Luft machte (obwohl er selbst nie zu solchen Gefühlen fähig gewesen war), und er war müde. Unendlich müde.

Aber schließlich war es ihm zu viel. Er bestellte den Lord of Orkney in sein Zelt.

„Neffe", sagte er, „Ihr seid der Oberbefehlshaber dieses Heers, und ich habe Euch freie Hand gegeben. Trotzdem bitte ich Euch, Eure Kampfweise zu ändern. Wir müssen den Feldzug schneller zu Ende führen. Diese Landstriche habe ich – es liegt ein paar Jahrzehnte zurück – vor der Verwüstung geschützt. Ich will nicht, dass Ihr zugrunde richtet, was ich damals bewirkt habe. Überlegt Euch eine andere Art des Vorgehens."

Gawan stand vor ihm, in seiner schwarzen Rüstung der Trauer und des Todes, den ausgeblichenen Rotschopf geneigt, aber nicht demütig, sondern wie ein Stier, der zum Angriff bereit ist. Er hatte sich so verrannt in seinen Rachegedanken, dass er wie in einem Hohlweg dahinfuhr und nicht mehr rechts und links schauen konnte. „Sir, wenn Ihr mir befehlt, anders vorzugehen", sagte er, „so müssen wir den Fuchs aus dem Bau locken. Vor der Freudenburg haben wir Spottlieder gesungen, ohne Lancelot zu bewegen, hervorzukommen. Nun gut, da schützte er die Frau und rührte sich deswegen nicht. Aber hier, in seinem eigenen Land, wird er sich ja nicht der Feigheit beschuldigen lassen. Ich werde ihn zum Duell herausfordern. Entscheiden wir den Krieg also auf diese Weise."

Artus seufzte. „Setze nicht auch noch du dein Leben aufs Spiel. Es ist schon einsam genug um mich."

„Einen anderen Weg weiß ich nicht", erwiderte Gawan finster. „Mein Herz ist wie ein Stein in meiner Brust. Ich kann es nur erleichtern, wenn ich mit ihm kämpfe, dem Mörder meiner Brüder."

Er verneigte sich und ging.

Artus saß eine Weile unbeweglich. Von draußen drangen Kommandos in sein Zelt, das Schnauben von Pferden und das Scheppern von Eisen. Dann klatschte er in die Hände. Der kleine Page, der zu seiner Aufwartung im Vorzelt bereitstand, kam herbei und verneigte sich: „Sir?"

„Hol mir Sir Kay", sagte Artus und fügte mit einem Lächeln hinzu: „Wenn er denn abkömmlich ist."

Binnen Kurzem erschien der Seneschall im Eingang des Zelts. „Ihr habt mich rufen lassen?"

„Setzt Euch zu mir", sagte Artus müde. „Ich habe etwas mit Euch zu besprechen."

Kay nahm auf einem Feldstuhl gegenüber von Artus Platz. Die Jahre hatten dem Milchbruder des Königs kaum etwas anhaben können. Vielleicht war seine Nase noch ein bisschen spitzer, die Linien um seinen Mund ein bisschen tiefer geworden. Aber sonst sah er aus wie eh und je. Artus hingegen hatte ein Netz von Falten um die Augen, und seine Schultern waren gebeugt.

Der Seneschall betrachtete den König besorgt. „Soll ich den Küchenmeistern Anweisung geben, für Euch etwas Besonderes zuzubereiten, einen Wildbraten vielleicht, nach dem ewigen Einerlei der Lammsuppen mit Brot? Ihr könntet …"

Artus winkte ab. „Hört doch auf! Ich bin mit der Kost zufrieden, die meine Ritter und meine Soldaten essen. Nein, es geht mir um etwas anderes. Sir Gawan will sich im Zweikampf mit Lancelot messen."

Kay nickte. „Die Herausforderung ist Sir du Lac bereits von einem Herold überbracht worden."

„Ja." Artus sah vor sich hin und spielte mit der schweren Kette auf seiner Brust. „Was meint Ihr, wer aus diesem Kampf siegreich hervorgeht?", fragte er, und es sollte beiläufig klingen.

Sir Kay räusperte sich verlegen. „In diesem Fall", sagte er vorsichtig, „würde ich mich hüten, Wetten abzuschließen."

Der König hob den Kopf und sah seinen alten Weggefährten an. „Für den Fall, dass, was Gott verhüten möge, Sir Gawan etwas Ernsthaftes zustoßen sollte, möchte ich Euch den Oberbefehl über meine Truppen erteilen. Ihr wart einst ein tapferer Streiter an meiner Seite. Ich weiß keinen anderen als Euch. Die alten Getreuen sind alle dahin."

Um Kays Mundwinkel zuckte es. Er war bewegt. Mit einem Ruck stand er auf. „Mein König und Herr", sagte er entschlossen. „Wollt Ihr meine Antwort darauf hören? Nun, sie lautet: nein. Der Oberbefehlshaber Eurer Armee seid immer noch Ihr selbst. Meine Aufgabe bleibt die, die ich immer hatte. Und wenn noch eine weitere hinzukommen sollte, dann ist es höchstens die", er stockte einen Augenblick, „meinen Bruder mit Leib und Leben auf dem Schlachtfeld zu schützen, wie in alten Zeiten."

Ohne darauf zu warten, dass der König ihn entließ, drehte er sich um und verließ das Zelt.

Artus sah ihm nach. „Treue Seele", sagte er leise. Und dann musste er lächeln, seit langer Zeit zum ersten Mal.

Aber prompt bekam er zu Mittag einen Wildbraten …

Wie Lancelot und Gawan miteinander kämpften

Es war fast, als wenn sie ein Feld vor den Toren der Burg geschaffen hätten, als ginge es um ein festliches Turnier. Um einen weiten freien Raum hatten sich die Ritter des Königs von Britannien, darunter die Letzten der alten, der eigentlichen Tafelrunde, im Viereck versammelt, ohne dass man den Platz mit einer Absperrung eingezäunt hätte. Gerüstet und hoch zu Ross waren sie gekommen, ihre Banner an den Lanzenschäften befestigt, die Pferde in festlicher Turnier-Schanzung. Gawan auf einem riesigen schwarzen Streitross, den Schild mit dem Wappen von Orkney unbeweglich bis zum Kinn hochgezogen, wartete auf seinen Gegner.

Auch Artus war erschienen. Flankiert von zwei Knappen, von denen jeder eine Standarte mit dem roten Drachen auf weißem Feld trug, saß er auf seinem Pferd. Er war unbewaffnet.

Es war fast so still wie am Tag im Gerichtssaal, als man auf Ginevras Rückkehr gewartet hatte.

Schließlich öffnete sich knarrend das Burgtor. Gawan riss sein Tier am Zügel, ließ es steigen und auf der Stelle traben. Aber sein Gegner kam keineswegs kampfesfreudig herausgaloppiert. Er hielt sein Pferd im Schritt, bewegte es bis zur Mitte des Feldes und saß ab.

So ging er auf Gawan zu.

„Sir von Orkney“, sagte er, und seine Stimme klang dumpf aus dem geschlossenen Visier, „hier vor den Augen des großen Königs und Euren und meinen Rittern bitte ich Euch: Lasst uns diesen Kampf vermeiden. Ihr wart einst mein Freund, ich will nicht gegen Euch antreten. Vergesst, was geschehen ist, was ich vielleicht getan habe. Ich will jede Buße auf mich nehmen. Und wenn Ihr wollt, bitte ich Euch auf Knien darum.“

„Spart Euch Eure Reden, und kämpft“, erwiderte Gawan unerbittlich. „Lasst uns das zwischen uns zu Ende bringen.“

Mit tief gebeugtem Kopf ging Lancelot langsam zu seinem Pferd zurück, saß auf, ritt an das Ende des Kampffelds und begab sich zögernd in Position. Er wirkte matt und niedergeschlagen.

Und dann … Dann raste der beste Ritter der Welt auf sein Gegenüber los, mit all dem Elan, zu dem nur er fähig war, mit der Kraft und Schnelligkeit seiner berühmten Attacken, die unbewegliche Speerspitze genau auf die verwundbare Stelle des Feindes gerichtet, ohne das Pferd auch nur einen Moment zu verhalten.

Gawan flog beim ersten Ansturm aus dem Sattel. Lancelot sprang ab und zog mit einer fließenden Bewegung sein Schwert. Aber er wartete, bis Gawan aufgestanden und ebenfalls kampfbereit war. Dann erst gingen sie aufeinander los.

Bald hatten die Zuschauer, mitgerissen von der Bravour des ersten Angriffs und der Schnelligkeit der beiden Ritter, vergessen, was sich hier abspielte: dass es ein Duell auf Leben und Tod unter einstigen Freunden war. Für sie war es ein großartiger Tjost. Sie brüllten, johlten, pfiffen, kommentierten die einzelnen Schläge, feuerten die Kämpfer an.

Einzig Artus saß still auf seinem Pferd inmitten dieses Hexenkessels. Er sah hier seine beiden besten Ritter gegeneinander antreten. Aber es erfüllte ihn nicht mit Freude …

Der Kampf dauerte vom Morgen bis in die Mittagsstunden. Der beste Ritter der Welt parierte die meiste Zeit ruhig, gab dem Gegner Boden, wich zurück. Gawan griff an, wütend, dass er Lancelot nicht aus der Reserve locken konnte, aber auch er besaß ja meisterhafte Kampftechnik, wusste das Schwert sowohl mit rechts als auch mit links zu handhaben, und es gelang ihm, Lancelot eine schwere Wunde am Schenkel beizubringen. Eine alte Narbe, die von einer Verletzung vor Jahren an der gleichen Stelle zurückgeblieben war, brach dabei auf.

Gawan, als er sah, wie gefährlich der andere verwundet war, hob die Hand – ein Akt der Ritterlichkeit –, um eine Kampfpause zu fordern, und während Knappen herbeieilten, um das strömende Blut zu stillen und Lancelot zu verbinden, nahm der Sir von Orkney seinen Helm ab und sah zu. Sein Blick war schwer zu deuten. In dem schweißüberströmten Gesicht waren seine hellen Augen wie Punkte. Hass war in ihnen nicht mehr zu sehen …

„Wollt Ihr den Kampf beenden, Gawan?“, fragte Lancelot halblaut.

Gawan schüttelte kaum merklich den Kopf. Dann, nach einem Moment des Schweigens, laut: „Wenn Ihr Euch wegen dieses Kratzers ergebt, dann ja.“ Er biss die Zähne zusammen.

Sie stellten sich wieder auf.

Aber nun griff Lancelot an, blitzschnell und gnadenlos. Er wusste, dass seine Kräfte durch den hohen Blutverlust bald schwinden würden, und setzte nun alles daran, zum Ende zu kommen. Sein Schwert schwirrte durch die Luft. Gawan hatte Mühe, sich zu verteidigen (schließlich hatte er bereits die ganze Zeit lang angegriffen) und war nun bald in der Defensive. Nach drei, vier Paraden gab er sich eine Blöße, um Schwung zu holen für einen mächtigen Schlag. In dem Moment streckte ihn Lancelot mit einem Hieb auf den Helm zu Boden. Der Helm wurde gespalten, und der Lord von Orkney empfing eine tiefe Kopfwunde.

Gawan war schwindlig. Er konnte nicht aufstehen. „Bringt es zu Ende! Hört nicht auf! Tötet mich endlich!“, röchelte er.

Lancelot stand, auf sein Schwert gestützt, und sah zu dem Liegenden hinunter.

„Ich töte Euch nicht“, sagte er leise.

„Aber ich werde Euch wieder und wieder herausfordern, sobald ich gesund bin! So muss es sein."

„Gott stehe Euch bei, Gawan", erwiderte Lancelot. Dann wandte er sich an Artus. „Sire, helft Eurem Heerführer!"

Er stieß sein Schwert in den Boden neben dem Verletzten und zog sich in die Burg zurück, beschützt von den Seinen, die aus dem Tor kamen, um ihm Deckung zu geben.

Zwei Briefe

Lancelot stand auf den Zinnen seiner Burg und sah stumm zum Strand hinunter. Es gab keinen Zweifel: Die Engländer schifften sich ein, Mann und Ross und Tross.

Gut, durch den Zweikampf war der Streit zu seinen Gunsten entschieden. Aber warum diese Eile?

Man hatte gestern auf der Burg beobachtet, dass ein Fischerboot aus Richtung Norden gelandet war – sicher hatte es auf hoher See wichtige Botschaft von einem Segler aus Britannien übernommen.

Irgendetwas war geschehen in England. Der überhastete Aufbruch deutete darauf hin, dass das Heer zu Haus gebraucht wurde. Ein Einfall alter Feinde? Oder etwas ganz anderes? Man konnte nur mutmaßen.

Lancelot stand, die Ellenbogen auf die Zinne gestützt, das Kinn auf den Fäusten, und sah: Gawan wurde auf einer Bahre zur Anlegestelle gebracht. Der Hieb auf den Kopf – er hatte ihn wohl sehr schwer verletzt … Er presste die Lippen aufeinander.

Und dann schritt Artus zum Strand, zwischen den Fahnen mit den roten Drachen, unter einem Baldachin. Er war zu Fuß. Sein goldverzierter Mantel leuchtete im Licht der klaren Sonne.

Es war zu Ende. „Lebt wohl, mein Herr und König. Lebt wohl, mein Freund", flüsterte Lancelot.

Am Strand stiegen die Segel an den Rahen hoch. Der rote Drache war über die Toppen geflaggt. Ruder stießen ins Wasser und wirbelten weißen Gischt auf. Die Kriegsflotte Englands stach in See und gewann schnell an Fahrt.

Sir du Lac starrte mit verzweifelten Augen in die Ferne, wo man hinter dem Horizont die Kreidefelsen von Dover vermuten konnte. Seine Gedanken waren weit fort. Er dachte an seine Königin. Drohte ihr Gefahr?

Es war tiefe Nacht, Wolken jagten über den Himmel, und wilde Windböen kündigten einen nahenden Sturm an. Die Flotte hatte beigedreht und lag mit gerefften Segeln vor Anker auf offenem Meer, die Positionslichter gesetzt.

Der Seegang war heftig. Das Wasser klatschte an die Bordwände des Flaggschiffs.

Im Zelt, das am Achterdeck aufgeschlagen worden war, blakte eine trübe Laterne. Artus von Britannien saß am Lager seines auf den Tod verletzten Neffen Gawan und hielt dessen kalte Hand.

Gawan stöhnte. „Drei Orkneys tot, der vierte liegt im Sterben, und der fünfte der Familie ein Verräter! Die Hölle soll Mordred verschlingen!"

„Damit wird sie sich wohl noch etwas Zeit lassen", entgegnete der König in seiner ruhigen Art.

„Mein Kopf tut mir schrecklich weh, mein König, und es dröhnt in meinen Ohren. Habe ich diese Nachrichten gestern wirklich richtig verstanden, oder ist das alles nur ein böser Traum?"

„Es ist kein Traum, mein Lieber. Mordred hat sich zum Herrscher von England ausrufen lassen und belagert meine Königin im Tower von London."

Artus langte mit der freien Hand hinüber auf den kleinen Tisch, auf dem neben einem Krug mit Heiltrunk und leinenen Tüchern ein zerknittertes, in den Rändern scharf geknicktes Stück Pergament lag. „Der Brief stammt von Ginevra, ich kenne ihre Handschrift", sagte er. „Gott weiß, wie es ihr gelungen ist, ihn aus der Stadt herauszuschmuggeln." Er warf einen Blick darauf. „Es besteht kein Zweifel."

Gawan löste seine Hand aus der des Königs und warf sich unruhig auf dem Lager hin und her. „Er hat also wahrhaftig erklärt, Ihr wäret gefallen, und sich dann zum König ausgerufen?"

„Hat er", bestätigte Artus. „Und da ich ihm in meiner Torheit die Schlüssel der Schatzkammer überlassen hatte, fing er sogleich an, Söldner anzuwerben. Die Königin meldet, er verfügt nun über ein stattliches Heer."

„Warum nur habt Ihr ihm Vollmacht erteilt? Es wussten doch alle, was für ein Heimtücker er ist!"

„Der Heimtücker ist mein Erbe, Gawan. Ich dachte, wenn ich ihm Verantwortung gebe, wächst er an dem, was er zu tun hat, wie es bei mir ja auch war, als ich als junger Mann den Thron bestiegen hatte."

„Wie könnt Ihr ihn und Euch vergleichen!"

„Oh, ich kann schon", entgegnete Artus gelassen, „nur muss ich zugeben, dass der Vergleich zu meinen Gunsten ausfällt."

„Wenn ihn Lancelot doch nur erschlagen hätte, da vor der Kammertür!"

Der König erwiderte nichts.

„Aber was ist mit Mylady?", fragte Gawan nach einer Pause, in der nur das Schlagen der Wellen an der Bordwand zu vernehmen war. (Das Schiff schlingerte stark.) „Ich verstehe das nicht. Er will sie …"

„Er will sie heiraten!", sagte Artus und brach plötzlich in ein verzweifeltes Lachen aus.

Er hob den Brief dicht vor die Augen, das Licht war schlecht. Dann las er vor: „Und er sagte zu mir: ‚Mein Vater hat mit meiner Mutter Blutschande getrieben und wollte mich ersäufen wie eine junge Katze. Ist es nicht recht und billig, dass ich da zum Ausgleich meines Vaters Frau zur Gemahlin nehme?'"

Artus ließ den Brief sinken und schüttelte langsam den Kopf wie ein verwundeter Bär.

Gawan lag da, sein Atem ging röchelnd. „Ich kann ... ich kann es nicht glauben", sagte er leise.

„Es ist aber so. Die Königin hat daraufhin, so teilt sie mir mit, sich Bedenkzeit ausgebeten. Und ist noch in der gleichen Nacht mit wenigen Getreuen nach London aufgebrochen und hat sich im Tower verschanzt. Ginevra versteht etwas von Kriegführung. Der Tower ist die sicherste Festung von Britannien." In seiner Stimme klang Stolz.

„Und nun?", sagte Gawan. Die Verletzung machte seine Sprache undeutlich. „Was wird nun?"

„Nun müssen wir wieder Krieg führen", sagte der König. „Einen sinnvolleren Krieg als den da drüben in Frankreich, wenn es auch gegen mein eigen Fleisch und Blut geht."

Gawan antwortete nicht. Sein Onkel nahm den Krug, tauchte ein Tuch hinein und befeuchtete ihm vorsichtig die Lippen. Gawan schluckte krampfhaft. „Ihr habt keinen Heerführer!", murmelte er dann.

„Es hat Zeiten gegeben, da habe ich meine Ritter selbst in die Schlacht geführt", sagte Artus, und es klang fast vergnügt. „Excalibur ist nicht stumpf geworden, glaub mir."

Er stand auf und ging in dem winzigen, heftig schwankenden Raum hin und her. „Wir landen morgen in der Frühe", sagte er, mehr zu sich selbst. „Wir haben den Vorteil der Überraschung. Und Mordred muss sein Heer teilen. Er muss weiter den Tower belagern und trotzdem gegen uns ziehen. Das wird ihn schwächen."

„Wenn ich nur kämpfen könnte!“

„Mein lieber Gawan, sobald wir an Land sind, lasse ich Euch in ein Kloster bringen, zu heilkundigen Mönchen. Ihr werdet wieder gesund!“, sagte Artus mit gespielter Zuversicht.

„Versucht nicht, mich zu belügen. Ich erlebe den Morgen nicht mehr.“

Der Zeltvorhang wurde zurückgeschlagen. Es war Sir Kay, und er trug einen Panzer und das Schwert an der Seite. (Sein Gesicht war grün vor Seekrankheit.) „Sir, die Schiffswache wird abgelöst. Der Sturm nimmt zu. Die Männer sind unruhig, und es geht ihnen schlecht. Soll ich trotzdem Befehl geben, Segel zu setzen?“

„Ja, tut das, Bruder.“ Er sah dem anderen in die Augen. „Es ist schön, dass Ihr wieder an meiner Seite kämpfen werdet. Jetzt ganz zum Schluss.“

„Ja, das finde ich auch“, erwiderte Kay hölzern. Er drehte sich um und ging.

Gawan richtete sich halb auf. „Ihr denkt … es ist der letzte Kampf?“

„Wir werden siegen oder verlieren“, entgegnete Artus ernst. „Verlieren wir, so bedeutet das das Ende der Gerechtigkeit. Das Ende der Idee unserer Tafelrunde. Das Ende von dem, was Merlin sich erträumt hat. Vielleicht habe ich zu viel falsch gemacht. Vielleicht …“ Er brach ab.

Gawan fiel auf seine Kissen zurück. Er hörte den König nur noch undeutlich. Vor seinen Augen war es dunkel. „Bitte, schickt mir den Priester“, murmelte er. „Es ist doch ein Priester an Bord?“

„Ja, gewiss doch. Wollt Ihr beichten?“

„Nein, ich will – etwas schreiben lassen.“

Artus streichelte die Hand des Sterbenden. (Er glaubte, Gawan wolle ein Testament diktieren und sich von seiner Frau verabschieden.) „Ich lasse ihn gleich holen.“

Es war ein junger Mönch, der mit Schreibzeug, Kruzifix und mit Weihwasser und Salböl (für die Letzte Ölung) den Raum betrat. „Gelobt sei Jesus Christus", grüßte er und bekreuzigte sich.

„In Ewigkeit, Amen!", stöhnte Gawan. Er griff neben sein Lager und zog eine lederne Tasche zu sich heran. „Pater – das ist für Euch. Gold ist hier drin und ein paar schöne Steine, Kriegsbeute. Nehmt es, das alles gehört der Kirche. Lasst Messen lesen, oder gebt es den Armen, wie Ihr wollt. Aber gelobt mir bei unserem Gott, den Brief, den Ihr für mich schreiben werdet, mit Boten hinüberzubringen nach Frankreich, gleich nach unserer Ankunft. Versprecht Ihr mir das in die Hand?"

„Ich gelobe bei unserem Herrn, dem Erlöser", entgegnete der junge Mann, „das muss Euch genügen, Sir." Er nahm am Tisch Platz, entrollte ein Pergament, zog den Korken aus dem Hals des Tintenfasses und tauchte die Feder ein. „Ihr könnt beginnen, edler Lord."

Gawan schloss die Augen. Er nahm seine taumelnden Sinne zusammen, versuchte, in seinem verletzten Schädel die Worte zu finden, die gesagt werden mussten.

Dann begann er: „An Sir Lancelot du Lac, Seigneur von Benois, den besten Ritter, den es jemals gegeben hat, von Sir Gawan, Lord von Orkney und Lothian, Ritter der Tafelrunde.

Ihr sollt wissen, Freund, dass ich zu sterben begehrt habe von Eurer Hand, wie es nun geschehen wird. Und von keinem edleren Mann konnte mir der Tod zugefügt werden als von Euch. Es sei unsere Fehde begraben und vergessen der Tod meiner Brüder. Denn es geht um Britannien. Nun, wo ich nicht mehr da sein werde, meinem und Eurem König beizustehen, und sich mein Bruder Mordred verräterisch des Lands bemächtigt hat, dessen Statthalter er sein sollte, und zudem die Königin, unsere Herrin, zur Gattin begehrt …" Die Kräfte verließen ihn, er machte eine Pause. Der Mönch wartete geduldig. Schließlich fuhr Gawan fort: „… Nun bitte ich Euch, dass Ihr zurückkommt nach England, unserem Herrn König Artus und Eurer Dame, Mylady Ginevra, beizustehen, wie Ihr es seit Anbeginn getan habt. Ich flehe Euch an, wenn nicht alles zuschanden gehen soll, was wir Ritter der Tafelrunde gewollt und geschaffen haben." Der Kiel kratzte über das Pergament. „Betet an meinem Grabe, und verzeiht mir, so wie ich Euch verzeihe."

Er presste die Hand an den Kopf. „Gebt her, damit ich unterzeichne."

Der Mönch stützte ihn, und mit zitternder Hand malte Gawan von Orkney seine Unterschrift auf die Seite. Dann sank seine Hand mit der Feder und zog einen langen Tintenstrich auf den Brief.

Gawan war tot.

12
Der einstige und künftige König

Ein mächtiger Südweststurm war tagelang über Meer und Land dahingebraust, hatte die See zu gewaltigen, gischtgekrönten Wellenbergen aufgepeitscht und im Landesinnern Bäume geknickt, als seien es dünne Halme. Verzweifelt hatten die Schiffe König Artus' vor der heimischen Küste gekreuzt, ohne landen zu können – sie wären an den Klippen zerschellt.

Nun hatte sich die Wucht des Orkans gelegt. Langsam kam die bewegte See zur Ruhe, und über dem feuchten, duftenden, frisch gewaschenen Land ging eine versöhnliche Sommersonne auf.

Der rote Mohn blühte auf den Brachfeldern. Beim ersten Tagesschein hatten die Vögel ihr Konzert begonnen. Selbst das Waldesdickicht war erhellt und durchglüht vom Licht, und das Grün leuchtete heller als sonst.

Auf einer Lichtung, von der aus man das Meer von ferne schimmern sah, standen ein paar alte Steine im Kreis, halb im Boden versunken, überwuchert von Schlingpflanzen. Drei große Bäume gaben ihnen Schatten. Die Luft war klar, aber um jene Steine schien ein dünner Nebel zu liegen, wie es manchmal morgens auf Wiesen zu sehen ist, wenn die Sonne den Nachttau aufsaugt.

Ein Kuckuck rief frech und lauthals. Bienen summten. Es roch nach feuchtem Gras.

Durch den Wald stapfte etwas heran. Eisen klirrte, Pferde schnaubten. Der Kuckuck schwieg und flog auf.

Quer durch das Unterholz stapften zwei Männer. Einer stützte den anderen: Britanniens Seneschall Kay führte seinen schwer verwundeten König, der gerade ein paar Schritte entfernt halb ohnmächtig vom Pferd gesunken war.

Die Schlacht war geschlagen, der letzte Krieg verloren. Mordred hatte Zeit genug gehabt, sein Heer aufzustellen, während die Schiffe Artus' vergeblich versuchten, in den Hafen zu gelangen. Die von der wütenden See zermürbten Truppen des rechtmäßigen Königs hatten sich, kaum gelandet, dem bereits in Schlachtordnung bereitstehenden Scharen des Thronräubers stellen müssen. Sie konnten nicht standhalten.

Artus hatte auf dem Schlachtfeld nach seinem Sohn Mordred gesucht, um sich mit ihm im Zweikampf zu messen. Aber Mordred war ihm ausgewichen, hatte ihm stattdessen die stärksten Streiter seines angeworbenen Heers entgegengeschickt, und entgegen allem ritterlichen Brauch hatten sich drei auf einmal auf den König geworfen. Er konnte nicht bestehen gegen die Übermacht.

Vorzeiten, in ihrer ersten großen Schlacht, hatte Artus einmal seinen Milchbruder unter einem gestürzten Pferd hervorgezogen und ihm so das Leben gerettet. Jetzt gab es die Gelegenheit für Kay, sich dafür zu bedanken, indem er Artus den gleichen Dienst tat. Mit einem Elan, von dem er selbst nicht mehr wusste, dass er ihn besaß, hatte er dann den von einem Schwerthieb auf den Kopf betäubten König aus dem Kampfgetümmel geführt und mit ihm das Schlachtfeld verlassen – gerade rechtzeitig, bevor der letzte Fahnenträger erschlagen wurde und das rote Drachenbanner in den Staub sank.

„Sind wir jetzt weit genug davongelaufen?", stöhnte Artus und ließ sich ins Gras sinken.

„Ich hoffe doch, Majestät", erwiderte Sir Kay. Für Ironie hatte er noch nie ein Ohr gehabt. „Die Schlacht war ohnehin verloren", fügte er trocken hinzu.

„Aber deshalb reißt ein König nicht aus."

Kay erwiderte nichts darauf.

„Hätte sich Mordred mir doch gestellt! Ich habe dies Übel in die Welt gesetzt, ich hätte sie auch davon befreien müssen!"

„Es wird sich schon noch jemand finden, der ihn erschlägt", sagte Kay nüchtern.

„Ja, mein Lancelot! Er und nur er! Was glaubst du, wird er noch zur rechten Zeit kommen, um die Königin zu befreien?"

„Sobald er erfährt, was hier geschehen ist, kommt er. Darauf kann man sich verlassen."

„Ja, darauf kann man sich verlassen."

Sie schwiegen. Artus sah sich um.

„Was ist das hier für ein Ort? Er kommt mir bekannt vor. Wie sind wir hierhergelangt?"

„Ich weiß es nicht, Sir. Wir sind die ganze Nacht durchgeritten, ich habe es einfach den Pferdebeinen überlassen, wohin sie uns tragen wollten. Ihr habt die meiste Zeit überm Sattelknauf gehangen."

„Wen wundert das, bei den Verletzungen. Merkwürdig, mir tut nichts weh." Er richtete sich mühsam auf. „Bring mich da zu den Steinen. Da will ich mich ausruhen, unter den Bäumen. Und nimm mir die Rüstung ab."

Kay tat es. Und als sich Artus ausstreckte in seinem blutverkrusteten Hemd und nach oben blickte, sah er, unter welchen Bäumen er sich zur Ruhe bettete. Es waren die Bäume seines Landes, Eiche und Esche und Weißdorn. Die Zeichen für Beharrlichkeit, Beweglichkeit und Frohsinn.

Eiche und Esche und Weißdorn … Auf einmal wurde ihm leichter ums Herz. Der schreckliche Druck der letzten Zeit fiel von ihm ab. Er wusste, das Ende seiner Reise war nah.

„Kannst du mir wohl von jedem dieser Bäume einen Zweig oder ein Blatt herunterholen?"

„Sir?"

„Tu's einfach. Du musst nicht klettern. Schlag sie mit dem Speer herunter. Danke, Bruder."

Und so lag Artus da und hatte die Blätter der drei Bäume in der Hand, wie sie ihm Merlin einst gegeben hatte, als er noch ein Junge war und zu dem Turm im Wald ging, um das Regieren zu erlernen.

„So", sagte er aufatmend. „Das ist gut. Jetzt muss ich noch … meinen Auftrag zurückgeben, den ich versucht habe zu erfüllen nach meinen menschlichen Kräften. In meinen Grenzen. Also, Kay: Schnall mir Excalibur ab, und nimm es an dich. Da zur Rechten muss ein See sein, nicht sehr weit. Ich war schon einmal hier, ich weiß es. Geh mit meinem Schwert an den See, und wirf es ins Wasser, in weitem Bogen."

„Das königliche Schwert …?"

„Es war nur ausgeliehen. Ich muss es zurückgeben. Das Schwert und was es bedeutet."

„Verzeiht, Sir, aber Ihr werdet dies Schwert noch in vielen Kämpfen führen und …"

„Ich werde keine Kämpfe mehr führen, Kay. Ich werde sterben."

„Aber das …"

Artus richtete sich auf den Ellenbogen hoch und wölbte eine Braue: „Euer König gibt Euch gerade einen Befehl, Herr Seneschall von England. Zögert nicht, ihn auszuführen." Er sank zurück. „Bitte, geh zu dem See. Du wirst sehen, man erwartet dich. Und dann komm wieder zu mir."

Er lauschte den sich entfernenden Schritten des Gefährten seiner Kindertage. Dann lag er still, und jetzt begannen die Wunden zu schmerzen.

„Merlin, bist du da?", fragte er leise. Aber da war nichts, nur das Rauschen in den drei Bäumen und ein leichter Windhauch, der durch das Gras lief.

„Macht ein Ende!", sagte er ungeduldig. „Ihr seht doch, ich kann nicht mehr. Schließt den Versuch ab. Ich habe versagt, nicht wahr? Es hat alles schon falsch angefangen. Durch Betrug hat mein Vater meine Mutter besessen, in Sünde habe ich ein Kind gezeugt und versucht, Kinder zu ermorden, um es zu vertuschen. Die Fehde zwischen den Nachkommen des Herzogs von Cornwall, den Hexenschwestern Morgause und Morgan, und mir, dem Sohn Uther Pendragons, hat mich müde gemacht. Mein Sohn kehrt sich gegen mich. Und meine Tafelrunde ist zerbrochen. Den Gral konnte niemand finden. Vielleicht war von Anfang an zu viel Gewalt und Unrecht im Spiel … Hört ihr mir überhaupt zu?"

Nichts.

„Warum habt ihr mich hierher gelockt, in den magischen Kreis, wo die Wand zwischen dieser und der Anderswelt so dünn ist?", fragte er verzweifelt. Und er stellte die letzte Frage. „Warum habt ihr zugelassen, dass ich beides haben wollte, die

Liebe einer Frau und die Freundschaft eines Mannes, wenn es doch nicht angehen sollte? Warum ist alles gescheitert, was ich geplant hatte? Antwortet mir."

Und endlich waren sie da.

Nein, es war nicht Merlin. Merlin hatte seinen Teil getan für die Menschen und für die Insel. Aber sie kamen mit den Klängen und dem Leuchten ringsum, wie damals, als er ein anderes Schwert aus dem Stein zog.

Er hörte Stimmen, aber sie redeten in der Alten Sprache, und er konnte sie nicht verstehen. Vielleicht würde er sie ja noch erlernen, diese Sprache. Dereinst. Aber was er heraushörte, mit Eiche und Esche und Weißdorn in seinen müden Händen, das waren Laute des Trostes und ... ja, und der Heiterkeit. Vielleicht war ja das, was er und die Seinen versucht hatten, doch der Rede wert. Dereinst. Ebenfalls dereinst.

Und dann verstand er etwas. Aber das war nicht die Sprache der Alten. Er erkannte es: Es war Latein zunächst, wie er es damals gelernt hatte bei Sir Ector auf der Burg. „Rex quondam rexque futurus", sagten die Stimmen. Und sie redeten weiter. „The once and future King. Der einstige und künftige König."

Er schloss die Augen. In sein Herz zog Frieden ein.

Sir Kay erreichte das Ufer des Sees, auf dem Weg, den Artus ihm gewiesen hatte. Das Wasser lag klar wie Kristall. Libellen schwirrten über der Oberfläche.

Alles in ihm sträubte sich dagegen, das Schwert des Reiches da hineinzuwerfen. Aber der Befehl des Königs musste ausgeführt werden.

Sir Kay war nicht der Mann der großen Gesten. Aber jetzt zog er Excalibur aus der Scheide, das Schwert, kniete nieder und drückte die flache Klinge gegen seine Stirn. Dann stand er auf, packte die Waffe mit seiner behandschuhten Hand an der Spitze und warf sie in hohem Bogen durch die Luft.

Und in dem Moment schoss aus dem Wasser ein nackter Arm in die Höhe, die Hand packte das Schwert am Knauf und verschwand damit in der Tiefe.

Kay stieß einen Schrei aus. Er bekreuzigte sich und starrte auf den Wasserspiegel. Ringe kräuselten sich um die Stelle, an der Arm und Schwert versunken waren. Dann lag der See wieder glatt und friedlich da.

Der Seneschall fuhr sich mit dem Handrücken über die Augen. „Habe ich mir das nur eingebildet, das mit der Hand?", murmelte er. „Die Schlacht, der lange Ritt, die Sorge um Artus ... Mir fehlt Schlaf. Bestimmt nur ein Wachtraum. Ich muss mich unbedingt ausruhen."

Langsam und nachdenklich ging er dahin zurück, wo er den König verlassen hatte. Die Magie, die seinen Milchbruder auf den Weg geführt hatte, war ihm stets unheimlich gewesen, und um Merlin, als der noch am Hof war, hatte er immer lieber einen Bogen gemacht. Er hielt sich an die Dinge des Alltags.

Er betrat die Lichtung – und blieb wie angewurzelt stehen.

Artus war nicht da. Nur seine blutbefleckte Rüstung und sein verbeulter Helm lagen noch an der Stelle, wo er, Kay, sie abgelegt hatte.

„Artus!", rief er halblaut. „Sir, Majestät ...?"

Keine Antwort. Die Bienen summten. Der Kuckuck hatte sein Geschrei wieder aufgenommen, es klang ihm spöttisch in den Ohren. Und um das Steinrund lag der Nebel ...

Dann sah er die Spur im Gras. Ein schwerer Tritt von eisenbeschuhten Füßen und andere, leichtere, unter denen die Halme sich nur wenig niedergebogen hatten. Die Fährte führte zum Meeresufer.

Kay stürzte vor, brach durch das Unterholz, immer den Spuren nach, wie ein Jäger, der dem Trittsiegel des Wilds folgt, erreichte den Strand.

Im gleißenden Sonnenlicht glitt ein Boot ohne Segel und Ruder dahin. In ihm standen aufrecht Gestalten in fließenden Gewändern.

Kay starrte hinaus, bis ihm die Augen tränten von dem hellen Glanz auf dem Wasser, und sah, wie das geisterhafte Boot sich dem Horizont näherte und eins wurde mit Meer und Himmel.

Draußen in der Irischen See, so sagten die Leute, verborgen in Nebeln, sollte die Insel Avalon liegen, die Apfelinsel, auf der die Alten Mächte ihre Heimstatt hatten und immer haben würden. Und von Zeit zu Zeit holten sie jemanden, der ihnen lieb geworden war, zu sich in die Unsterblichkeit.

König Artus' Kindheitsgefährte und Freund, sein Mitstreiter und der Seneschall des Reiches, hatte das immer für ein Ammenmärchen gehalten …

Jetzt schlug er die Hände vors Gesicht und weinte.

Abgesang

Der Südweststurm, der tagelang das Festland und die Britische Insel heimgesucht hatte, trieb das Schiff mit Gawans Brief an Lancelot meilenweit vom erhofften Hafen ab. So erhielt der Ritter du Lac die Nachricht erst, als die Schlacht zwischen Artus und Mordred schon geschlagen war und der siegreiche Räuber der Krone sich anschickte, weiterhin Ginevra im Tower zu belagern.

Lancelot und die Seinen kamen übers Meer, und sie besiegten Mordred in einer Schlacht vor den Toren Londons. Mordred fiel von der Hand des Befreiers.

Auf den verwaisten Thron Britanniens setzte der – mit Unterstützung jener Lords, die sich zunächst von Mordred hatten kaufen lassen und sich schon bald nach dessen

Machtantritt die alten Zeiten zurückwünschten – Sir Kay als Statthalter. Die Ordnung wiederherzustellen, war Kay wie berufen. Davon verstand er etwas.

Ginevra und Lancelot sahen sich nicht wieder. Die Königin begab sich sofort nach ihrer Befreiung ins Kloster, wo sie bis zu ihrem Tod blieb. Sie bereute aufrichtig ihre Sünden, doch in der Beichte verschwieg sie, dass sie Nacht für Nacht von Lancelot träumte.

Lancelot kehrte nicht nach Frankreich zurück. Er blieb in dem Land, in dem er seine Kämpfe ausgetragen, gelebt, geliebt und gelitten hatte. Er überließ die Regentschaft seinen Verwandten und nahm die Freudenburg wieder in Besitz. Sein Sohn Galahad besuchte ihn oft, und der alternde beste Ritter der Welt begann, den jungen Mann, Elaines Sohn, nun endlich in sein Herz zu schließen.

Was in seinen Träumen geschah, darüber ist nichts berichtet.

Lancelots und Ginevras Herzen hörten zur gleichen Stunde auf zu schlagen.

Man begrub die Königin in der Abtei, ihren Ritter aber unter jener Grabplatte, die er schon vor Jahren entdeckt hatte, mit der Inschrift: „Hier ruht dereinst Sir Lancelot du Lac, Sohn des Königs Ban von Benois.“

NACHBEMERKUNG

Auf vielen tausend Seiten zeigt sich uns die Geschichte von König Artus und den Rittern seiner Tafelrunde. Es gibt englische, französische, deutsche und italienische Versionen dieses großen Ritterromans; kluge Leute haben herausgefunden, dass es nach der Bibel das meistgelesene Buch des Abendlands ist.

Von anonymen Versepen bis zu den großartigen Dichtungen eines Chrestien de Troyes oder Wolfram von Eschenbach präsentiert sich dem Leser ein bunter Dschungel von Abenteuergeschichten, Liebeshändeln, Seelendramen, fairy-tales, christlichen Legenden und keltischen Mythen. Eins ist aber allen diesen Versionen eigen: Die intensive Suche nach den Idealen des Rittertums – eine der schönsten und frühesten Ausprägungen des humanen Strebens nach Gerechtigkeit und Loyalität. Der ritterliche Kodex, den Artus und seine Tafelrunden-Ritter „erfinden“ und dem sie versuchen nachzuleben, ist nach dem Christentum und seinen Geboten ein frühes Kompendium menschlich richtiger Verhaltensweisen, in denen der Starke den Schwachen schützt und Willkür und Grausamkeit bestraft werden.

Dass die Helden damit bisweilen ihre Schwierigkeiten haben, liegt in der Natur der Sache.

Um die ausufernde Fülle des Stoffs einigermaßen in den Griff zu bekommen, habe ich mich auf den Kern der Artussage beschränkt, nämlich Aufstieg und Fall des Königs von Britannien, verwoben mit den Schicksalen seiner nächsten Verwandten und der unseligen Dreiecksgeschichte zwischen Artus, Lancelot und Ginevra. (Andere Erzählstränge müssen vielleicht einer späteren Aufarbeitung vorbehalten bleiben, so die Abenteuer von Iwein, Erec und besonders die große und bewegende Geschichte Parzifals, der hier nur als „Cameo", als Randfigur, auftauchen kann ...) Doch selbst bei dieser Beschränkung galt es noch zu verschlanken und Zusammenhänge klarzustellen, damit aus den teils widersprüchlichen Aussagen der einzelnen mittelalterlichen (und modernen) Erzähler eine plausible Handlung wurde.

Die alten Vorlagen entwickeln eine wilde Lust, immer neue verwandtschaftliche Beziehungen zwischen den Helden und Heldinnen herzustellen und verblüffend Tanten und Onkel, Brüder und Schwestern hervorzuzaubern wie Kaninchen aus dem Hut; wer letztlich mit wem verwandt oder verschwägert ist, bleibt damit völlig unübersichtlich. Hier hieß es: Weniger ist mehr. Falls dem einen oder anderen Kenner der Sage Unterschiede in der Namensgebung der Figuren und ihrer Beziehung zueinander auffallen sollten: Sie erklären sich ebenfalls aus der Vielzahl der Überlieferungen.

Die Landschaften, in denen unsere Helden ihre Abenteuer durchleben, sind zum Teil real – vor allem die englischen Lokalitäten –, sonst aber in den überlieferten Vorlagen weitgehend in Fantasialand angesiedelt. Geografische Kenntnisse waren rar – oder einfach nicht gefragt. Benois und Askalun werden wir so wenig auf einer Landkarte finden wie die Ebene von Joflance oder Klingsors Schastelmarveil.

Bescheidenheit schien mir angesagt bei Zahlenangaben. Die alten Erzähler vertreten da den Standpunkt: je mehr, desto besser. Vierhundert auf einen Streich befreite Jungfrauen sind keine Seltenheit. So etwas kippt dann leicht ins unfreiwillig Komische.

Ansonsten ist an Komik in diesen Geschichten kein Mangel. Es geht durchaus nicht immer hoch und heilig her, und die Fabulierlust der mittelalterlichen Artus-Romanciers entzückt den Leser immer wieder.

Noch ein Wort zu den Namen – auch hier sind die Variationen vielfältig. Um nur ein Beispiel zu nennen: Königin Ginevra tritt sowohl als (gälische) Gwenhwywar in Erscheinung als auch als (neuenglische) Jennifer. Ich habe mich immer bemüht, die im Deutschen gängigste Variante zu wählen.

Waldtraut Lewin

Waldtraut Lewin, Jahrgang 1937, studierte in Berlin Germanistik, Theaterwissenschaft und Latein, bevor sie für einige Jahre als Dramaturgin und Regisseurin am Landest-heater in Halle arbeitete. 1973 wurde sie Chefdramaturgin des Musiktheaters und Opernregisseurin am Volkstheater in Rostock. Seit 1978 war sie freischaffende Autorin und hat zahlreiche Bücher für Jugendliche und Erwachsene geschrieben, für die sie mehrfach ausgezeichnet wurde.
Waldtraut Lewin ist im Mai 2017 im Alter von 80 Jahren verstorben.